慢享生活

李志石 著

五洲传播出版社

目 录

为什么聪明人

也犯低级错误

为什么聪明人也犯低级错误

什么是低级错误？我认为，低级错误是非智力因素所犯的失误，也是正常状态下不可能犯的错误。但这种错误，人会自觉或不自觉地去犯。

有一位大学毕业已经工作8年的青年，开始单位里大学生少，领导也器重他，一度升任到一个部门的副主管。时间长了，发现他总是犯一些低级的错误，连他自己都承认，犯这些错误连自己都不能原谅自己，但就是改不掉，不是把客户的单位名称填错就去快递了，就是把数据单位写错了上交，这样的错误几乎每天都出现，领导连批评他的力气都没有了，他自己的信心也跌到了谷底。

他的上级跟我谈起过这位年轻人，说什么，如果是一个初入职场的新人，工作中出现大大小小的错误在所难免。可他是一个这么长时间的“老员工”，还是总犯错，而且犯的是非常“低级”的错误，这就不得不让我怀疑他的工作能力。这些差错给企业造成了损失，公司也觉得很无奈，只能劝退他。

人都会犯错误，再聪明的人，在为人处世时也难免会出现一些错误。

圣人孔子也检讨过自己的低级错误。孔子曰：“吾以言取人，失之宰予，以貌取人，失之子羽。”意思是只根据外貌和言谈来判断人品质能力的好坏。孔子有许许多多弟子，其中有一个名叫宰予的，能说会道，利口善辩。他开始给孔子的印象不错，但后来渐渐地露出了他的真相：既无仁德又十分懒惰；大白天不读书听讲，躺在床上睡大觉。为此，孔子骂他是“朽木不可雕”。孔子的另一个弟子，叫澹台灭明，字子羽，是鲁国人，比孔子小39岁。子羽的相貌很丑陋，想要侍奉孔子，孔子开始认为，他资质低下，但他从师学习后，回去就致力于修身实践，处事光明正大，不走邪路；不是为了公事，从不去会见公卿大夫。后来，子羽游历到长江，跟随他的弟子有300人，声誉很高，各诸侯国都传诵他的名字。孔子听说了这件事，感慨地说："我只凭言辞判断人品质能力的好坏，结果对宰予的判断就错了；我只凭相貌判断人品质能力的好坏，结果对子羽的判断也错了。"

圣人都这样，何况我们凡人呢，谁都有个犯错的时候，有时候犯的错也很可笑。

我的智商一般般，也经常犯一些低级的错误。大家都知道这件事是不对的，别人都不说，我有时候抢嘴快就说了，一出口，才意识到这件事轮不到我说；有时候文章写好了，为抢发，不认真校对，让人啼笑皆非的错别字出现了，自己觉得很尴尬；有时候为了人家的好，明明可以好话善说，但到了我的嘴里，说出来的话人家听起来不那么舒服。我的一生中也不知道犯过多少次低级的错误。

许多低级的错误，人稍不留意就犯上了。一次在餐桌上，有人闲扯到离婚的事，说到离婚对孩子不负责任，对家庭不负责任，对自己也不负责，那位先生还越说越来劲，说得那么义愤填膺。这些话本来也不是没有道理，可是他不知道同桌上就坐着一位刚离婚的女士。因为初次见面，说话的人也不了解人家的底细，那位女士实在听不下去了，只好借故提前离开了，让请客的主人很尴尬。在不熟悉的人面前，最好的办法就是少说话，说多了，难免会犯低级的错误。

有些低级的错误，是自己的思维不当造成的。明明想自己要每天走路锻炼身体，却非要开着车到离自己家不远的公园去；明明是爱着这个家庭的，却只爱着自己的老公，不爱老公的父母；明明是为了保护自己的肝脏，却是一边抽烟酗酒，一边吃着药品；明明知道自己的孩子做得不对，自己不说，非要告诉老师，让老师去教育；明明只有四五个人吃饭，为了面子，非要点上一大桌子的菜，等等；在我们的日常生活中，这些事情人们司空见惯，好像并不算什么错误，但它们恰恰是一些低级错误。

最悲哀的，不是无知的人犯低级错误，而是聪明的人犯着低级错误。聪明人又不在错误中反思，错误中成长，又不能从大错到小错，从小错到无错，从无错到成功。有些聪明人也不会在错误的地方寻找正确的答案。

诗人王尔德说："经验是每个人给自己所犯的错误取的名字。"

物理学家惠勒说："我们所要做的一切，就是尽可能地快点犯完错误。"

成功的科学家往往是兴趣广泛的人。他们的独创精神可能来自他们的博学。多样化会使人观点新鲜，而过于长时间钻研一个狭窄的领域，也容易让人愚蠢，也许会犯低级的错误。

有些人喜欢表现自己，喜欢在别人面前自我表扬，甚至还会摆出一些架子，总是自以为是；有的人为了获取某种成功，尽量隐藏自己的缺点，其实那些缺点别人都清楚，而自己却认为别人不知道；有的人明明对你不感兴趣，也不想听你的那些话，而你却在那里喋喋不休地说个没完；人生中难免碰到一些不可理喻的人，他们伤害你，是因为他们的愚蠢，而你非要与他争个高低不可；一些有权有势的人，明明看不起你，而你非要舰着个脸去套近乎；等等。我想这些也都是聪明人犯的低级错误。

人在河边走，哪有不湿鞋。人无完人，谁都有个犯错误的时候。偶尔犯个小错是可以接受的。犯了错误不要紧，改了就好。

但人总有一种惯性，一而再再而三地屡犯"小错"，一时半会儿也很难改掉。因为在不知不觉中犯的那些小错，自己往往认为或可以忽略不计，不去思考，不去寻找问题的症结，也就造成一错再错；有时对一些艰难险重的工作倒还比较重视，但对那些简单性的工作，往往只是应付，急着干完又不去检查，所以就出现了疏漏，当犯了那些低级错误后才意识到后悔。低级错误犯多了，也会导致自己的无能感和挫败感，时间一长，自信心也会受到打击，还会给领导留下不踏实、不认真的印象，领导也不敢把一些重要的事交给你。自己事做少了，也会减少经验和智慧的积累，对于自己的成长不利。

我的数学成绩不好，每次错了，老师就给我分析原因，我总是说，都怪我粗心大意，而老师却说，你出错除了粗心，还说明你还没有真会。看来，人的低级错误，有时与不会有关，也与不去想、不敢想有关。

低级错误也许都是一些小事，但小错也可能酿成不可挽回的大错，有可能带来意想不到的严重后果。在一家以精细制造为核心文化的企业里，有些人不是缺少学历，也有的不是没有经验，而是屡次犯低级错误，而这些低级错误又给公司造成了损失，因此，这些人或是被降职，或是被调岗，甚至是被除名。

事后，有的人在检讨中写道：今后在每做一件事情之前，要回忆一下是否以前做过相同的此类工作，如果有，想想当时是怎么做的，不懂的，好好向有经验的人请教，重要的要向领导请示，这样可以减少低级错误的发生。不能认为粗心不是大毛病，其实它很可能导致很糟糕的结果。有些错误的教训是很值钱的，比如科研，在反复的试错中才能获得成功。但低级错误不能让人长知识、长智慧，不能让自己有任何的长进。低级错误犯多了，反而会让自己走下坡路。所以，今后自己每天工作结束，都要做一个记录，包括任务总结、工作细节和经验思考，减少低级错误的发生，提高工作效率，让自己走向成熟。

我看，这份检讨书写的才是解决自己犯低级错误的好办法，对我也是一个很好的教育。

（写于2017年6月30日）

做自己，还是任性

“做自己”这个词当下很时髦，也为大多数人所接受。

但有的事情明明不太现实，也无法去实现，有人执意去做，理由是我要“做自己”。这就让人难以理解了。这不叫“做自己”，而是任性。

“任性”是很可怕的，它又可能导致伤残的作死。爱作的人往往在“我要做自己”和“会不会太任性”之间纠结。

“做自己”不是牛哄哄地喊一通口号，而是有了冷静的理性思考，一个已经就业，连自己小车的加油费用等日常开销仍要靠父母支持的人怎么让人相信你“做自己”。

做自己真的是件很难的事。我们在做事之前一定要搞搞清楚，到底是在做自己还是任性。做自己和任性不是一回事。

做自己的人有一股韧劲，不声不响踏实做事，因为他们认为，自己所做的一切，都不需要证明给别人看。

任性的人做起事来虽然也很执着，但对做事缺少深刻的学习和体验，缺少足够的思想准备，往往带有盲目性，总是陷入反复的痛苦之中。有了教训也不善于总结，完全凭着自己的性子来，难以获得成功。

做自己是一个人深思熟虑后明智的选择。而任性只是凭自己一时感受做出的反应。

有年轻人说，“做自己”这个词，也不知道是从什么时候冒出来的。在自己踏入职场之前，也没有听到父母说过这个词，也许是后来网络上流行出来的。

对“做自己”这个词，每个人都有自己不同的理解。但有一点可以肯定，做自己肯定不是放任自己，做自己也不是自己可以为所欲为，想说什么说什么，想做什么就做什么；做自己也不是非主流、不负责、不靠谱、太任性；更不是因为做自己，变得自私、粗鲁、刻薄、世俗，成为什么理由；不能把做自己当成一种伪装哲学，在自己的面具上赤裸裸地写着：这就是真正的我。自己做错了事，不能把做自己当作一根救命稻草，这不是什么冠冕堂皇的借口，反正我是做自己，你们都不用管，我就是做错了，你们也要宽容我，因为我在做自己。

“做自己”不是单纯为自己，不能只顾自己开心顺意，不管别人怎么活。“做自己”这个词，不能任意放大甚至扭曲，我们不能为了自己的私利，跟风大谈做自己。那种虚伪矫情，盲目自信，甚至是自负，只在谈自己的行为，忽略了别人的引导，那是做不好自己的，也不是真正的自己。

少了任性的做自己，就会有一种自我实现的价值观，起码不会任意妄为，不会一意孤行，更不会自我放纵，由着自己的性子去懒散，甚至不屑一顾，把自己不好的一面公之于众，自己还不知道是怎么回事。相反会确立正确的人生观，保持清醒和自制，做那个更好的自己。

（写于2016年8月26日）

热闹与孤独

今天是中秋节，祝各位中秋快乐！

尽管今天阴雨绵绵，平添了几分凉意，但过节不会影响心情，大家还是很开心的。从中秋节的来历看，这个节日本身会给人们带来快乐。古代各地都有“秋社”，从纯属农事祭礼的“秋社”，转而成为象征家庭、家族团圆幸福的“团圆之节”，耐人寻味。

我有许多朋友尽管工作很忙，昨天深夜都赶回老家了，与家人一起过中秋节，说明我们中国人对亲情，对和谐的家族、和谐的人伦关系的追求是超过对物质追求的。亲人们在一起再也不像物质匮乏的年代那样的胡吃瞎吃一顿了，只是想坐下来聊一聊，交流一下，更多地去体会一下亲情，这是多么美好的事情。但对上班族来说，这种热闹不能持续，天下没有不散的宴席，年轻人又要去忙了，他们在多少个小时后就会分别，可能又会让一些人感到孤独，分开时又会让人伤感。也有一些人因为各种原因，没有回家与亲人团聚过节，或许产生一些孤独的感觉。

其实，每个人都逃脱不了孤独。有网友说得好，真正的孤独，有时并非是孤身一人，而是我们与人群为伍，但却永远无法沟通。我们漂浮在彼此的周围，像原子、如孤岛，像两块磁石，彼此都是同类，却始终无法相吸，但作为人类，却又永远无法适应彻底的孤绝，那种对于沟通和交流的欲望，在困窘的现实面前，显得更加令人心碎。

人在群居的时候有一种快乐，在孤独的时候容易产生抑郁。有人说哪怕是自己天天待的房间，房间里所摆的东西都是自己熟悉的，没有人和自己说话，自己也会感到很可怜，总有一种孤独感绕不过去。

我的感觉可不是这样的，比如你在写文章，思考一些问题的时候，也许在没有别人在的环境里进行会好些。

梵高一个人作画，不满意还可以割下自己的左耳；贝多芬，一个人作谱，孤独到双目失明两耳失聪。列夫托尔斯泰亦是如此，在反对他的社会，反对他的人生，反对他的作为的人群里，他就是孤独的独行侠，做着自己觉得很对很该做的事。

我们要适应孤独，我们可以做生活在芸芸众生中不起眼的独行侠，做着自己认为对的事情就可以。一本书，一壶清茶，一个寂静的日子，也是幸福。我们也可以去学会沟通，人生的必修课之一，“第一是沟通，第二是沟通，第三还是沟通”，有时候这种沟通，适合自己沟通，和自己对对话。只有真正从心灵上沟通了，自己才不会孤独！

（写于2016年9月15日）

早　起

今天上海的早晨仍是秋雨绵绵，照理说滴滴答答的雨声是最好的催眠曲，但是我五点起床的生物钟还是准时敲响。

其实，醒来也没什么大事，无非是看点东西，写点什么。我也赢不了世界，世界也不迫使我要做什么，但正如网友所说，早起至少可以帮助自己或多或少击退一些心理上的阴霾，迎来一丝晕染的晨光。

也许是自己年龄的原因，有了早起的习惯。我也年轻过，二十来岁的时候也总是睡不够，也是不怕睡晚，就怕起早。

我早起的习惯，也有不好，也许会打扰网友的休息，过早地发微博微信，这是不好的习惯。后来我也注意改进了，不要过早地发东西，因为每个人的作息时间是不一样的。

有专家说，早睡早起占人体健康的70%，心态、饮食、调理各占10%，我也没有验证过这个理论是否正确，但我知道早起，至少这个时段读书写作很安静，静静地阅读，身边也不会有手机铃声的打扰，也许家人们还在休息，多么地静谧温馨，这是自己与阅读写作约会的最好时光。

苏洵是宋朝著名的文学家，唐宋八大家之一。他小时候很贪玩，直到27岁才认识到读书很重要，从此开始发愤读书，抓紧一切时间学习，他坚持每天早起早读。有一年端午节，苏洵从很早起来就扎在书房里读书。他的妻子端了一盘粽子和一碟白糖送进了书房。将近中午时，夫人收拾盘碟时，发现粽子已经吃完了，碟里的白糖却原封未动，而旁边砚台上竟有不少糯米粒。原来，苏洵只顾专心读书，误把砚台当成了糖碟。正是凭着这种认真刻苦的精神，苏洵成为了文学大家。

我们每当看到能撞击到自己心灵的文章，更是兴奋不已，或者记下笔记，或是写出感悟。帮助自己厘清思绪，有时也更能沉淀心情。对前一天发生内疚的事情，利用这早起的时间来弥补检讨一下自己，找到改进的方向。

早起，真的好处很多。除了阅读和写作，还可以做一些适当的运动锻练，听一些舒缓的音乐，远离那些信息轰炸，可以淡定从容、有条不紊地去做自己喜欢的事，这种美好的体验是晚睡晚起的人无法得到的。

如果自己是个“夜猫子”，那早起是很痛苦的。一旦生物钟打破了，也会影响精神状态，影响工作效率。那就顺其自然。

但我也发现，有些“夜猫子”的生活方式也有改变。有人在每天早上群里发早上好的表情，我发现时间也提前了许多。我问这位朋友为什么，他说利用早上的时间去读书思考，计划一天的工作，效率会高很多。否则，像往常那样，早上腾地从床上起来，急急忙忙地洗漱，冲出卧室，再将自己和孩子的早饭准备完毕，然后又匆忙把孩子送到学校，有时候上班都来不及。

这位朋友说，现在改变自己的生活方式，早起一点，不光有条理地做好生活的一切，还能留点时间给自己读书和思考，没有了过去那种大呼小叫，也有足够的时间用早餐，避开了每天的早高峰，有时候在每天早上6点半左右，感觉自己已经做完了过去需要一天的事情，发现有许多奇妙的美好。

每天早晨5点到7点，是一天中的黄金时段，我的两本书就是在这个时段完成的。

（写于2016年10月23日）

经历，是自己的人生

我看那些成功人士的背后，都有惊人的相似，这就是他们都有丰富的经历。他们不是经历过险恶的挑战，就是经历过困苦的磨炼，大部分人还都经历过挫折的考验，所以他们做起事来，什么也不怕了，而且办法也很多。

人生最大的财富不是钱财，而是经历，有时候经历也不是用钱可以买到的；使人成熟的也不是岁月，而是经历。自己虽然上了年纪，但也并不很成功。

只有经历了，才会有收获。什么事情在经历之后，才会有领悟，才会有成长。任何经历都是一种积累，积累的越多，人越成熟。

在我们的身边有些人为何智慧多，复杂的问题，在他们看来变得很简单。因为他们经历多，生命有高度；他们经历广，生命有厚度。

妙莉叶·芭贝里在《刺猬的优雅》中说，我们都是孤独的刺猬，只有频率相同的人，才能看见彼此内心深处不为人知的优雅。我相信这世上一定有一个能感受到自己的人，那人未必是恋人，他可能是任何人，在偌大的世界中，我们会因为这份珍贵的懂得而不再孤独。经历是生活本身对人性生存规则的一种碰撞，它既可以改变人的生活情趣，也可以改变人的生活质量，更能改变人的身心命运。或者说：经历是很多很多能够影响人们生活状态和生活习惯的一些现象。

有人说，自己脑子笨，说不出多少道理。其实，人活着就是道理，有多么复杂的经历，就有多么深奥的道理。

我们每个人都有自己的路要走，但每个人看到的风景都是不一样的。道理和经历就是人生命中不断变幻和不断重复的风景。

道理是别人的智慧，经历是自己的人生。每个人的成长和成熟也是不一样的，因为每个人接受父母、家庭、学校、社会诸多方面的教育不尽相同。当我们能够独立生活的时候，自己便成了道理本身，经历便也就成了生活本身。

别人讲了再多的道理，自己没有经历的感悟，还是听不进去，也做不好。有些事情亲身经历了，有些道理虽然看不见，摸不着，也不可预测，自己也说不出多少系统的理论，但它们都像空气一样，围绕在自己的身边，让自己的生活更加充实，鼓舞自己更加坚定地走向明天。

（写于2017年3月7日）

失败也是可以学习的

成功的经验总被人借鉴。但成功以后总结出来的东西有些未必实用，有的也未必真实。为什么一些地方政府每年都要组织去外地参观学习，学来学去，多少年过去了，这些地方还是老样子，或者说没有什么大的变化。

我们去学习伟大的人，先不学习别人如何成功，先学习他们有哪些失败还有失败的原因。这是一个有意思的话题。

因为失败是不会说谎的。失败的教训代价是沉痛的。学习了别人失败的教训，才能避免重复别人已经走过的弯路，减少不必要的牺牲。我们每个人虽然犯错是不可避免的，但我们还是要做到尽可能地避免犯错。因为一个错误，有时候就是致命的错误。

我加了一个聊天的网群，这个网群的群名叫作“聊失败传经验”。群里许多人把自己的教训在群里说出来，与人分享。这样的传授经验更实惠，是一种高尚的布施。我也乐意去说自己的失败。

在这个创新创业的时代，我们的年轻人不仅创造了物质财富，也创造了精神财富，包括用钱用心血买来的教训。有一个数据表明，过去两年时间里，每天都有020创业公司获得融资，也有020创业项目中止、倒闭，共涉及16个领域、千余家企业，而这16个领域中“死者”众多，一片哀鸿，有网友说，请自备纸巾。

一位交了学费，做失败了的年轻人跟我说，自己并不抱怨，其实自己也赢了，赢的不是钱，而是教训得出的经验。从经历中深刻地反省了自己，觉得自己太缺乏独立思考的能力。只是听别人说这个项目如何如何好，就仓促上马了。这件事让自己懂得，别人成功的原因很多，介绍出来的东西有些只是表面，未必真实。只有教训才是最真实的。自己今后不去欺骗别人，但也要防止别人欺骗自己。

教训是真实的，教训也真是成功的经验。我们每个人做事，都希望成功。但这只是希望，是预设，离成功还有距离。在实施过程中，需要对主客观的问题进行反思，也可以从别人的失败中学习。大的成功往往来自许多小的失败。这些失败会让自己跳出日常的心境，让自己对周围的生活，对自己的现状思考得更多，重新估量自己。

向失败学习，也可以获取更多真实的信息，学习到更多的东西。学习成功的经验，往往是对那些经验和知识的延续。向失败学习，虽然会更痛苦，但那些大大小小的失败，将会成为自己的天赋和智慧。

迈克尔·乔丹说过："在我的篮球生涯中，投篮不中的次数超过了9000次；我输掉的比赛超过300场；有26次，我确信将拿下比赛，最后时刻投出关键一球，却没投中，因为我，比赛输了。我的一生中不断地失败、失败、再失败，这就是我成功的原因。"

其实，这个世界许多名人，或者有着小成功的人，原本都是一些普通人，他们都是从一路失败走向成功的。

当然，失败不一定保证最后成功。迈克尔·乔丹说，那些认识到失败与成功密不可分的人正是那些可以学习、成长并最终成功的人。只有学会接受失败，才能从失败中学习。

有那么一句话：现在发生的一切都是可以从过去找到缘由的。别人成功了，我们没有必要去羡慕嫉妒恨，我们为什么不去想想别人在成功的路上遇到那么多的荆棘，不去了解他们在最困难最沮丧的时候是怎么走过来的，他们有哪些教训值得自己吸取，也让自己在风雨的吹打中走一回，学会逐步坚强起来。

《哈佛商业》有一段评价是这样写的：我们应该正视自己的错误，并且包容他人的错误，这是进步思考的必经之道。正如《时代周刊》的马修·塞义德在他的新书《黑匣子的思考》中说的那样，实际上，因犯错误而产生的羞耻感在生活中随处可见。人有了羞耻感，就很难承认失败，接受失败。因为表扬的永远是成功的人，失败了谁都看不起，也会受到方方面面的责怪。为了避免受到这样的责难，人们会掩饰自己的错误。所以承认失败并自觉向失败学习，也不是一件容易的事。

有时候失败也不是花钱就能买到的。失败是一种极其宝贵的经验，有效地掌握失败的经验，可以做到节省时间，珍爱生命。

我一生中也做过很多失败的事，有的大些，有的小些。有的事情虽然失败了，也不再去做同样的事了，但逐梦的心未泯，这件事虽然不重复去做了，但这个教训可以用到其他事情上，同样是有用的。让失败也能产生价值，从失败中学习。失败是暂时的不成功，是黎明前的黑暗。调整思路，修订路线图再出发，也许能找到新的方向。当然固执己见，沿着错误的道路坚持走下去那也是不可取的。人生苦短，我们也不可能让每件事都由自己去经历失败，别人吃一堑，自己长一智也是对的。

既然失败没有欺骗，是真实的，我们就要学会与真实相处，在失败中学习，增长智慧，成就人生。

（写于2017年3月15日）

状　态

有人说，老年人什么都相信，中年人什么都怀疑，年轻人什么都知道。这是不同阶段的人生状态。

人是善于多变的，每个时期都有不同的人生状态，就是在一天当中，自己的状态也有不同。

不管什么状态，自己喜欢的，就是最好的。如果自己想看书了就看书，累了就睡觉，想吃啥就吃啥，不想联系谁就自己安静一阵，出去旅行或是宅在家怎么都好。

自己活在一个什么样的状态，不需要去装，也不是为了表演给别人看。如果自己忙一点，忙到没有时间去思考无关紧要的事，很多事悄悄地淡忘了。过去了，就让它过去。不要刻意地故作姿态。有时候人家在笑话我们，那就让他笑，因为最好的日子不是别人笑，而是自己不闹。

人生中总会遇到困难，遇到了也不要害怕。既然走到了这一步，就要坚持下去，给自己一些肯定，这才是自己最好的状态。

人的状态与人的情绪有关，情绪好状态就好，相反，有可能就不在状态了。因为太在乎一件事或者一个人，人的情绪就会波动很大，状态也就不是很好。如果放弃了，我们就可能回到状态的原点，也可能处在一个没有情绪，没有言语，没有表情的状态，这样自己的心就安定了。别人是无法知晓自己内心的状态的，只有自己能够懂得自己。

有人的状态令人尊敬，因为他们懂得尊重别人，不管别人的闲事， 不晒自己的优越， 懂得内敛自持。自己活得自在，别人也活得开心。

很幽默、敢自嘲的人生状态，也很受人欢迎。因为他们会爱别人，敢于放下自己的身段，讲自己生活中有趣有教训的故事，让别人在谈笑之中获得思想，懂得做人的道理。做好自己的事情，欣赏别人的优秀，不轻视落魄的人，看到自己的不足，也有自己的小生活和小情趣；不去包打天下，努力去活出自己。

不同的活法有不同的状态。在自己情绪不稳定，状态欠佳的时候，更需要多与身边的良师益友交流，解开心结，让自己回到豁然开朗的状态。

好状态好人生。人活着不仅仅像动物一样只考虑吃喝拉撒睡，而是要找一种理想和状态来追求，来滋润心灵，陪伴人生。

（写于2017年4月17日）

无论社会情景有多么糟糕 我们能管控好自己就行

现在人们一谈到社会上有某种不良现象时，大家都会群情激昂，甚至认为这个世界是最坏的世界。这个时候，自己的负面情绪就会上来。其实，世界没有你想象的那么坏。任何社会，任何时候都有光明面，也会有阴暗面。我们最好不要过分关注社会的阴暗面。

阴暗面关注多了，会慢慢地侵蚀掉自己积极向上的力量，也许会滋生黑暗的力量，自己的内心也会越来越分裂。

其实，每个人都会有自己的阴暗面，只是自己承认或不承认的问题。人或多或少都有虚伪的一面，自己的阴暗面有时也会有意无意被隐藏起来，不希望别人看到“黑暗”的那一面，很多人都意识不到这一点。

有光明的地方必有黑暗，我们要直视自己心灵的阴暗面，接受自身这部分现实，去发现和挖掘自己身上的光明面。当然也不刻意去逃避阴暗的部分，更不要忽略光明的部分。多看点美好的事物，多做点让自己开的事情。人的性格是有两面性的，每个人都有其性格的正常面和阴暗面。当自己想做损人的事情时，用理智告诉自己会有哪些自己不愿见到的后果，也许会改变自己阴暗面的想法，让自己回到正确的处人处事的道路上来。无论面临的社会情景多么糟糕，我们都有自己可以掌控的部分。当自己出现阴暗面的想法时，不要试图去掩盖它，更应该了解它控制它。

生活中如果有阴暗面的负面情绪产生了，不仅伤到自己的内心，而且还会伤到自己的身体。这种负面的东西也可能会传染到别人，传递到消极、倦怠、心里不爽、损人不利己的人。

一些媒体为了吸引眼球，也对生活中的负面事件大肆宣传报道。虽然在一定程度上满足了人们的好奇心，但同时也削弱了人们的积极心态。缺少鉴别能力的人，看到这样的东西多了，心里也逐渐变得灰暗起来。

这个世界没有那么糟糕，我们也不要自己吓唬自己。我们的生活中有许多积极的、好的方面，不要只看到自己的不幸，而忽略了自己的幸福，也不要去放大了别人的幸福，缩小了自己的快乐。我们不要活在比较的状态中，没有必要老跟别人比职位、比房子、比财富、比子女，比来比去，总觉得自己不如人家，越比阴暗面越多，心里只剩下欲望，没有了幸福。

人的阴暗面少了，阳光面就会多。阳光面多了，自己也会去乐意助人。美国哈佛大学一项研究显示，在生活中多去帮助他人，能让自己感到更快乐。现实中，乐于无私奉献的人变少了，心里灰暗斤斤计较的人会变多。而阳光面多的人，就不会算计着“我能从中得到什么”“做这件事值不值得”，因此他们的生活就很知足。

（写于2017年5月2日）

你太单纯了，是批评还是表扬

在生活中，我们经常看到这样一句话，“你太单纯了”，好像单纯有什么不好，仔细玩味这句话，似乎批评的成分占多。

不懂为什么，现在当形容一个人单纯时，竟然不再是对这个人的称赞。“这人真够单纯的”，说这样的话，似乎成了一种鄙视。

人本来没有理由讨厌单纯，我想大多数人从心底里还是喜欢单纯的，当然也有的人喜欢别人单纯，而自己喜欢复杂。

我是喜欢单纯的，因为我们都是从孩子长大的，孩童时代至少都单纯过。

孩童时代，大家都喜欢童话故事。讨厌故事里的坏人，喜欢故事里的好人，因为故事里的好人都单纯善良。

有人形容心思单纯的老人为“老顽童”，因为这些老人心思单纯，像天真的小孩，他们高兴时会嬉皮笑脸，痛苦时也会悲伤落泪；他们的生活习惯看起来比较传统和保守，然而他们的心情开朗，必要时也超越文化与传统的束缚；他们的日子没有那些年轻人那么奢华，只知道饿了就吃，吃了就玩，累了就睡，时不时还来几句五音不全的曲子，过着无忧无虑的日子。我常常想，是不是返老还童的原因，又让上了年纪的人回到了相对单纯的年代。

心情不好时，不妨多去想想自己的童年，每个人的童年都是美好的。它如一条小河，在我们的心中流淌着，永远不会干涸，也永远不会忘记。那个时代的我们，在放学的路上，大家无拘无束，会发出一串串爽朗的笑声；顽皮的孩子还在小河边、草丛里嬉戏大闹，却忘记了父母的担心；回家时间还早，有时躺在路边的庄稼地里，仰望天空再睡一会儿。孩子的眼睛不会说谎，他们看到的世界才是最真实的世界。只有孩子才可以蔑视一切身外之物，只关注世界的本来面目。孩子会喜欢流浪的艺人，当那些悲凉的调子响起，只有孩子会认真地聆听，昂着小小的头，真正地成为知音。孩子喜欢你就给你糖块吃，不喜欢你，就不给。童年时代可以无拘无束，真实地做梦，真实地表现喜怒哀乐，真实地做自己。

孩子的心是最纯真的，下面这个故事太经典了！

有一位单身女子刚搬了家，她发现隔壁住了一户穷人家，一个寡妇与两个小孩子。

有天晚上，那一带忽然停了电，那位女子只好自己点起了蜡烛 。

没一会儿，忽然听到有人敲门。

原来是隔壁邻居的小孩子，只见他紧张地问：“阿姨，请问你家有蜡烛吗？”

女子心想：“他们家竟穷到连蜡烛都没有吗？千万别借他们，免得被他们依赖了！”

于是，对孩子吼了一声说：“没有！”

正当她准备关上门时，那穷小孩绽开关爱的笑容说：“我就知道你家一定没有！”

说完，竟从怀里拿出两根蜡烛，说：“妈妈和我怕你一个人住又没有蜡烛，所以我带两根来送你。”

此刻女子自责、感动得热泪盈眶，将那小孩子紧紧地抱在怀里。

其实我们每个人都是曾经的好孩子。我们那些单纯的童年，你不想驱赶他，他还在我们心中生长。只要无怨无悔，无欲无求，就能像孩子一样简单。

人长大了，心思就变多了，思想也会复杂了。

这个世界上有太多太多的东西是我们无法揣摩的，尤其是人的心。每个人都有自己的思想，所以对待同一件事，却会有着成千上万种心情。

有的人比较多愁善感，本来没有大不了的一点小事，可是由于想得太多，把很多简单的事情都复杂化，但在其他人看来，觉得是个不足挂齿的事情，他们却可以纠结好几天，为难自己，让自己整天都是胡思乱想，搞得整个人都沉闷起来，以至于让别人不知道他们真正的想法是什么；有的人很渴望成功，所以会想尽办法来赢取机会。于是只顾自己，不顾及他人的感受，脑袋瓜里只装着自己的计划，常常不按常理出牌，做起事来让人琢磨不透；有的人城府很深，别人很难看穿他们的心思。人与人之间一般的相处还算可以，但是他们就是不喜欢把自己的心思都透露出来。善于将自己的内心隐藏到最深处，不被他人识破。

回过头来想想这句话，“你太单纯了”，我的理解不应该是批评，应该为肯定，为赞扬。因为只有像孩子一样单纯地活着才是真正的幸福和快乐。但要做到这一点，首先要对自己忠诚，要学会放松自己，不要用太多的心思去琢磨别人，琢磨世界，这个世界上还是好人多。快快乐乐过一天，心事重重也一天，何必让自己痛苦地过着。

（写于2017年5月4日）

人生要不要留空白

我看到网上有一些文章说到，人生不要留空白，以免留下遗憾。

有个帖子还列举了这样一个经典的故事。

美国一位74岁的老先生驾着一个自制的木筏，从旧金山出发，沿着海岸线南航，到墨西哥之后，打算以464天的时间横渡太平洋，在2008年抵达中国北京，以圆他的梦想：看奥运。陪同他这趟冒险之旅的，只有他的爱犬。此事吸引了人们的关注，有人说他根本到不了太平洋彼岸，甚至可能连墨西哥湾都无法抵达。但老先生只酷酷地对着媒体一笑，意思是等着瞧吧！

正是由于80年前美国飞行员林白驾机飞越大西洋，才有今日航空旅游事业的蓬勃发展；正是由于38年前美国航天员阿姆斯特朗驾驶宇宙飞船登陆月球探险，才有今日太空科技的发展。

这个故事应该讲的不是人生留不留空白的问题，而是不要小看人类的体能、智慧和意志。只要有勇气，有恒心，有毅力，就能面对任何问题和挑战。

我们所说的给自己的人生留空白，并不是胸无目标，让自己虚度年华，有机会能拼搏的事情全部放弃。

给人生留下一点空白，而是让一些纯真和美好去填补。因为心灵需要充足，需要用精神营养去滋补，它才会充盈，才会爆满，才会是真正的人生。

我认为，空白真的没有什么不好。为什么美丽的画作上往往留下空白，好像中国画都会留空白。这样的画让人看上去舒服，人生也一样，也需要留下空白。

有了空白，会让自己心灵更畅快地呼吸；有了空白，当自己得意时，不至于冲昏头脑；有了空白，当自己遇到痛苦时，也会找到安慰，不让痛苦窒息心灵；有了空白，会发现生活原来是那么有滋有味、丰富多彩，在遗憾中体味人生的道理，明白人生的意义，懂得生活的智慧。

陶渊明不为五斗米而折腰，过起“采菊东篱下，悠然见南山”的闲适生活；李白不畏权贵，写下“安能摧眉折腰事权贵，使我不得开心颜”的千古佳话；文天祥在京城已破、国家已亡的情况下，面对高官利诱，留下“人生自古谁无死，留取丹心照汗青”的民族气节。苏武被匈奴所困，面对高官利诱，宁愿做一个孤独的牧羊人，十几年如一日；文成公主从小在优越生活中长大，却为了唐蕃友好，选择为那个荒凉的雪域高原奉献自己的一生。

这说明给自己留下空白，是让自己有个闲适的心态，过着宁静的生活，平淡地看待人生中的得与失，取与舍，并学会取舍，知道什么是自己该要的，什么是自己可以放弃的，选择了放弃，坚守着自己的精神家园。

我们何必让自己的生活挤得满满当当，这样只能让自己陷入困境，压得喘不过气来。

其实，缺陷也是一种美，它也有韵味，有纯洁，也会让人陶醉。我们完全可以享受缺陷之美。

当然，空白也并非什么都没有，干干净净。就像文学，不着一字，言有尽而意无穷。

不给自己留空白，只顾自己往前冲，不顾别人怎么活，不给别人空间，别人也不舒服，人际关系必然会紧张。

任何人不能包打天下，有些事情失去了，就挥挥手告别，以一颗平常心对待一切，微笑地对待空白，这样，才不会让自己的生命失去本色，反而会让生命焕发色彩。

（写于2017年5月18日）

享受人生，也许是享受沉重

端午小长假快到了，许多人在谈论旅游。有一位朋友曾经告诉我，外出旅游，他不愿把自己甩在人堆里，在像蝗虫一样的队伍里，被导游吆来喝去，而是要参加自虐式旅游。

有一次，他和几位朋友一起花了3天时间去爬山，别的什么也没有玩，3天里就像狗一样地钻了七八个洞。还有一次，他和他的自虐式团队，从林芝的派乡出发，徒步途经拉格、阿尼桥、巴登则、墨脱、达木，最后到达80K，几乎贯穿整个墨脱，从走进墨脱到走出墨脱用了9天左右时间，一路上经历了高原反应、恶劣天气、艰险环境重重考验。

这位朋友对我说，这不仅是锻炼自己的体能和毅力，也长了智慧，更是一种对沉重的享受。

旅游欣赏风景，享受环境，浴新鲜空气、赏满眼绿色，固然是一种享受；而探险、登山、参加极地运动，也是一种享受。

人生要享受的东西很多。比如读书学习，去享受知识；听音乐、赏诗文、观演出，去享受艺术；去散步、聊天、度假，可以享受休闲；以亲情、友情、爱情，去享受情感。好像享受都是轻松的。其实享受也是多方面的，享受孤独也是享受，体会煎熬也是享受。当然，人也不可能享受生活的全部。

生命是多层次、多角度的，生命之花是靠许多的享受来供养的。看来我们过去是不是对享受的理解太狭窄了。享受沉重，对有些人来说也是很难理解的。

爱因斯坦、达尔文、爱迪生、开普勒等人，当他们的伟大事业完成时，都说过类似的话：现在生与死对我都无所谓了。因为他们都已享受到了生命中最成功、最华彩的段落。就是那些壮志无酬、行将赴死的勇士，如布鲁诺、文天祥、项羽、谭嗣同、林觉民等，也是拥有对生命成功的享受。当常人将父母给予的血肉之躯用来作衣食之享时，他们却将生命的炸弹作最后一掷，爆出无限的光热，通过凤凰涅槃，得到了永生。他们不但生时享受事业之乐、理想之乐，身后还永享历史之功和人格之尊。当然，这种享受，要付出沉重的代价。

现在流行歌曲唱的，潇洒走一回，痛快活一场，有的人理解，享受就是享受物质更丰富，享受就是享受占有或挥霍。这是对生命的不信任，也不是真正的热爱生活，当然更不可能享受到生命之果。如果想去看看高峰，但又望而却步，那就很难看到极顶的风光；如果想去出海体会海阔天空，还没有多远就又收帆，那也体会不到惊涛骇浪。

人到中年，上有老下有小，事业和家庭许多事情必须承担。而我们的生命只有一次，并且时间有限，我们对生命的享受又不那么从容，有时候自己是一个被逼到墙角的人，有可能成为背上很重包袱的人。

我熟悉的一位老板，每周只安排自己两三个小时打牌的时间，没有其他的任何享受。我问他，你的人生是不是很累？他说，要是说不累那是假话，现在企业里已有12000多人了，他们要吃饭，他们的家庭要负担。我既然为大家搭建了这个平台，现在怎么停得下来，我现在的感觉是自己上了高速公路，慢不下来了，只能朝前走。但我觉得这么长时间了，也习惯了，其实我也并不感到什么苦，反而感到是一种享受。

这位老板在享受什么，他在享受沉重。享受沉重，需要一个乐观的心态，一种吃苦的精神，一颗奋斗的心。

什么人能享受沉重，必然是对人生负责任的人。人生，是一种责任，既然活着，就应担起生存的职责。

人生的路，总是深一脚，浅一脚。悲伤在路上，希望也在路上；疲惫在路上，欢喜也在路上。我们不可能每天都有阳光朗月陪同，也不可能每时每刻都活在欢声笑语里。总有一些困难，一些痛苦，需要我们去经受，去承担。

能够享受沉重的人，必然对得到和失去做出明智的选择，他们也能够拿得起、放得下。再大的困难，他们也能让自己的心情走向绿洲。也许自己的生活并不富裕，也许自己的工作岗位很普通，也许自己正处在困境中，而能够享受成长的人，却照样能面带微笑，从容自若地去面对生活。

因为能够享受沉重的人，别人无法压垮他，他们的内心很强大。他们拥有最大的财富，就是笑容、优雅和自信。

有一位年轻人，工作上遇到了一些压力，加上失恋了，整天闷闷不乐，他的爸爸妈妈给他打电话，他也不接，他谁也不想见。因为我和他关系特别好，他偷偷地跟我说，他希望躲到一个僻静的地方，躲到一个无人打扰的角落里，也许什么压力也没有了。我开导他说，你的想法太天真了，人只要活着，就没有办法与世隔绝的，我们要学会承受。遇到了再大的压力，我们还是要坦然面对，该扛起的时候，就要扛起。当自己回忆起这种扛起的过程，其实也是享受，这就是享受沉重。

一个人活在世上，就必须承担属于自己的责任，履行属于自己的义务。对家庭，对事业，对朋友，对社会，对民族，我们必须尽到责任和义务。

享受沉重，要对父母承担责任。千万不能因为有代沟，就不愿去见自己的父母。孝敬父母，也不只是给钱给礼物，有空的时候多陪陪他们，说说话。享受沉重，要对事业负责任。找一份工作不容易，不要老是挑三拣四，既然认定了这份工作，就要敬业。享受沉重，也要对朋友负责任，朋友迷惑时，就要提醒他；朋友痛苦时，就要安慰他；朋友落魄时，还要一如既往地对待他，不要在朋友有钱时不离左右，落难时就脚底抹油。享受沉重，还要懂得对社会负责任。不要只管自己赚钱，不管别人死活。作为万物之灵，我们既是自然人，也是社会人。我们每个人都是社会的组成部分，并不是孤立存在的，也是社会责任的承担者。享受沉重，当然最关键的还是要对自己负责任。自己混不出个样子，要多从自己身上找原因，千万不要怪天怪地怪爹妈怪银行怪社会。

享受沉重，不一定舒服，有时甚至是痛苦的。要承受种种外部的压力，更要面对自己内心的困惑。但回忆起苦苦挣扎的过程，特别是获得了成功，哪怕是一点点的进步时，即使别人不理解，自己也会感动的，这种感动，就是对人生的享受。

（写于2017年5月28日）

世界是彩色的 你为什么感觉是黑白的

在闲着的时候，偶尔翻翻过去的黑白照片，倒是觉得别有一番风味。现在有的年轻人，觉得黑白照片很新奇，因为他们没有经历过那个年代，所以有人特意把彩色照片搞成黑白的。现实生活毕竟不是这样，但如果你爱上黑白摄影，弄清黑白和彩色在技术上有哪些区别，那是另外一回事。

有人说，世界是彩色的，而感觉自己的生活是黑白的。这也不一定是错觉。世界是客观存在的，是多彩的，也是多面的。而你感觉生活是黑白的，因为你的生活是自己选择的，是主观的，你已经过滤掉了很多东西，也许感觉到了一种迷茫。

有朋友问道，为什么会迷茫？因为心中没有目标。为什么会失去目标？因为心中没有了追求。为什么会变得没有追求？因为看不到追求可以实现的希望。为什么会看不到追求可以实现的希望？因为所追求的对象过高过远，超出了自己的视线范围。为什么追求的对象会超出自己的视线范围？因为思想所能抵达的地方超出了智慧的范围。为什么思想的边界会大于智慧？因为思想就像是孕妇，智慧就像是胎儿，孕妇永远比胎儿大。

所以，明明是彩色的世界，你却看到的是黑白的。因为自己思维的局限性，把自己圈在一个狭小的圈子里，没有能力去开展自己的“思想”，也就没有办法看到精彩的外部世界。越想越感觉到别人的世界是彩色的，而自己的生活却是黑白的。成天不知道自己是为什么忙，到底要忙些什么，也看不到自己的现状和未来。

有一位年轻的朋友告诉我，自己的工作虽然薪水不多，但倒落得个清闲。上班就是接接电话，填填表格，看上去每天都去上班，但一周的实际工作时间也就那么几个小时，剩下的时间要么看电影、打游戏，要么就在灯红酒绿之中。这样的生活本属于有色彩的，可是时间一长也觉得没有多大意思，也感觉自己的人生是黑白的。

这是一个最好的时代，因为大数据给我们带来了大价值，给我们的生活带来了改变，你这样去看世界就是彩色的，自己的生活也是彩色的；这也是一个最坏的时代，因为暗藏隐患。在这个大数据时代，自己不能顺势而为，不去学习和实践，常常会陷入困境，甚至被这个时代所淘汰。你这样看世界，看到自己的生活一定是黑白的，甚至还会发出这样的感叹，我们这代人为什么过得这么惨？自己每天都忙得不可开交，“没时间”“很累”成了口头禅，感觉自己背负着巨大的压力，很是焦虑、迷失、踌躇和压抑，最终在面对生活的时候充满了无力感，变得越来越平庸。

年轻的时候，谁都有过迷茫。我们小时候的那个年代，因为一个人的出身就决定了他一生的地位和职业：农民的儿子也会当农民，工匠的女儿会嫁给另一个工匠等。不像现在人们有了太多的选择。我出生在农村，那是计划经济的年代，工作没有多少可选择的。上中学的时候也在想，长大了做什么，我也很迷茫。好心的邻居给我出点子，有人说你可以去开手扶拖拉机，因为那个时候开拖拉机就觉得很了不起。也有人说你去学赤脚医生，因为人总是会生病，会找人看的，赤脚医生还可以离土不离乡。后来我虽然没有去做那些工作，但每当想起这些事也体会到，人在迷茫的时候，感觉生活是黑白的。

现在，我们生活的时代是一个伟大的时代，充满着前所未有的机会，真是一个彩色的世界。你想做什么都有机会，只要自己有雄心，又有知识，又不缺智慧，干什么都行。不管从何处起步，你都可以沿着自己所选择的道路登上事业的顶峰。

要让自己的生活也变成彩色的，就要拥抱这个世界，抓住机会不放，努力开辟自己的天地。世界是公平的，谁也剥夺不了你学习的机会。人生能有几回搏，在30年、40年、50年的职业生涯中，我们要学会自我发展，知道把自己放在什么样的位置上，尽最大的努力，做最好的自己。

要创造自己彩色的生活，就要用心投入自己喜欢的事。不要羡慕别人的世界有多么精彩，不要崇拜那个人多么有才。要羡慕也是他们多么有耐心，多么能吃苦。只有具备了那些，才能找到自己精彩的生活，像雄鹰一般不停地翻飞盘旋，执着地寻找，才能看到彩色的世界，找到自己精彩的生活。

（写于2017年6月1日）

走远了，记得把自己找回来

有一天凌晨，我还在朦胧之中，女儿突然从远方打来电话，问家里一切都好吧？我说都很好，有什么事吗？她告诉我，昨天夜里做了一个不好的梦，她梦见外婆死了，后来她醒过来了还痛哭了一场。我告诉她，外婆挺好的，梦是反的，你不必伤心。我知道，她从小是外婆带大的，对外婆感情很深。她很害怕哪一天失去外婆。

人最痛苦的，就怕失去。比如，失去亲友，失去事业，失去爱情等。有些事情失去了，就找不回来了，比如人死不能复生。

人之所以总是害怕失去，是因为担心未来，担心得不到更好的。担心的，也不仅仅是对过去的眷恋，而是对未来的恐惧；焦虑的，也许不完全是对失去的恐慌，而是对未来能否得到的不确定。

人对失去总是刻骨铭心的，但对有一种失去却是麻木的，这就是失去自己。

人很难一路单纯到底的，总是会忘记当初的自己。人有时候会突然迷失于自己，找不到自己，把自己丢得无影无踪；也有的时候，常常认为自己忘不掉的事，却在自己念念不忘中遗忘了。

有的时候，我们也会想很多很多。在回忆中迷失了自己，在朝前走的过程中迷茫了自己。会在不知不觉之中丢掉了自己，其实丢掉的不仅仅是自己，还有自己的青春，自己的愉悦，自己当年吃的苦，受的累。

儿时，我经常听大人说灵魂的事。似乎上了年纪的人更多地关注人的灵魂。那个时候我也不知道什么是灵魂，灵魂是不是一个人的内心。现在大家都忙忙碌碌，很少有人会静下心来，洞察自己的内心，并在夜深人静的时候轻声呼唤一声自己的名字。

小时候，我曾经听我爷爷讲过这样有趣的事。说是一个人客死他乡后，就需差使一个人，一边提着灯笼一边叫着逝者的名字，慢慢走回家，每逢有桥有水的地方，还得提醒逝者要小心走好，目的是把死者的灵魂带回来。

据说这样的事情不仅中国有，外国也有。每年都有不少人到南美洲的原始森林探险，带路的向导都是当地部落的土著。土著有一个十分奇怪的习惯，每走一段路就要唤一声人的名字。他们说，这是为防止灵魂跟不上躯体，他们得“找回”。

现实生活中，把自己找回来也不是很容易。人的身上也总有一些不能让自己理解的事情。

有朋友常常问自己这样一些问题。有时候，在街上看到一个熟悉的背影，为什么忍不住站在那愣着发呆；也有时候，明明自己身边有很多的好兄弟姐妹，为什么仍是觉得自己好孤单；有时候，听到一首歌，为什么也会想起一个人；有时候，明明在憧憬着未来，为什么又迷失在过去；有时候，为什么突然地难过，想哭，却哭不出来；有时候，为什么很想放纵自己，让自己歇斯底里地当一会儿疯子；有时候，为什么想一个人躲起来，不想让别人看到自己的脆弱；有时候，为什么自己明明有很多想法，却不知道如何表达出来。这么多的为什么，这说明一点，人一旦走远，往往会迷失自己，让自己找不到方向，也许还会忘记生命的意义。

人要是缺少了倾听自己心灵的声音，也很难去做最精彩的自己。回不去的都叫做回忆，而得不到的都叫做未来。我们每个人都在向自己的青春不停地告别，而同时也在不停地重逢。

在人生的路上，我们总是习惯往外看，在外界的纷乱中往往会迷失了自己的初心。我们为了所谓的生存，往往将自己的灵魂丢失得太远了。活在这肉欲横流的时代，渐渐忘了自己本来的模样，渐渐失去了发自内心的欢愉与纯净。

羚羊每天都在奔跑，为的是不被狮子抓到。而狮子每天也在奔跑，为的是捉到那只跑得最慢的羚羊。这个世界，每天都在忙碌之中，而生活在这忙碌世界之中的我们，为了生存，也就渐渐地已经看不到那个原本的自己了。我常常想，也许我们自己就从来没有清醒过，也许我们会敲醒不懂事的孩子，而放过了不清醒的自己。

丢掉的，记得找回来，尤其是丢掉的自己。

人走远了，也不可怕。生活中难免有迷茫。但一个人的视野和心胸，决定了自己会看到怎样的世界，并能走多远的路途。

我没事的时候，常常会去老家的海边看海，看到潮涨潮落，看到退潮后的沙滩。我想，也许我们每个人就是沙滩上的泥沙，随着时间的推移不断地朝外走。难怪乡镇的领导告诉我，老家这些年来又长出了几十万亩的滩涂。浪涛打在沙滩上，跑海的人们又可以奔向远方的大海。

人生在世，难免遇上不如意的事，遇到了不要难受，更不要萎靡。毕竟日子总在过，生活总要继续。找回了初心的自己，任何的委屈都不是委屈。在海里很容易迷路，我小时候也曾经丢失过自己。人如果感受不到前进的方向，就努力成为自己想要的方向。

我们所有失去的，也许都会以另一种方式归来。虽然这个世界有时会来阻止你，困难也会接踵而至，但我们只要一直抬着头，保持微笑，我们还会继续前进。人生中最大的乐趣来自于做一些别人认为你做不到的事。我们要相信自己，相信自己的初心。

找回了走远的自己，也要想到，回忆，有时令你嘴角上扬，有时也能让你潸然泪下。岁月里的周折，谁也猜不透命运的底牌。人这一生不必太较真，不必束缚自己的心情，我们可以轻装而行，学着做自己。生活之所以耀眼，是因为磨难与辉煌会同时出现。

（写于2017年6月4日）

人生的际遇
也许是瞬间捕捉到的感动

有一位青年，大学快毕业时，看到别人找到了好工作，自己却还在苦苦地海投简历、到处跑招聘会，可是没有一家公司看中他。后来好不容易找到了工作，几年以后，别的同事升职了，而他还在原来的岗位上苦熬，日复一日地干着枯燥的、已经熟练得不能再熟练的工作。他脑子聪明，也能说会道，看到别的人下海创业发了财，而他却还是老样子。他左思右想，怎么也想不通。后来他找到了一个原因，想自己这样一个有才的人，没有社会背景，没个大人物赏识，就算自己吃再大的苦，一辈子也难以走出“大山”。自己就是缺少际遇，也缺少伯乐，说来说去还是怀才不遇。

这位大学生从自己感觉的一次次挫败和失落中，让怀才不遇的人生意识固化起来，抱住不放。甚至抱有幻想，坐等那机会的出现。

有怀才不遇的想法的人其实不在少数，有些人总在抱怨，为什么怀才不遇的总是我。

俗话说：千里马常有，伯乐不常有。为什么我的能力老板总是看不到？升职、加薪为什么老是轮不到我？职场上这样的情况常常出现。入行的时间相同，自己也做出了比别人更多的努力，也有更好的业绩，可别人升职了，自己却没有。这确实是一种怀才不遇。

一项网络调查显示，在职场上575位被调查的人中：有41%的人常常觉得自己怀才不遇；有34%的人偶尔觉得自己怀才不遇；只有25%的人从来不觉得自己怀才不遇。从这个调查可以看出，正在或者曾经觉得自己“怀才不遇”的人加起来有75%，说明持有这种认识的人，在职场中很普遍。

有一句话叫作“是金子总会发光的”。如果你真是匹千里马，早晚都能遇到你的伯乐。或许你现在还没有遇到，那只是因为时机未到。因为你的才能是一种现实的存在，现在没有人看到你的存在，或者忽略了，也不要沮丧，真实存在的，是无法磨灭的。你真有才能，就会有被认同的那一天。也许有的人比你更有才，也没有遇到机会。也许你的才能还处在蓄势待发期。

在“不遇”的时候，我们不能整天处在一个消极的工作态度中，少些不被重视的不公平感，更不能在自己的心中充满不满、抱怨，甚至愤怒，要更多地想到总有厚积薄发的那一天。

在非洲草原上有一种草叫尖毛草，它是非洲大地上长得最高的毛草之一，有“草地之王”的美称。但它的生长过程却十分怪异。在最初的半年里，它几乎是草原上最矮的草，只有一寸高，人们甚至看不见它生长。在那段时间，草原上的任何一种野草，长得都要比它旺盛，没有人能看出尖毛草是今后的“草地之王”。

但半年过后，在雨水到来之际，尖毛草就像被施了魔法一样，以每天一尺半的速度向上疯长，三五天的时间，它就会长到一米六至两米的高度。大片的尖毛草就像一堵突然竖起的墙，让人感到无比的震撼。

这一自然现象，曾引起许多人的好奇心。科学家们来到非洲草地，专门研究尖毛草这一现象。研究表明，尖毛草其实一直在生长，但它不是长身体，而是在长根部。在长达6个月的时间里，尖毛草的根部长的超过了28米，无声地为自己的将来做准备——一棵草，竟然有28米以上的根茎，这是多么罕见的现象。当蓄积了足够的营养和能量后，尖毛草便一发而不可收，在短短的几天时间里，长成了“草地之王”。

这个尖毛草就是这样的厉害。在别人不注意的情况下，尖毛草慢慢地长着自己的根，根越多越深，吸收的营养就越多，再配上雨水的浇灌，长得当然快了。

人生也是这样，只要有大量的、充分的积蓄，也会少量地、慢慢地放出，没有真正的怀才不遇。一个人会在什么位置上，一定有它的原因。保持乐观、积极的心境，才是正确的人生态度。

有一次，我采访了上海的一位企业家。30多年前，他带了300块钱，从苏北农村来到上海。他找到几位在建筑工地打工的老乡帮忙找点事做，因为他没有木匠、瓦匠的手艺，只好做更费体力的杂工。但是他想自己总不能一辈子干杂工，自己总要做点什么事情。他一边干活，一边与工友们交流人生。他看到工地上总有一些衣衫破烂的人捡垃圾，好像整天忙忙碌碌。他对一位老乡说，我去捡垃圾怎么样？那位老乡用肯定的语气说，这也是不错的主意，你又不怕吃苦，我看你能行！

他被这句话瞬间感动了。他离开工地，干起了捡垃圾的活儿。垃圾越捡越多，没有地方堆，他跟当地村上商量，租了荒废的空地放垃圾。捡垃圾的事业越做越大，自己还买了几条运输船，收获了第一桶金。

他听说那个堆垃圾的地方要开发了，他就干脆打报告建标准厂房收租金。这样他就从小到大，干起了房地产事业。他用房地产的收入，又去投资了其他的几个行当。两年前，他的外甥做健康产业，问他有没有兴趣？他觉得这也许又是一个机遇，他认为健康产业有前景，他参与投资了。这位企业家很谦虚，他在人前背后，总是管他的外甥叫师傅。他是一个有脑子的人，是一个谦逊好学的人。一个苏北农村穷得叮当响的人，如今却成为上海滩有着十多亿财产的企业家。

他的成功，没有华丽的语言，没有刻意雕饰的痕迹，一切都是那么地平淡自然，就是“捡垃圾你能行”那句话，却让他获得了一种从未有过的心灵的碰撞与感动。这也说明人生的际遇，往往就在刹那之间。

采访中我有一种感觉，人的生命中，总有一些被我们搁浅的记忆，每当回想起当年，才会发现当初深陷其中的自己是多么地傻。

每个人不知道什么时候会遇到什么人，遇到什么事，遇到了，也许就是人生的际遇。也许从自己身边走过的许多人许多事都只是匆匆而过，但每一次相遇我们都要十分珍惜，哪怕是一句不经意的话，也许有可能会改变自己的一生。不要等到错过之后再流出遗憾的泪。错过的次数太多了，也许自己已不再年轻。

谁都希望自己有好的际遇，能有精彩的人生。青春时都有着最美好最真实的际遇。只要有一颗敏感而细腻的心，善良而多情，总是能抓住生命中那美好的一瞬。这些简短的际遇，有些刻骨铭心，有些已经沉郁心底，但都会鼓励自己拥有远方和诗，也许能用自己的行动写出不掺杂功利虚名的心灵独白。我们普通人也不一定要成为人群中耀眼的星光，能让自己感动也行。抓住了瞬间的机遇，有时虽然没有做出什么惊天动地的成绩，但去真实地脚踏实地地做了，在自己的心里也有默默的掌声，这时自己不再寂寞，这也是一种人生的际遇。

（写于2017年6月20日）

任你墙外花开花谢，我有我的世界

有一位朋友说，他有一个朋友好久没见面了，没有什么电话，网上也很少看到他的表情。过去，他难过的时候，总是第一个跟我说，他快乐的时候，也会及时与我分享，可现在却没有了。这样的情况已经有一段日子了，是不是自己做错了什么?

其实，这很正常，双方都没有做错什么。只是你有你的生活，我有我的世界。一时的淡出，不等于朋友的退出；一时的不联系，不等于心里没有你。

现在的社会，大家压力很大。每个人都有自己太多的事情要做。一忙起来，就顾不上相互联系。我们要学着原谅别人，更重要的是接纳自己，更多地学会给自己一个拥抱，毕竟我有我的世界。

有一位青年跟我交流时说，我不是官二代，也不是富二代，只是一个普通的农家子弟。我也不是不想交朋友，在读大学的时候，也有热热闹闹的生活。可是，现在参加工作了，各方面都有压力，时间总觉得不够用，所以我也不想跟别人那样，没完没了地打牌，没完没了地聚餐。我现在更需要安静的生活，想想今后几十年我的日子怎么过。

他说，有的人为什么不费吹灰之力，就能拥有很多的资源，做起事来顺风顺水；为什么自己也是那样地豪情万丈，那样地默默努力，有些事情还是无能为力。我不想怪别人，也许是自己还没有找到独一无二的自己。

我想这位青年的想法有道理，每个人都有每个人不同的背景，世界也不可能把所有的恩惠平均地分给每个人。有些目标确实我们这些平凡人无法达到。每个人的出身，也无法由自己选择。要真正地做自己，就必须承认现实。

出身平凡的人，也许都自卑过。我也是这样。但自卑没有用，跳不出自己给自己的折磨，那漆黑一片的世界还是进了一束光。

那位青年想做独一无二的自己，他跟我谈了自己未来的人生规划，他也想做一个受人尊重的人。他说，与其成为别人眼中的别人，不如成为自己心中的自己。不论自己失败还是成功，不管自己忧伤还是快乐，那都是我自己。自己愿意为自己挣扎困惑，毕竟，知识不足可以学习，经验不足可以积累，竞争力不足可以培养。那样，自己的一生就没有白过，这样的自己也是有价值的。

我们平凡人有平凡人的活法，不管墙外花开花谢，自己只想活在自己的世界里。莎士比亚说过，“没有什么比希望成为不平凡更平凡的了。”其实，平凡才是最难的一件事，这意味着需要从现实的要求和传统的标准中跳脱出来；意味着不再把外界的干扰作为衡量自我的标杆，而是开始真正遵循本心，可以把自己的平凡发挥到极致，过自己想过的生活。

我有我的世界，只是不希望自己的世界被别人打扰，做自己喜爱做的事情。有人对我不喜欢打牌表示不理解，说什么每天没完没了地写文章，活得多没劲啊！当然，这是好心的劝解。我从心底里也很感谢这些好言相劝的朋友。

但是，我有我的世界，其实也不需要谁来理解。打牌，至少有 4 个人在一起玩，但写文章是个体劳动，是寂寞孤独的。有时候，只能无奈地望着天空的残月，有黯然失魂的时候，也有疼痛悲伤的时候，也有畅快淋漓的时候，当一切烦恼被忘却的时候，吐出来的文字，就像自己的孩子一样喜欢，自己的生命得到了新的注解，有一种不一样的心醉，这里面同样有着不亚于打牌的快乐。

我有我的世界，你有你的世界。活在不同世界里的人都能各得其所，也没有对错之分。

但是，如果我的世界就是你的世界，这个世界就不成世界；每个人都有自己不同的天空，如果能在同一个天空下生活，相互就有了认同；每个人都有不同的追求，如果有相同的追求，就有了共同的目标；每个人都有不同的梦想，如果我的梦想就是你的梦想，就有了共同的追求。人的生命只有一次。大家都希望做自己喜欢做的事，去自己想去的地方，帮需要帮助的人。

现在的年轻人不缺自信，也许多了一点自我。一些人喜欢这样的话：每个人都是一个国王，在自己的世界里纵横跋扈，你不要听我的，但你也不要让我听你的。所以每个人都有自己的世界，这个世界不是谁想进就能进得来的。进不来硬闯，也只能是自讨没趣。我不反感这种说法，毕竟每个人都是属于自己的。

但是，做真实的自己也不是那么容易，我们可以选择最淡的心事，诠释坎坷的人生。人生中没有那么多说走就走的人生，最华美的奢侈，有时候也缺少那些最灿烂的自由。我们需要放下一切的执念，素心如简地过好每一天。

我有我的世界，就不要在意外界的纷扰。只要自己不怕苦和累，坚持往前走，就一定会有自己的风景出现。那些转错的弯，那些流下的泪水，那些滴下的汗水，都让你成为独一无二的自己。每个人都可以听到自己，看到自己，把听到的，看到的分享给别人，你的世界并没有跑调，还在自己的手中，这样做也许能帮助到别人。

活在自己的世界里，一些人往往缺少安全感，怀疑自己的做法能不能得到外界的认可。拿破仑说：“造就法国大革命的是虚荣心，自由只是借口。”每一个知识分子的内心深处都有一种无可救药的不安全感。哪怕是最有天分最多产的作家，都会过着一种不断地自疑的生活，需要每天生产出新作品来自我肯定。人的虚荣心多于雄心就不好了。我们即使做出了什么成绩，讲出了一些道理，也不要让每个人都来喜欢和尊重，甚至是服从，个人的认知和水平毕竟是有限的；我们更没有必要夸张自己；也没有必要自己高兴让人高兴，自己痛苦让人痛苦。因为每个人都有不同的自己。生活中你不难发现，原来这个世界有许许多多不同的人，不同的想法，不同的生活方式，不同的价值观，正因为有了这些，这个世界才会变得精彩而有趣。活在自己的世界里，就要尊重世界，接纳世界，不管自己是否理解，是否赞同。

我有我的世界，不只是活在自己的一切欲望里，也不只是活在自己执着的世界里。遇到困难时，我们不要一味苛责外部世界，更要时刻观照自己的心灵。我们也可以静下心来，多读一些书，熟悉掌握外部世界的作家和思想家的作品，以及他们在作品中留给我们的思想、经验、象征、幻象和理想的巨大财富。读那些书，不是为了装扮自己的门面，而是更多地去领略人类所思、所求的广阔和丰盈，从而在自己与整个人类之间，建立起息息相通的生动联系，使自己的心脏随着人类心脏的跳动而跳动。

任你墙外花开花谢，我有我的世界，并不是要把自己的世界封闭起来。我们还要开放自己的心灵。我们不要不相信变化可能发生，不知道变化可能发生，不知道变化正在发生，不知道变化已经发生。世界是不断变化的，如果用静态的思考方式去理解动态的世界，那只能让我们自己在不知不觉之中重复着同样的笑话。这样的笑话，也常常在我身上发生。

我有我的世界，做好了，会让自己看到有意义的人生，不用虚假的慰藉来麻痹自己，也会让自己活出不一样的精彩，让自己懂得生活的意义。

（写于2017年6月25日）

有人生，还要会享受生活

在上海，有一片旧城改造的区域，盖起了十几栋大楼。有这么多人居住，肯定就会有消费。有人就在那里办了一个像模像样的室内菜市场。可是几年过去了，生意还是很清淡，平时只见少数老人常来这里光顾，年轻人根本不来这里买菜。据说这些上班族一般要么在外面吃，要么就叫外卖，很少在自己家里做饭。

我认识的大学生小王开始也是这样，下了班，不是和几个朋友一起在外面吃，就是随便买点凑合一顿算了。后来他结婚了，嫁给他的大学生小沈也不会做饭，开始俩人也在外面吃，觉得不用自己动手，都能吃到美食。那阵子，他们俩下班前就开始搜索美食店地址，恨不得要尝遍全城的美食。每次谈起，某某地方又开了一家新的餐厅，食物的精致与美味，环境的无可匹敌，都让自己高兴不已，总觉得这才是人生的享受。

有一次，他们到亲戚家吃饭，吃惯了饭店的人，觉得家里做的菜也挺好吃。长辈跟他们说，看你们会不会生活，还要看你们会不会做饭。这句话让他们受到了启发。与其几个小时泡在外面，还不如回家自己动手享受二人世界。

他们俩也是有心人，后来去饭店不仅品尝美食，还会通过观察和学习，了解这些美食是怎么制作的。慢慢地，他们在家里也学会了做松饼和鸡蛋煎饼，学会了炒菜、炖鸡汤，还能用一些菌菇等食材学做营养餐。下了班哼着小曲走进厨房，也不觉得累，自己动手做饭做菜犒劳自己。

生活不过一日三餐，最深的爱与关怀，都在最平常的食物里。现在人生活条件好了，想吃什么，就能吃到什么，不用自家做，五湖四海，酸甜苦辣，山珍海味，没有什么是不能吃到的。可是很多人，就算尝尽所有，也找不到一种味道。这种味道，是一种叫作家的味道。小王和小沈自己用小小的砂锅慢火炖肉，或者煲出极其美味的汤，整个家里都会弥漫着浓郁的香味。

用心生活的人会懂得，自己动手用心烹饪的食物，隐藏着情感和温柔，这也是自己人生不错的享受。

享受生活，是人的一种珍贵的能力。有人说，人活着要那么复杂干什么，吃饭，一包方便面就搞定了；睡觉时，瘫在沙发上就过一夜。当然条件不许可时，这也是一种生活的享受，但我们不能变成一个生活无趣的人，不能在闲暇时，总对着手机、电脑和电视机发呆。享受生活没有什么不好，因为人生只有一次，浪费短暂的一生，未免有点可惜。

闲暇时，带上家人朋友，体验帆船、骑马、直升飞机等新奇玩意儿，也很好。独处时，学着看一些书，不求博古通今，对提升自己的涵养也有好处。

享受生活，不需要寻找特殊的日子，因为每一天都是特殊的，享受生活就是享受今天。不让生活来控制自己，自己的生活自己做主，给自己留下足够的享受空间，每天认真地生活，过好活着的每一分每一秒。每天温馨耳语，每天快快乐乐。

有人说，享受生活谁不会，可是自己压力太大，怎么去享受。生活本来是个沉重的话题，每个人都有大小不同的压力。在压力、责任和使命面前，如果我们用好的心态去面对，用宽广的胸怀去接纳，那快乐就会不期而至，伴随左右。我们不能抛弃自己的奋斗生活。那些奋斗得来的经验，尤其是战胜困难后所得到的愉快，也是一种人生的享受。没有一个人不要艰苦奋斗，不要克服困难，就能踏进顺境，就能坐享其成的。

我们每个人的一生中，都曾经沐浴过幸福和快乐，也会经历坎坷和挫折。幸福快乐时，自己总是感觉时间的短暂；而痛苦难过时，却又抱怨度日如年。会享受幸福，也要学会享受痛苦。享受幸福，会增加自己的成就感；享受痛苦，也会提高自己的自信心和忍耐力。要趁着自己年轻，不当啃老族，要去不断地奋斗，用奋斗来的成果，让自己和家人享受。不要容自己昏睡。年轻是资本，要依靠自己的强壮和灵活，不疲倦地做好每一件事情。为了自己一份长久的事业，为了自己操劳的父母，为一场纯粹的感情，也为一个更好的自己，我们必须要去奋斗，只有自己努力了，自己想要的享受，岁月才会给你。

能不能享受人生，往往与一个人的胸怀和格局有关。看透了人生的一些真谛，就能很好地享受自己的人生。谁都热爱自己的人生，但热爱也不能过度，少些成功和失败的空虚，就能超越人生，就有另一种美好的享受。

陶渊明就是最会享受生活的人。他是一位伟大的诗人，是中国文学传统上最和谐最完美的人物。他永远是最高人格的象征，他的生活也像他的诗一般自然而充实。

他是一个无忧无虑、心地坦白、谦逊简朴的乡间诗人，是一个智慧而快乐的老人。没有一个人能比他更卓越。

陶渊明29岁出仕，一直厌恶官场，向往田园。41岁时，经朋友推荐做彭泽县令，因不愿为五斗米折腰，仅做了80多天便辞官归去。并写下了著名的《归去来辞》赋，以明心志。

有人认为陶渊明的归隐是“逃避主义者”，但实际上他绝对不是，从这首赋里我们可以看出，陶渊明热爱生活，热爱人生。在他的眼里，他的妻儿是真实的，他的家园是可爱的，他的田园生活是富有乐趣的。

他的归隐只是出于对腐朽现实的不满，他要逃避的是肮脏的政治，而不是生活本身。

陶渊明依从自己的本心，回到了自己的精神家园，他的内心是愉快的，和谐的，他在赋里所流露的感情是欣喜和激动的，他是一个真正能认识生活本质的人。

人不去追求许多完美的东西，少去寻找那些实不可得的事物，也许会多一些旷达的忍耐，在认识自我、发现自我中，才会找到属于自己的人生享受。

那位风光的撒切尔夫人，到人生的最后阶段才留下两段话：

“事业可以带给你名声、地位和成就感，但当你卸下盔甲，夜深人静的时候，当你年华老去的时候，名声会随着时间淡去，成就感也会消退。也许钱会留下，但到了垂暮之年，金钱不会给我们带来幸福感，家庭才是我们最终的后盾和归宿。”

“受伤时，家是遮风挡雨的伞；开心时，家是洋溢幸福的河。事业永远无法取代家庭成为人情感的港湾。拥有幸福的家庭，才是人生的目的，事业只不过是为了维护家庭幸福而采取的一种手段。”

很可惜，许多事，年轻时我们不懂，懂得时已经不再年轻。

我老家有几户邻居，经济条件属于中等，但家里收拾得干干净净井井有条，家居也不都是名牌，但都配备齐全。房前屋后还种了一些树木和花草，吃饭基本都比较清淡，很注意养生，男主人有空的时候会看看书，女主人没事的时候会去打打牌，家里的精神生活也很丰富。他们有时也烦恼，但他们生活是有趣的，甚至把烦恼当作有趣来对待，享受人生的各种滋味。

巴金说：“我爱人生，所以我愿像一个狂信者那样投身到生命的海里。”

人生只有几十个春秋，人的梦想往往包含着真理，我们向前跨一步，也许会发现一条意外的路。发现了，我们也许会享受生活的充实和乐趣。如果我们没有把握好自己的生命，没有去享受生命，这是不明智的。为过去的已过去，而无人得知未来。真正爱自己的人，就不会让自己失望，有损失相信自己一定能挽回；一时灰冷和渺茫也不怕，一定能用自己的辛酸所凝铸的汗水去浇灌；自己不去伪装，就庄重和博大，就能赢得人生，享受人生。

（写于2017年6月28日）

深深浅浅的岁月，给了我们什么

最近一段时间的夏夜，我在老家乡下经常去一些邻居家串门，像儿时那样，在露天的场上纳凉，和长辈等一起唠嗑，感觉很好。虽然有些蚊子在飞舞，风稍微大一点，吹在身上挺舒服，蚊子也会被风刮走。

这让我想起小时候，在老家的夏天的晚上，因为没有电风扇，大家都喜欢到室外纳凉，我有时候躺在一张方桌上，望着天上的星星，等凉透了，睡意来了，才回屋里去睡觉。

那时候的夏天，家家户户都在门口场上吃晚饭。吃完了，左邻右舍就凑到一起，很热闹，拉呱讲故事。有人讲牛郎织女的故事；也有人指着天上的那颗星星，说叫什么名字；还有人讲些鬼怪狐狸和有关宝藏的故事。大人小孩都在一起，摇着芭蕉扇，讲各自熟悉的事，邻里之间感情很融洽。

那时候空气好，夜晚仰望星空，白茫茫的银河清晰可见，牛郎织女星也能分辨得清楚。现在的晚上有时只能看见少数几颗星星。

那个时代的农村，谁家有事连招呼都不要打，都会自愿去帮忙。现在住进城市，一家一户的门都紧闭着，有时候住了多少年，连邻居姓什么都不知道。想起儿时乡下的生活，那才叫人间的美好。现在的人们口袋里的钱是多了，但许多有价值的东西却不见了。

人都喜欢回忆过去，有时候一点点小事情被回忆起来，还是那样地反反复复，好像就在眼前。小时候的记忆是美好的，也是单纯的。长大了，有时很难找到那样的感觉。所以，回忆那深深浅浅的日子不是廉价的，而是很珍贵的，是自己值得珍藏的东西。

这些天，邻居长辈在纳凉时讲的那些过去的故事，现在回味起来也很让自己着迷。那些不经意的事情，渗透着邻里之间的友情。看到他们一脸的沧桑，说话的中气也没有以前足了，但那些咸酸苦辣都刻在脸上，让自己产生了敬佩。自己儿时的调皮，也没有少给他们带去烦恼，但回忆起来还是鲜活的。时间会老去，但记忆不会老去。这些都是人间的宝贵真情。

我老家的小花圃给了我很多的喜悦。这些天，月季花开得有碗口大，一棵树上还能开出几种颜色，花大到挤走了叶子的位置。花开在枝头，阳光洒满通透的围墙和窗户上，蝴蝶在花丛中追逐，鸟儿在屋檐下欢唱。虽然有鸡鸣犬吠，孩童哭闹，但还是觉得那是人间最美的画，在自家的花圃和菜园里散步，自己便成了画中人。

一天，村上的书记来我家聊美丽乡村建设。我说，农村有着自由的生命，在平淡的寻常里，能找到安静，就是美丽的。虽然河里的水有些污染，但田园风光还是酿了岁月的酒，让人们有着一颗喜悦的心，难怪现在的城里人老喜欢朝乡下跑。我也给书记聊到了一些建设老家美丽乡村的建议。

深深浅浅的岁月中，我对老家的那份温暖盈满心怀，总有一份爱在自己的生命里灿烂。

在独处的时候，我也会经常想一个问题，那些深深浅浅的岁月到底给了我们什么?

岁月肯定会给我们每年长一岁。但每当自己翻起某年的今天，也许会有某种失落，有些黯然神伤，有点责怪自己那年那日的虚度。深深浅浅的岁月也许给了自己太多的可能，由于自己没有去努力，因而失去了许多可能。

我老家有两棵40多年的柳树，夏天郁郁葱葱，给我们送来清凉；到了冬天落叶了，残枝点点，似乎有些衰败。但拾取岁月的年轮，还是能慰藉我那颗苍翠的心。随着年龄的增长，也许自己变得不够灵气，不够勤奋，但自己还不能停下脚步。指尖一弹，恍如一世，有些事情，自己不想做，也没有人责怪自己，但不去做，可能只有等到下辈子。

我是土生土长的南坎人，我的乡愁情结特别浓。一提到老家的事，我就特别地兴奋。这是人的一种割不断的精神命脉。

其实，我们每个人都有一种精神依托，这种依托来自一颗自己热爱的心，爱祖国、爱家乡、爱亲人、爱故土的一草一木。特别是儿时成长的一些场景，就像在自己的心里生了根一样，是那样地刻骨铭心。这是一种根系的文化。我的根，就在这个具有光荣革命历史的南坎。几年来，我一直想为老家做一件事，想拍一部纪录片，把老家那场写进中国抗战史的战役搬上荧屏，让后人记住这段历史。我把想法告诉了曾经的老同事、现在的如东广播电视台副台长徐庆华，他一口答应，而且很给力，组织专门力量花了几个月时间去拍摄制作。前几天，南坎战役纪录片终于播出了，我心里有说不出的高兴。纪录片找到了根据，南坎不只是一场战斗，而是一场战役，一场值得载入中国抗战史的战役。

我和我的爱人一起观看了纪录片，她的五叔也是在那场战役中牺牲的，我们都目不转睛地盯住屏幕，默默地不说话，被片中的镜头一次次触动到了心灵。

纪录片脉络很清晰，捕捉到了重要过程中的一些段落和细节，找到了许多十分珍贵的史料，使各种原始信息得以保留，披露了许多鲜为人知的事实。创作者通过精妙的构思，让这段历史有起始、有发展、有高潮、有结果地呈现出来，增加了片子的生命力和厚重感。

当年老家军民团结一心抗战的岁月，给我们留下了多么宝贵的精神财富。不管以后的岁月中，我们要经历多少风雨，不管未来的旅途中会面对多少坎坷，我们都要传承这种精神，让自强、团结、牺牲、坚韧的抗战精神温暖着自己的岁月，人就会活出有价值的人生。

在深深浅浅的岁月里，现在有些人似乎不太愿意接受现实。总认为自己是这个世界上受到了最不公平待遇的人，却想不到那些为革命捐躯的先烈；总认为自己的生活也没有想象的那么完美，而且又好像有某种残酷；希望自己能留在那种虚构的环境中，因此，希望越大，失望也就越大。

有的年轻人说，自己曾经的故事，曾经的牵挂，曾经的孤独，曾经的愤懑，曾经的放不下，不经意在某一天有泪的夜里悄悄地消失了。

岁月如风，匆匆而过，搁浅了多少爱恨情仇，模糊了多少美丽风景。

我们只有面对现实，不要那么多地想入非非，才会与时光同行，与梦相约；驱逐了自己心中的凉薄，才有风轻云淡恬静的陪伴；有了宁静的淡雅沁入心灵深处，心底的暖意才会在岁月里静静地蔓延和荡漾；看惯了人世间的人情冷暖，也才会让自己疲惫的心停泊靠岸，躺在宁静的港湾里休憩；别看那天空是那么地蓝，岁月是那么地安静，温暖着自己岁月的，还只有自己，因为生活总是在那里期待着你。

一位哲人说，人生是一场历练，走过那些深深浅浅的旅途，许多故事结束，许多故事开始，许多朋友走散，许多朋友聚来，活这一辈子的风风雨雨，留给记忆的也只是那些零零碎碎的瓜葛，面对着那些生命过往的历程与碰触，人生的那些珍重，也就在于自我的呵护和善意的宽恕。

在深深浅浅的岁月中，每个人都有自己不同的人生态度。充满正能量的人，总会看到世界是一片阳光；满满负能量的人，看到的世界却是一片黑暗。我们还是少些悲凉，充满信心，快乐地活着。活着，比什么都好。

我们个人虽然没有那么重要，有些事情可以遗忘，但时间却赋予了我们生命沉甸甸的力量，让我们的生命变得尤为可贵。

当我们刚刚来到这个世界的时候，每个人都是单纯和善良的。但时间长了，就缺少了最初的纯净。只有当自己受到了伤害，才能体会到纯净才是每个人最重要的东西，才知道人最好能做回最初的自己。不管你当了多大的官，也不论你家里有多少的财产，大家都说你是好人，而且你也没痛没灾的，这才是生活给你的福报。

经过深深浅浅岁月的磨炼，才能让自己长大。很多事，不会让自己莫名地激动，也不会让自己过于悲伤。这也许就是岁月给自己留下的人生财富。

（写于2017年7月1日）

无尽的等待，只是一场迷藏的梦

我们都看过许多影视片中蛰伏等待战机，保存实力，集中优势兵力打歼灭战的故事。这种等待，是一种智慧。

越王勾践，他的等待很有价值。他忍辱负重十年，准备了十年，蛰伏了十年，等待了十年。十年中他经受令人难以想象的奇耻大辱，不变的却是他等待战机的决心，十年的等待，换来“三千越甲可吞吴”的传奇。

在我们的人生中，有时候也需要等待。等待时间，等待花开，等待下一道彩虹。有时，等待只是人生旅途中的一段小憩，小憩结束了，我们的旅途还要继续；有时，等待只是一个过程，过程终结了，新的旅途又在等待着我们。

等待，也是一种幸福，因为，有了等待，也许就有希望，父母等待孩子的成长，学生等待学业的完成，人们等待理想的实现。因为等待，人生才会这样多姿多彩，绽放光芒。等待也是一种追求，为梦想、为胜利而努力地追求。

但是，等待也不是一个绝对的真理。我们有许多美好的事情，美好的岁月，就是因为某些固执的等待，被白白地消耗或浪费掉了，有的甚至错失人生。我的一生中也有不少这样的教训。

人们似乎习惯了这样一些说法：“等下一次吧”“等将来有机会吧”“等我有空的时候”“等我有了条件”“等以后有了钱”，等来等去，如果只是消极地等待，那也很难等出什么名堂。

等待，似乎有一丝神秘，有一份憧憬。不是所有的等待都会如愿以偿，等待的滋味往往并不好受。等待中，难免会产生消极的情绪，如果没有无畏的勇气与坚定的毅力去克服，那样的等待，也许只是竹篮打水一场空。

我上小学时的语文课本上，有这样一篇寓言故事，题目叫作《等一会儿再说》。

从前，有一商人从外地购回两大筐陶器，让骡子驮回家。

他牵着骡子走了一段路，一人看见骡子驮着两筐瓷器，竹筐没有放正，歪了，于是提醒他："筐歪了，你快将筐摆正，不然两筐陶瓷就要报废了。"废了。"

商人看了一眼两只筐，心想，筐歪了，有什么了不起："等一会儿再说。"继续赶他的路。

走着走着，一位大爷看到歪了的竹筐，着急地说："竹筐歪了，赶快弄一弄，不然两个竹筐里的瓷器就得全摔坏。"

商人抬头看了一眼两个筐，心里想：筐还没有掉下来，你着什么急？他告诉对方："等一会儿再说。"

商人牵着骡子继续赶路。一位中年妇女看到骡子驮的两筐瓷器，筐歪得特别厉害，大声说："你赶快把筐扶正，不然两筐瓷器掉在地上，那就捡不起来了。"

商人看了两个筐一眼，是比前几次歪得厉害一点，一会儿不会掉下地的，就说："等一会儿再说。"

离家不到一里路，这时年轻人看到骡子驮的竹筐就要掉在地上，急忙说："快将筐扶正，不然就来不及了。"

"要到家了，等一会儿再说。"

商人的话音刚落，只听"哐当"的一阵杂乱响声，两筐瓷器掉在地上，所有的瓷器全碎了。

商人看了看满地的碎瓷器片说："你为什么不等一会儿，等我到家了，就放下来的。这一眨眼的工夫，两筐瓷器全没了。"

有些事不能等，也不要等。很多事情，虽然还没发生，但其实早已开始。有眼光的人，总能从一些现象中捕捉到这些事情发生的可能性。人生很多失败，不是自己做不好，也不是没有能力做，而是自己做慢了。

庄子说："人生天地之间，若白驹过隙，忽然而已。"面对如白马般疾驰的时光，我们真的等不起。等待，会让人错失机遇；等待，也会让人悄悄地老去。我们不是不愿等，真的等不起，从懂事开始算起，人生也就只有这短短的几十年。

有一位青年跟我交流时说，我也知道有些事情等不起，可我就有一种拖延的毛病。有一段时间，自己整个的生活就像一潭死水，风吹不动。明明知道自也有很多要做的事情，但是总是为自己寻找各种理由不去做。当自己拖着疲惫的身体回到家时，发现自己迷失了，不想说话，两眼茫然地盯着空气，看到的是无尽的失望。

他说，自己和爱人把大把的时间消耗在厨房、卫生间、商场、电话以及综艺娱乐节目上，越是重要的事越是放到后头，还认为这是对自己的犒劳。有时也在问自己，这到底是为了什么？难道自己就甘于平庸，没有一点自己的人生追求？自己似乎在等待什么，可是一晃几年就过去了，也没有等出什么结果。他似乎已经意识到了，这种无尽的等待，只能让自己的幸福慢慢地被消耗掉。

这位青年说，现在看来，等待也不是自己躺在椅子上一动不动地闭目养神，那样的等待毫无价值。我要改变自己的人生态度，要用新的眼光重新审视事物，体味生活的真谛。让自己在等待中把握机会，学会接受，学会行动。

中国作家协会主席铁凝说，我们都太喜欢等，固执地相信等待永远没有错，美好的岁月就这样一日又一日被等待消耗掉。

生命中的任何事物都有保鲜期，无尽的等待，只能让那些美好的愿望供奉在理想的桌台上，只能让它在岁月里积满灰尘。

无尽的等待，无谓的拖延，也许是一些人为了证明自己足够优秀，他们也许会想做那些别人不可能做到的事情；有些人也许会想，自己虽然看不起平庸，但却认为自己挺聪明，优秀也不用着那么努力；一切都等到今后，我自己来做，总有办法解决的；自己虽然也不想失去，要么全部要么没有。这种心理给自己带来了无尽的怀疑、依附和疏远。

等待的时间越长，越有一种固定的心态，不愿意冒险，不愿意采取行动；找到自己借口的时候，自己就在不断地退缩；显得对竞争毫无兴趣，对胜利的回报也颇为冷淡；往往给人留下“随便你，无所谓”的印象，因为他们做事从不全力以赴，慢慢吞吞的，最后让自己被淘汰出局；有时遇到小小的挫败，也会让自己做出等待的某种妥协，处于动摇之中。

其实，等待也并不轻松，等待不免无聊甚至痛苦，无尽的等待更让人无聊和痛苦。有些事情，我们自己不能等待，也不要让别人等待。

有一个单位，几个月前就去约一位领导参加一个活动，这位领导总是以各种理由要推迟，主办方只有耐心地等待。好不容易等到领导点头的那一天，主办方立即发出了正式通知。可是，开会那天，预定的开始时间已过去了一个多小时，这位领导还没有到场，主持人只好无奈地说，领导可能因为忙，我们就先开始吧，一会儿他会到会讲话的。会议已经结束了，这个领导还是没来。有人提议再等一会儿，让他和大家合个影，可是还是没有等到，直到工作餐结束了，也没有见到他的人影，让主办方在远方赶来的嘉宾面前很尴尬。后来了解到，这是这位领导的常态，他经常让别人处于痛苦的等待之中。

浮华尘世里，历经了缘聚缘散、伤心泪流的故事。每每想起，心中总是无限感慨！

我们大家都不要等待，等待，只会让自己的年华消逝，到头来只怕是虚幻的一场空、一场梦。

有一场精彩的报告，迷倒了许多人，也引来了阵阵热烈的掌声。在掌声之中，我认识的一位企业主管却捕捉到了一个重要的信息。报告人提到了有一种新材料今后会有很好的市场前景，但没有提到研发单位的具体信息，一般的人对这样的信息也只是听过算数，但那位主管回去以后，却费尽心思从互联网上找到了对方的联系方式和地址，他第一个找上门去洽谈合作，对方说，没想到我们才刚刚通过小试，你们就找上门来，既然这么有诚意，我们就好好合作一把。后来，他们共同投资开发了这个项目，也获得了市场的认可。

机会是坐等不来的。要生存，就必须学会积极地等待，学会在等待中蕴积力量，在等待中涵养锐气，在等待中寻觅机会。

等待，需要花费不少的时间。时间，也许并不会永远给我们明天。所以，不要把生命活成一场无尽的等待。把握好今天，给自己挤出一些时间，去做重要的事，见重要的人，尽量减少自己的遗憾。

等待，是一把双刃剑，一面是愚蠢，一面是明智；一面消极，一面积极。每个人都有自己不同的判断和态度。也许你曾经有过在橄榄树下等待再等待的经历，体会过徘徊再徘徊的心情，我们不要去责怪什么，因为，人生本来就是一场梦。而无尽的等待，只是一场捉迷藏的梦。

（写于2017年7月3日）

岁月，才能留下真实的痕迹

闲着的时候，我喜欢去小区的河滨公园转转，每次看到盛开的鲜花争妍的景色，心情特别地好。花不会去迷人，不会因人喜欢而美丽。说明人们自己对某事倾注了感情色彩，想到了世界的美好。我想，“繁花似锦”，也许说的就是这个意思，许多色彩纷繁的鲜花，好像富丽多彩的锦缎，让人对美好的景色和美好的事物产生憧憬。

边走边看，让我想起了这样一个词，叫“恨紫怨红”。各种各样的花竞相开放，也让人心烦意恨，花姿有时也会引起人的伤感。这是不是现在人所说的“羡慕嫉妒恨”？

走着走着，脑子里又跳出了一个词，叫“花明柳暗”，垂柳是那样的浓密，鲜花又是那样的夺目。柳树成荫的时候，也是繁花似锦的时候。这个时候人们想到，我们在困难中，也许会遇到转机。

世界上没有永不凋谢的鲜花，过一段时间再去那里看，又成了花儿“零落成泥碾作尘”“花褪残红青杏小”的景象，让人产生了相思和闲愁。花儿虽很美，总有一天它会枯萎。难怪人又产生了多愁善感的情绪。说声再见，便不再相见；说声忘记，一切记忆便氤氲。

人生就是这样，边走边看，边看边醒。一路走来，每一个季节都有残缺，每一个故事都有暗伤。情感虚虚实实，光阴明明灭灭，要让自己做到清醒，真的不易。你想要的未必属于自己，你得到的却未必是所期待的。

人生是一场修行，人海漂泊，边走边悟，边悟边省。年华似水，汲汲奔走，悟一生，一生悟。童年的纯真，少年的懵懂，青年的志在千里，中年的海阔天空，其实是人生必经的一个过程。

现在年轻人的童年比我们那个时代要幸运得多，我们那个时代放了学，就是帮助家里挑猪草、铲羊草，当然家长也不会催我们做作业。而后来的年轻人，记忆中的童年是彩色的。有想吃就能吃到的泡泡糖，也有怎么闹腾都不觉累的玩耍时间，还有看多少遍都不厌倦的漫画书，甚至还有背着父母偷偷看的动画片。

随着岁月的沉淀，也许你会发现，在红尘里待久了，少了开始时的初心，身上多了一些烟火的味道。久而久之也迷失了自我，让自己失去了纯真。心里有满满的牵挂，身上有太多的牵累。走着走着，感觉太累了，似乎有点走不动了。

如果累了，你可以歇一歇再走，但是总有一段路，需要一个人走。生命里的每一次创伤都是一种成熟，每一次失去都是一种获得；生活中也会有一些挽不回的遗憾。正是由于缺憾的存在，才会让我们对未来充满憧憬，让我们细心地去收藏点点滴滴的快乐；人生若是美好，那叫作精彩。若是糟糕，那叫作经历；有些事情虽然耗费了时间和精神，遇到的那种痛苦，可以理解为快乐的痛苦；心倦了累了，记得停下来，品一盏茶茗，听一曲琴音，吟一首小诗，念一段过往，就是一抹情怀；生活要继续，天空没有留下痕迹，鸟儿已经飞过，自己经历过了就没有后悔；书里的世界，屏幕里的世界，都是别人的世界。只有自己亲手触摸到的世界，才是自己的世界。的世界。

有一位70后，跟我谈到了他的成长经历。

他在读高中的时候，老是想起父母的叮咛，一定要考上大学。可是第一年，偏偏没有考上，觉得自己是世界上最可怜的人。

复读一年，他圆了自己的大学梦。为完成学分去努力，脑子里除了考试别的什么也没装下。

研究生毕业后，他去找工作，眼高手低，也没有找到自己满意的工作，心里还是不开心。

参加工作后，他第一次犯了低级的错误，被领导在大会上点名批评，那时候觉得自己无地自容，感到天要塌下来了，整夜睡不着觉。

谈起这些经历，他慢慢地悟到，自己的每一次挫败，都是生命在无声地流逝，自己的每一次心跳，都意味着岁月的走远。但是每一步，都是自己生命的痕迹。人生的道路是丰富多彩的。

他认为，人在生活中边走边看，边走边悟，才能感知脚下要走的路，眼中迷人的景，心里才有真切的感动；自己没有伤痛，就不会有涉及伤痛的勇气；只有在寸步难行的时候，才会去感谢生命赐予自己的容身空间，感恩身边陪伴的人；年轻时说的“我记住了”的话，多半是假的，因为自己那时还没有如候鸟的观察能力，不会根据冬冷夏热，春雨秋霜去安排自己的生活。

人的成长，需要从小立志，而且要从小事做起。人总不可能从婴幼儿一下子变成青年。

立志要从小处来，一屋不扫，何以扫天下的故事很有意思。

东汉时期有一个人叫陈蕃，他学识渊博，胸怀大志，少年时代发奋读书，以天下为己任。一天，他父亲的一位老朋友薛勤来看他，见他独居的院内杂草丛生、秽物满地，就对他说：“你怎么不打扫一下屋子，以招待宾客呢？”

陈蕃回答：“大丈夫处世，当扫天下，安事一屋乎！”薛勤当即反问道：“一屋不扫，何以扫天下？”

陈蕃听了无言以对，觉得很有道理。从此，他开始注意从身边小事做起，最终成为一代名臣。

我们长大了，也许自己幼稚可爱的脸成长为时光冷漠宁静的脸。有时虽然只有几天的接触，也许只是生命中的一个墨点，也会给我们留下鲜明的印记；几年，只是生命里的一个章节，我们也许会昙花一现；几十年的花开花谢，弹指一挥间，有时也换不来真正的成长。懵懂和稚嫩，更像不散的幽魂，不时侵蚀我们的本真，蒙蔽我们的双眼。

我从小就是一个顽皮的孩子，至今我还记得那些成长过程中的小事。4岁的时候，在大人不知情的情况下，拿了外婆家地里的几只山芋，被我父亲打了一顿，从那时起，就知道别人家的东西不能随便拿；在上初一的时候，我在班上吵闹，影响了其他同学的学习，被校长找去写检查，也懂得了自己不能影响他人的道理；刚参加工作时，我看了一份不该看的文件，挨了领导一顿训，从此养成了不该知道的不问，不该打听的不打听的习惯。

每个人长大后都可以回忆起，自己生命中的几个贵人，有些人虽然已经离世了，但在别人心灵里却保留了他的生命；有些看着自己长大的长辈，虽然说了一些简单不过的话，但却传授了很多做人的道理；有的人讲精彩的故事和人生感悟，也让自己见识了外面的世界。

人生中必然会遇上散落在一路成长中的际遇，有的人也曾经让自己产生过恨，但时间长了也就慢慢淡忘了。有些虽然是一些帮助自己成长的小事，慢慢累积，会从内心深处爆发出一种力量，在某个节点上，让自己走向成熟，甚至扭转生命的轨迹。这是自己幸福的记忆和经历。我们可以优雅地剥去生命华丽的外壳，击穿生命精髓的内核，克服自己的惰性，不断战胜恐惧。不断探寻的过程，就是自己成长的过程。

有人说，少年如溪，青年如河，中年如湖，老年如海。少年壮志不言愁，中年心静万事休。漫漫人生，跌跌撞撞，不知不觉人到了中年、老年。许多人生的道理，至今我才渐渐悟出，这不能说不是一种缺憾。

我与一些老朋友聊天，谈到过往的千回百转，也谈到那些风轻云淡的念想，曾经的如烟往事，都成了闲话与聊侃，聊侃中也会有新的体会；慢慢地，自己也养成了以另外一种心情对付过去的事：即使想到了一些伤感的事，也不会像过去那样激动，而是静静地让它离去。让自己看问题更客观一些，不要脱离当时的时代背景作评论，有些回忆，只会让自己学会坚强。

或许，岁月留给了我们太多的沧桑，但始终要相信，生活给予我们最多的还是感动。老朋友在一起，总有谈不完的话。我的人生虽然平平淡淡，没有什么特别的精彩，但是经历很多，体悟也多。那些看似浅显的道理，有亲历和没有亲历是不一样的，亲历过了，就能深悟；亲为过的，领会就透。有些事情，看起来像清淡如水的寻常点滴，但回过头来想想，值得一生追忆，终生回味。

人生的成长需要岁月，岁月会留下真实的痕迹。我们回味自己的昨天，依然可以凭借单纯幼稚的心态；我们经过了历练，磨难在枝头上也被晾晒成了坚强；边走边看，也可以边走边忘，选择该选择的，遗忘该遗忘的；无论走过多少坎坷，只要懂得，就会有花，有蝶，有阳光。

（写于2017年7月14日）

生命原本就是一个追寻的过程

最近，有一个单位进了一批刚毕业的大学生，这几天正在培训。有些培训的老师讲了一通高大上的理论，大学生根本不感兴趣。倒是一位进单位才3年的大学生，讲了几个亲身经历的故事，让参加培训的学弟学妹们引发了一些思考。

这位学兄在介绍了自己曲折成长的故事后说，你别把招聘广告上说的那些话太当一回事儿，生活没有你想象的那么美好，也没有你想象的那么糟糕；凡事自己亲身体会过了，才会相信自己的耳朵；有时候别人会做一些让你不那么舒服的事情，如果遇到了，也不要烦躁，不要哭着鼻子跟爸爸妈妈说，对那些苦恼的事情，要试着自己去解决，要学会去面对，而不是逃避；不要听那些同学说，哪家单位好，哪家单位不好。每个单位都有好的，也有不好的；世界那么大，不管到哪里，都会遇到各种各样的人，各种各样的事情；有些事儿，可能不尽如人意，自己要学会去理解，去接受，去尝试，去解决。

这位学兄说，我现在讲的你们可能听不懂。时间长了，你们会慢慢理解的。

人生的道路上，必然会有各种各样的跌宕起伏，五花八门的纠缠，甚至有许多看着是走向光明大道的事情，过程中也是充满荆棘陷阱，或者枯燥不堪。

有人说，自己是乐观主义者，对那些曲折毫不惧怕，当然，这是一种好的人生态度。但是，再乐观的人，有时也会有糟糕的心情。从本质上说，我们大部分人都是悲观主义者。我也一样，我的性格还算开朗，与朋友聊天，也会常常说些笑话，但有些美好的愿望实现不了的时候，也常常陷于失眠。

你大学毕业了，向天空抛起了学士帽，对未来生活幻想得如梦如诗，以为这下可以发挥自己的才能，释放自己的感情，收获自己绚丽缤纷的世界。但是，世界并不是你想象的那样，没有那么多的天花乱坠，从一开始就要有接受自己普通的准备。

《福斯特医生》一文中，女主角这样告诉自己的儿子："人生总是会有一些很艰难的时刻。"对于有些经历的人而言，这是一句在心中咬牙切齿的话，而他们的脸上，却依然是风轻云淡。

在那位学兄看来，工作的焦虑，内心的落差，父母的期待，环境的压力，在别人的嘴里总是"没有什么大不了的"，可在自己的心里，一点点的渗透，就累积成万斤重担。

在涉世不深的年轻人那里，有时候你给他讲再多的道理也很难听进去。自己为什么要来这里，在这里自己能做什么，心里完全没有数。只有当自己在生活里摸爬滚打久了，他才会相信自己的耳朵，原来人生终究是不可能尽如人愿的。

人生在不断失望中，才会让自己主动去寻找一点希望，像是在夹缝里寻找光明，像是在黑夜中寻找星星。每个人总是期待一切顺利，却又总是要去接受"坏的事情总是会发生"这样的现实；当自己跌得脸肿鼻青的时候，才体会到自己是多么的平凡和普通。

我们既要期待美好的未来，也要承受失落的后果，享受人生，就是享受追寻，享受追寻的过程。也许自己很在意那些目光、询问、关切、议论和窃窃私语，但无论如何，自己根本不可能真的生活在"托斯卡纳的艳阳下”。接受了这一点，就会自觉地把双脚落到实地上，然后傻傻地去做最大的努力。

一位名人说过这样一句话：你既然期望辉煌伟大的一生，那么就应该从今天起，以毫不动摇的决心和坚定不移的信念，凭自己的智慧和毅力，去创造你和人类的快乐。

我认识的一位熟人，确实有天赋很聪明，他给我谈过很多美好的构想，听下来似乎也有可行性。但是多少年过去了，这些东西仍然是纸上谈兵，没有任何的进展，我真的为他的才华感到惋惜。

生活中，有才华的人很多，有些人对人生有着种种设想与规划，有着十分美好的理想与愿望，可就是不用实际行动来实现它。这样，即使构想出再有价值的东西，也只能胎死腹中。

美国电影巨星史泰龙十几年前异常落魄，身上只剩下了100美元，连房子也租不起，只能睡在金龟车里，但他立志要当演员，并非常自信地到纽约的电影公司应聘。当时纽约有500家电影公司，都因他外貌平平及咬字不清而拒绝了他。随后，他又写了《洛基》的剧本，并拿着剧本四处推销，继续接受别人对他的嘲笑和奚落，他一共被拒绝了1855次。终于有一天，他遇到一个肯拍《洛基》剧本的电影公司老板，但对方不准他在电影中演出，最后，在史泰龙的一再坚持下才得到了允许。面对1855次的拒绝仍不放弃，史泰龙做了别人做不到的事，所以他成功了。不要说1855次的失败了，有些人也许碰到一两次失败，就会丧失信心。

我们要学会给自己定目标。像我们这些没有任何背景的人，只能相信自己，相信自己的不怕失败，1年，2年，5年，即使客观条件不如别人好，通过努力，往往也可以改变命运。关键在人生追寻的过程中，能否看到自己的潜在能力，在每一个成长的过程中，让不懈奔跑的自己缩短与太阳的距离，触摸梦想实现的快乐与满足。学会用快乐来宣泄自己，学会用智慧来疏导自我，从而让自己的心灵永远保持最适宜的压力和温度。

智者说，生命是一种寻找，人生是一种过程。不是所有的花开都会有结果，但要珍惜每一朵花开的芬芳；不是所有的努力都会成功，但要钟情每一天努力产生的愉悦。

有些人把愉悦的生活寄托于童话，童话是美好的。也有人说，童话是骗人的，但我认为在童话里可以找到自己的寄托。通过自己的努力，我们也可以创造自己的童话。人生从出生到死亡，就是一场悲剧。为了化悲为喜，我们可以追求快乐的体验，追求快乐的最大化。岁月、环境和人事是在变化的，但能给自己留下经历和沉淀，心里就会有那份最美好、最真挚的情意。

（写于2017年7月19日）

你的道路漫长，一路上会有很多发现

昨天晚上，一位做旅游业务的朋友跟我说，别看这些天天气酷热，但他们的旅游业务还是很火爆，因为暑期到了，家长们总要带着孩子去看风景。孩子们踏上一片从未涉足的土地，会有很多遐想；踏上行程，走过一个又一个陌生的地方，会感受到旖旎的自然风光，也会有很多精彩的发现。

在夏日的清晨，带着愉悦，带着欢喜，家长们带着孩子登上从未见过的圣地，不只是让孩子们开阔眼界，更是启发孩子认清和把握自己，仰赖于体验式的学习，而真正有价值的体验离不开脚踏实地的体会与历练。

其实，人生就是一场旅行。在漫长的征程中，充满奇迹，充满发现。我们也许会碰到那些稀奇古怪的事情，让自己不可思议，但只要自己走得正、行得端就不用害怕；看到了那些奇山异水，总是有无比的快乐和兴奋，让自己要多销魂有多销魂，但我们总要找到自己所在的位置；我们看过了那么多陌生的城市，每个城市都有自己不同的文化，生活在那里的各色人等，那些都是别人的风景，如果发现自己不如他们，那不是时代在捉弄我们，说明我们变得聪慧，见多识广。

生活就是一次远征，我们每个人都一直走在路上。在朦朦胧胧的时候，谁都年少轻狂。走了一段才发现，自己有些劳累，这时更让自己觉得道路漫长。当自己启程跋涉，希望就伫立在那里，但是风雨飘摇会让人眼前朦胧，风餐露宿会让人感觉黯淡，只要在路上，它就一直在远方闪烁。这个时候，我们无法停下脚步，我们也许是一个无心探索的人，但我们不要怀疑现实，前方无非是一片虚无，那又能怎么样，各人有各人的深渊，各人也有各人的江河大海，彼时彼地、此情此景，境遇不同，人的信仰也难免不同。

一个心理学教授到疯人院参观，了解疯子的生活状态。一天下来，觉得这些人疯疯癫癫，行事出人意料，可算大开眼界。

想不到准备返回时，发现自己的车胎被人卸掉了。“一定是哪个疯子干的！”教授这样愤愤地想道，动手拿备胎准备装上。

事情严重了，卸车胎的人居然将螺丝也都卸掉。没有螺丝有备胎也装不上去啊！

教授一筹莫展。在他着急万分的时候，一个疯子蹦蹦跳跳地过来了，嘴里唱着不知名的欢乐歌曲。他发现了困境中的教授，停下来问发生了什么事。

教授懒得理他，但出于礼貌还是告诉了他。

疯子哈哈大笑说：“我有办法！”他从每个轮胎上面卸了 1 个螺丝，这样就拿到 3 个螺丝将备胎装了上去。

教授惊奇感激之余，大为好奇：“请问你是怎么想到这个办法的？”

疯子嘻嘻哈哈地笑道：“我是疯子，可我不是呆子啊！”

其实，世上有许多的人，由于他们发现了工作中的乐趣，总会表现出与常人不一样的狂热，让人难以理解。许多人在笑话他们是疯子的时候，别人说不定还在笑他是个呆子呢。做人呆呆，处事聪明，不失为一种上佳做人姿态。

在人生的道路上，总有一些事情弄不懂，总有一些人看不穿。也不知怎么搞的，走着走着，人就散了；说好不离不弃的，不知怎么就走了；说好一心一意，不知怎么就变了；也不知道是怎么回事，走着走着就分道扬镳，等你缓过神来他走远了，你已经再也找不回他了。

人的世界确实很难搞懂，有些人永远看不穿，有些心永远摸不透；有些人当面对你微笑，却在背后给你插刀；有些人当面说你是好人，脚一转就说你坏话；有的人平时称兄道弟，遇到事情却躲得远远的。

对这样耍心眼的人，人生路上谁都遇到过，我们也不必大惊小怪，只要做好自己就行。有些事情听起来很残酷，但是无论是在深海还是在岸上，只有内心强大的人，才会有生存之道。很多时候，只有你到达之后，才有资格跟别人说：我去过，经历过，其实也没有什么。这时候，你自然可以不用理会他人渐行渐远的背影。也许你会掐灭自己内心蓬勃的欲望和好奇心，自欺欺人地对自己说一声：嗨，远方也没什么，生活就这样也挺好的。

人在出发时总是渴望发现，外出久了总是期待回家。回家的人盼望尽快抵达，路途越短越好，而出发的目光则总是望向更远的未知。

龙应台说，我慢慢地、慢慢地了解到，所谓父女母子一场，只不过意味着，你和他的缘分就是今生今世不断地在目送他的背影渐行渐远。你站立在小路的这一端，看着他逐渐消失在小路转弯的地方，而且，他用背影默默告诉你：不必追。

人生即使前路漫漫，艰难险阻盘踞，该启程的还是要启程，在路上，有些孤寂时的慰藉，也是迷惘时的指引。只要在路上，人还是有希望的，所以，每个人都道路漫长。

在人生路上，我们的思念慢慢地滋长，慢慢地蔓延，但不能慢慢地让自己的思想被别人吞噬。

我们要这样去对待自己：有时候当自己无力去改变一切，无力去做一些想做的事，无力去拥有想要的东西时，是多么压抑，尤其无力改变身边最亲近的人，内心是多么的焦虑，但仍可选择无奈再去奋斗；明明是有些累了，自己带着疲惫不堪的落寞，到另一个安静的地方慢慢地修复着受伤的心，小心地呵护着，可以不让它再为任何人、任何事担忧着。

人，永远是矛盾的主体，经常处在犹豫和憧憬的困惑中，夹在世俗的单行道上，走不远，也回不去。但是人，却是难以琢磨的生灵，最了解自己的永远只有自己。我们可以适时地放松自己，寻找宣泄，为疲惫的心灵解解压。不要去提，不要去说，用沉默代替自己的哀叹。不要去哭，不要去笑，用坚强阻截自己的柔弱。不要去想，不要去寻，用宁静载运自己的寂寥。

一个人总要走陌生的路，看陌生的风景，听陌生的歌。最后你会发现，原本费尽心机想要忘记的事情，真的就那么忘记了。如果闭上自己的眼睛，慢慢寻找已经走过的足迹，或许早已被吹散，但能感觉到，未曾被雨水冲洗干净的足迹。刚刚进入职场，总是崇敬、顺从、仿效随便哪个比自己强的人；经过了一个时期，崇敬的心破碎了，自己开始自由的精神成长，也没有了牵挂，要重估一切价值；在积累了一定的经验之后，人又要开始新的否定，然后重新审视自己，不断地进行肯定、否定，再肯定，对命运有了新的理解。不知道自己要什么，却清醒地意识到，自己不要什么。而是需要留住该留住的，放下该放下的，自己轻装前进。生命中没有人懂自己不要紧，只要自己懂就行。

人都渴望自己有个幸福的生活。漫漫的人生路上，你也会发现属于自己的幸福。那部很火的电视剧《贫嘴张大民的幸福生活》和《杨光的快乐生活》，它们的共同点就是描述社会底层普通老百姓的生活，通过我们这些小老百姓的普通生活，向人们展示了不是非得做大官、挣大钱才能享受幸福的生活。只要自己有感受幸福的心态，哪里都会有幸福。

我们普通人都没有太多的钱，住不起大别墅、大房子，但是房子只不过是一个睡觉的地方，一个人再高再胖，也就那么大，一张床足够了。

我们小区里有一位来自安徽农村清扫卫生的女工，她可能是都市的最底层人，收入微薄，也很难享受到这个城市的福利，甚至生病、孙子升学等基本问题的解决都需要花费很大的力气。但是她的生活也有很多的“惬意”。她很享受自己的生活，她说，自己这把年纪还能打工挣钱，觉得自己很能干也很有用。自己的孩子在城里打工，她不但能和家人住在一起，还能挣钱，她觉得很幸福。她说自己在农村生活了一辈子，想不到老了，还能出来在城里逛逛公园，看看夜景，她说自己也挺幸运。这是她的伟大发现。她发现了，幸福本来就是生活中的点点滴滴，从这些不起眼的平凡小事中，也能找到自己的幸福。

所以，我们当草根的，也不要看轻自己。我们可以做自己的“大人物”，不卑不亢地活着。小人物也要学会在这个压力社会里，自己重视自己，自己爱惜自己。漫漫的人生路上，只要抱着一颗淡定豁达的心，就一定会有许多惊奇的发现，也能在那里感受到幸福。

（写于2017年7月20日）

封闭了自己的世界
就堵上了内心的出路

昨天，我遇到一位精神家园工程师。他跟我说，在做员工访谈的时候，他发现有一名员工，工作还算可以，但就是整天闷闷不乐。问他有什么难处？他就是不愿意回答，平时也很少与同事说话，更是不和别人交往，也不知道他是不是得了恐人症，总是自我封闭很孤独；你跟他说话，最多就是来一句去一句，多半句都不肯说，好像害怕和讨厌与别人说话；有些集体活动，他能躲则躲，总是以种种理由推托和拒绝参加，好像把自己与外界隔绝开来，把自己的内心封闭得严严实实。

我问这位精神家园工程师，他小时候有没有患过幽闭症？是不是在生活和工作上遭到过什么挫折和打击？因为如果精神上受到压抑，往往对周围环境变得敏感和不可接受，于是就会出现回避社交的行为。

因为那位同事不愿意说话，精神家园工程师也无法走进他的内心，什么情况都无法知晓。

我给他们推荐了一本书，叫作《箱男》。这是一部充满实验精神的长篇小说。这本书塑造了一个大都市里新型的流浪一族——“箱男”，这群人将自己装在箱子中，即使走路的时候也一样。只在箱子上挖一个洞，借此窥视外面的世界。为了逃避这个世界，“箱男”隐藏自己，把自己放在一个安全区域，然后与外界隔绝。

其实，在我们的身边，就有这样的“箱男”。“箱男”，成了时代的符号，不是狭义地指男性，包括女性在内的很多人，在封闭自己的世界，好像整个世界只剩下了他一个人。

“箱男”们其实也很可怜。如果人患了自闭症，除了他本人很痛苦，单位和家庭也会受到牵累。难怪每年的4月2日定为“世界自闭日”，说明这个问题是一个世界性的问题。各国都在采取一些措施，让这些人解脱自己，尽可能使沟通无障碍。

我也访谈过一些封闭自己、内心孤独的“箱男”。

他们的想法很特别。他们会莫名地感到自己的爱情不是有血有肉的，而像水泥上的花朵，吹不到风的，是寂寞的森林；他们也许在某个星光陨落的晚上，一遍一遍地数自己的寂寞，偶尔回想起自己过去见到的那些人，但就是不愿意与他们见面；有时候别人笑一次，他也高兴好几天，而有时候自己哭一次，就会难过几个月；有些歌曲明明很好听，可以陶冶心情，但到了他们那里，却变成了心中深深埋藏的一条湍急的河流，无法到达对岸去；他们已经忘了哪年哪月的哪一日，自己对别人微笑过，凝望过，但那些停留的时光，早已被洪流无声地卷走；他们总要走陌生的路，看陌生的风景，听陌生的歌，他们却忘记了世俗的快乐和幸福，也找不到以前说的永不分离的那些朋友；他们的眼神像落日一样苍茫而深远，让自己觉得每一天都很沉重；他们的想法很特别，甚至想到，这个日子太难熬了，上帝为什么让我来到这个世界，又为什么不把自己给毁掉。

他们为什么有这些稀奇古怪的想法，也许是过分自尊的心理所致。世界著名心理学家马斯洛的自我实现心理学，提出了人的自尊需要。所以，这些“箱男”就特别担心别人怎么看自己，生怕自己的行为不得体而失去了自尊。这本来是积极的行为，但自尊过了头，就会把自己慢慢封闭起来。

内心封闭的人，缺乏自信心，脑子里盘算，自己会不会失败；因而有些愿望超过限度，有些目标超过了自己的能力，达不到目标，又常常嘲笑自己；在竞争中曾经输给了别人，也会在心里耿耿于怀；找不到自己失败的原因，常常搪塞一句：凭我这样的条件，是不可能实现的；自己常常很羞怯，担心被别人否定，干脆就不把自己想说的说出来；跟能力强的人在一起，更觉得自己不自在，总感觉还是活在自己一个人的世界里好一些。

我有一位性格开朗的朋友，遇到再大的难事，他照样乐呵的，总能敞开自己的心扉，放下与人相处的距离感。他说，论文化论智商，比自己聪明的人有很多；论经济，许多人比自己有钱得多；论长相，自己也很一般般；论优秀，自己总是在同龄人中垫底。那么，自己就不想活了吗。生活是属于自己的，没有人管你怎么过。我们没有必要想得那么遗世独立，做自己该做的事，放下那些执念，我们对世界就没有那么多的陌生感，相反，会找到属于自己的快乐。

让自己从封闭中走出来，最好的办法就是敞开心扉。当自己下决心敞开心扉的时候，说出堆积在心中的龃龉的时候，你会惊奇地发现大家根本就不在乎你什么，过去的许多事情都是自己吓唬自己的。

《樱桃的滋味》是一部充满了沉重哲学与诗意思考的影片，故事情节相对简单：一个厌倦了生活，打算当天用安眠药自杀的中年男子巴迪先生，在山上一棵樱桃树下为自己挖了一个土坑，然后他开着车在德黑兰郊外的山路上转悠，希冀能找到一个好心人事后埋葬自己，他还为埋葬自己的人预备了丰厚的报酬。但大多数人都拒绝了他的请求，只有一位在自然博物馆工作的土耳其人巴德瑞先生，为了给自己患白血病的孩子凑够足够的资金而答应了他的请求。不过当巴迪最终如愿以偿地在黑夜里躺在自己挖掘的坟墓里时，在樱桃树下仰望夜空，他并没有服下预先准备的安眠药，而是脸上带着默默、闪亮的微笑，倾听雨夜的声音，期待黎明的到来。

巴迪将自己生命的悲剧向陌生人敞开，从而获得了其他生命对他的关注和同情，甚至非常真挚的劝慰。

很多时候，有的人所以感觉到很无助，或都是心里觉得没有存在感，是因为自己心中的一些心结没有被打开。同学间、同事间可以一起来帮助去改变，相互鼓励、相互支持。相互认识就是缘分，只要乐意改变，并且每天坚持做改变，你就一定可以从封闭中走出来，做回自己。

封闭了自己的世界，就堵住了内心的出路。敞开了自己的心扉，才会让自己从封闭中走出来。我们就能融化自己心中的坚冰，让漂泊在黑暗之中的心灵小舟找到停泊点。即便没有钻石的璀璨，也没有金子的辉煌，我们也能找到自己的慰藉，用一颗心去拥抱自己的生活，让灿烂的笑颜荡漾在自己的脸庞。你的这张笑脸，这个真挚的眼神，也会传染，会让周围更多的人为你转变封闭而感到骄傲。

（写于2017年7月27日）

我们都是别人的一棵树

这两天，老天总算给了我们一些同情，气温下来了几度。但今年的夏天，持续的高温难耐，据说是100多年来罕见的。

我老家有两棵𥴊树，已经40多岁了，胸围大得差不多要两个人才能抱住，大树旺盛高大雄伟、枝繁叶茂、直插云霄。

我很感谢它们“兄弟俩”，每天不哭不笑，站岗放哨，葱茏的树枝伸进了院墙内的天井上空，好像编织起了几个超大的遮阳伞，默默地给我家里的两位老人遮了阴，比起邻居家，我家的温度低了一些。

树对人的贡献是那么的大，我们人生的真正价值也像大树一样，在于对社会和家庭的贡献。

其实，我们每个人都不只是为了自己而活着，一个再渺小、再卑贱的人，对于别人来说都是一棵伟岸的树。

我在老家宅基地的四周，种上了20多种各类树木。

我老家有一些人家还是少了邻县如皋人的眼光，害怕树的根须会吸收其他庄稼的营养，种的树还是少了。

但我种了，现在已经享受到了它的好处。树木能调节气候，它吸进了二氧化碳，吐出的是氧气。这是一种无私的奉献。我们人要是像树木一样，乐于助人，多做善事，也能成全自己成长，那是一举多得的事。

现在的人很脆弱，也很烦躁，如果能像大树一样，能防风固沙，涵养水土，还能吸收各种粉尘，能减少噪音污染，人就有了好的生存环境，也自然会安静下来，淡泊人生，找到属于自己的幸福。

夏天经常下雷阵雨，雨后在天空偶尔会出现彩虹，我家的柳树也会把最挺拔的姿态展现在我们面前，一眨眼的工夫，太阳出来了，柳树挺得更直了，好像在告诉我们：要是没有他们，彩虹是不会轻易露脸的。他们很有生命力，作为人，要像柳树那样，要用开放的心态，拆除心中的那堵墙，去迎接新鲜的太阳。

老家一位有种树经验的长者告诉我，树的根须很长，树干有多高，树的根须就有多长。长在地里一棵好好的树，除了刨根挖起，我们是没有办法看到树根的。因为它的生长方向是有逆于土层上部的树干与树叶的。它蔓延着，汲取着更深一层土壤的营养，更有力更扎实地抓牢每一寸土地。根深才能叶茂。难怪我们做人也一样，要依靠自己的努力夯实基础，才会有触碰天际的翅膀。

几年下来，我家周围的树成了片。有的长得格外茂盛，高大挺拔。鸟儿在上面搭起了窝，像现在的夏天，早上4点多钟，我们还没有起床，几只黑鸟就在枝头上叽叽喳喳唱个不停。拉开窗帘，望着窗外那摇曳多姿的绿叶，门前那两棵春梅树艰难生长的命运也在不经意间摇进我的心里，在它们幼小的时候，几次被狂风暴雨刮倒，几次又被我们在夜里打着手电筒扶起。现在虽然吐不出春天那种艳丽的花朵，但它们依然是美丽的，细枝又长多了，叶子也更密了。夏日炎炎里，我爱人和我记得早晚总要让它多喝几口水。它的美丽和顽强，永远值得我们全家学习。

我也不知道是不是气候的原因，老家的紫薇树开花，比我们上海小区里整整推迟了一个季节。当然革命不分先后，对它们的姗姗来迟，我还是持欢迎的态度。紫薇树的上部比一般的树要重些，也就决定它容易摇晃，当我们用手指挠它的枝干时，摩擦引起的震动很容易通过坚硬的木质，传导到枝干的更多部位，于是就容易引起细树枝的摆动。紫薇树的细树枝太多了，我怕它站不稳，有时我会用彩色的布带把它拢一下。在做这件事的时候，我联想到，我们做人也要有定力，不能左右摇摆，自己认定的路，一定要坚定不移地朝前走。

我先后买了两棵雪松，第一棵可能因为地势低的原因，积水不够，一年之后它可怜地离开了我们。后来，我重新买了一棵，把它种在了一个土墩上，那株雪松，伸腰立枝，像一座高耸的宝塔，既挺拔，又茂盛，树的松针都是气昂昂的。我每次看到它，它似乎在跟我说，做人就不能软皮邋遢的，要有精气神儿。

人本来是具有很强免疫力的，树木也一样，它自身的分泌物能杀死细菌。据说，空地每立方米空气中有三四万个细菌，森林里只有三四百个。有一次，我好奇地问一位医学教授，人有时候生了病，为什么不吃药不打针自然会好了呢？专家说，人有一种自带的免疫功能。但是现在一些人缺少了自带的免疫功能，往往会产生难过、愤怒、烦恼等负面情绪的东西。如果采取妥协的办法，这种负能量还会发酵，会让自己的生活变得越来越糟糕。

我家几年前种的树，同样的肥打着同样的药，又长在同一块土地上，为什么有的枯萎死了，有的长得很茂盛。也许它们的免疫功能不一样。人如果能像坚强的大树那样，发挥自身的免疫功能，乐观开朗，不管你是风还是雨，我照样心平气和默默地成长。这样，就不至于让自己的行为失常，做出后悔之事。

我看到这样一个故事，给了我很多的启发。

有个人一生碌碌无为，穷困潦倒。一天夜里，他实在没有活下去的勇气了，就来到一处悬崖边，准备跳崖。

自尽前，他号啕大哭，细数自己的种种遭遇和挫折。崖边岩上生有一棵低矮的树，听到它的种种经历，也禁不住地流下了眼泪。此人见树流泪，就问道："看你流泪，难道你同我有相似的不幸吗？"

树说："我怕是这世界上最苦命的树了。生在这岩石的缝隙之间，终年营养不足；环境恶劣，让我枝干不得伸展；根基浅薄，又使我风来欲坠。看我似坚强无比，其实我是生不如死呀！"

此人不禁与树同病相怜，就对树说："既然如此，为何还要苟活于世。"

树说："我死倒是极其容易，但这崖边便再无其他树了。你看我头上这个鸟巢没有？此巢为两只喜鹊所筑，一直以来，它们在这里栖息生活，繁衍后代。我要是不在了，两只喜鹊可咋办呀？"

此人听罢，忽有所悟，就从悬崖边退了回去。

当然有的树也很脆弱，有时候好几个月没有回老家了，特别是到了秋天，有些树落叶了，光秃秃的。我打心里就不喜欢那个情景。树上叶子的离开，不知是风的追求，还是树的不挽留，叶子无法释然，也无法阻止它的眼泪。叶子这样无情地走了，连招呼也不打，只能让我们再苦等几个月。但它们能够将满心的悲伤，化作喜悦的愿意，来年春天第一个为我们送上祝福。

根基很深的大树，在天空乌云密布的时候，依然岿然不动地站立着。在雷鸣电闪的时候，我们依然可以看到它们淡淡的微笑。因为它们有很强的求生欲望。我们人也需要像它们那样，在哀伤、挣扎和盼望之间成长，这是我们的必然之路。大树也有慈爱的高度，它们往往会看到失丧之树和永生之树之间，有着自己不同的渐进和呻吟的上升之路。

余秋雨在《山居笔记》中说，既然大树上没有一片叶子敢于面对风的吹拂、露的浸润、霜的飘洒，整个树林也便成了没有风声鸟声的死林。

我当然最不愿意看到的就是家前屋后树的枯萎或死亡。但我们也不能怪它们，这里有自己培管得不到位，也有些属于自然规律。最近连续几年，我春节回老家，总要在那落叶无趣的树上系上一些绸带，挂上一些红色的小灯笼，给它们增添生机，让它们带上喜悦和我们一起过年，以免它们凋零了我们心中的笑脸。回过头来想想，树的贡献还是很大。它们总是满载着执念，被年轮记录的时间过得很慢。人的成长也与树一样，需要有一个过程，在这个漫长的过程中，我们需要有耐心、有毅力去抗击风雨，不娇柔地自然生长。

最近有位朋友欣喜地告诉我，过了这个大夏天，到可以种树的时节，他准备送我几棵从外地引进的树苗，让我兴奋不已。树苗发芽，需要精心呵护，大树也是从小苗长成的。它们也会像婴儿一样娇嫩，会蕴含着无限的希望。每一片幼嫩的树叶，都会无悔为树儿付出一生的心血，风雨里相知相惜，只为了曾经在春天里的一次邂逅。

我们人也是一样，当自己还是婴幼儿的时候，父母不计任何回报地养育我们，我们长大了，小苗变成了大树，我们就得承担上有老下有小的责任，承担社会运转的责任，这是无法推脱的事情。其实，我们每个人都像一棵树，活着不光为自己，我们都是别人的一棵树。

（写于2017年7月30日）

花落，是一种惆怅的感动

我每次回老家乡下，自己家的小花圃里，总有惊喜送给我。

每年春节后的一两月间，我家的春梅花会开。梅花树枝上基本看不到叶子，一朵朵红梅迎着春寒，含苞待放，它与周边颜色相似的桃花，白色的梨花，金色的油菜花搭配在一起，十分迷人。但春梅最早落了，接着是梨花，油菜花的花期也只有一二十天。慢慢地，花都落了。

送走了这批艳丽的“姑娘”们，海棠花来了，海棠花有好多种，我家种的是垂丝海棠。这种花和其他的花不同，粉红色的花瓣从叶子中间冒出来。那粉红色的花瓣，像一位穿着粉红色纱衣的美少女啊，有的花瓣是合拢的，像妈妈抱着一个小娃娃，开着的花像一个小妹妹的小脸蛋，也有的两片花瓣合在一起，像一只快乐的蝴蝶。完全开放的海棠花颜色桃红，就像孩子们的笑脸，它们笑得可真甜啊，可是我们还没有来得及亲亲它的时候，它们却决然地走了。

与海棠花前后脚到的是樱花。我家的樱花花朵比较大，开始我还怀疑它是不是樱花，后来才知道它叫山樱花，先花后叶，繁花满树，妩媚多姿，蔚为壮观，偶也可见花叶同放，嫩绿小叶与鲜花缀满枝头，万紫千红，满园春色，观赏价值可与东京樱花、垂枝早樱等相媲美。花期虽然比垂丝海棠要多些天，但我们也没有来得及把它当作美酒喝下去，它很快也闪了。

接下来杜鹃花开了，我家种的是毛鹃，花朵并不大。它和邻居白色的芍药花几乎同期开花。花朵是粉红色的，主干是咖啡色的。个儿不高，弯下身去闻闻，有一股淡淡的百合香，沁人心脾。著名诗人白居易对它们评价不低，“闲折二枝持在手，细看不似人间有。花中此物是西施，鞭蓉芍药皆嫫母”，“回看桃季都无色，映得芙蓉不是花。”当我们还没有欣赏够杜鹃花在阳光的衬托下的妩媚动人，它也像一群彩蝶在空中翩翩飞舞，不久就飞远了。

因为人们对玫瑰花赋予了太多的情感色彩，所以大家都很喜欢。前些天还不见动静，不经意间，它已经绽开了笑脸，花朵像个小酒杯，花瓣略呈螺旋式绽开，可是还看不到里面的花蕊。但看上去是那么美艳而富有魅力，它会带着一股淡淡的清香朝你微笑点头；当你停下脚步欣赏它时，也会觉得花香扑面而来。它和我们家长在围墙边的蔷薇花，我有时候分不大清。它虽然并不像牡丹那样雍容富贵，不像桂花那样十里飘香，不像菊花那样傲然屹立，也不像梅花那样有姿有态，但她和蓝天白云和绿树在一起的时候，真是一幅美丽的布景。“玫瑰姑娘”们弯着腰，扭动着妖艳的身躯，底下红扑扑的小脸儿，在阳光下相互碰撞，又好像在说悄悄话。它们为什么连招呼都不打，又悄悄地离开了。

我家的花圃里，贡献最大的要数月季花。月季又叫月月红。斑斓纷呈的月季花一年要开上好几次。我家的月季花是人工嫁接的，一棵树上可以开几种颜色的花，花朵有大碗口那么大。每年四五月间，月季花便进入鼎盛时期，都竞相开放。每一朵月季花，都有七八层花瓣紧紧地裹着花蕊，花蕊有大红色的、粉红色的、桔红色的，含苞未放时，花瓣紧紧地相互拥抱着；含笑怒放时，花瓣儿则慢慢地舒展开来，在郁郁葱葱的绿叶间娇羞地露出脸庞来，在百花丛中亭亭玉立。有时，一阵大风过来，花瓣儿被吹落一地，虽然有些揪心，但看到它们，就像看到了彩色的地毯。它们来来往往，开了，又落了，落了，又开了。它们虽然离开的时间并不太长，但它们的每次离开，我的心里还是不免有些失落。

再过一个礼拜，就要立秋了。秋风扫过，吹落了有些树的树叶。我家的花圃没有越冬的设施，秋、冬季节开花的品种也越来越少了。

花的生命虽然短暂，但它却给我们带来了美好的享受。正如人一样，人的生命虽然短暂，却能放射出奇光异彩。

花落了，在我们的记忆中似乎只留下了那一小段残缺的影子，也缺少了一段的美好时光。既知春去，会有春回，我们没有必要执著于那些虚妄的等待，我们也不要有太多的伤感和落寞。花开，是一种落泪的幸福；花落，也是一种惆怅的感动。

花开花落，是一种季节的替换。每一个昨天，都是过去。然而，昨天的太阳，永远也晾不干今天的衣服。不论昨天给了我们再多美好的记忆或感动，我们最要紧的还是把握当下，展望未来，而非沉浸于那些过去的是非虚实。人在回忆过去的时候后悔当初的某些举措，也会在设想未来的时候打造出更多的美好。

我们每天的忙碌把自己的生活变得越来越充实、越来越丰富。只要给自己正确的信念，让平淡的生活增添色彩，不至于让自己和梦想离得太远。青春对每个人来说都是稍纵即逝，只要自己坚定信心，没有任何东西可以阻挡自己朝着成功的方向迈进。

花的缘起缘落，聚散分离，不过是寻常。我们又何须去伤怀，去叹息。

繁花过后，落陌成溪。一个人看够了人间的沧桑浮沉，听惯了社会的风言风语，也许会感到世态炎凉。人能够保持世态炎凉心不凉的心态就好。始终对生活充满热情，将生活中的人情冷暖，视为风轻云淡，那就足够了。

花期短暂，人生也苦短，只有匆匆几十年。我们没有什么事情不可以忘记。要尽量放开那些生命中无法长久留存的东西，不去钻进欲望的沼泽。以一种平和的目光去看待周围的人和事。即使是秋冬季节花少了，花落了，秋冬也是美丽的。

淡看世态炎凉，不管人情冷暖，拥有一颗鲜花那样的心，关爱他人、善待自己，我们就能积极地面对人生，在暖意的世间真实地生活。淡看世态炎凉，人间自有真情在，保持积极的心态和感恩的心，就会拥有快乐的生活。生活的世界依然会是柳暗花明又一村。

谁都希望把鲜花留得更久。珍惜，是为了更好地拥有；而放下，是为了更好地前行。人生的际遇，就像那窗外的雨，淋过，湿过；花落了，人散了，远去了。容不得我们容许与不容许，便已然不再。我们的人生，总是从告别中走向明天。将鲜花的美好留于心底，淡淡的就好；将鲜花落下的悲伤置于脑后，或者当作一种惆怅的感动，也许会让自己增添许多前进的动力。

（写于2017年7月31日）

我们都长这么大了 还看不清别人和自己

我们都长这么大了
还看不清别人和自己

人在困惑的时候，总是想别人怎么样，自己怎么样。

在工作和生活中，人往往以自己为中心，站在自己的角度去看别人，却很少从别人的角度去想，顾及别人的感受。我们也是要求别人很多，反思自己很少，苛责的多，宽容的少。

那么怎么看别人，怎么看自己？

我看到这样一则故事，说有一位少年去拜访一位长老，向他请教生活与成功之道："我怎样才能让自己得到幸福，同时又能带给别人快乐呢？"

长老看了看他说："我送你四句话，第一句话，把自己当成别人。"

少年想了想，说："在我感到痛苦忧伤的时候，把自己当成别人，痛苦就自然减轻了；当我欣喜若狂之时，把自己当成别人，那些狂喜也会变得平和一些，是这样的吗？"

长老点点头，说出了第二句话："把别人当成自己。"

"在别人不幸的时候，"少年皱着眉头道，"真正用心去同情别人的不幸，理解别人的难处，在别人需要的时候，及时地给予帮助。"

长老微微一笑，又说出一句话："把别人当成别人。"

少年说："你的意思是让我充分地尊重每个人的独立性，在任何情形下，都要根据别人特点和需要来调整自己的行为。"

"说得很好！"长老眼中流露出赞许的目光，说出了第四句话，"把自己当成自己。”

想了一会儿，少年遗憾地说：“这句话的意思，我一时还悟不出来。而且这四句话之间也有许多自相矛盾之处，我用什么才能把它们统一起来呢？”

“很简单，用一生的时间和经历。”长老说道。

少年沉思良久，叩谢而去。

“别人是别人，自己是自己，我们不要活在别人的世界里”，说的是不要在乎别人的眼光，要做真实的自己。但自己看问题的方法，却不能套用这个公式。每个人看事物的角度总是不一样的。如果自己换个角度，世界就是另外的样子。

自己心累的时候，学学用别人看问题的角度看世界，也许就有不同的思路；自己压抑的时候，学学别人换个环境深呼吸，也许就会轻松许多；自己犹豫的时候，学学别人换个思路去选择，也许会找到新的路径。

人的一生如同行路，一路艰辛，一路风景。每个人看到的风景，也是不一样的。同路人一定很多，我们总不能拒绝与别人打交道，总要去和别人交流、沟通、兼容。和别人相处时，人也容易站在自己的角度去看别人，有时甚至埋怨别人的无知，认为应该怎么样，不应该怎么样，怎样是对的，怎样又是错的。甚至总以为自己是对的。这个世界哪有这么多的对和错，有些事情只是自己看问题的角度不同，所以得出来的答案也有所不同。如果学会常用别人的角度看世界，多一分宽容，多一分理解，多一分求同存异，事情就好办许多。这样对自己好，对别人也好。站在别人的角度看自己，会有不一样的感受。从别人的角度看自己，也更加客观，别人是客，经常能够破除自己对自身的幻觉。旁观者清，说的就是这个道理。

尤其是自己遇到不顺利的时候，那时候对自己的评价往往出偏差，沉浸在不顺的情况下，往往做出不冷静不理智的判断；在别人需要帮助的时候，又缺少设身处地站在别人的角度上想问题，甚至缺少了对别人的宽容，而在自己遇到困难的时候，又是希望别人伸出援助之手。人有时候真的不讲道理。缺少了将心比心的理解，也就很难宽容别人，很难解脱自己。自以为是、目中无人的人，就是欠缺了“从别人的角度看自己”的能力。从别人的角度看自己，并不是自我意识的缺失，而是好像用一面镜子反照自己，自己不在时，就看不到镜子，当然也看不到镜子里会有一个自己。如果看到镜子里的自己，就更能看清自我了。所以镜子就好比是别人，别人看自己总比自己看自己要客观一些，真实一些。提升从别人角度看自己的能力，对自己有好处，也容易搞好人际关系。

看来怎样对待别人，怎样看清自己，也是一辈子的学问。

（写于2017年4月29日）

有一种尊重叫势利

老家有一位农村妇女再过几个月就要退休了，看得出来，她有点窃喜。但她想起一件事，又有点伤感。她说，没想到时间过得真快，一晃就是20多年过去了，记得当时我和另一个姐妹去办社保手续，因为我们俩长得也不好看，穿得也土气，坐在柜台里的工作人员多看我们一眼也不乐意，回答问题想说又不想说，让我们觉得好难受。难道我们长得不好看与办手续也有关系吗？到哪里去说理啊！反正现在的社会就这个样子，负能量确实有些超标。

莫言曾经说，我生来相貌丑陋，村子里很多人当面嘲笑我，学校里有几个性格霸蛮的同学，甚至为此打我……

我们的社会，应该互相尊重、互相关爱，不应该相互污辱、相互伤害。而攻击别人的相貌，在一些影视作品中并不少见，甚至有些人还拿残疾人士肆意嘲弄。

有网友说，莫言只因为长得丑，就遭到同学的嘲弄与殴打，而在这个过程中，全然看不到教育的影响，没人告诉那些打他的孩子们，取笑别人的相貌，是没教养的表现。而以别人长得丑为由打人，更是不可理喻。可怜的小莫言，找不到个说理的地儿，只能对母亲哭诉。

我见过不少这样的情况，有些人因为有权有势或有财，即使他们长相一般，周围的人也会对他们另眼看待，总显得那么地“尊重”，说起话来也是细声细气；无论他们说什么，都觉得特别有道理；他们想办的事，许多人都愿意去帮忙。

难道这是尊重吗？我想不是，这叫势利。

只尊重有社会地位的人，有财富的人，有名望的人，甚至有知识的人，不是真正的尊重。我们尊重别人，是对所有人生命的敬意和人性的关照。尊重，是一种力量。生命是美好，也是脆弱的，我们既要尊重自我的生命，也更加尊重他人的生命。

（写于2016年8月12日）

直奔主题

麦肯锡有一个著名的“30秒电梯法则”：如何在与客户同乘电梯的这30秒钟内说服对方接受你的解决方案?

人与人的沟通确实需要水平，自己辛辛苦苦说了半天，让人感觉丈二和尚摸不着头脑的事，在我们的身边经常遇到。

我去听一位专家演讲，除了我自己缺少专业知识，还有就是演讲者讲的信息量太大，不知道他想要和我们不懂专业的人讲什么，当然这是个案。

同样的，即使是一个大家能够听得懂的话题，在叙述一个信息庞杂的事情时，最好也要讲得有逻辑有条理，否则人家也会听不下去。

也许有人认为自己讲话有艺术，说起话来喜欢啰里啰嗦，絮絮叨叨，遮遮掩掩，企图用含蓄来引人思考，其实效果未必好。剥开那层乔装打扮，绽放真实的自我才是真正的美。

在快节奏的时代，时间对于每一个人都非常珍贵，好朋友之间，有事直接说，不要拐弯抹角，过去的那种含蓄客套、循序渐进、旁敲侧击的时代已经结束，直奔主题才是我们的最好选择。我们不要让复杂的思想破坏生活的甜美。

（写于2016年9月28日）

圈　子

昨天，去一家科学研究所拜访，这个所不足50人，一半以上是博士，这可谓是一个优质的圈子。

人一般都向往进入优质的圈子，但能够进入优质圈子的，就一定要有与之匹配的优秀。

混圈子，也不容易，不是你与多少优秀的人一起喝了多少次酒，也不是你口袋里装有多少张优秀人士的名片。

现在的年轻人都很忙，每天都要赶时赶点去接触大量的人，不是融资、招人挖人，就是PR、合作、经验交流，真的忙得不得了，闲下来的时间很少，而花在更高效的社交，维护高质量圈子的时间就更少。

我们是否可以从繁忙中跳出来，精选各种会议、沙龙分享、宴请等，参加一些有质量的活动，拒绝那些太打扰工作的交流。混圈子，也不仅仅是混个脸熟，微信上有几千人的朋友圈，除非是做生意，许多时候作用不是很大。

加入并维持高质量圈子，和志同道合的一帮人一起玩，更有价值。可以与顶级高端人士交流，也可以与有真才实学的草根讨论，圈子对自己是否有持续价值的输入和输出，才是最重要的。

有些人脉虽然是普通的，但在这个圈子里能持续得到知识、资源、经验和智慧，逐步找到适合自己的又是优质的圈子。价值的输入和输出是需要平衡的，我们混圈子，也不是一味地索取，也要尽自己的能力主动输出一些有价值的东西，这样才不会被边缘化，不会被圈子所抛弃。因为高质量的圈子也是有门槛的。如果自己被踢，也一定是有其原因的。

有些圈子的分享、路演的活动虽然很热闹，但归属感、参与感并不强。反而人少的私密的分享，聊得深，讲得透，参与感强，收获也多。圈子活动有时候并不是人多就力量大。

据说上海有个产品研讨会就很受欢迎。40名来自互联网公司产品负责人组成，每月一次活动，针对某个成员负责的产品举行头脑风暴，帮助拓宽思路，挖掘更多可能性，至今已举办6次，每次都能让产品负责人脑洞大开，走出迷局，重新爬出来看看外面世界，豁然开朗。并且这种密切交流，也增进了相互间的合作。

科学研究表明，人一生的朋友数量不会超过160人，这里的“朋友”，指的是好朋友，不是一般的微信好友。这100多人的高度，和自己的高度直接相关。混圈子，最有效的还是要混优质的圈子，因为每个人的时间和精力都有限。

（写于2016年10月18日）

看到了人家的厉害

昨天，我与一位在国外打拼的80后交流，我赞美他取得的业绩，他却说：“我原来也是这样认为的，我与一些在老家的同学相比，似乎走在前面了，但到了国外之后才发现，自己的水平和能力实在一般，身边厉害的人太多了，如果自己老是这样下去，很快就会被甩得很远。”

他说，没有比较就没有鉴别，以前还真觉得自己牛，到了国外接触得越多，越觉得自己渺小，要是还觉得自己了不起，那么真的剩下的就只是过去的错觉了。

每个人都希望自己能做得更好一些，当自己见识了更高层次的人之后，就会产生一种压力，这种压力会激励自己更加发奋。看到了那些厉害的人，自己就越想去靠近他们。这种内在的动力和外在的传导能量加在一起，就会产生一种新的动能。

但是，如果自己不想靠近这些更厉害的人，那只能让过去比较优秀的自己逐步退化，随着时间的推移，也就根本没法再靠近这些厉害的人了。

现在微信朋友圈也越来越细分了，什么硕博士群、高端人士群、董事长学习群、创业高手群等等，有的群规定，你一直潜水，没有分享，没有共同语言，请自觉离开。这也说明在我们的身边，有太多厉害的人值得学习。

我从那些有为青年身上看到，他们千愁万愁，只愁自己的时间不够用，太多想要知道了解的东西还没去学习，时间很快就溜走了。

是的，认识了身边厉害人群的人，就会越觉得时间不够用；越是觉得人生太短的人，他们才能找到打开自己的正确方式。好奇心能促使自己不停地去向厉害的人学习，去探索更多未知的领域，也才能让自己也逐步厉害起来。

（写于2016年12月1日）

有分寸地活着

这个世界是讲究分寸的。月亮是有分寸的，它慢慢地缺了，又慢慢地圆了；自然是懂得分寸的，四季有规律地轮回，变换得恰到好处。我们做人也要有分寸。每个人都有自己的位置，是我的就是我的，别人的我们不要去占领。

懂得什么叫恰如其分，什么叫不偏不倚，什么叫见好就收，这就是懂得对人性的洞察，懂得把握分寸。把握好了人生分寸，就等于掌握了自己的命运。

做人要有分寸，也不是一件十分容易的事情。　比如在教育孩子问题上，由于缺少分寸，常常好心办坏事，吃力不讨好。爱孩子，既不能没有爱，又不能过分溺爱，而要找到爱的“度”。对孩子既不能管得过严，限制了孩子的自由，又不能放任其自流，而应找到给孩子自由的“度”。既不能让孩子不听话，胡反胡闹，又不能让孩子太听话，唯唯诺诺，让孩子变成一个只懂得服从命令的“机器”。既不能无视孩子的进步，又不能把孩子捧到天上去，而应找到表扬的“度”，既要鼓励孩子，又不使其骄傲等等，有分寸的教育启发很重要。

做人要有分寸，既是方法问题，更是思想问题，关键是取决于人的自觉。有自尊的人，总是有廉耻感。人有脸，树有皮。有了羞耻之心，我们即使缺少分寸一旦做错了事，也会感到惭愧，一旦缺少分寸偶尔辜负了别人的期望也会感到内疚。不注意分寸，有时玩笑开过了头，让别人很难堪，过后也会让自己很难过。

社会是相互的。讲究分寸，我们首先尊重别人，才会赢得别人尊重。当然，尊重别人也不是一味谄媚，不是低三下四奉承对方，不是谁天生欠谁的，凡事都有度，都要有分寸，我们过于将就别人也可能适得其反。

做人要有分寸，包括很多方面，就是尊敬他人，也要看本质，看人品。对那些不懂得分寸自私自利的人，对那些不懂分寸虚伪之人，对那些不懂分寸自高自傲的人，可以不敬他，也可以远离他。人的自尊心是有底线的，不能被侵犯。做人做事三思后行总是对的。

与生人之间交往，往往会注意分寸，但在熟人之间交流，也许就缺少这种意识了。我的一位朋友，正是因为跟领导很熟，缺少分寸地说了一些不应该说的话，因此丢了饭碗。我们不去评论这位领导的胸襟，但我们要反思自己，人与人之间就是再熟，说话做事也要有分寸。人都看重自己的面子，你不给人家面子，人家也不会给你面子。最好的处事原则，就是多替他人想想，不要只为自己，不为别人。和一个很熟的人，不论熟到了什么程度，也不可没有分寸，当然和对完全陌生的人或半生半熟的人可以有所不同，但是也绝不能没有了分寸。两个人之间再亲密，也必然是有距离的，不可以连这一点距离也当不存在，因而就没有了分寸。有一种误解叫做，把“亲密无间”当成没有距离。我们不能把别人完全当自己。分寸感永远是掌握在自己手里的金钥匙，掌握好了，也许我们的日子就过得顺畅一些。

（写于2017年4月21日）

有一种痛苦叫做听不懂

在快节奏的社会，时间是多么的宝贵，有人甚至说，浪费时间就等于谋财害命。可是在人与人的交流中，浪费时间的现象比比皆是。

有的时候明明说得很清楚了，可有的人就是听不懂；对重复的问题解释了好多遍，可还是要问个没完没了；有些人在别人说话的时候，偶尔听一下，很多时候却不在听；别人在说话的时候有些人假装在听，实际上心里面在想自己的事，别人讲什么根本没听进去；别人在说话，有的人感兴趣的听，不感兴趣的不听，左耳进右耳出；有的时候你还未说完，他就打断你，时间一长，有些话就不想说了，有些甚至是很重要的信息也丢掉了。

和身边这样的人交流，身心确实很累。

美国知名主持人林克莱特一天访问一名小朋友，问他说：“你长大后想要当什么呀？”

小朋友天真地回答：“嗯，我要当飞机驾驶员！”

林克莱特接着问：“如果有一天，你的飞机飞到太平洋上空，所有引擎都熄火了，你会怎么办？”

小朋友想了想：“我会先告诉坐在飞机上的人绑好安全带，然后我挂上我的降落伞先跳出去。”

当现场的观众笑得东倒西歪时，林克莱特继续注视着这孩子，想看他是不是自作聪明的家伙。

没想到，接着孩子的两行热泪夺眶而出，这才使得林克莱特发觉这孩子的悲悯之情远非笔墨所能形容。

于是林克莱特问他：“为什么要这么做？”小孩的回答透露出一个孩子真挚的想法：“我要去拿燃料，我还要回来！我还要回来！”

在听这故事的中间，观众都笑得东倒西歪的时候，其实大家都犯了一个相同的错误，以为这孩子是一个自私的家伙，然而在主持人的诱导下，最后大家才明白了孩子的真正意图。

所以，别人在说话的时候没有认真去听，只听到一半或者只听到几句话，就让自己下结论，这样容易犯错。我们更不要把自己的意思，随意投射到别人所说的话上头，一切都要等听懂了再说。听懂别人的话，自己要专心，没有听懂，就轻易跟别人去沟通，有时候别人会感到遗憾，自己也感到痛苦。

当然，倾听别人谈话总是会消耗时间和精力的。如果自己真的不方便去听，就直接提出来下次再找机会，如果有时间听的话，那就真心实意地去听一次。

倾听是学习，是艺术。听别人谈话也是一件很值得做的事情。有些人谈话可能比较零散和混乱，观点不明确或者逻辑性不强，这些不是很重要，重要的是要听懂他讲的问题实质，耐心地让对方把话说完，自然就能听懂全部的意思了；你也许不同意他讲的观点，这也不要紧，只要善于倾听，也可能在他讲的只言片语中找到对自己有用的东西。别人跟你倾诉的时候，总是希望得到你的理解，如果能在谈话中加入一些简短的语言，如“对的”“是这样”“你说得对”等或点头微笑表示理解，都能鼓励谈话者继续说下去，并引起共鸣。有同情心地听是倾听的最高层次。当对方高兴时，为他感到高兴；当对方悲哀时，为他忧伤。当然这些都要建立在听得懂的基础上，否则胡乱点头，也会引起误解。

听不懂别人说话是痛苦的，自己说的话别人听不懂也是痛苦的。

赫尔曼·黑塞曾说："人生十分孤独，没有一个人能读懂另一个。"在漫长的人生路上，能遇到懂自己的人不多。李白说，人生贵相知。鲁迅碰到瞿秋白时，感慨"人生得一知己足矣，斯世当以同怀视之"。能找一个聊得来的人，是一种难得的幸福，也是我们每个人所向往的。

好好说话，说别人听得懂的话，也是一辈子的学问，能找到幸福。说话虽然简单，可是说了半天，别人听不懂，也会让人心累。

每个人的教育背景不同，同样一句话，学问深的人嫌你啰嗦，读书少的人感到高深莫测。海洋、河流，都有深浅；人的教育、言语，也有深浅。所以说话要看对象。

但在大多数情况下，尤其是做报告，更需深入浅出，要让大多数人能听得懂，能得到启发有所收获。现在许多科学家，为了把科学知识介绍给大众，不惜喊出大众科学的名称；哲学家把艰深难懂的哲理，用种种比喻的故事，引人入门。

但有的时候自己讲了很多通俗浅显的道理，有的人还是听不懂。

别人听不懂，不能只怪别人，也要从自己身上找原因。我就有这样的教训。自己讲到一个观点时，甚至会有一种一触即发的感觉。一个细胞带动另一个细胞，一个逻辑牵着另一个逻辑，统统全都倒出来，全然顾不上对方的感受，不考虑对方是否愿意接受，肆无忌惮地去宣泄和表达。这时有的人仍是无动于衷，甚至于表示不理解。因为别人跟你不在一个逻辑一个思维上，很难真的明白你在说什么，很难去体会你的思路。这时候，悲剧就发生了，有的人会假装当面夸你讲得太好了，但他实际上根本就没听懂，说这句话是为了给你面子。有的人却表现出一脸的无奈，有的人甚至会粗暴地打断你，你到底要跟我们讲什么？然后他们会自顾自地说话，这时你会产生“好心只当驴肝肺”的感觉。

讲别人听得懂的话，有时候不在讲话本身，明明一句很好的话，有人却偏偏从相反的角度去理解，让你感到哭笑不得。因为不懂语言后面的逻辑和思维，他们能听得懂你的语言，却没有办法读懂你和感受你。

现在看来，有些人只需要浅交的，就不能深谈；有些人听讲只需要浅显的，就不能深究。与不同的人交流用不同的方法，随机应变，才能深浅如一。

一位智者说，深海固然供给大船航行、提供大鱼深藏，但是浅海能让人游泳，让人潜水，让人清净。懂得喝酒唱歌的人，都喜欢浅酌低唱。说话让人听得懂，最好的办法，就是浅显易懂，但也要因人而异，当深则深，当浅则浅，也可以深浅并用。

说别人听得懂的话，也是一种布施。自己的语言不必热烈动人，却能让人如沐春风；自己的话不必慷慨激昂，却如涓涓细流，深入人心；不需要长篇大论，也能以情动人。说话让别人听懂了，听进去了，有时也会有一种莫名的欢喜。在这个世界里，有人听自己慢慢地说，这是一种温暖，而不是痛苦。

（写于2017年5月7日）

相处，未必就轰轰烈烈

最近，我见了一位几十年不见的朋友，总有说不完的话。虽然长时间没有见面，但各自的心里都装着对方。这么多年了，也没有多少轰轰烈烈地礼尚往来，但以文会友，以友辅仁的真情却油然而生。他的面孔虽然有些严肃，但并不可怕，他成功的人生，却是我心中长期以来的一盏明灯。与他交流，总有一种感觉，犹如一颗同样的心长在两个人的身体里。

和这位朋友会面之后，我反复琢磨一个问题，人与人之间有没有友情，要看相处；友情是不是久远，要看时间。日子久了，与自己无缘的自然会走远，与自己有缘的也会自然留下。一生中，能成为朋友的也就那么几个，好好珍惜那些在很久以后还称为朋友的人，真的很难得。

可现在人与人的相处，过于轰轰烈烈。“沉默的礼金”越来越重，一些人出于讲排场、求人气等目的，借红白喜事“广撒英雄帖”；由于攀比思维作祟，“份子钱”也水涨船高。原本正常的人情往来逐步变味，渐成负担。

我问为什么会变成这样？有人还给我说出一个理由，朋友朋友，就是碰个有，如果没有，谁还是你的朋友呢！这哪里是交朋友？分明是金钱交易！我想，这样相处违背了初心，友情也不可能长久。

细细想想，为什么有些人慢慢地就散了；有些情，渐渐地就淡了。为什么从最初的无话不谈，到慢慢的无话可谈；为什么从一开始的无所顾忌，到渐渐地有所顾忌；为什么过去是那么地轰轰烈烈，现在的交往越来越少，是因为相处太累了。

真正的好朋友也不是天天见面，不是吃喝玩乐，相互吹捧。真正的朋友，是在精神上、灵魂上懂自己的人，是不断支持、鼓励、帮助自己的人，自己做的不对，是敢于批评的人。真正的好朋友，也是不用甜言蜜语关心自己的人，更不是天天送重礼讨好的人；真正的好朋友有什么说什么，坦诚相见，也不是不离左右，而是默默关注自己的人，一句贴心的问候，一句有力的鼓励就行；真正的好朋友，也不会想着法子试探自己的心，更不要怀疑自己的情，而是在乎在对方心中的位置的人；真正的好朋友，相处不累，谈话也非常轻松，而且想要长期相处，不是为了出于什么目的或者个人得失，临时找个人相处的人。

朋友是需要淡淡交的，慢慢相处，才能长久；感情，需要浅浅地尝，细细地品，才能回味。感情，需要的是理解；相处，需要的是默契；陪伴，需要的是耐心。任何轰轰烈烈的虚情是靠不住的，也是留不下来的。轰轰烈烈的虚情，也许有时会让人感动，但长久会让人感到不舒服，会觉得跟他相处不让人安心。很多感动的新鲜感都像是有期限的一样，只有留下来的才是真正的情谊。

与有些人在一起，不是因为多么默契，而是在一起一点也不觉得累，很放松，有一种自然而然舒适氛围，能够消解自己心里的那些戾气，恢复淡然的自己。这种氛围，也不是一天两天就能形成的。一时的轰轰烈烈，做不了长久的真朋友。一位智者说得好，真正的友情，是一株成长缓慢的植物。

有些朋友为什么处不长，我们要搞懂朋友是用来干什么的，有的人一味地去沾朋友的光，不仅自己给朋友添麻烦，甚至还让其他人也去沾光，没完没了去生事，再有修养的人也会觉得累的。

朋友间互相帮忙，解决困难这是可以理解的。但交朋友的目的不在于此。价值观相同的人在一起互相交流，互相启发，做成朋友，这种友谊很纯洁，也会长久。我有几个朋友就是这样交成的，完全没有互相利用的关系。简简单单，有时候傻傻地一坐半天，没有一句实质性的交换内容，但围在一起总有说不完的话。

我想，只有这样做，相互的感情才会越来越深，心里千万不要总想着占朋友便宜，或者让朋友提供无穷无尽的免费服务，路必定会越走越窄，朋友也会越来越少。因为朋友也要吃饭过日子，尤其是年轻的朋友，他们的时间和精力不是廉价的，是很值钱的。

朋友是第二个自我。我真心对朋友，朋友就会真心对我。少些轰轰烈烈的相处，多些实实在在的交流。

（写于2017年5月9日）

多和别人的优点相处，来温暖自己

每个人都有优点，也都有缺点。每个人也都长着两只眼睛，你眼睛里的别人怎么样，是看到别人的优点多，还是看到别人的缺点多，这不仅是一个思想方法，也是一个做人的智慧。

和别人的优点相处，自己的心情会好很多，心胸可以开阔，人与人之间也萦绕着美好的香气，自己也会产生尊敬心，会理解别人的优点和长处，会让自己取长补短。

人就像浩瀚宇宙中的星辰一样，每个人都有闪光的一面，只是有些人不善于显露出来而已。想和别人的优点相处，首先要能够发现别人的优点。这种发现也是一种能力。

西周的开国之君周文王是一个德才兼备的人，同时他也善于发现别人内在的潜质和隐藏的优点，于是，姜子牙一个普通的渔翁被封为军师。这个渔翁却为他出谋划策，招揽人才，为推翻暴君建立西周立下了不可磨灭的功劳。

三国时期的刘备，本着救国救民的满腔热情去请一个栖身于草庐之中的隐士，甚至不顾风雪，来个三顾茅庐，终于，一个天才军师被刘备所用，成为刘与孙、曹二人对抗，形成三国鼎立局面的重要人物。

周文王、刘备只是千万有志之士中的两个，可他们成就了各自的伟业，说明他们拥有一项关键的却力量无穷的才能，善于发现别人的优点。

善于发现别人的优点，并不意味着否定自我，而是可以从别人身上的优点看到自己的不足，从而更加努力使自己变得优秀。这样才会自觉不自觉地和别人的优点相处，不知不觉中学会让自己也拥有这种优点。

我老家一位邻居，虽然没有读过多少书，但他比一般的读书人要更加知书达理，别人家有什么困难，他总是第一个冲出来帮助；人与人之间交往，从不斤斤计较。一次他从外地买了东西要给孙子吃，他看到邻居家的孩子生病了，经济上也困难，一时也难以买到那样的食品，他二话没说，把食品先送给了别人家的孩子。正是由于他的这些优点，在周边集聚了很多人脉。有一次他自己生病了，家人又不在身边，那个时代没有汽车，邻居们连夜用担架把他送到医院，幸好抢救及时，才避免了一场危险。

这是一位很平凡又是德行很高的人，他平时心平气和，乐意助人。和他的优点相处，让人学到很多。这件事说明，我邻居身上的优点，不仅温暖了别人，也拯救了自己，同样温暖着自己。

这件事，同时也让我们懂得，和别人的优点相处，自己也许发现，平凡而隐藏的金子会闪出耀眼的光芒。发现了，自己也会不断地成长。正能量也是容易被传染的，正能量多了，社会也会变得越来越和谐。生活中不是没有美景，而是自己有没有一双发现的眼睛，能不能看得到别人身上的闪光点，看到了是不是愿意去学，是不是愿意和别人的优点好好相处。

不愿意和别人的优点相处，就发现不了别人优点，慢慢发展下去，也许会发展到极端，甚至会变成一个自我满足、心胸狭窄的人，这样的人往往与机会和成功无缘相见，最终成为一个无所事事的人。

不去与别人的优点相处，也许会老盯着别人的缺点看，就会吹毛求疵、过分苛求，自己的心里会产生阴影，慢慢也会长出负能量，总觉得别人不如自己。承认别人的优点会温暖自己，盯住别人的缺点，会伤害自己。说不定哪天随口说出一句自私刻薄的话，让人记恨一辈子。

有的人就不喜欢和别人的优点相处。他们凡事都要去较量一番，凡事都要弄个清楚明白，凡事都要来个一是一，二是二。对别人的缺点总喜欢用放大镜来看，恨不得连毛孔粗细都瞧得个真会真切明明白白。这样做人会很累，有时会深陷这懊恼人生中不能自拔，让自己焦头烂额、身心疲乏。

一个教授给学生上课，教授贴了一张白纸在黑板上，用笔在白纸上点了一个黑点，问一位同学："你看见了什么？"

一位同学说："我看到一个黑点。"

教授又问："同学们，你们都看见了什么？"

同学们异口同声地回答："我们看到一个黑点。"

教授说："你们为什么只看到一个黑点？这么大一张白纸你们看不见，却偏偏盯住一个黑点呢？"

在现实生活中，碰到什么事情不看别人的优点，而是只对别人的缺点盯住不放的事情太多了。有人为我们做了很多，我们却记不住他们的好，偶尔有一次做得不够好，反而会全盘否定他的长处，甚至还恨他、骂他，盯住不放。自己多看别人的优点，少看别人的缺点，心中才会越来越光明。

我有一个朋友，生意做得很火。他给我谈体会说，关键是他和合伙人之间的关系处得很融洽。十个手指伸出来有长短，他的原则是多看别人的长处，和别人的优点好好相处。他说，合伙赚钱，要以诚相待。和别人的优点相处，就会求大同存小异。小事随它去，大事不糊涂。合伙人最忌讳的是相互猜疑，和别人的优点相处多了，就会多一些宽容。既然是优势互补才走到一起的，别人身上一定会有优点和优势。多和别人的优点相处，就会少看别人的缺点，这样的合伙生意才能做得长远。

他跟我说，生意场上看别人缺点多的人，必然私欲太重，因为他们看不见别人的付出，只在意自己的结果，他们只以赚钱为目的。只看到别人的缺点，也就没有人情味，在一起做生意也快活不起来。因为这种人消极面太多，他们也会吸干你的正能量。

现在一谈到做事业，有人总是叹息缺少人才。真正的人才是难找的，但如果总是盯住人家的缺点，人才在你门口经过，你也看不见。

《汉书》中就有一句话说："进贤受上赏，蔽贤蒙显戮。"能够为国家举荐德才兼备的人，这样的人应该受到国家最高的赏赐，而把人才给蒙蔽、埋没的人应该受到国家最高的惩罚。为什么呢？因为你推举了一个德才兼备的人来做官，就等于把这个人放在自己的位置之上，而放在自己的位置之上又没有受到鼓励和奖赏，很多人就不会这样去做了。

中国古人这个制度完全是顺着人情来设计的，他知道一般人没有这个公义，没有这个忠心，生怕别人超过自己，所以就要从制度上鼓励人们把那些德才兼备的人推荐出来，甚至放在自己之上。这就是告诉我们，选拔人才重要的是看能不能够推举贤才。

积极推举贤才的人，一般都是愿意和别人优点相处的人。当然我们也不是什么圣人，但可以经常静坐观心，把自己的心看到。一个善于和别人优点相处的人，也是一个善良的人。

和别人的优点相处，一般就很少去评价别人。不去评价别人的好坏，因为他们并没有影响我们的生活；不去评价别人的德行，因为自己不见得比别人更高尚；不去评价别人的家庭，因为评价了，会影响到自己的心理平衡；不评价别人的生活方式，因为人家用什么方式生活跟自己完全没有关系。

只有多和别人的优点相处，才能让自己的生活快乐，多一点温暖。

（写于2017年5月21日）

朋友圈 只要容得下自己和一部分人就行

我有一位30多年前一起工作的朋友，多年失去联系了，最近他突然出现在一个微信群里，让我激动不已。现在通讯手段太好了，毫不费劲，就让我找回了那位朋友。

后来，我们在线下约会了。一见面，有说不完的话。聊着聊着，时而欢声笑语，时而又心情沉重。双方都有太多的回忆。聊天，几个小时就过去了。虽然没有庄重的仪式感，也没有甜言蜜语的陪伴，但这是一场酣畅淋漓的交流。我们怀念的是那时的无话不说，怀念的是从一起做梦到无言的感受，怀念的是争吵以后还想和对方分享秘密的冲动。

朋友是需要经常走动的，这次见面，我也检讨了自己的不主动。再好的朋友，如果长久不联系，即使关系不变，但感情也会慢慢变淡的。说着说着，双方似乎都认同这样一个观点，真正的朋友不是不离左右，而是默默关注；能不能做好朋友，要看心里有没有对方。

在我们的生命中，有些人来了又散了，有些人散了又回来了，有些人近在咫尺，有些人远在天涯，有些人擦身而过，有些人一路同行。

时间长了，每个人的圈子也会发生变化。生活环境不同了，过去曾经的朋友不熟悉你的情况，也许再也没有那种一起吐槽的感觉。但有一天在双方没有约定的场合见面了，有可能再结伴同行一段路程，由于各种原因，也许又在下一个分岔路口道别。无论如何，终免不了曲终人散的伤感。但不管怎样，日子长了，与自己无缘的自会走远，与自己有缘的还会留下。

活在世上，谁都希望自己有朋友。人脉广当然是件好事，但圈子也不是越大越好。

你即使有几公斤的名片，但在你最需要帮助的时候，能出现在你身边的又有几个?

有人喜欢说，某某是我的好朋友，我们一起吃过饭，但真正有事找他，人家好像记不太清楚了，因为吃饭的人太多。那些一起吃饭一起开会一起旅行的人中，有许多不是朋友，只是观众。

交朋友不在多，在于精，在于质量。有些圈子我们挤不进去，不要硬挤进去，即使挤进去了，人家觉得你不是同路人，他们从心底里也不会接纳你。是真心朋友，人家才会记住你。

真正的朋友值得被善待，可以见或者不见，但唯独无法被遗忘。因缘相续，微笑和慰藉，说话和拥抱，再见与相遇，都可以来得逼真，因为稀少而珍贵。这是真情实感的交集。

我赞成这样的观点，适宜时间、地点出现的，便是最好的，彼此可以做到倾听，坦诚，澄透，交付，所有观点在交谈中得到饱满，丰盈，获得凡尘俗世里可以托举的情感交集。

人的一生，面临一个又一个的选择，包括选择朋友。

有的人选择交友，是带功利性的，出于某种目的去交朋友，这样做实际上是交不到朋友的。我们交朋友，只是彼此间选择友好，而不是选择某个依靠。当然朋友之间有需要相互支持是对的，但不能把朋友当成精神或者物质的支柱。

人与人之间交往，聚聚散散，真正能一直走下去的少之又少。为什么有多少好朋友，从无话不谈到无话可谈，不是情不在，而是经不起风雨。

缺少了真诚，情感自然会淡去。

我的一个熟人，平时应酬可不少，表面上看他的朋友圈子很大，有一次他的父亲做生日，准备了好多桌酒席，可到场的人还不到一半。这件事让他很尴尬。

事后，一位老领导与他推心置腹地说，人生中，观众向来比朋友多。观众只会让人从视觉上舒服，朋友才会让你内心感动。天天见面，吃喝玩乐、相互吹捧的不一定是朋友；而懂你，在精神上、灵魂上支持你、鼓励你、帮助你，在你有所不足时，指正你的才是朋友。肤浅的人，交的是观众；上进的人，交的是朋友。

有一次，我跟一位朋友见面，说着说着快到中午了，他硬是把我拉去参加一次他朋友圈的聚会，我这个人不喜欢太大的场面，如果当时拒绝这位朋友，双方都会很尴尬，只好硬着头皮去了，但是到了那儿场面很热闹，他们也很开心，但他们说的话我听不懂也不感兴趣，因为我不是那个圈子的人。

人活着，圈子不要太大，容得下自己和一部分人就好；朋友不在于多少，自然随意就好。真正的朋友，不是在大场面上能交到的。场面上的有些人，只可远观不可近瞧。朋友见面有一两个人，找个安静的地方坐下来，不一定要名贵的酒菜，有几个可口的就行，能喝酒的喝上几盅。感情，浅浅尝，细细品，才有回味；朋友，淡淡交，慢慢处，才能长久。朋友如茶，需要品；相交如水，需要淡。朋友，需要的不是数量，而是质量，与有品位、人品好的人相处才能提高自己。

人生中有朋友是幸福，有知己是难得，有知心是难求难得。有时候，人需要的不是物质的富有，而是心灵的慰藉；不是甜言蜜语的左右，而是相通的懂得。为什么淡淡的一句话能够入心，因为他触碰到了心灵；为什么说到了生活中的一件凡事，也会让人满面流泪，因为这件事能够瓦解脆弱。只有在少数的好朋友那里，才能听到这些掏心掏肺的话。

我们在一起聊天的时候，除了鸡毛蒜皮、家长里短的事情之外，也可以聊点未来，人们交友总希望找到可以有长期交往价值的人。这样的人当然是少数，而在庞大的朋友圈里很难找到。

朋友圈，不一定要很大，只要容得下自己和一部分人真的就可以了。

（写于2017年5月22日）

年轻时无法懂得，懂得时不再年轻

犹太人有这样一句谚语值得玩味：

父亲给儿子东西的时候，儿子笑了；儿子给父亲东西的时候，父亲哭了。

在我们的现实生活中，还真的有这样的故事。

我老家的小马从乡下到外地打工已经5年多了，过去的5年中他没有回家过一次年。这一次，他买了几盒营养品，带给父母亲。他的父亲见了儿子，哭得很伤心。

孩子回来了，本应高兴，可是小马的父亲怎么也高兴不起来。小马也30岁出头了，至今没有一个稳定的工作，因为没有多少收入，更谈不上有结婚生子的打算。他的脑子也好使，想法也很多，但就是没有一件能落地的。小马的父亲感到，自己这辈子很失败，孩子都这么大了，还是那么不成熟。

他说了一句让人深思的话，有些事情，年轻的时候，自己说什么他们也听不进去，现在也没法理解，等到懂了，那就已经晚了。

小马的父亲这想法是可以理解的。他不需要孩子给他们买什么礼物，而是希望儿子成熟、长大。天下可怜的父母，都希望自己的孩子快快地长大，变得成熟起来。

有人相劝说，现在的男孩成熟得越来越晚了，本来男孩的成熟期就比女孩要漫长，可能又加上现在的社会环境，更加让一个男孩的成熟显得可贵，当父母的要有足够的耐心。

我感到，这话有一定的道理，但也不完全有道理。过去有句老话叫做“穷人的孩子早当家”，可现在有些孩子家境并不宽裕，由于受社会环境的影响，也显得很不成熟。而同样有些孩子，年龄也不大，但他们经历的事情多了，又善于学习和总结，积累的经验也多，从年龄上看，他们虽然也很稚嫩，但比起同龄人就显得成熟许多。他们为人处世上稳重、机智和果断，坚持一步一个脚印地朝前走，稳稳地成长着。他们很重视自己生命的质，而不是量。他们就根本用不着父母的担心。在我接触身边的一大批年轻人中，不乏有这样的。从他们身上，我也学到不少。

但有些年轻人，他们虽然走向社会也有七八年十来年了，还只是把那些积累的知识和经验重复而已，很少看到他们的成长轨迹。这就不得不让他们的父母担心和着急。

现在的年轻人确实有他们的优势，知识面很宽，思维也很开阔，中老年人与他们相比，确实相形见绌，这是不争的事实。

有的时候，父母担心自己的孩子年龄小，没有社会经验而不成熟。这种说法也不完全对。

人的成熟与不成熟，跟年龄没有太大的关系。人成熟不成熟，关键要看你站在哪个角度去看待事物。我们也不能把自己的世界完全变成孩子的世界。这个社会确有一些年轻人，还没有脱离幼稚的行为。

有些年轻人做些事情，就是立即要回报。他们做生意，开始没有什么成绩，就想着要放弃，有的人一个月放弃，有的人三个月放弃，有的人半年放弃，有的人一年放弃，放弃似乎成了一种习惯，成了一种失败者的习惯；有的人希望钱来得快一点，再快一点，希望能够“一夜暴富”。没有一点长远的眼光。你跟他谈生意，他会说能不能挣钱？挣钱容易不容易？能不能很快挣到钱？好像别人都要把现成的答案交给他，不懂世界上没有便宜的事情白送给他的道理，不懂得赚钱要靠自己的付出。

有的年轻人就是不自律，总是按照自己的思维模式和行为模式做事。你要改变他的坏习惯很难。别的年轻人在吃苦受累他看不到，宁肯把大把的时间浪费在看电视、打麻将、喝酒、泡舞厅上。自己的生活与别人有差距，他们不从自身找原因，而是怪天、怪地、怪父母、怪亲友、怪别人。他们也知道这样的习惯不好，但宁愿忍受那些不好的生活方式，也不愿意忍受改变带来的痛苦。

也有一些年轻人脾气很大，父母亲跟他们说话也得小心翼翼，稍有不如意，他们就会想到离家出走。你给他说一些赞美的话，他还听得进去。如果批评几句，他就会给你脸色看。有的甚至大老远回家连饭都不愿意吃，拿着包就回单位去了。他给你提建议头头是道，你给他提建议，他会嫌你烦，压根儿就听不进去。

有人认为自己大学毕业了，好像世界上的事情他什么都懂，考试难忍的时代已经过去，自己也不想再学习，总有一些自以为是，没有归零的心态。

也有些年轻人做事没有自己的主张，更没有自己的信念。习惯听听别人怎么说的，有的把别人的话照搬照抄，没有自己的思路。失败了，往往就陷入迷茫。

这些情况，当父母的看在眼里记在心里。父母与子女的关系当然处理不好，代沟就越来越深了。当父母的总有一种恨铁不成钢的担忧。长此下去，父母和子女之间就缺少了一种相互的信任。缺少了信任，也就很难分享各自的感受，健康的亲子关系也就缺少了基础。

前一段时间，网上大量报道，我老家是一个老龄化最严重的地区之一。我也发现特别是一些有独生子女的老人，他们的担心更多，担心子女过于幼嫩，成长太慢；担心他们现在不努力，将来不要说照顾父母，自己的生活着落在哪里都不知道。当然，船到弯头自然直，有些担心也许是多余的。

所有的过往，都值得我们珍惜；所有的经历，都是一种懂得。懂得，是生命中最美的缘。

找一个能随时随地和你聊天的人真的很难。当你某一刻想倾诉时，翻遍所有通讯录，也没那么简单，就能找到聊得来的那个人。只有家才是你的港湾，在家里跟父母说什么都可以，父母总是无私的。你干的事情再伟大，再轰轰烈烈，你也是一个人，一个有七情六欲的平凡人，也希望有一个贴心贴肺、知冷知热、能深刻理解你的思想与情感的人在身边，跟你交流、沟通。在家里，父母才是你最好的倾诉对象。

但是，当今中国，中老年人确实有物质和情感危机。为什么越来越多的中老年人选择独居。一方面，在物价、医疗费用上涨等背景下，中老年人的安全感降低；另一方面，在一个少子化的社会里，年轻人的负担也很重，即使一起住，对老人的情感照顾和联系还是疏离的，情感陪护也跟不上。难怪一些老人说，自己有了孩子，担心这，又担心那。现在有了第三代，照理可以轻松一点了吧，但还是让人担心个没完。

我想，做子女的，真的不能太任性了，不能大把大把地挥霍自己的青春，理性一点吧。老年人说话，由于受时代的局限性，有些也不完全在理。但有些话糙理不糙。有些道理你年轻的时候也许无法懂得，等到懂得的时候，也许你就不再年轻了。

年轻人最大的资本就是时间。鲁迅曾经说过，时间，每天得到的都是24小时，可是一天的时间给勤勉的人带来智慧和力量，给懒散的人只留下一片悔恨。其实，时间是最快的，也是最慢的；是最长的，也是最短的；

是最值钱的，也是最普通的。自己珍惜了，就很值钱，很有意义；浪费了，留下的也只能是后悔。自己趁着还年轻的时候，要想不给自己的人生留下遗憾，可以用陶渊明的诗句经常勉励自己：盛年不重来，一日难再晨，及时宜自勉，岁月不待人。

（写于2017年6月12日）

人若没有知己
心灵就是一片荒芜

“人生难得一知己”“酒逢知己千杯少”，这些话语人们常常挂在嘴边。茫茫人海，知己确实难求。我们一生中会有很多朋友，但很难交有3个以上的知己，真正的知己不在于多，一两个足矣。

我有这样一位几十年的朋友，我们都不会喝酒，常常是淡淡的一壶茶，一坐就是几个小时。谈话没有什么主题，天南地北，各种社会景象，人生冷暖，无所不谈。自己遇到了不如意，他会开导你；自己遇到困难，他会主动提出慷慨解囊，并给你信心和力量；自己遇到困惑，他会帮助出些点子，讨论怎样走出思绪的低谷。我们的谈话从来不需要设防，交往是那样的自然和坦荡。

有一次我生病了，他自己买了礼品帮我去医院约专家。我们俩都不是富人，相互交往，没有什么贵重的礼物，但是能够心灵相通；我们没有高贵的身份，更没有什么权势，只是情趣相通。有时候多少年了，也相互不送礼品，不做一次像样的宴请，但我们没有虚伪的敷衍，没有假意的客套，只知道真诚相待和理解默契。

事实印证了那句话：朋友不在贵贱，知音胜过黄金。相知，就很不容易，知音就更是难上加难。知了，就懂了人生；相知，就懂了人性。

真正的知音是没有多少物质上的所求的，最大的满足就是心灵上的共鸣。有的知己，虽然不能天天见面，但总会有太多的思念和话语都留在心底，相知相伴的情意依然美丽。即使疏远了距离，也隔断不了彼此的联系；即使是淡淡的问候，也是深深的情谊。只要把知音的名字记在心间，心灵从此不再孤单。

知音，也不是靠甜言蜜语维持。我有一位曾经的上级，也可以算作知己。有一次，我与他谈事情，谈到有分歧时，我也不知道哪根神经搭错了，突然大发雷霆，声音越来越大，惊动了隔壁办公室的同事。两人争论到下午1点半了，还没有吃中饭。事后有朋友对我说，不管你有再多的理由，你用这种态度对领导说话，肯定是错误的，我看今后有你穿小鞋的时候。我也没有想那么多了，不管他了，听天由命吧。

可是，那位我的上级并没有把那件事放在心上。有些棘手的事，他还是找我商量。有一次出差，我俩同住一间屋。深夜了，我们俩说着说着，干脆坐起来，一直谈到天亮，好像总有说不完的话。

真正的知音，悲伤时，也许可以作为倾诉的对象，既是分享快乐的同伴，也是愤怒时的出气筒。知音，就是自己永远也不想摆脱的人。

几十年来，我和这位上级之间，没有任何贵重物品的交往，但就能成为知己，不为别的，也许就是因为我们有着共同的语言。我们也没有必要把所有的领导都当作很贪。知己和情谊也未必是果汁，甜得发腻，如果是这样，必然会来去匆匆；真正的知己和情谊也不要把它当作烈酒开怀痛饮，否则醉后也许失态。知己如茶，淡淡清香，温润于怀，历久弥新。

这么多年过去了，我把这位老领导当知己、当镜子，常常照出最真实的自己，检点自己的不足。这是人生旅途的驿站，可供休憩；也是一座港湾，可让自己停泊。这是不可再生的资源，非常珍贵，值得珍惜。

我也有一位长辈朋友，他是看着我长大的，他陪着我一路走来。他是一个很坦率的人，有一说一，有二说二。平时，他肯定我的时候很少，批评的话没有少说。有的时候话说得很难听，当时我有点接受不了，但事后慢慢想想，还是很有道理的，对自己帮助不小。这也是我生活中的知音和贵人，让我懂得了不少做人做事的道理。

既为知己，就应该无所顾及，无所不谈。能够经常批评我的人，才能通晓我的心意。这样的人才是真正的知音。培根说：“人没有朋友是最纯粹最可怜地孤独。”知音，比朋友更进一层，如果自己一生中连一个知音也没有，那是非常悲惨的。

知音，不只是单单朋友这般简单，也不只是在自己身处幸福时看到他的微笑，更要在自己面临困境时送上自己的肩膀，让他停靠。即使自己被世界遗弃了，有了知音的陪伴，就没有了孤独和寂寞，自己也有着相似的心路感怀。这种情谊是世间任何障碍所不能阻隔分开的。因为人心灵的伤痛若无知音来抚慰，便会荒芜；人的欢乐若无知音来共享，再多的快乐也是悲伤。

知音，不加珍惜，也是容易流逝的。诸葛亮死后，消息传到成都，李严大哭而伤。李严曾被诸葛亮贬为庶人，如何竟对他的死如此伤心，原因在于李严将武侯援引为此生唯一知己，常希望武侯重新录用他，将功补过，而武侯死后，无人能识其才也。有些东西，我们拥有时并不珍惜，当我们珍惜时却已不再拥有。知己也是如此。交往也是易碎的，知音是值得永远珍藏的。因为默契在彼此惦念的瞬间默默流淌，时空对于知己不过是一道透明的膜。

人生道路上看到那些耀眼的风景，许多都是浮云。浮云过烟，美得有些不切实际。前苏联文豪列夫·托尔斯泰说，“要做真正的知己，就必须互相信任。”朋友之间要相互信任，真诚待人，不能说谎，不能欺骗。互相帮助，互相信任，才能找到知己。人若没有知己，没有知音，心灵便是一片荒凉。

（写于2017年6月17日）

笨嘴笨舌没关系，照样有人喜欢

有这样一个男生，喜欢上了一个女孩。因为家里穷，也没有钱买礼物给女朋友，平时也不敢到女朋友家去串门，生怕对方的父母看不起自己。一天，他拿了一个几乎可以以假乱真的白银戒指到女朋友家去，对方的母亲问这是不是白金的，他说不是白金的，我们家怎么买得起啊，就是黄金的也买不起，我们家里真的很穷。

这位男生走了，女朋友的父母争吵了起来，母亲说，咱们的女儿如花似玉，难道真的嫁不出去了，非嫁给这个穷小子不可。但那位父亲不是这样看，孩子家里穷一点没有关系，只要人品好就行，现在这样诚实的人不多了。我看他能这样讲话，就是一个老实人。如果我没有看走眼的话，这个孩子行!

那位男生回到家里，一直闷闷不乐。他想，只怪自己笨嘴笨舌的，不会说话，估计这门亲事十有八九黄了。

那位女朋友同意自己父亲的看法。她认为，男朋友虽然不会说话，但人很善良。在学生时代，他积极参加志愿者行动，做过许多别人不愿意做的事。因为他心眼好，有很多同学愿意跟他做朋友。她亲眼看到，毕业以后有些同学给他寄礼物，还经常问他有什么需要帮助的事情。如果他人品不好，谁还能想到他呢。

在大人的眼里，笨手笨脚的孩子是可爱的，因为孩子可以慢慢长大。但成人以后，笨嘴笨舌、笨手笨脚的样子，是不是有人喜欢那就很难说了。但那位女朋友说，他男友说起话来，虽然有时前言不搭后语，让自己很无奈，但却很可爱。自己就是喜欢那样真实靠谱可以依附一辈子的人，从来就没有喜欢过那些巧舌如簧、满嘴跑火车的人。

我也不喜欢巧舌如簧的人。因为那些人往往说得多做得少。他们天生了一张三寸不烂之舌，能够上说服天，下说服地，中间还能说服空气。

有的人喜欢聊天，喜欢玩闹，性格有时候安静有时候闹腾，说话有时不经大脑，往往让人哭笑不得，不过简单天真傻得可爱，这种人也不让人讨厌，比起巧舌如簧的人要好许多。有些人说话，不是油嘴滑舌，也不是对答如流，而是能用心说话。他们说的话有时也可能缺少逻辑，但他们的话都是发自内心的，所以很有含金量，在什么情形下说话，都不会让人反感。

有一次，乡下有人托我在城里帮忙办一件事，他说了我一大堆的好话，当然我也没有在意。因为这件事我不认识当事人，只好七转弯八转弯地找到了需要找的那个人，求人家帮忙。人家也费了很大的劲，在想办法去办那件事。结果我打电话回家，得到的回答是，自己找到熟人早就办好了。这件事让我有点苦恼，你早就办好了，为什么不早点通知我呢，还让我欠下一串情。我不会要你任何的好处，大家都是乡里乡亲的，能帮别人的就帮一把吧。后来，这样的事我又遇到了多次。当然，那些托我办事的也不都是什么朋友，有的只是熟人而已。事后，总让我有一种感觉，这个世界哪来这么多的虚假。

有人统计，人这辈子会遇见300万人，从后来交往的次数来看，这300万人中，90%的人都算过客。不得不承认，人这辈子99%遇到的人也许只算一般熟人或者是假朋友。

我们只有去过很多的地方，看过很多的风景，见过很多的人，才会明白，如果没有诚意，仅凭口头的功夫，朋友并不是越来越多，而是越来越少。一顿酒就称兄道弟的，随随便便就称是哥们的，只能算过客，而不是朋友。

现在人离不开网上聊天，网上交友。有人发了很多让你似乎喜欢的帖子，当然有些是对人有益的。但有些属于圈套，会把你带入感情的灾难，让你心不安定。聊天中，如果有人甜言蜜语让你的眼皮沉睡，如果他的财势让你的耳朵陶醉，如果他的风度让你的眼睛流泪，那么，那时的你也许只是他手中的蚂蚁，就像聪明的孙悟空也逃不出如来佛的手掌心一样。聊着聊着，他微笑，你微笑；她痛苦，你也痛苦。有些是心灵感应以后互相安慰，有些却是虚拟与现实的脱节。

我们要从网上走到线下，回到现实生活中。不要去听那些不切实际的煽情话。当然现实生活中也会出现是真实对待的情况，只是网络由于更隐蔽，所以很多现实生活中不能做、不敢做的事情会促使一些人玩世不恭也好，居心不良也罢，宁肯不要那些巧舌如簧的不真实，而和笨嘴笨舌的人在一起，好好相处。

有一位男生去找恋人，失败了几次。他跟我说，现在自己越来越怕见人，也不喜欢人多的地方，好像自己得了社交恐惧症，越来越胆小懦弱和内向，自己想把自己打成一个包裹，捆得严严实实。和异性接触时，总有自卑情结，总是压抑自己，不愿意说话，因为怕说错，因为自己是个没有内涵笨嘴笨舌的人。有一次，他约了异性去看电影，提前好长时间蹲在电影院门口等候，但是心里焦急不安，还是找借口离开了。

其实，这不是会不会说话的问题，你就是再笨嘴笨舌，只要有一颗滚烫的心，钢铁也是会被焐暖的。善良，不是一种能言善辩的学问，而是一种行动。善良的行动，更多的是出于爱，时间久了，别人就会清晰地了解，社会也会公正地接纳。我们不需要用花言巧语装扮自己，因为善良，才是一种世界通用的语言，它可以使盲人感到、聋子闻到，善良的人一定会喜欢真诚的人。

有人说，我就是嘴笨，不会说话，想练练口才，当然这是好事。口才，也是一个人的软实力。有的人认为自己很会说话，就认为自己有口才，其实，真正口才好的人往往是会动脑子会思考，眼睛会洞察，肚里有东西，而不是表现出来的样子像是“会说”而已。

人品好，又有口才，当然会讨人喜欢。但说话笨嘴笨舌也没有关系，只要不思想糊涂，不愚笨痴呆。即使愚笨的人，在很多次考虑中也总会有些可取的地方。很多人说自己笨嘴笨舌，多是用来表示自谦。有人口才笨拙，说话不流利，这是人的一种外在的表现，而不是人的本质。许多才智出众的人，看起来好像愚笨，
不露锋芒，其实他们才是世界上最聪明的人。

（写于2017年6月23日）

磁场相同的人，自然会有某种默契

我身边有这样几位好朋友，有时候不需要说太多的话，他想的事情就已经代表了我的意愿。在相互的交往中没有那么多的弯弯绕，更没有什么伪装，说起话来总是直来直去。有时候，他的一个眼神，我就能领会他的意思；他的一个动作，我就懂得他的情绪；有时候，他说了一句并不好笑的话，我们却笑得那么一致；有时候，讨论一些社会热点问题，也会像说自己家的事情一样，是那么投入；有时候干坐着不说话，也有心与心的碰撞；有困厄时那无言的鼓励，成功时那会心的凝注，痛苦时那关切的倾听，这些温馨的感受，会长久地留驻在自己的心底。

这是什么？这是一种默契。

这不是一天两天就能形成的，这是日积月累的情感昭示，是魂牵梦绕的一种表达，是灵魂之间的相互感应，是一切都在没有预约的不经意间的同气相求，是友情没有任何装饰的自然流露。

为什么会自然流露？是因为有相同的磁场。磁场不同的人在一起，会感觉到疲倦和困顿；磁场相同的人在一起，自然会感到轻松和自在。人与人之间，确实存在着一种像生物磁场那样的吸引力，它是气质的相互吸引。

我很不情愿去参加那些拉郎配似的聚餐，但有时候只能不得已而为之。很多话说不到一起的人，总是在餐桌上嚷嚷，有些人刚张口，另外就有人反驳；有的人明明说的是对的，另外的人却偏偏说是错的。一顿饭坐了几个小时，听着听着，有时候也把我的思维搅得错乱。我想这也可能就是心灵磁场的相互干扰。

自己的磁场被另外一个磁场包裹了，如果自己磁场的功力没有对方的大，对方的磁场就会出来干扰，甚至把你的磁场全部覆盖了，把你的意识锁定在一定的范围内，这时，你的思维也许就会停顿或错乱。所以，难怪我们要和有正能量的人在一起，否则负能量的磁场也会干扰到我们。

对方发过来的信息有好的和不好的，如果对方发的是负能量的信息，这种心灵意识的磁场辐射到自己的身上，自己如果状态好，有可能顶得住；状态不好，就承受不起。心灵磁场也会污染到自己。

每一个人的磁场都有一种释放和吸收的功能，如果经常和磁场比较污浊的人接触，他也会把我们的磁场给染污了。如果跟一个磁场比较干净的人在一起，他散发出的磁场也能把我们被污染的磁场给净化掉。

磁场是灵魂散发出来的力量。有的人很有魅力，很有气质，这就是他的灵魂散发出来的力量。有正能量的人灵魂比较纯净，散发出来的磁场就好，就能够净化身边的人，身边的人就会觉得很舒服，就会说跟他有缘。

自己心静下来了，也可以净化磁场。要是今天跟那些负能量的人在一起了，他们散发出来的不好的氛围、磁场被自己吸收了，晚上回到家，闭上眼睛，静静地坐一会儿，把自己的脑子放空，也许过一会儿，就把那些负能量的磁场给净化了。

哪些人可以让我们磁场相同，产生默契？有共同的价值观才能实现。在目前无人不网、无处不网、无时不网的状态下，人与人的交往、交流和沟通方式都发生了变化，现在的传播往往是即时的、同步的，具有很强的时效性，但也容易促进事态进一步的发展。人的价值观往往容易嬗变与生成。新媒体也让人的意识出现了碎片，价值观也出现了多元。难怪有人说，现在人的生活比过去富裕了，而人的心理却没有过去那么宁静了。

但不管怎样变化，我们总要分得清什么是真善美，什么是假恶丑，什么是值得肯定和赞扬的，什么是必须反对和否定的。

现在，每当社会上出现一些不好的现象，有些人总是分析得头头是道，说什么，这是社会因素，这是家庭因素，这是自然因素，好像这些事情都与自己无关。其实，平心而论，许多事跟我们每个人都有关系，因为我们自己也不是完美的人。我们不要把所有的错误和责任都推卸到别人身上。如果自己长期迷失在虚幻的价值里，然后用自己混乱的价值观去认定价值，那就必然会出现错误。我们也不要把自己禁锢在封闭的世界里，然后用自己扭曲的世界观去评判世界。自己的价值观如果发生了问题，我们就很难找到跟自己有默契的朋友。

有一位男士谈了三年的女朋友，谈着谈着，谈不下去了，父母亲很着急，到处打听是什么原因。开始那位女朋友什么都不想说，后来从她的闺蜜那儿了解到，男方认为女方嫌他家里穷，这是一个天大的误会。他家的经济状况不好是明摆着的，而女方一开始就认了才跟他相处的。女方说，家里穷没有关系，我们还年轻，我们可以挣啊。但是有些话我跟他说了多少次，他就是听不进去：你能不能少去几次酒吧，少打游戏，不胡乱网购，少去酒肉聚会，下班回家多看看书。你现在的收入还不高，没有必要做那些浪费金钱、浪费时间的事儿。这些事做起来很难吗？一点儿也不难，可是他，你说一说他会改几天，时间一长，还是老样子，就是没有改正的决心。跟这样一个没有志气的人在一起，这个路终究走不长。

看来，问题不是出在金钱上，而是出在没有共同的世界观上。一位哲人说，所谓价值观不同就是，给他人一根蜡烛，有人觉得差一个蛋糕，有人会觉得缺一根皮鞭。

人活着不光是为了钱，活着还要有自己人生的价值。怎样才有人生价值？最好的办法就是用自己去感动世界。当自己不能为别人带来价值的时候，别人也许就不能成为自己的朋友。因为人与人之间连接往往依靠价值。跟有真正价值的人在一起，就会有共同的磁场，自然会有某种默契。

（写于2017年6月26日）

人生，像作文考试审题一样

这几天，我的一位乡下熟人怎么也高兴不起来。他为女儿高考的作文考试扣分较多不能录取一本感到惋惜。他说，他女儿是班上的语文课代表，她写的文章老师经常拿到班上作为范文朗读。她平时看书不少，词汇量也很丰富，我看她的文章描写事物是那样地栩栩如生，文字也是那样地干净和酣畅淋漓。可是，这次高考作文偏偏没有考好。

这种心情是可以理解的。我听了她女儿的介绍，也看了她平时的作文，感觉这个孩子的文字功底确实不错，但是这一次高考，恐怕问题不是文章本身，而是审题没有审好，文章跑题了。

写命题作文，审题是关键性的步骤。一般来说，命题作文的限定词多，容易让考生顾此失彼；对题干中的限定词概念不清，也容易让考生琢磨不透；题干中的限定词较为隐蔽，考生一般不容易觉察到。所以审题也是一件很难的事情。

现在也有些高考是半命题和自拟题作文，说围绕什么写一篇文章，提示语虽然很简洁，但都有深刻的内涵，透露出宽泛的信息，需要考生仔细审读、推敲。如果理解偏了，即使你有再好的文笔和写作技巧，都没有用，都会被扣分，甚至得低分。

人生，也像作文考试审题一样，审题没有审好，结果就不一定好。我们人生也是一场考试。人生在考试的过程中，结果也是由审题决定的。

人生，是一个漫长的过程，因此也是一个不断审题的过程。当年在雅典法庭，苏格拉底留下的临别赠言，其中有一点，他认为“未经审查的人生是没有价值的”。

人的生活中不断有新的题目产生，自己通过一次又一次地审题，不断吸收新事物，不断进行自我反省，做稳固的自我，具有非常稳定的自我价值感，不会因为外界的否认或者质疑而有所改变，像做高考作文那样，“有才而性缓，定属大才；有智而气和，斯为大智”。

现在人总是认为过去的东西在时代的变迁中可以抛弃，也可以遗忘，并认为是理所当然，其实这是很可惜的。

我们在人生考试的审题中，需要记住这些“过时的事物”中蕴含了包括历史、时代精神、社会价值观等等需要一直传承的事物，人生才会不断在变迁中寻找适合自己的方向，坚持优秀的传统精神或个人良好价值观。不论墨守成规还是弃之如履，都不应作为对事物发展的唯一选项。

人生的审题正确，就是用正确的方法做正确的事。题目审好了，就会让自己从改变沟通方式开始，让爱融入生活，让尊重、理解、欣赏、感激、慈悲和友情来主导自己的生活；题审好了，我们就会直奔主题去做事，把那些可有可无的枝节去掉，让自己的生活只保留真爱和有用的物品；题审好了，人生就会通过体验、试错、观察、阅读的方法，增加知识的获取和生活经验的积累，最终达到独立的思考。文章需要独立思考，生活也不能人云亦云，我们也不需要迷信权威，自己选择走自己的路；作文需要修改，人生中无论事情大小，也要反思到自己的不足，通过努力，补漏这些不足，也可以变弱势为优势。

审题需要静心，人生也需要静下心来，从盲目和茫然的世界中退后一步，让内心回到安静的状态，从而赶走身边的无奈，驱散周围的喧嚣，抚平疼痛的伤口，迎接幸福的未来。唯有心静，身外繁华才不至于扭曲和浮躁，才能倾听到内心真实的声音，感受生命的美好。

作文的题目有些绕眼，我们的生活中也会遇到各种困难与障碍，只要我们审题准确，我们就会有办法去克服这些困难，不让困难控制我们的思维，以免让自己的生活跑题太远。

人生中审题正确了，就能获得各种平衡。为什么有的人工作很有成就，人际关系却并不好；有的人和朋友们相处得很好，但却和家人无法沟通；有的人事业很成功，却没有幸福的家庭；有的人家庭幸福美满，但在事业上总是发展不顺利。
其实，问题也出在人生的审题上，不知不觉地让自己失去了某种平衡。

我们每个人的家庭、事业、爱情并不可能如自己设想的那样完美，总是存在着各种瑕疵。通过人生的审题，我们可以去调整和完善。调整，主要是调整自己的心态。我们无法改变现实世界，但可以改变自己内心，让内心更多地拥有包容、乐观、豁达，让内心坚强起来，乐观起来。即使自己一无所有，也可以微笑地度过每一天。这一生，我们都走在路上。人生考试的每一步，都将是最好的选择。人生没有白走的路，每一步都算数。快乐也好，悲伤也好，努力的脚印相连，才一步步成就了此时此刻的自己。

写文章，从某种意义上说，就是写自己。人生中的审题，更是在审自己。但人最难做到的，就是正确地认识自己。

为什么人在高兴时，往往得意忘形；人在悲伤时，容易失意？就是因为不能正确地认识自己，不能正确地审视自己。

一位智者说，审视自己，就像浩瀚的大漠审视变幻的苍穹，就像残败的古堡审视沉重的背影，就像壮美的江山审视变迁的历史，就像睿智的老者审视多舛的命运。

我们不去审视自己，有时候会在痛苦中走不出来，只能感觉自己是这个世界上最孤独的人；有时候自己迷茫和消沉了，不去审视自己，也不会觉察到自己在变化；有时候自己在空虚中忘形了，不去审视自己，就发现不了自己的无知；不去审视自己，也很难发现自己浅薄的狂妄，更没有勇气向卑微的自我告别，寻不到人性极端中的痼疾，而酣畅淋漓地去割那些灵魂上的肿瘤。

审视，是一种客观的自我评价，更是一种积极的自我超越，就像我们每天照镜子一样。没有审视地活着，实际上是对自我存在的不负责任的纵容。这样，人生的答卷肯定做不好。

我的一位朋友，最近遇到了一点人生的曲折，他本来是一个很开朗的人，但现在却变得很低沉，做什么事都提不起精神。

我想，这也许是审视自己的眼光出了问题。我劝慰他说，我们不要用太过悲伤的眼光审视自己，这样容易使自己陷于自卑。审视自己，要有合适的尺度。我们既不要高看自己，那样会目空一切；也不要低看自己，那样会陷入自暴自弃的冰点。

正确地审视自己，头脑会变得清醒，就是有狂卷风的来临，也不至于被暗流淹没；即使有烟尘的迷雾笼罩，也不至于让自己受尘世的幻彩迷惑。

人像高考作文审题那样认真活着，就能找到人生的准点，透视人生的焦点，从而开创自己人生的亮点。让我们做好人生的审题，做一篇属于自己的文章。

（写于2017年6月29日）

永远欠一顿饭

最近，我去一家大酒店，看到有一则广告特别醒目，上面写着各种“谢师宴”的套餐。孩子中考、高考取得了好成绩，家长们用一顿饭来表示对辛勤教育老师们的敬意。这不是单纯的一顿饭，这是让人忘不掉的一段恩情。学生和家长总是感觉欠老师一顿饭。

现在又到了毕业季，同窗几年，同学之间留下了深厚的感情。有同学说，虽然我们要各奔东西，但这段情缘却不能忘记，记住，我欠你一顿饭。

10多年前，有位熟人替人托我办一件事，我找到了20多年前的朋友，这件事没有任何问题很快就办成了。但谁知道她办完这件事，就随丈夫到国外去定居了。后来，我找到她的原单位，可谁都没有她的具体信息，这让我伤透了脑筋。多少年了，被办成这件事的主人，也不知道这件事是我托人帮的忙，当然我也不想去说。打小父亲就教育我，帮别人做事最好不要留名，做就做了。因为自己是帮人家做了事，所以自己会感到很开心的，也不要别人感谢自己。但是我自己还是欠下了一笔情，我老在想，也不知道什么时候能补上。我还是欠了我朋友的一顿饭。

我和一位同事在一起工作了多年，他后来到另一个城市工作去了。一段时间，我们相互缺少了联系。一次，我利用出差短暂的机会，到他的单位找他，在他们单位的传达室里等了几个小时，他一直在开会，没有办法见面。他不是摆架子，实在抽不开身，他在主持一个重要的会议，我完全能够理解他。我带去的礼物也只能让传达室的同志帮忙转交。其实，我也没有任何事情要请他办，只是好不容易去一趟，见个面，说上几句话就可以了。离开那个单位时，我心里在说，我们俩这么长时间没有机会唠嗑了，当年我们都是弱势群体，开始单位里有些人也瞧不起我们，而我们在一起，互相鼓励朝前走。我想，哈哈！小子，你是不是也欠

我一顿饭。后来他约了我多次，我也一直没有时间去。

人活在这个世界上，好像永远欠着一顿饭。

不是欠爸爸妈妈的，就是欠爷爷奶奶的；不是欠恩人的，就是欠孩子的；不是欠发小的，就是欠铁杆的；不是欠闺蜜的，就是欠同学的；不是欠同事的，就是欠邻居的。

这个时代谁都不缺吃的，一顿饭，就是再好的菜肴加美酒，也没有什么大不了的。

对于父母，不在乎家常饭还是团圆宴，在乎的是彼此的嘘寒问暖。父母陪自己长大，自己要陪父母变老。

现在，越来越多的人离开家乡，交通是越来越方便了，高速公路、高铁，有的修到了家门口，可回家的路却是越走越长；通信也越来越便捷了，可是，子女与父母见面的时间却越来越少。子女与父母在一起吃顿饭，却变得越来越难。有的父母在家等“五一”，有的等国庆，有的等春节，有的望眼欲穿，也等不到自己的孩子回家一起吃一顿饭。有的人虽然回农村老家了，但嫌家里条件差，还是去县城的宾馆住。几天的假期，与父母在一起吃不了几顿饭。有的虽然与父母住得不远，也总是找自己忙的理由，很少与父母在一起吃饭。父母与子女渴望彼此陪伴的温情被岁月冲刷得稀里哗啦。

一次，我坐在公交车里，有人在电话里求着对方一起吃顿饭，没有什么需要相托的事，只想见见面，可对方却一口气说上几十个忙。

现在人确实很忙，忙工作、忙学习、忙孩子、忙家务，忙得没完没了。但是，朋友的存在，不能老在微信里。每一次相约，都变为改天。以为改天就是明天、后天或者空闲的时间，却没料到改天竟然可以是很长的时间。对于朋友，不在乎是一顿饭，还是三杯酒，只在乎觥筹交错间的分享，谈谈忧伤，说说乐事，聊聊近况，吐吐心声，也是一种人间的享受。

过去的老传统是欠钱要还，欠情也要还。可现在有些人欠钱也不想还，欠情更是无所谓，这就不可思议了。

欠别人一顿饭，就是欠下了人情。在过去的几十年里，许多人曾经无私地帮助过我，自己也做得很不够，我也欠了别人不少顿饭。但每当回忆起那些往事，自己总感觉有一种愧疚，缺少感恩的心。

韩信少年时家中贫寒，父母双亡。他虽然用功读书、拼命习武，却仍然无以为生，迫不得已，他只好到别人家吃“白食”，为此，常遭别人冷眼。韩信咽不下这口气，就来到淮水边垂钓，用鱼换饭吃，经常饥一顿饱一顿。淮水边上有个为人家漂洗纱絮的老妇人，人称“漂母”，见韩信可怜，就把自己的饭菜分给他吃。天天如此，从未间断。韩信深受感动。韩信被封为淮阴侯后，始终没忘漂母的一饭之恩，派人四处寻找，最后以千金相赠。

后人有诗赞曰：至孝事亲世颂扬，子孙代代仰遗芳；同居五世人崇敬，感动枫宸诏表彰。

一个人如果真有心，还是能把自己所欠的那顿饭补回来的。我也不爱大场面的聚餐吃饭，尤其与一些不熟悉的人在一起吃饭，总觉得那是为吃饭而吃饭。但我与一位好朋友有个不成文的规矩，一两个月总要在一起吃顿饭，再忙，也要留着那顿饭的时间。用陪伴诉说相互的快乐，用分享干掉那些莫名的寂寞。

上世纪90年代，老家有人曾经帮过我一个大忙，后来那帮忙的长辈退休后投靠儿子，到另一个城市安享晚年。后来，我也离开了老家，来到了一个新的城市工作，相互失散多年。我要去感谢那位长辈，四处打听也没有找到他的联系方式。一次偶然的机会找到了，他已经上了年岁，电话里连我是男是女的声音都辨别不清楚。一个星期天，我和我爱人专门带上礼物，到他所住的城市请他吃顿饭。他说，你的心意我收下，饭就不吃了，因为自己早已约好了几位老人要打牌。但是我们还是在他打牌前，聊了一会儿。虽然时间是那么短暂，但是我们还留下了片刻的静坐，我们说的那些别人也许听不懂，但回忆了过往，恍如隔世。

我们的谈话难免有点落寞，我也不知道说什么好，许多本来想说的话语也只能在无声中逝去。我走了，回到家，夜晚，心里异常地柔软。那位长辈对自己那么好，也并不是自己很讨人喜欢，而是自己傻得让人心疼。那顿欠下的饭虽然没有吃成，但我们的心已经连到了一起。

中央八项规定出台前，谁欠谁一顿饭，很多人都说不清楚。上级来了陪吃，兄弟单位互请，吃饭成了沉重的负担，胡吃海吃成为常态。过去不用自己掏钱吃的公职人士几乎有一半的工作精力都用在了公务接待上。最忙的一天，据说有好几拨客人的接待。再穷的地方，干部每天吃得脸上总是红彤彤的。说实话，他们也不喜欢那样的应酬。有人说，钱是公家的，身体是自己的，那样的吃法，只能让自己少活几年。现在好了，回家吃饭，不再是“千年等一回”的家人期盼。无压力、尽孝心、陪孩子、叙亲情，还是回家吃饭好。当然，人们希望这种爱护干部的措施能坚持下去，不再像过去那样，不知道今天能不能回家吃饭。

有人说，欠别人一顿饭好办，现在只要有钱，到饭店去什么都能吃得到。但有时候请人下馆子去找挨宰，找气受，找传染病，而后又把牢骚和坏脾气带到生活和工作中。其实人要活得仔细认真，把每顿饭都当一顿饭去吃，把每句话都当一句话去说，把每口气都当口气去呼吸，这样我们就不会敷衍生活，生活也不会敷衍我们。

欠了别人那么多顿的饭，有时候自己也会欠自己一顿饭。

有的人工作一旦忙起来，也不知道哪一顿饭吃饱了，哪一顿饭没有吃饱。没有吃饱，也不可能把那些少吃的饭并在一起吃。有时候累了，也不想吃，随便找点，凑合一顿就算了。

我不会做饭，如果爱人不在家，经常就是鸡蛋、咸菜加汤面。如果有哪顿饭自己没有吃饱，有时也会心虚、腿软、头发晕，魂不守舍，文章也写不好。

但我不会去埋怨生活，只怪自己的生活能力差。其实，生活中那些常被忽视的微小事情，对自己的人生影响也是巨大的。一时可能没有感觉，时间长了，也会影响到自己的工作和生活。

生活再匆忙，工作再辛苦，也要不慌不忙、踏踏实实，让自己陪自己吃好每一顿饭；即使你不能把举目无亲的城市认作故土，也至少应该把借住的这间房子当成家；再忙，怎么也要挤出点时间来，吃好一顿饭，清淡一点没有关系，吃舒服了就行。也许我们无法改变命运，但随时改善一下生活，总是可以的，只要一顿好饭，一句好话，一个美好的想法便可完全改变人的心情，这样的事情并不复杂，每个人都可以做到。如果你独在异乡，找不到陪伴，也别忘了停下匆忙的脚步，不去亏欠自己的一顿饭，不要辜负正在奋斗的自己。

（写于2017年7月4日）

懂，是发自内心的声音

上学的时候，老师经常问同学：你们听懂了吗？工作的时候，领导也会经常问下属：你听懂了我的意思吗？

人与人之间通电话，也许你会经常听到这样的话语："不是早和你说过吗？""随便。""以后再说。""你自己看着办。""你要这么想我也没办法。""你想多了。""那就这样吧。""嗯。""无所谓。""算我错了行吧。"这些话，似乎在直接告诉你，他还没有听懂你的话。

在很多人的印象中，点头表示赞同或者肯定，摇头表示反对或者否定。所以人们经常用这两个动作来表达自己的态度。小时候老师的点头，就说明自己表现得不错；家长的摇头，就表示对自己有些失望；长大了别人的点头，有时候是表示对自己的赞赏，有时候仅仅是出于礼貌，也许他们没有心思在听，或者根本就没有听懂你的意思，随便应付了事。

看来，懂，也不是人生一门简单的学问。

懂得，是一种心情，一种欣赏，更是一种心灵的默契。

懂，有时是有声的，有时是无声的。每当自己或是开心、或是忧伤、或是伪装、或是失落、或是流泪、甚至对生活不满抱怨时，懂自己的人，都无需要说多少话，也许他的一个眼神会直接告诉你："我知道，我懂得，我明白"。

懂，是一种难言的柔情，入心入肺，入骨入髓，即使不说话，彼此的心也贴得很近，没有距离。

但是，认识一个人很容易，读懂一个人却不容易，读懂一个人的心更不容易。

人心隔肚皮，人心叵测。会读人，才有知人之明，而不会读人，就容易败事。我们每天都在读人，而且也被别人读着。

这个世界上只有一种人容易读，他们是婴儿，因为他们只有两个表情，不是笑，就是哭。但有时候他们为什么哭，一般的人也很难懂，只有他的父母或最亲近他的人才懂。

为什么有人能懂人，而有人却很难看得懂人?

清末大儒曾国藩，也曾被儿子问到过这个问题。

问曾国藩，可叫问对了人。曾国藩一生最没争议的，就是慧眼识人。“自将则败，将兵则胜”的历史评价，十分贴切。

曾国藩对这事的回答，总结起来就一句话：要往深一层看。

曾国藩说自己有个笨办法：他专门有个日记本，每次遇到人，就把这人的特征和自己的判断，写在日记本上，而后再反复对比查证。著名的《鉴人日记》，写了几十万字。看懂人的智慧，正来自这默默的积累。

问曾国藩这问题的儿子，就是近代著名外交家曾纪泽，也就是中俄谈判时，活活逼着沙俄吐出侵占领土的那位。

现代社会和古代社会一样，看准人很重要，无论是商场还是官场，无论是交友还是做事。在今天这个快节奏的互联网时代，我们也要像曾国藩那样不以主观判断，而从别人客观的表现去看懂人。

而我们观察人，往往只看人的表面。人都爱听好话，有人说你几句好话，也许你就认为这个人是知己。但他心里真正想什么，你却无法知道。他说这句话的真实含义是什么，你也无法搞懂。

有些人、有些事真的让人很难懂。外界明明看到他们两个人关系很铁，但其中一位摊到坏事时，使绊的不是别人，却偏偏是其中的另一位；会上讨论一件事，明明大家都同意的，而且有的人还说出了一大堆支持的理由，但一转脚到领导那里却给出了完全相反的说法；有人允许一个陌生人的发迹，却不能容忍一个身边人的晋升；有的人说起话来很漂亮，表面上看也很贴心，但就是让人琢磨不透哪一句话是真的，哪一句话是假的，相信了，往往会上当；有人在领导和同事面前表现得特别积极，在没有人看见的时候就歇着不干；有一种人只做两件事：你成功了，他妒嫉你，你失败了，他笑话你；有的人越是有好事的时候，越爱隐藏，越是痛苦的事情，却越爱小题大作；有的人看到别人平庸，很少去提醒，但别人优秀了，就会出来阻拦，所以平庸者与周围人关系融洽，出众者却与周围人关系紧张。世界上让人看不懂的事情多了去了。

其实读懂人，说难也并不难。人的行为语言，是洞察人的心理活动的好办法。一个人不管水平如何，目的何在，只要一张口说话，他就会不知不觉中给别人留下印象。有经验的老人总是说，他一开口说话，我就知道他有几斤几两。各式各样的人见多了，经过一比较，也会知道人与人的差别。在读人心的过程中，要想深入了解一个人，就要长期关注并与其接触交流，一时一事很难读懂人心。

有一位青年跟我说，自己不懂别人，可也没人懂我呀？我做的许多事情，连自己的父母都读不懂。因为这个世界上懂我的人太少，所以自己卑微的心无处寄托。

他说，在学校读书的时候，同学们在一起开心地打闹，一毕业，各奔东西，心里难免有些孤独，再加上谈女朋友几次失恋，所以回家，父母问这问那，自己却不想说话，那种孤独谁能懂，又有谁能告诉我，让我不害怕？后来结婚了，工作竞争激烈，还房贷压力大，长期处于紧张状态，不经意中让自己长出了白头发，同学聚会还要装笑脸。这个时候，也没有人懂得自己有多么疲倦。自己也不甘落后，总想多积累一点工作的资本，晚上回到家，总想多看一会儿书，多写点东西，可有时连家人也很难懂自己的努力。自己有了新的追求，有了新的创意，别人也很难懂，甚至还认为是自己的不成熟。

我们平凡人是很渺小，但如果自己的心能被别人触摸到，被人读懂，哪怕时间已经过去很久了，每当谈起这件事，自己的心还是热的。能被别人读懂，也是我们每个人内心深切的渴望。

被人读懂是幸运的，但读懂自己也不容易。真正读懂了自己，才是真正地读懂人生。

上天给了我们每个人两只眼睛，一只眼睛要我们看别人，一只眼睛要我们看自己。但往往眼睛是用来看别人的。看别人的时候，眼睛睁得很大，有时还会在不知不觉中笑读别人，读别人的骄傲，读别人的喜怒哀乐。而看自己的时候，往往在镜子里看到自己的一面，这一面也是朦胧而不真实的。现实中，我们常常站在自己的角度，站在自己接触的范围，站在自己画的那个圈子里去看别人、看世界、看万物，看到的风景里难免多了一些悲凉和叹息。所以，要读懂别人，首先要读懂自己。

读懂自己，这是一种难得的智慧。只有读懂自己，我们才能丰富自己的认知，用心去感知这个世界；只有读懂自己，我们才能优化自己的性情，给予亲人、朋友最真诚的帮助和情感；只有读懂自己，才能知道自己是几斤几两，从而反思自己，不至于让自己犯与别人同样滑稽的错误；只有读懂自己，才会让活生生的自己，躲在成功与失败的背后，静下心来，用心去触摸碰撞自己的世界，拆除那堵与真实的自己隔着的墙，用清晰的标尺去领悟别人和衡量世界。

读懂自己，需要勇气和毅力，需要不断地叩击自己的灵魂，需要和自己对对话；成功的时候不要欣喜若狂，挫折的时候也不要萎靡不振；别人赞我也好，损我也罢，自己都要淡泊名利，坦然处事；努力用纯洁的心塑造自己，让自己对得起自己，问心无愧就行；有些话未必要到公开场合去演说，自己心里懂就行。

无论是自己懂自己，还是自己懂别人，有些事情不需要那么轰轰烈烈，即使不说出来，也会铭记在心底一辈子；有些人虽然还不相识，当自己看过他们的一本书，或者一段话，只要自己真懂并认同了，他们也同样可以走进自己的内心；有些人，我们虽然没有邀请，但既然相遇了，又有许多的价值观相同，无需要说多少，都会自然而然地明白；有时甚至只是浅浅的一个微笑，微微的一个表情，就会知道对方在想什么，不需要任何的解释，就懂对方需要哪些帮助。

人到了无话不说的地步，也许说话真的就是多余的。因为懂了，不管是开心还是悲伤，心底里总有那个温情拥抱的人。自己生命中有一个懂自己的人，并且能相信自己，才是人生真正的幸福。

幸福，会给我们透露这样一个经验：懂，才是发自内心的声音。

（写于2017年7月5日）

当朋友有需要的时候 为何还遭到冰冷的拒绝

有两个人原来是中学的同学，后来又在同一个城市工作，成了很好的朋友。一次，其中的一位家庭遇到了困难，另一位打电话问对方：“是不是需要帮助？”而对方回答说：“不用了，你忙你的，我的问题已经解决了。”说完，就挂断了电话。其实，他正在向别处求助。

对方的表达虽然有些婉转，但是打电话的那位还是遭到了拒绝。被拒绝的那一位，心里也一阵酸痛，似乎有什么东西碎了。是不是到了阴雨天，外面老在下雨，老天爷也在为自己流泪。后来他再打电话给对方，对方做了拒接电话的设置。

大半年以后，我听说了那件事。有提供需求的那位说了很多自己心中的痛。对别人宽容是可以理解的，但宽容过后的心是难以挽回的。缘分常常在胡闹，明明安装给两人之间的是一份友谊，到最后成为了一出悲剧。被拒绝的那一方总是在敷衍朋友，多少次一直找到各种各样的借口，并在敷衍后还不停地说着抱歉，但就是没有改正的行动。所以，那位朋友彻底地失望了，再也不相信有什么信任了。

信任，才是友谊最可靠的基础。

北宋词人晏殊，素以诚实著称。在他14岁时，有人把他作为神童举荐给皇帝。皇帝召见了他，并要他与1000多名进士同时参加考试，结果晏殊发现考试是自己10天前刚练习过的，就如实向真宗报告，并请求改换其他题目。宋真宗非常赞赏晏殊的诚实品质，便赐给他“同进士出身”。

晏殊当职时，正值天下太平，于是，京城的大小官员便经常到郊外游玩或在城内的酒楼茶馆举行各种宴会，晏殊家贫，无钱出去吃喝玩乐，只好在家里和兄弟们读写文章。有一天，真宗提升晏殊为辅佐太子读书的东宫官。大臣们惊讶异常，不明白真宗为何做出这样的决定，真宗说："近来群臣经常游玩饮宴，只有晏殊闭门读书，如此自重谨慎，正是东宫官合适的人选。"晏殊谢恩后说："我其实也是个喜欢游玩饮宴的人，只是家贫而已，若我有钱，也早就参与宴游了。"

这两件事，使晏殊在群臣面前树立起了信誉，而宋真宗也更加信任他了。

信任是珍贵的，但失去信任是可怕的。人与人之间的友谊，是一种信任，更是一种感动；是一种习惯，更是一种宽容；是一种体贴，更是一种责任；是一种奉献，更是一种承诺。

打小，父辈就教育自己说，一个巴掌拍不响，朋友相处，只有互相爱戴、有情有义，才能处得长。友谊贵在坦诚相待和相互信任。友谊是自己一生中最大的资产。朋友之间的友谊百味杂陈，也不全是甜蜜的。真正的友谊，不是靠嘴上的功夫，而是无偿的付出，是心甘情愿的帮助，是彼此心灵的感应。

有一个顾客走进一家汽车维修店，自称是某运输公司的汽车司机。"在我的账单上多写点零件，我回公司报销后，有你一份好处。"他对店主说。但店主拒绝了这样的要求。顾客纠缠说："我的生意不算小，会常来的，你肯定能赚很多钱！"店主告诉他，这事无论如何也不会做。顾客气急败坏地嚷道："谁都会这么干的，我看你是太傻了。"店主火了，他要那个顾客马上离开，到别处谈这种生意去。这时，顾客露出微笑，并满怀敬佩地握住店主的手："我就是那家运输公司的老板。我一直在寻找一个固定的、信得过的维修店，我今后常来！”

后来，他们慢慢地也成为了朋友。

人生中有许多遗憾，最大的遗憾，就是有缘分的人对你失望。

让人失望的不是你没有钱，而是在你身上看不到希望。我的好朋友中，特别有钱的也不多，但穷乐意也让我们过得很开心，因为相互之间都是拿真心交换的；空闲的时候，翻翻那些旧照片，一坐就是莫名的几个小时；相互之间请客，谁没空参加打声招呼就行了，也不会生气；在那些过去的日子里，有时两个人可能争得面红耳赤，但说过了，就过去了，谁都不往心里去。

人冷了，可以找个地方取暖。心冷了，却是很难再暖过来。朋友之间，不怕吵架，怕的是冷漠。冷了一个人，冷的却是两颗心。一道菜凉了我们可以再热，一颗心若凉了却很难再热。真正的好朋友，是用老天给的一颗心来加热的。朋友之间发生争执以后，就怕没有泪水，没有话语，没有联系。

朋友之间不信任，往往出在不靠谱上。有的人明明约好了时间，他总是不能守时，特别是有些重要的事情，还在那里傻傻地等一个不守时的人，那样特别破坏人的心情。要么你就不答应，答应了，你就一定要守时，能提前的最好提前一点。实在来不了了，也要事先说一声，不要浪费对方的时间。不守时的次数多了，自然会失去对方的信任。有的人喜欢吹大牛，什么事都能拍胸脯，常挂在嘴上的一句话就是，“你们就把心放在肚子里吧，这件事我肯定能办成。”结果根本办不了，误了人家的事，趟数多了，这种人也很难让人相信；还有的人总是打着自己的小算盘，爱占小便宜，有时经常叫人去异地的人带些小东西，那你钱不多，他也不想给，你又不好意思要，给单位里的东西，还有顺手牵羊的习惯；也有人口头上说得好听，没关系，我会帮助的，真正找他，他总能说出自己一大堆的困难，经常这样，别人也会感觉这个人不靠谱。不靠谱的人，很难让人放心地把一件事情托给他，那样的人自己也很难有知心朋友，反而会让他们的心变得七零八碎。

如果一旦失去了别人的信任，也许自己在大笑的时候突然之间就哭了，因为想到了某件事，某个人，有些记忆无法删除。自己要去设法补救，这种事不能等，越等心就越冷，越想伤就越深。人为什么小时候常常尿湿被子，长大后常常哭湿枕头，不懂别人的沉默，就无法懂得别人的痛苦。有时候，同样一件事，我们可以去安慰别人，却说服不了自己，只有改变自己，才能挽救被动的局面。伤感的歌曲，往往使自己伤感。距离产生美，那也许是自欺欺人，只有心与心的碰撞，才是人间真正的幸福。人生的烦恼，就是放不下、看不开、想不透、忘不了。改正自己，如果只是等待，那么发生的事情遭到冰冷的拒绝，只会让自己变老。

（写于2017年7月6日）

东西丢了可以找回来 但让人放心这件事丢不起

我这个人也是经常丢三落四的，常常丢东西，还给家人和朋友添了不少麻烦。年纪大了，是不是都这样，容易忘事，忘记了，往往会让自己不放心。

有一次我爱人坐车走了一会儿，又回家了，她不放心家里的门是不是真的锁上了，倒是给生活增添了幽默的色彩。

小的时候，我们老家住的房子，大门常常不锁，有时候睡觉的时候也夜不闭户，根本用不着会担心丢失什么。那个时候，虽然没有什么空调和电风扇，但夏天还是凉爽安静，空气清新，可以放心地睡觉。

现在的农村可不像以前了，许多人家盖好了房子，首先得安上防盗门、防盗窗，看上去真的不是那么舒服；城里的大楼虽然很高、很漂亮，但楼上楼下更是户户紧闭，把整个家围得严严实实。但是，谁又能改变这种现状呢，这些都是无奈之举。

当然，我们也没有必要怪东怪西，要怪，就怪现在人丢失了让人放心的好风气。

现在一谈到不放心，人们更多地谈到食品让人不放心；安全让人不放心；环境让人不放心。其实更多的是人与人之间的不放心。

我们小区里一位女青年谈男朋友，她不想去找高富帅的，因为她心有余悸，自己的家境并不宽裕，找那样的人门不当户不对的，就怕不放心。

一次，她把男朋友带回家了，那位男友看到她的爸妈说话都脸红；连夹菜都是小心翼翼的，身上好像少了一点男子气。但那位女青年偏偏看中了他，说什么，你别看他那个鬼样子，在人面前没有那么风光，但他并不傻，他没有那么多的虚伪，说话不会拐弯抹角，他家教好，从小就心地善良，与他相处不窝心，也不累。在外面风光无限的人，谁又晓得回家会不会闹家窝子，找男人不就是为了找一个能让自己放心的人嘛，能脚踏实地地过日子就行了。她爸妈觉得有道理，于是同意了这门婚事。

这位“憨男”有很多潜在的价值，最大的价值就是让人放心。

有的放心，是一种牵挂。我的一位熟人最近告诉我，他儿子最近找到了一份工作，虽然钱不算多，但总算让自己放下了心。

他说，现在的工作不好找，自己也没有什么门路，就是靠田里的那点收入，省吃俭用供儿子上大学。开始担心孩子能否考上，后来他虽然上的不是什么名牌大学，也总算大学毕业了，接下来又在为儿子的工作犯愁。这20多年来没有让自己少愁心思，现在好了，儿子不仅自己能养活自己，有时候还给家里一些补贴，放假回来还总是捎些礼物给爷爷奶奶和外公外婆。没有心事的日子，比什么都快活。放心了，连自己的身体也变好了。

放心，会让人的心情变得平静，心里不会像有十五只水桶打水，七上八下的。对亲人的放心，就是一种牵挂，一种奉献，一种思念的痛，也是一种回忆的甜，是难舍难分，是晨昏心颤的期盼，放心，让人的感觉真好。

人活着，不光要让亲人和朋友放心，平时还要让同事放心。凡事都要靠自己的积累。无论自己原来有多么牛气，一旦换了新的单位，层级架构、办事流程、规矩纪律、人际关系、领导喜好，甚至说不清道不明的一些东西，都要从零开始磨合和积累，懂得尊重别人的人，很会让人放心；如果是刚参加工作的，更是要从打杂的工作做起，扫地、抹桌子、擦窗子、倒垃圾桶，样样都得抢在头里干，因为你有不怕吃亏的精神，你会处处让人放心；到单位已经工作了一段，也算是混了个脸熟，也许有的工作得到了大家的认可。这个时候，也许手头的活儿多起来了，加班的事常常交给你，有些不属于你管的事，也会让你去做，自己有点手忙脚乱，这是在考验你的工作能力。如果既能谦虚好学，又不喊冤喊累，这样的人往往让领导更放心；因为你有过硬的实干能力，也许会有职务的升迁，领导会把一大摊的事放心地交给你，自己不仅需要更高的智商，更要注意调动大家的积极性，为人的言行举止会受到更大的考验。先做人，后做事，默默地做好每一门功课。这样的人不仅让领导，而且让同事有更多的放心。

有一位青年跟我说，过去自己对有些小事，往往不屑一顾，粗心大意，让人不放心的事，在不知不觉中就发生了。

有一次，他买了一些礼物寄给亲友，可是没注意把其中一份给女朋友的电子玩具快递给了外婆，说明书上都是英文，外婆看了老半天，也搞不懂这是干什么的，周围的老人叹息地说，现在的世界变化太快，今后让我们这些老人怎么活啊！让人啼笑皆非。还有一次，单位让他去开一个会，他看错了日期，没有及时赴会，被主办单位点了名，事后被扣了当月的奖金。因为自己经常犯一些无意识的差错，让人很不放心，因而走了一段弯路。

后来，他换了一家单位，深刻地吸取了自己的教训。大事看能力，小事看品质。他意识到，年少轻狂，很不懂事，很少在乎别人的感受和需求，会做的小事都做不好，怎么让别人放心。于是，他自觉地从小事做起，做到件件有着落，事事有回音；凡事不论大与小，一定考虑到别人的关切；交代他的事情，他尽心尽力，随时报告，不让领导焦急地等待；有些事情领导虽然没有交代，他也会主动提出建议方案，领导批示后，他会尽快落实；他不会只对上级讲信誉，对同事、对外人都能一样相处，从而得到大家的赞誉。小事可以依托，大事也没问题。后来单位提拔中层干部，他成了第一人选。

要让人放心，必须要有诚意。我听朋友说起这样一件事。

有一位生意人，经过几个月的努力，好不容易谈下了一笔生意，得到客户签合同的通知，高兴得不知怎么才好。他开着车一路狂奔去对方那里。

对方通知说，今天必须签好合同，否则视为放弃。

他在飞速疾驶的途中，又拐弯去了一个偏僻的土路，他突然看到了惊人的一幕，一个老人被撞倒了，肇事的车子却不见了，周围没有人，他闻到了一股刺鼻的血腥味。本来他想拨120电话，又担心路不好走，怕耽搁时间。顾不上那么多了，救人要紧。他冒着风险，用自己的车把老人送去医院。尽管他在电话里多次与客户解释，但对方还是怀疑他签约的诚意。在医院里，又是陪伴检查，又是抓药看护老人输液。一直忙到第二天，老人脱离了危险，找到老人的家人后他才离开。

按照约定，他违约了，没有能及时签约。那笔可观的生意合同被生生地取消了。

后来对方了解了真实的原委，觉得错怪他了，认为他是成熟可靠的人，与他做生意会更放心。后来他们成了很好的生意伙伴。

钱可以慢慢去赚，让人放心的诚实，更值钱。有些东西丢了能找回来，但信誉丢了就麻烦了。

让人放心，就会让美好更美好，就不会有让人诅咒的担心；担心是让人可怕的，不要觉得做什么事都无所谓，因为在你疯狂的时候，有多少在乎你的人，在为你担心；没有责任感，让人不放心的事情做多了，或许时间长了，就会产生麻木，但是突然有点事情，就会带来意想不到的不好的结果；有时候让人不放心，给不了自己的未来，却又害了自己的现在；心胸太过狭隘的人，让人不放心，心眼儿小，让人没有安全感，就会让人敬而远之；不讲信用、说话不算数的人，也会让人不放心。一个信口雌黄、出尔反尔的人会让人大倒胃口，甚至会让人失望或绝望。

父辈从小就教育我们，做人一定要有良心。做人让人感动，做事使人放心，是有良心的表现。

我们每个人总要去追求各自认为值得的东西，尽管所追求的东西不一定是自己喜欢的，也许不一定是自己心甘情愿的，但是，让人放心的义务和责任，我们没有理由逃避它。让人不放心，会让人瞧不起，再多余的解释，都显得苍白无力。让人不放心，也会让自己失去很多的机会。当然，我们可以原谅别人，但在这一点上最好不要原谅自己。因为要取得别人的原谅，做让人放心的人，也不是那么地轻而易举。人生就是单程票，每天都现场直播，有时候，没有下一次，没有机会重来，没有暂停继续。只有让人放心，才能成全自己。

这些年来，自己怎样与人相处，怎样让人放心，是每个人都在思考的问题，也是自己心里最清楚的。风也过，雨也过，最让人痛苦的，就是不让人放心；一辈子、一生情、一杯酒，有人能放心你，就有人会懂你疼你，你就不会孤单。

让人放心，是人的本能和天性，这种良好的习惯，千万不能丢失。留住它，对人对己都好。

（写于2017年7月10日）

用生活所得去读书
用读书所得去生活

用生活所感去读书 用读书所得去生活

杨绛老师已经离开我们几个月了，这位智慧老人的一些话让我思考许久。她说，年轻的时候以为不读书不足以了解人生，直到后来才发现，如果不了解人生，是读不懂书的。读书的意义大概就是用生活所感去读书，用读书所得去生活吧。

80年代中期，组织上安排我去脱产学习一个月，学一些管理学和行为科学的基础理论，特别在学抽象化理论化的哲学时觉得很累，它类比数学，平时在生活中接触得少，觉得太好懂。那么多本哲学书，从哲学的源头开始一点一点看下来，前看后忘。哲学体系又是那么庞大，后世哲学家总要就前辈的理论出发来叙述自己的观点，这也让人有点混乱了。后来我又去图书馆找来同类的其他书去读，发现西方的哲学书概念多，译名又不统一；而中国古代的比较喜欢用比喻类比之类的，很文学化，中心又要自己去领悟。

其实，哲学的基本概念，读中学的时候也有所涉及，只是没有感觉而已。这次有时间专门学习，应该是一个好的机会。我边看书，边思考，让自己慢慢有了一些感悟。特别是联系实际学哲学的基本道理，会发现有许多新的体会。我发现，在我们的新闻队伍里，有些人往往爱起哄，抓不住事物的本质，用一种倾向掩盖另一种倾向，不会抓住矛盾的主要方面，缺少辩证地看问题等等，我联系这些实际，写出了结业论文《新闻工作者的哲学思考》，后来也被几家新闻业务刊物转载。

我想，如果自己在中学阶段学哲学，要写出那样感悟的文章是很难的，因为没有生活的经历，缺少对社会的认识。

现在，许多年轻人喜欢读毕淑敏的散文，我也喜欢读。毕淑敏在《愿你与这世界温暖相拥》一文中说，要学会维持你的快乐，不断地感恩，不断地将脸朝向有光的地方。时间长了，你自然学会了和喜悦相处的诀窍。希望你一站出来，就能让人从你身上看到生命的光彩。

如果自己处在浮躁之中，对书上的这段话，即使看上多少遍，也撞击不到自己的灵魂，也很难找到自己的感恩和快乐。所以，读书，实际上就是读人生。

有一位80后跟我说，他在读大学的时候，课余时间也读过很多文学类的书，像徐志摩、郁达夫、鲁迅、勃朗特姐妹、昆德拉、海明威、马尔克斯等名人的作品都读过；除了文学，也读过历史学、社会学、心理学、易学、西方哲学等领域的优秀作品，那个时候只顾看书，很少联系实际思考一些问题，脑子里真正留下的东西也不多。但现在不一样了，参加了工作，接触了社会，有了自己生活的苦涩，有时候回过头来再去翻翻那些书，体会完全不一样了，有些书中渗透出来的思想，慢慢地融入了自己的血液中，不知不觉也成了自己性格的一部分。

我们人为什么要活着？什么才是人的真善美？哲学家和自然科学家有着各种解释。有的哲学家认为，哲学就是人学，也是其他学科的基础。按照南怀瑾先生的解释，天地是有缺陷的，人生的目的就是发现天地运行的规律，进而弥补天地固有的缺陷，使得我们生存的世界更加美好。有一位社会学家说，这样的话不完整，还要补充一点，人们在探索天地运行的规律进而弥补天地固有缺陷的过程中，不仅使得我们生存的世界更加美好了，还使得我们自身更加美好了。具体而言，人生存在的终极目标就是对“真善美”的探索与创造。

读书，是接近真善美的一种方式，在读书的同时，把自己摆进去，就会有对真善美更多的思考和感悟；读书，可以让读者超越时空的界限，与不同时空的智者、善者、美者进行交流，就会让自己的境界得到提升，因为他们用自己人生的经历，对哲学进行了耐心的思考。

同样对美的理解，每个人的探索是不一样的。为什么说黑格尔既是逻辑学大师，又是美学大师？因为逻辑学与美学的本质是相通的，没有生活的积累，没有不断的求索，很难达到这样的境界。

我常常想，自己为什么缺少境界，一方面是自己读书少，另一方面读书时也缺少耐心，没有一句一句地读，更没有一字一字来读；我们不能去责怪“看报看题、看书看皮”的环境和氛围，而是要认识自己缺少对书的用心品味，体会不到知识的美感，找不到从知识中获得的快乐。因而，自己的知识是凌乱的，不成系统，也少了许多融会贯通。所以，当自己看到物理经济学、音乐物理学等报道，更体会到自己的渺小和无知，原来世界的学问有那么多。

我们虽然渺小，人生虽然短促，但是我们可以学习，提升自己再学习的能力；我们也可以自我完善，向真善美去靠拢。

杨绛先生说的好，一个人经过不同程度的锻炼，就获得不同程度的修养、不同程度的效益。好比香料，捣得愈碎，磨得愈细，香得愈浓烈。我们曾如此渴望命运的波澜，到最后才发现：人生最曼妙的风景，竟是内心的淡定与从容，我们曾如此期盼外界的认可，到最后才知道：世界是自己的，与他人毫无关系。

有一位90后跟我说，他也喜欢读书，书也读得不少，可是读着读着，有时候好像找不到自己的方向了，自己也不懂要成为一个什么样的人，搞不清楚自己从哪里来，要到哪里去。甚至感觉到自己那么地辛辛苦苦，命运为何那么地不公平。

其实，一个人的读书，也不要完全被书里的事情牵着鼻子走，读一段，回过头来再想一想，道理究竟在哪里。

读书是为自己好，重要的要找到人生的方向。一个人没有正确的方向，在自己的一个狭小的天地里，就是再折腾也没有用。

《西游记》的故事，大人小孩都爱看，但人生的阅历不一样，各人的体会也是不一样的。

书里的主人公有唐僧、孙悟空、猪八戒和沙僧，徒弟三人保护师傅唐僧去西天取经。去西天取经的路上，四人结伴前行，就是一个团队。在这个团队中，孙悟空有七十二般变化、降妖除魔、冲锋陷阵；猪八戒表面看起来贪吃贪睡，好像没什么本事，但打起仗来也能上天入海，助孙悟空一臂之力；而沙僧憨厚老实、任劳任怨，一直把大家的行李挑到西天；唐僧最舒服，不仅一路上有马骑、有饭吃，而且对付妖魔也不用其动一根指头，自有徒儿们奋勇上阵。

在这个团队中，谁最重要呢？不同的人有不同的答案，但许多人对唐僧最重要表示不太理解。其实仔细想想，你就会发现，在这个团队中，唐僧是前进目标最明确的一个，他的目标简单而明确——到西天取经！别看他弱不禁风，不会武功，就是他，在孙悟空一赌气回了花果山、猪八戒开小差跑回高老庄、沙僧也犹豫的情况下，他毅然一个人奋勇向前，不达目的誓不罢休。因为唐僧心里清楚地知道，他去西天的目的是要取回真经普度众生。他知道为什么要去西天，他知道他要什么。

唐僧是领路人，如果没有唐僧，这个团队还不知道乱成什么样子了，去西天取经也就成了猴年马月的事情。

这个故事告诉我们，读书，不只是对表面文字的理解。在人生的场景里，有许多是一时难以读懂的隐喻，我们要用心去体会。

我们不能为读书而读书，在读书中找到自己的方向，才有前进的动力，才有成功的希望。一时看不懂的东西，通过慢慢的生活积累，也会逐步找到答案的。

每个人都年少过，当你听到儿童遥远的喊叫声，小鸟的歌唱声，昆虫的嗡嗡声，几种声音在一起上演大合唱的时候，你也许心中充满了激情，我要快快长大，脑子里也出现了许多的幻想，要去触摸宇宙，整个世界都是自己的，童话的故事，好像都是在写美好的自己；长大了，经历了几次失恋的阵痛和职场的教训，这时候去读一些基调是灰暗的悲情的小说，也许就有了初踏入社会无法融入的那种想逃离的感觉；在成长过程中，在情感在灵魂深处，让自己告别过去很难。随着年龄的增长，再去读一些历史、哲学、宗教等方面的书，自己的认知也许会有新的转变，逐渐会有比较达观的人生态度：人生虽然悲苦，成长是一场场的告别，生活里面很多残酷的、悲惨的事件，但经过时间是可以消化的，我们不要感觉生命的残酷和恐惧，要通过学习，去感受生命的深度。人生的每个阶段，去读不同的书，或者读相同的书，体会都是不一样的。

用生活所感去读书，并不是说有了阅历才去读书。有些书确实不容易读懂，有人说，一天读一页，也读不懂，读了后面忘了前面，有时整本书读完了，好像脑子里什么也没留下。但我们的人生要突破，最好还是要读几本读不懂的书。

有些经书、古书，我也看不懂。我们用现代人的眼光去了解古书里所说的事情和道理，联系当下的实际，思索其中的因果关系，读不懂全部，懂一点也好。去其糟粕，为我所用，对自己的人生也有好处。

读书多了，人的气质和谈吐甚至是胸襟都变得不一样了，自己可能没有感觉，但别人会看到你在生活里的变化。许多时候，自己可能以为看过的书籍都成了过眼烟云，不复记忆，其实他们仍是潜在的。

用生活所感去读书，用读书所得去生活，是人生一种不错的选择。

（写于2017年7月12日）

都市里的新坐标

经上海市作家协会朋友介绍，昨天下午，我来到复兴中路重庆南路口的思南公馆听讲座。

这是一座只有两层楼高的古建筑，但却被人们称为“文学旅游的新地标”，这不是建筑高度的地标，而是一座具有地域特色、时代特征、专业作家和社会写作爱好者思想碰撞的殿堂。

我是第一次来这里。离开讲学还有一个多小时，我坐在思南公馆对面的咖啡店外面的凉棚里喝茶，刚喝几口，只见公馆门口叽叽喳喳的男女老少们排起了队，我也只好去排队。

离开讲还有一个多小时呢，干嘛这么早就排队？听排在我前面的那位中年男子说，因为这里只有100多个位置，来晚了只能站着听。

让我们吃惊的是，队伍中不少是老大爷老大妈，他们都是文学爱好者吗？据说他们都是。作家与写作爱好者见面的读书会是每个周六下午2点开始，有人因为家住得远，上午就来了，在旁边的弄堂里吃个快餐就赶来排队了，有的还是夫妻结伴而来。这位中年男子告诉我，他除了家里有重要的事，几乎每个周六都来，有时候下大雨也来，因为能见到这些大家不容易，与他们交流能擦出思想的火花，汲取智慧的源泉。这里总让人有一种获得感，而这种获得感是潜移默化的。

据说，来这里参加读书会的不仅是上海本地人，周边的江浙人，还有来自香港、武汉、成都等全国许多地方的写作爱好者。

我用手机扫了一下这里的“二维码”，点进去一看，哇！真了不得！

“思南读书会”已经举办超过了100期。这是一道独特的风景，人们在向文学致敬！普普通通的读者，不用买票，就与300多位海内外知名作家、学者，包括王安忆、贾平凹、韩少功、陈晓明、冯象、舒乙、金宇澄、格非、秦文君、梅子涵等见面，2010年被授予法兰西学院终身成就奖的奥利维埃·罗兰等也赶来这里交流，在这里更能与世界上许多文学诺奖名人结缘。在报告厅里，我还看到了诺奖获得者莫言的题名“思南文学之家”。

读书会开始了，报告厅里顿时安静了下来，没有人低着头玩手机，都抬起头专心听取《月明珠还》的作者孙明珠的分享，这是一位出版了几十本小说和散文的专业女作家，她这次分享的是《非虚构文学的创作》。她的报告一结束，一位个头不高头发花白的老年妇女举手示意有话要说，她说，自己出生在上世纪五十年代，大学本科学的也是中文，可这么多年过去了，自己也没有写出什么像样的文章，但她参加这里的读书会已有一段时间了，也有写作的冲动，以前没有别的理由，就是自己懒惰的原因，没有写作，时间都被电视剧占用了，她决定要改变自己，打算从70岁开始，从事文学创作，实现自己的作家梦。

我抬头朝后一看，后面站满了人，2个多小时过去了，许多年轻人还站在那里记笔记。

在这个“思南文学之家”里，有人为书找读者，有人为读者找书，读书会内外故事多多。上海市作家协会、黄浦区委宣传部、思南公馆为市民办了一件大好事、大实事。在这个面积并不算大的地方，涌动着很大的能量，人们在这里交友、启智，提升审美能力，享受美好生活。

最近，国家发改委公布了区域发展规划，上海的城市规模被列为京沪广深超大型城市之首。快节奏的上海，对人们的生存和发展有压力，但也有动力。

我越发感到，上海，不仅是购物的天堂，也是学习的自由王国。这里有太多的故事：励志的故事，进取的故事，休闲的故事，益智的故事等等。我们被这美好的故事包围了，眼睛一睁，到处都是培训学习的广告，不管男女老少，随时随地都能找到好去处，在这全民阅读的新地标里，各取所需。

（写于2016年6月5日）

知识知识，有知才有识

昨天，我参加一个通信方面的专家鉴定会，我不懂专业知识，只是旁听。但有一位先生当专家提出质疑时，他却大胆地回应，其实他也没有专业背景，在这个行业待久了，只是懂一些皮毛。专家们为了不驳他的面子，只是一笑而过。

有些人真够胆大，明明自己不懂或者不太懂的事情，也在那儿高谈阔论，他们的底气从何而来，其实，他们并没有掌握足够的知识，他们只是掌握了一种表演的方式。

当讨论到一个专业的问题时，是不是要问问自己，我究竟掌握了多少真正的知识；我在倾听他们的发言时，辨别一下哪些人是貌似知识者的表演家。懂得自己的能力范围就好，并待在里边。这个范围有多大，并不重要，重要的是知道这个范围的界限在哪里。

有的人很聪明，在会议讨论的现场，自己不懂的问题，临时问一下百度，然后就大胆发言了。在网络时代，知识点是可以随意抓取的，只要在网络上一搜，各种资讯各种海量的知识就出来了。但是讨论某些专业问题，没有专业的系统知识，回答某一个知识点，貌似可以，但没有深度，经不起人家三问，有时还可能闹出笑话。有时在网上搜到的知识，屏幕一关，自己的大脑好像依然如旧。所以，网络可以让人聪明，也可以让人变得更蠢。

掌握一门真正的知识，还得靠纸质书籍的学习，从网上找些碎片的、零散的、孤立的知识点，其意义不大。

一一记录下来，然后分门别类去处理，并整理笔记，写下自己的认识和感悟。我跟他开玩笑说，你几十年来的笔记本堆起来，也只能用汽车装了，这里面藏的宝贝多多啊。我觉得将笔记整理出来，留给后人比金钱更有价值。

也许有人说，这种原始的做法太落后了，纸质笔记在传播上也面临着难以克服的困难：从笔记整理到印刷装订，制作周期太长；纸质印刷成本较高，而且由于物理限制，纸质笔记不易分享，传播的范围也很有限，只有身边十几个朋友能看到。

诚然，分享有价值的笔记又是另外一个层面的问题。微信公众号诞生后，一切都有了不同。我们要看到移动互联网在知识分享和传播中的潜力。

我在网上看到这样一则信息，很受启发，有一个名叫“笔记侠”的平台很火，到目前为止，“笔记侠”拥有10多名员工，已与500多位大咖进行了合作，涉及互联网创业的方方面面，也已经发布了上千篇精心整理过的笔记，同时有超过200家合作方，在全国各地也初步建立起“笔记达人网络”。专注笔记，让这个团队在内容创业上走出了一条独特道路。

这不光是互联网的力量，主要的是以内容为王，是笔记的内容彰显了无穷的魅力。

据说，“笔记侠”的内容基础是全国各地每天都在发生的沙龙、会议、活动等嘉宾的演讲。如果以一种超越视角审视，每天全国各地，有千百个组织方举办的各种活动，就是一个巨大的内容生产组织，覆盖各个领域、各个主题、各个人群，而且往往代表着各领域最新的思潮和趋势。

时代不同了，如今记笔记也成了一种赢利模式。

重要的会议可以请“速记”，但日常工作生活不可能都用“速记”，速记的代码也不是每个人都能记得住的。所以，不管用哪种形式，记笔记肯定是辛苦的一件事，别人说话，自己只用耳朵不用笔，当然会轻松很多。但是再好的脑子也记不住那么多，不记笔记同样听一次报告，肯定损失会很大。

鲁迅说过：世界上哪有什么天才，我只是把别人喝咖啡的时间用在工作上了。

是的，世上哪有什么突然爆发的洪荒之力，不过是一点一点聚集起来的，没有日常的积累，怎么会有关键时刻的爆发，记笔记就是自己日常的积累。

我们在等待的日子里，需要不停地凝聚力量，这力量有可能就在自己的笔记本里；在困难的日子里，自己要学会将压力化作动力，这动力也许翻翻以往的笔记本就可能找到；在迷茫的日子里，我们要保持初心，在以往的笔记本里，我们记录着智者的许多教诲，足以让我们回到当初。

记笔记，让人学会勤奋，得到教益，改掉快节奏时代的陋习，让我们回到我们当初识字不多刚学会记录的那个时代吧，每天记录一点点，每天进步一点点。

（写于2016年9月30日）

做自己思考的批判者

昨天，与一群年轻人交流写作议题，谈到观察与思考。

美国发明家爱迪生说，不下决心培养思考习惯的人，便失去了生活中最大的乐趣。思考的过程是辛苦的，可以让人重新学习，产生智慧，但思考的结果却是让人快乐的，也是一种享受。思考产生的财富，有的比物质财富更有用，不仅留给自己，也可以永久地留给后人、留给社会。

培养自身的思考能力，是一个人毕生的课题，人活着就会始终伴随着思考。

我们的思考首先是对一个事物有意识地认知，但在这个过程中，我们往往没有深思熟虑，把自己看到的、甚至是偏见、事实与错误、良好的及槽糕的混杂在一起，然后进行推理，其结果往往是不准确的，但这个结果却又深刻地印在自己的脑子里，甚至形成一个顽固的思想模式。一个人要想推翻自己的思考成果又很难。

我常常这样想，我们是否可以从为自己所做的一件重要事情开始，就决心做自己思考的“批判者”，用开放者的心态不断学习，了解自身思考中的“不良”习惯，开发自己的思考，通过自己的深入学习和观察，对自己普通的思考加以分析和评估，敢于自己推翻自己，不断深化认识，不搞“一次完成论”，不断修正自己的思考结论，去追求自己真正想得到的结果，这样的思考或许更有价值。

当然，我们对自己思考的批判也不是求全责备，而是为了改进自己。有些人对自己写的文章，一个字也不舍得改，更不愿意接受新事物、新思想、新观念，这更是大可不必。

做自己思考的批判者，更容易发掘出批判性思考的真正价值和能量。它也能帮助自己更加成功、更好地调整自己充实的情绪，从而让自己的思维更活跃，解决问题更自觉。处理个人关系是这样，对待工作中的复杂问题也是这样。

我想，为什么自己的认识与那些智者相比存在相当的距离，许多时候有偏差，甚至是歪曲的、片面的、无根据的或者是有偏见的，这正说明自己的思考质量不高，缺少知性的标准，缺少对自己惯性思考的批判。

我们写文章做演讲离不开思考，我们需要对重要的问题，提出清晰而准确的描述，对有些信息进行评估和分析，不能犯“拿来主义”的错误，有的需要对照相关标准进行验证，多向他人特别是高人请教，更多地进行自我纠偏的思考，从而更好地进行自我管理、自我约束、自我监督，提高自己解决复杂问题的能力。

新的一天又开始了，我们每天的思考首先是给自己的，这也是在积累自己的精神财富，愿高质量的思考无时无刻不在陪伴自己，带给我们的就是快乐人生。

（写于2016年10月19日）

阅读和写作会让人有深度

昨天，有位年轻的朋友要我推荐几本书，看得出来，他对读书有兴趣，对写作也有兴趣。

有一项数据显示，90%留美新生在大学第一年遇到的最大学术挑战是阅读和写作。有些留学生因为在高中阶段经历了严格的读写训练，进大学后比较容易适应。许多学校仅一门人文课，一年要求至少读25本书，写30多篇论文。想切实提高英文读写能力，无捷径可走，让这些留学生感到很头疼。

是的，如果我们致力于精致阅读，每天读一篇深度文章，会让自己慢慢变得丰盈起来。我们阅读，不是为了给他人煮鸡汤，也不是给别人勺子，我们需要抵挡住来自外部浮躁的压力，安静地生活在自己的世界里，选择自我实现，这是一件多么美好的事情。

我经常看到网上有些标题自带一句话，说什么深度好文，点开一看，其实也没什么深意，也许是那些人为了要流量，使出了浑身的解数，炮制出了各种引人的文字，不知不觉把人们带入了一个浅阅读的时代。真正有深度的文章，读起来虽然浅显和简单，但会使人深深的思考。在现在这样一个浮躁的时代，一些高深的东西往往会被束之高阁，大部分人失去了用于思考的私人时间，微信一响，人便成了手机的奴隶，很少有人肯花那么多时间去思考一本艰深的书，因为这很难让人有金钱上的回报。

在浅阅读的时代，我们的思考自然也会变得越来越肤浅。要想成为一个有深度的人，阅读和写作是一个不错的选择。

最近有单位招聘了一批大学生，单位发现有些写作能力较差，连简单的公文都不会写，有的甚至连写请假条都笑话百出。平时训练少，宁肯去参加没完没了的应酬，很少有自己冷静的思考。写出来的东西缺少逻辑推理能力和实证分析能力，他们给自己的日常工作带来不少的压力，也让单位减少了对他们的能力认同。

最近，我从网上买了一些书，看上去标题还不错，价格也不便宜，可打开一看，干货不多。看来挑选真正有价值的书，也需要花功夫。眼下电子书虽然很流行，但是上了一定年纪的人，对纸质书仍然很偏爱。我也很小气，我不喜欢别人问我借书，虽然不是每天都要用到那些书，但如果书不在身边，有时候再去找那些我爱的句子和段落就难了。书带给人的享受可以让人陶醉。有时候自己会感叹那些精妙绝伦的见解和表达，似乎让自己一下子变得聪明起来。结合阅读再写下自己的体会，同样是一种享受，可以启发自己深度思考。

人往往不容易看到自己的缺点和弱点，我也常常犯一些幼稚可笑的错误，自己却没有感觉。潜心阅读了一些书，会感觉到书里说的好像是针对自己的，对这种批评倒是心悦诚服，看到别人的故事，启发自己的思考，似乎有了赚到了的感觉，也是认识自己和认识世界的一种很温馨的方式。

阅读是一种个体劳动，有人认为是孤独的，但是我认为也是快乐的，把自己每天一些碎片的时间利用起来去阅读和写作，有时胜过花很多时间去参加没有含金量的那些报告会或社交活动。

阅读和写作时是安静的，花的功夫越多，就越有深度。因为人的深度首先表现在思想上。有思想深度的人，才能从普通生活现象中看到不普通的人生哲理，才能把别人司空见惯、习以为常的事情看出不合理、不正常的地方，从而寻找自己相对正确的人生方向。为什么那些智者是那么地学识渊博、博览群书又融会贯通，因为他们懂得“站在巨人肩膀上”有可能比巨人看得更远。

（写于2016年10月22日）

为什么读书容易忘

最近，有单位邀请我去参加读书分享会，我分享的题目是《和自己多待一会儿》。参加这样的分享会，我收获良多，向大家学的不少。

我想，为什么读过很多书，而记住的却不多，为什么别人读书的收获那么大，而自己却长进不大。分析原因，我发现读书有三种境界，一是把书上重要的句子摘抄下来，留着慢慢再学；二是在书上看到触动自己心灵的地方加批注，等整本书读完了，再去整理；三是把看完的书合上，去写书评。第一、第二种办法相对容易一些，第三种写书评有一定难度。当然对每本书都去写书评也没有必要，但写书评是精读的好办法。

40多年前，一位战友在一个晚上读完了几十万字的《反杜林论》，我花了功夫去读，也没有读懂多少，更记不住什么。其实那位战友告诉我，后来他对书中的话都没有记住。如果花一段时间去精读，并认真写出书评，也许有一定的收获。写出高质量的书评，才是真正读透一本书。书评如果与人分享，不但可以帮助别人，还可以锻炼自己的逻辑思维和表达能力。

有网友说得好，因为当你的读书没有产出的时候，它仅仅是消费。而只有当你读的书能够有产出的时候，消费才能变成投资。但就像资本靠积累，读的书从“文本”变“资本”也是一个长期积累、从量变到质变的过程。写书评，是快速有效，是让自己读的文本变资本的有效方式之一。

我也喜欢每天早上从百万粉丝大号上听一段“逻辑思维”罗胖的书评，罗胖老师能从几百页字的书中用几句话简练精准地总结、提炼出重点。这是一种能力，也是一种习惯，他善于把错综复杂的信息归纳成耳熟能详的趣闻，通过深入浅出的分析和简短精炼的词语表达出来。

有老师说，一个最能打动人的投资项目，最好在上下楼的电梯间里说清楚，这是一种能力，这个人也肯定有融会贯通的读书能力。还有人有这种本事，老板只给他三分钟，他就能把一个复杂的技术问题，用老板能听懂的方式和语言讲清楚。这种人也许平时有精读书的习惯，有独立思考的能力。

死读书、读死书不行，在读书的同时，要联系实际，对事物进行观察、比较、分析、综合、抽象、概括、判断、推理，学会用科学的逻辑方法去表达。书评，不能简单地写几个字，“这本书很好”“值得一读”“有启发”等等。有启发，启发在哪里？要说出自己的观点，从不同的角度看问题，要能跳出自己原有的思维陷阱。

为什么同样一件平常的事，到智者嘴里就变得完全不一样，变得那么地好懂好记，那么地风趣幽默，那么地富有哲理，我想，也许他们的读书质量不一样，在精读的基础上，常常去整理自己的一套知识体系，说自己的语言。

（写于2016年11月12日）

寻找那
“一半是火焰，一半是海水”的地方

昨天，我们一行6人从印尼的雅加达去丹绒勒松度假。早上7点多一点就出发了，因为这段路开车要四五个小时。

穿过全球堵城之一的雅加达市中心的路，真的堵，已来印尼投资设厂4年多的中国商人小李开着车，停在那里一动不动。他有点耐不住了，就干脆改走有一段空着的公交专用车道。

“不好！警察来了。”小李看我有些紧张，他沉稳地说，“不用怕！”

只见那位个头不高的年轻警察手上拿着一叠罚单，脸上泛起了温和的笑容，他把头伸进了摇下玻璃的驾驶室，给出了一个处罚数字，因为我听不懂他在说什么，所以就无法知道要罚多少钱?

小李早就准备好了，警察跟他要开相当于人民币200元的罚单，小李将罚单数一半的印尼盾朝他手里一塞，不用开罚单，警察装进了自己的腰包，并收起了罚单，笑得更灿烂了。他还帮助我们拦车指挥，让我们的车顺利地驶出了公交车道，并目送了我们一段。我们也很快就进入了从雅加达到孔雀港的高速公路。

这件事，在我们中国人看来不可思议，但在印尼生活的人却觉得很平常，完全不值得大惊小怪。它让我对“能用钱解决的问题就不是问题”这句话有了新的理解。

车子在高速路上顺利前行。同行的印尼华人黄先生告诉我，这条高速公路，是印尼最早的一条高速，已有20多年时间了，所以路面与中国的高速公路相比，显然不很平坦，但比起刚才的拥堵，我们的心情要好很多。

我们的车开了1个多小时后就下了高速，行驶在普通的公路上，有时经过山区有些起伏，落差也有些大，但这里没有崇山峻岭，没有悬崖峭壁，没有九转十八弯，所以没有那么可怕。我们又不是限时限刻要赶往目的地，所以心情还是很舒缓的，车子只开三四十迈，慢下来了，反而有时间欣赏一路的风景和风情。

车子开着开着，穿过了一座座大大小小的城镇，也路过了许多农村，除了风光美丽的热带树林，还有农村梯田，有在农田里劳作的水牛，在这扔下种子就能发芽的土地上，庄稼长势也是那样的茂盛。

在公路的两侧，我们路过了一些学校。这里是穆斯林的世界，学校的房屋都有穆斯林标志的装饰，看到在操场上玩耍的女孩子一堆，男孩子一堆，他们穿着颜色和款式男女有别的学生装。黄先生介绍说，这些都是国立学校，他们的家里钱少，上不起私立学校，在这里读书不用交学费，付少量的服装费即可。

美国总统奥巴马的父亲是肯尼亚籍黑人，信仰伊斯兰教，1964年奥巴马父母离婚以后，跟随母亲改嫁到印尼首都雅加达，并在这个世界上穆斯林人口最多的国家生活了数年之久。

奥巴马在《无畏的希望：重申美国梦》一书中透露："由于没有钱上国际学校，我只能在印尼一家当地学校读书。我和当地农民、佣人、裁缝的孩子一起在街头玩耍。我记得当时的日子很快乐，我们有时追逐小鸡，有时被水牛吓得四处逃散。"

我看得出来，如今在这里学校操场上玩耍的孩子，像奥巴马的童年一样，也是快乐的。

黄先生介绍说，在这些闪亮的伊斯兰风格屋顶的学校里，一般都有一间穆斯林祈祷的祷告室。因为穆斯林每天要祈祷5次，正开心玩耍的小学生听到高音喇叭召唤都进屋祷告了，球场上只剩下孤单的非穆斯林学生了。

在乡村路上，我们的汽车每隔十分钟左右就有一所学校。

哪来这么多的生源？噢！我忘了，印尼是世界五大人口大国之一啊！

快到午饭时间了，我们的目的地还没到，车在一家做烧烤的路边店前停下。这里做的是快餐。我怕吃不惯这里的菜，还特地带了榨菜，其实还好，价格不算贵，5个人一共花了还不到相当于100元人民币的餐费，还打包了烧烤的大鱼和虾！这里是海边，吃海鲜比起首都雅加达来自然会有其优势。

这一段路，我们总共花了近6个小时，终于来到观看火山对面的海域。

黄先生对我说，你下次再来，也许只要2个小时了，因为印尼国家规划，要从雅加达到丹绒勒松修一条直达的高速公路，还有修机场的计划。

这里属于万丹省的板底兰，爪哇岛的最西部海岸的丹绒勒松海滩，这在当地语言意味着捣米的容器。丹绒勒松海滩是Krakatau火山地区，是曾经强大的喀拉喀托火山爆发之后所遗留下来的自然景观。

放下行李，我们急急忙忙去看火山。而黄先生说："海的这边没有火山，火山在对面！"顺着他的手势指引，我们看到了大海的对面那隐隐约约山的影子。据说，那就是火山！

"20多年前，就有商人建议开发这里的旅游业。当时由于多种原因没有开发，现在这里却已成为继巴厘岛著名度假区之后又一个高档旅游区。"黄先生说，这里现在还没有完全开发好，这个度假村计划还包含顶级酒店和餐厅、大型会议厅、高尔夫球场、码头和主题公园。

虽然没有完全建设好，但这里的海滩，已经为我们提供了可以躺下来的一个完美的地方，让自己沉浸在大自然的美丽之中。

我和几位朋友在一望无际柔软的白色沙滩上，看到了清澈而泛起层层白浪的蓝色海水，被新鲜的热带微风吹拂着，我们躺在了阳光下放纵，在自己的内心收获了别地所无法看到的大海壮丽的景色。

小李兴致勃勃在海滩上拣回了一块美丽的珊瑚礁。他说，如果能从中国找一些雕刻匠人来这里，让遍地的珊瑚注入文化元素，也许是一个不错的生意。

我想，这些年轻的中国人不仅在这里做生意，他们也在帮助当地人改变着思维，从而引导着用勤劳和智慧改变人生，改变世界。

一位当地的女士亚尼告诉我，这里已被列入印尼优先发展的十大旅旅目的地之一，等项目全部建成，将成为印尼版本的马尔代夫，以及第二个巴厘岛。每年将吸引50万人来这里休闲度假。

据了解，这里属于丹绒格拉扬旅游经济特区，已有一些中国商人捷足先登，正瞄准即将开始建设的机场跑道、清洁水质设施、发电站、道路扩建等的项目，准备与当地人融合发展，实现双赢。

我的摄影技术并不好，也没有专门带照相机，只能用一般的手机拍下美好的镜头留作纪念。遥望远处的大海，海浪一个接着一个翻滚，冲向我们脚下的沙滩，发出悦耳的声音。这声音似乎在传递着宇宙瞬息万变的信息，给我们留下无尽的思考。

眺望大海对面的火山，在那里静静地发呆，也许在这里能找到“一半是火焰，一半是海水”的注解。

发呆的同时，我也产生了许多遐想，这火山也许不是山，它给人们带来的不仅仅是灾难，也许是一个大海的守护神；它要是发威，喷出来的火焰，也许就像信号弹一样向世人昭示：我太美了，像海神一样壮丽！

我们所住的酒店，是一幢幢别墅组成的，虽然没有中国的大气，但它却给我们一种百花盛开大花园的感觉。我们6个人包下了一座独栋小楼，房间内虽然没有各式各样的艺术装饰品和金碧辉煌的家具点缀其间，但也能让我们有一种高贵与独特的享受。

黄昏时分，海天一色渐渐消失了，但仍有美丽而又浪漫的海边日落值得观赏。这里真是被上帝遗失的美好之处，这里是浪漫牵手的圣地，这里是人间美好的天堂。大海，有时轻潮拍岸，有时一平如镜，望着落日余晖中热情的海洋，享受着金子般的夕阳美景，来到这里的人们没有理由不陶醉。

夜幕已经降临，我们在这里享受海鲜烛光晚宴。在这里用餐的只有当地政府一个医护培训团队，我们几位只能算是“少数民族”。因为人数不多，歌手开始调试了一下音响，觉得声音并不好，匆匆收摊离开了。但这并不最影响我们的情绪，反而更让我静静地沉浸在这海涛声、碰杯声、谈笑声不断的梦幻般画面中，身体中的快乐因子与浪漫情怀并没有沉寂，而是更加活跃，更加酣畅淋漓。

晚上，虽然看不清对面的火山了，但我们还是拍下南半球夜空中一幕幕动人的瞬间。遥望天际，银河夜转，宛若一条闪亮的白色带子横跨苍穹。看着如此梦幻而又美丽的画面，时间虽然有点短暂，但如此的美好却深深地印在我们的脑海里！

我回去以后，也要像许多游客一样，向亲友们讲述旅途中的精彩故事，传递千里之外的美好祝福。

（写于2016年12月2日）

阅读与思考

阅读是好事，但只阅读不思考，也有可能好事变坏事，如果接受了别人错误的思想，也许会变成有害的事了。

阅读之后，再通过自己独立思考获得的知识，才能融入自己的思想体系。因为阅读只是在用别人的、而非自己的头脑来思考。当然，把思考之外的空余时间用来阅读是可取的。

我们不能用阅读代替思考，只阅读不思考，自己认识事物的能力也提不高。眼下网上有些文章似乎没什么道理，但被转发很多，而真正有见地的原创并不多见。因为人们有种惯性思维，习惯踏上别人已经走过的道路，遵循别人的思路走，而忘记了自己的思维。有些随波逐流的转帖，甚至完全放弃了对现实世界的关注。

一个人只要愿意就可以随时坐下读书或在手机上看半天，但很少愿意坐下来静静地思考。别人思考的东西和自己往往是不一样的。借助别人的思考，启发自己再思考也许能找到对自己有用的东西，但不能停留在别人的思考上，就像自己的脑袋不能长在别人的肩膀上一样。

有了大量阅读，又能善于思考的人就是跟我们不一样，他们对事物的判断往往都是直接、明确的。他们说的话都是自己思考的结果，既通俗易懂，又有操作性。听一次这样的课，有时胜过读几年的书。而一般的人，只会说，对对对，有道理，自己只是处在从属的地位，无法达到这样的境界。

只阅读缺少思考，就总是被动地生活着。有些人看起来能说会道，从他们嘴里说出来的，也只是一些随波逐流的观点与世俗偏见等，反之，自己的思维也会受到限制。

（写于2017年2月16日）

活在知识消费的时代

最近，有网站邀请我担任某个议题的付费咨询顾问，因为时间关系，我虽然没有参加，但我联想到眼下文章打赏给钱、问问题给钱、咨询给钱、演讲给钱、校外辅导给钱等现状，确定知识消费时代真的来了。有大数据表明，一大批知识网红各类收入直线上升，而且“知识交易”的事情就发生在自己身边。

对这种现象，虽然有各种争议，但我认为，这不是坏事。这是一个前所未有的时代。

人们越来越喜欢学习了，也说明知识越来越值钱了，尊重知识，善于学习正成为这个时代新的风尚。当然，用一些伪知识骗钱那是另外一回事，也是令人痛恶的。

我们进入了知识经济的时代，理所当然地说，知识就是资本，知识就是核心竞争力。现在社会既是信息爆炸、又是人们注意力普遍稀缺的状态，人们处在快节奏的生活状态的背景下，有人帮助筛选和提炼知识也是好的。社会是有专业分工的，有人需要在某个领域有精深研究并提供知识服务，有市场需求的服务是有生命力的。

当然，每个人知识消费的出发点不同，学习态度也不一样，效果当然也不尽相同。充电需求迫切也好，悉心钻研也行，混张证书也有，浅尝辄止也罢，都取决于自己的学习目的和学习心态。

现在的知识消费大部分是以知识为主题的内容消费。一般来说参加学习，总希望收获满满，获取更多的知识和资讯。无论是线上线下，知识的表达往往是通过故事。有的讲课内容丰富剧情感人，让人获得精神的体验。知识的背后又往往推销某种观点，发人深思引人认同。经过长期的发展演变，知识主题的内容消费都是碎片化、干货化、人格化、故事化的，这些知识往往充实到我们工作生活娱乐的每一个角落，无处不在。

至于付费学习收费合理不合理，讲课的质量高不高，获得知识的渠道正规不正规，那就要看自己的鉴别能力；有人说网上可以免费学习，自己又何必付费学习呢，这也取决于自己的选择；有人喜欢读原著，有人喜欢知识精读，这也因人而异，没有谁对谁错之分。但是，我们不要去责怪这个知识消费的时代。

现在许多人很焦虑，焦虑对身体不好，但有一种焦虑也不完全是坏事，他们时刻有一种强烈的不安，生怕被时代所抛弃；因为现代社会竞争太激烈了，每时每刻都担心自己被比下去，这是一种“高度竞争的忧患意识”。所以充电学习的愿望非常强烈。

知识消费，是对知识最好的点赞。不管用哪种方式学习，不管用哪种消费方式学习，学习都是好事。人活着就是要向知识学习，向知识致敬！

（写于2017年4月8日）

学习穿过身体的知识

我儿时，父辈们说，“荒年饿不死手艺人”，可见，手艺对一个人来说多么地重要。

那么，什么是手艺？“罗辑思维”微信号罗振宇是这样解释的，手艺就是天天做、重复做，然后积累出来的认知无法言传，只有功夫到了才有的东西。心理学家武志红说，这叫穿过身体的知识。

小时候留在我们脑子里的老手艺很多。

我们家用的笤帚，都是爷爷用芦荠苗自己扎的，这也算手艺吧。这玩意儿现在也没有完全被塑料扫把所代替，前些时候，我在离老家不远的小镇上还看见有得卖。

我老家农村虽然比不上浙江安吉竹乡，但一些乡亲也喜欢在自家屋后种上一些竹子，用来加工竹篮、筲箕、箩筐、筛子等，因为这些用具比较牢固又耐用。

过去，老家的每个小镇上，几乎都有铁匠铺，都能看到铁匠师傅们从早到晚忙碌不停地在那里烧红火，打造镰刀、菜刀、翻耙、铁锹等用具。

我们小时候都穿布鞋，那时候农闲，乡亲妇女都会纳鞋底做布鞋。现在想穿布鞋反而要到城市去买，而且都是机器做的鞋底，远没有手工纳的鞋底穿起来舒服，因为手工鞋底是用白布裱成袼褙，多层叠起纳制而成，穿着轻便防滑，冬季保暖，夏季透气吸汗。

我的亲戚中有几个是做木匠出身的，他们的巧妙匠心也远近闻名。这几年他们的收入提高很快。因为现在学传统而古老的木工手艺的人越来越少了，买房装饰却离不开木匠执着而又有温度的匠心。

乡下确实有许许多多足够让我们记忆的手艺，现在许多有着生命体征的老手艺失传了，逐步淡出了我们的视线和生活。不回忆也罢，一回忆确有些伤感。

所谓手艺，就是手的技艺：纯粹的手工，简单的工具，制作出合用又美观的物品。所以，手艺有着朴素的内涵，是实用与美观相结合的产物。

其实，我们对手艺的理解是否也可以宽泛些。俗话说："三百六十行，行行出状元"，也就是说，每一行都有自己的祖师爷。所谓的三百六十行，不过是泛称，意思是行业分工细，分工越细，祖师爷越多。做每一行，都有我们学习的老师，只要虚心，都可以学到很多穿过身体的知识。

文人学士、能工巧匠、市井人物等都有自己的绝技，都有自己的手艺。我们要向这些身边的人学习，不光要学习他们的技艺，更要学习他们的情怀，学习他们的信念，学习他们的态度。因为世界再嘈杂，他们的内心却是安静的。

学习穿过身体的知识也不容易，浮躁是学不来的。

（写于2017年4月11日）

学习=学+习

我经常喜欢问自己这样一个问题：你看过1000部电影，你会演电影吗？回答是肯定的，不会！这让我悟到一个道理，学习=学+习，光学没有用，学了还要实践，还要习，只有自己真正动手做了，才会有自己的积累。

有三个小动物，一个是螃蟹，一个是猫头鹰，一个是蝙蝠，它们去上一个补习班，目的是去除他们三个的恶习。几年之后螃蟹、猫头鹰和蝙蝠顺利地毕业了，得到了博士学位。他们毕业之后，螃蟹仍是横行走路，猫头鹰仍然在白天睡觉晚上活动，蝙蝠仍然倒挂着悬在那里。

这个故事就是告诉大家，一个人要改毛病是很难很难的。当然读书比不读书要好，但实践比读书要更辛苦。人是有惰性的，我们不能只学习不应用。心理学认为，一个人的知识再怎么样，也不能动摇自己很多的恶习，很多人表面上读了很多的书，似乎懂得了很多道理，但是他一碰到自己的利益，自己的一些不良习惯还是不容易改掉，一个重要的原因，就是因为缺少实际的应用，还停留在那些纸面的理论上。

老子说“一法通，万法通”，当获悉了一个领域的奥秘后，其他领域的奥秘之门也会变得轻轻一推就开，因为知识是可以融会贯通的。哪怕这些领域表面看起来似乎毫无关联。

学习了一定的知识，不去应用，那只能是纸上谈兵；把自己学到的理论，用实践验证理论，再用实践修正理论，才会实现真正的“从量变到质变”。知识是相通的，有的人接触一个陌生领域并迅速达到优秀水平，关键是动手能力强。

为什么在有的企业里，有些高职学生超过了本科生的薪水，因为这些高职生善于把学到的知识应用于实践，解决了生产中的实际问题。高技能复合型人才比一般的只懂理论不动手实践的书生更受到企业的欢迎。

电影里不是每句话都很经典，但是总有那么几句话让人回味，因为触动了自己的思想。

看书也是一样，看着看着，自己会跟书上的某一段话产生碰撞，这时候最好能写下来，哪怕只有几句话几个字的感想。

一个阅读达人曾经说过："阅读本身没有价值，你的思想与书本产生出火花后，得到的新的思想，才是阅读的价值所在。"

国王做了一顶金王冠，他怀疑工匠用银子偷换了一部分金子，便要阿基米德鉴定它是不是纯金制的，且不能损坏王冠，阿基米德捧着这顶王冠整天苦苦思索。

有一天，阿基米德去浴室洗澡，他跨入浴桶，随着身子浸入浴桶，一部分水就从桶边溢出，阿基米德看到这个现象，头脑中像闪过一道闪电，"我找到了！"

阿基米德拿一块金块和一块重量相等的银块，分别放入一个盛满水的容器中，发现银块排出的水多得多，于是阿基米德拿了与王冠重量相等的金块，放入盛满水的容器里，测出排出的水量；再把王冠放入盛满水的容器里，看看排出的水量是否一样，问题就解决了。随着进一步研究，沿用至今的流体力学最重要的基石——阿基米德定律诞生了。

有朋友跟我说，我看书可以，但写作不行。其实，写作也不是什么很高端很难的事情，不需要行云流水的文笔，仅仅需要写下自己内心真实的想法，这也称得上写作。

我的写作水平很一般，但我愿意把自己的思想写下来与别人交流，有人点评了，甚至是很严肃的批评，却能让自己获得新的收获。

当然，写作也是一个热情+痛苦的过程，写作是个体劳动，会很寂寞，自己要耐得住寂寞，坚持下来慢慢地才会产生兴趣。兴趣也是自己最好的老师。

（写于2017年4月30日）

歌声也能召唤世界

昨天，我在上海参加了2017中国（黔东南）国际民歌合唱节暨国际合唱联盟“世界声音对话”发布活动。据说，这次国际合唱节是国际合唱联盟首次在亚洲举办的活动。

千年古韵，世界聆听。侗族大歌与苗族飞歌真的能对话世界声音？我怀着好奇在活动现场认真地聆听动人的黔东南州民歌，静静地思考着。

举办任何的活动都会有它的目的性。据主办方的同志告诉我，此次举办黔东南国际民歌合唱节，要让大美黔东南的声音唱响世界，使国际民歌合唱节成为黔东南乃至国内外知名的合唱艺术文化品牌，让全世界都来这个纯粹人类本原的合唱之都，让侗族大歌与苗族飞歌唱响国际，办一届“黔东南狂欢节”，将黔东南打造成为“民歌合唱之都”。

我没有去过黔东南，但有一位新闻界的同行先后去过十多次，他告诉我，这个地方太神奇了。

只要一踏上那片土地，人们无不为那个纯朴清澈的世界所吸引，也会为那里博大灿烂、绚丽迷人的歌舞所折服。那里的人，会说话就会唱歌，会走路就会跳舞。走进那里的山山水水，音乐处处会让人们感受“歌舞之州、百节之乡”的魅力。有时候干部去调解纠纷，也要唱一段民歌，唱得人心服口服。

我认真听着他有趣的介绍。侗族大歌，起源于春秋战国时期，至今已有2500多年的历史，是中国侗族地区一种多声部、无指挥、无伴奏、自然合声的民间合唱形式。

1986年，在法国巴黎金秋艺术节上，贵州省黔东南州从江县小黄村侗族大歌一经亮相，技惊四座，被认为是“清泉般闪光的音乐，掠过古梦边缘的旋律”。2009年，侗族大歌被列入人类非物质文化遗产代表作名录。侗族大歌是侗族多声部民间歌曲的统称，是由多人合唱、集体参与的古老歌种。歌唱的主要内容可以分为鼓楼大歌、声音大歌、叙事大歌、童声大歌、戏曲大歌、社俗大歌、混声大歌等七种。

我虽然不懂音乐，但在现场听他们演唱侗族大歌，也撞击到了自己的心灵。他们是在歌唱自然、劳动、爱情以及人间友谊，是人与自然、人与人之间的一种和谐。

据说，苗族飞歌，是苗族歌曲的一种，流行于贵州省黔东南州台江、剑河、施秉、黄平、凯里等县市。

现场的演唱，也让我感觉到，飞歌的音调高亢嘹亮，豪迈奔放、明快，唱时声振山谷，有强烈的感染力。

主办方的同志介绍说，飞歌，多用在喜庆、迎送等大众场合，见物即兴，现编现唱。歌词内容以颂扬、感谢、鼓动一类为主，过苗年、划龙舟等节日喜庆活动，一般都要唱飞歌。

他们要向国际社会推出人类非物质文化遗产侗族大歌和苗族飞歌，进一步推动黔东南州民族文化走向全国、走向世界，促使黔东南州成为全球原生态文化保护发展的研究、交流、展示中心之一，更好地保护、传承侗族大歌、苗族飞歌及其他非物质文化遗产，突出侗族大歌在国际民歌合唱艺术中的影响力，充分展示中国民族文化的艺术魅力。

2017年黔东南国际民歌合唱节将在8月8日至12日举行。届时，将有来自海内外的几十支合唱团汇聚大美黔东南，共襄盛会。国际合唱联盟“世界声音对话”暨黔东南狂欢节、世界声音与侗族大歌的对话（高峰论坛）、世界声音与苗族飞歌的对话（高峰论坛）、合唱团文化惠民及展演、“世界声音对话侗族大歌、苗族飞歌”专场音乐会等同时举行。

这不仅是一次合唱节，更是人类疲惫心灵栖息的家园，也是让人们有一个返璞归真的好去处。

黔东南470多万各族人民正在向全世界合唱团员发出诚挚邀请，热忱相邀世界各国友人及合唱团员，聆听清泉般闪光的音乐，聆听天籁之音。

国际合唱联盟主席麦克・安德森、国际合唱联盟副主席郭立明、国际合唱联盟艺术总监菲利普・佈鲁耐尔、黔东南国际民歌合唱节中方艺术总监甘霖、黔东南州人民政府副州长肖明龙等都来到了活动现场，他们分别做了热情洋溢的介绍。

是啊！我国民族音乐文化源远流长，从原始社会开始，随着各个朝代的变迁，我国的民族音乐文化不断地进步和发展。在中国传统民族音乐中，民歌处于非常重要的地位。

我很羡慕少数民族的能歌善舞。我虽然出生在南黄海之滨的一个汉族农民的家庭，儿时，我也经常欣赏到渔民和农民打着不同的号子，其实这些都是民歌，是我们劳动人民自己创造的：

嗨嗨

嗨咗嗨咗

嗨咗咗嗨咗咗

嗨咗嗨咗嗨咗嗨咗

由于劳动方式的不同，产生了各种不同的劳动号子，《打夯号子》《搬运号子》《拉纤号子》《打麦号子》等。这些号子相对固定，与劳动节奏结合，曲调律动感强，粗犷沉着，铿锵有力。我是听这些号子长大的。

他们为什么会发出这样的声音？我想，因为我们的祖辈在体力劳动中，为了统一步伐，调节呼吸，释放身体负重的压力，才常常吆喝或呼号。从这些号子中，我也能体会到船员们在海上遇风暴、过险滩，拼力航海、战胜艰险的场景。这些都是原生态的东西。

原生态民歌是中华文化的活化石，起于乡野，流于现世，不同时期的民歌故事串联起来，就是中华文明上下五千年的辉煌。鲁迅先生曾经说过："文学艺术有地方色彩的，倒容易成为世界的。"民歌正是如此。难怪在浩如烟海的原生态民歌当中，有不少被列入了非物质文化遗产名录当中。

我老家打这些号子的，都是一些普普通通的渔民和农民，他们唱得好不好，不需要什么评委，他们也不是为了参加什么比赛得什么奖。田埂、土坡、大海、庄稼、鱼虾就是评委，自己感觉舒服就行。

民歌里是有情怀的。民歌是为生活放歌、为时代发声，是根据人的机能唱自己的生活的，体现着劳动人民独特真实的情感表达。每个民族都有属于自己的故事，我祖籍的《海门山歌》就有很多美好的故事，融汇了更多的感情色彩，使得它们在传唱过程中更易打动人心。

我们每个人都有"根"，民歌也有"根"。民歌，是人民之歌、民族之根。民歌，流淌着民族的血脉，代表着一个民族的灵魂。民歌是我们祖先的声音，是我们记住乡愁的依托，是我们不忘本心的泉源。所以，民歌的力量巨大，它能召唤世界。

（写于2017年5月15日）

人活着，还是要有点情怀

这两天，我陪新能源汽车研发专家乐玉汉谈项目。与他交流，让我学到不少。

他原来是武汉理工大学车辆工程学院的一位教授，他在大学里教了12年书，并出版了汽车制造的专著。他想，光教人家怎么制造汽车的理论，自己又没有做过汽车，书上说了那么多的理论，那些理论真的能经得起市场的检验吗？于是，他决定离开学校，到一家民营汽车制造企业去做产品研发，把理论搬到实践中去。

他当上了那一家汽车制造集团汽车研究所所长。一次，集团老板要他在大会上发言，他说，现在我的发言还不多，要是哪一天，我研发的汽车生产出20万辆，那我就可以放开讲了。

他带着这样的梦想和情怀，几年后，他研发出来的燃油汽车销量达到100万辆。

开始他也没有想到，竟然获得了一笔报酬。这个时候，有人劝他见好就收。要是这个时候收手，自己的小生活也不用发愁了。可是，他没有那么想，燃油汽车能做出来了，能不能做电动汽车呢？于是，他把想法告诉有投资愿望的人，很快一拍即合，成立了一家合伙人公司。谁知几年过去了，技术虽然是成熟的，但由于缺少管理经验，他的几千万老本全赔进去了，剩下的只是一堆钢铁（汽车模具）。

这个时候他不气馁，决定继续把这件事做下去，又有一个投资人跟他合作，结果用生产设备和拿到的土地到银行抵押贷款，那个投资人把贷到的款子用着做其他产业，做电动汽车的资金链断裂了，还是没有做成。他又一次拿着汽车模具净身出户了。

家人和一些好心的朋友都劝她，这下不要再固执己见了，就把模具卖掉了吧，不再折腾，就安安稳稳过他的小日子行了。可是，他就偏偏不信这个邪。他跟我说，他这辈子汽车共有三个梦想，燃油汽车的第一个梦想实现了，做电动汽车是他的第二个梦想，第三个梦想要做太阳能，不充火电，完全靠新能源充电，造出真正的清洁能源汽车。这需要走很长的路。

今年他已经50多岁了，他说，对他的人生来说，这是他最后的一届“奥运会”，不管用哪种方式，他都不会放弃机会。他说，他要用红军爬雪山、过草地的精神去做，自己现在只是到了夹金山的半山腰，还没有过草地。要是现在不朝前走，死了也就死了。他自己琢磨出一个道理，生总是在死的后面。

当然，我也很难预测这位老师能否获得最后的成功，但从他的身上，让我悟出了一个道理，人活着还是要有一点情怀。什么是情怀，我的理解就是付出一种代价，这种代价叫做不后悔。

这位老师身体里注入了一种特殊的元素，视汽车为生命，有对新能源汽车的感情境界。

世界上不是所有的事情都能用理论解释清楚的。

对某项事业有执着追求的人，没有办法能解释清楚这种情怀，有些就是一种妙不可言的东西。有的时候我们究其一生都无法知道自己的情怀是什么。

我们所做的事情也不是什么都看着钱才去做的，就是一种疯狂的喜欢，一种别人无法理解的热爱。就有那么一种人会告诉你，别的我并不关注，但我就是好这口。除了爱好，剩下的就是一种不计代价的情怀。

情怀，也许就是在午后的阳光里忙忙碌碌地给自己煮一杯咖啡；在曾经喜欢过的歌手出专辑后，明明已经放弃他很久了，还是欢脱地跑去买他的专辑听；明明现代通讯那么发达，却还是固执地铺开信纸，开始写信。

真正想干事业，没有激情不行，没有情怀也许会感觉特别累。在很累的时候，有一种力量能支撑我们热血沸腾，能让我们热泪盈眶，那就是不计代价去付出的情怀。

我很年轻的时候就开始干新闻，常常通宵达旦地写稿子。有一年冬天，我们几个年轻人写报道，回家的路上，一不小心自行车冲向了河里。借来衣服换上，不但没有回家，反而讨论到天亮，反复修改稿子。大家忘记了寒冷，因为有写稿人的热情温暖着自己的身体。那个时候写出来的稿子，既没有稿费，也没有奖金，领导说几句表扬的话，自己就感到很满足。当然，也不知道那就是情怀。因为情怀是一种模糊的东西，只可意会，不可言说。自己用心采访，精心写稿，融入了大量的感情，最朴素的想法就是自己喜欢自己开心。自己的稿子登了报，有时候不好意思当着别人的面看，偷偷地找一个僻静的地方闻闻铅字的墨香，反复读上几遍，心里有一种说不出的高兴。哪有那么多的为什么，只知道我今天又上了一篇稿子，就这样，几十年来，我的上千万的文字就这样积累起来。

现在回想起来，我觉得，也许那不算什么情怀，只是一种执念而已。是一种向往，一种精神力，一种我就是为了这个事业而生的。

干事业难免要付出一点代价，但用不着心疼，更没有什么值得后悔的。

最近，有一个事业单位的领导跟我说，现在的年轻人很聪明，知识面也很宽。他们不缺智商，但就是缺少情怀。他们认为，自己是体制内的人，我不犯大错，你又能拿我怎么样。有的事情，你不给钱他不做，有的事情，给了钱也懒得做。

当然，我们不能跟他们去说教，也不要说那些视金钱和虚名为粪土之类的话。金钱确实会让人实现财富上的自由，每个人一开始也都是为了生计而奔波。买房、买车、供孩子上学样样都需要钱。钱对每个人都很重要，但我们做事情，也不仅仅是为了钱。开始做事情的时候可能为了生计，为了钱，但慢慢地喜欢上了一件事情，也许是一件别人看起来并不重要的事情，还是要去做，因为自己喜欢，也许因为自己感觉这件事很美。

除了钱，人还是要有一点精神，精神和情怀有时候比钱更重要。现在这个时代真的不缺物质，而缺精神、缺人文，缺情怀。

现在社会，似乎有钱人很受尊重，执着干事业钱又不多的人，往往会受到冷落。这也不难理解，在这浮躁的年代里，以金钱衡量成就的人，不在少数。

但我不这样看，我对那些执着做事业，虽然钱不多，甚至还很贫瘠的人，心生尊重。因为他们所创造的价值是无法用金钱来衡量的，在他们的生活里也有比别人多的东西，那就是比普通的生活多了一点情怀。

有情怀的人，不计代价地去干自己热爱的事业，经历自己生命的旅程，他们会让漂泊的心有驻足的地方。人有时候会被一句话感动，是因为真诚；有时候会为一首歌流泪，是因为自然。他们遇上了急难险重沟沟坎坎，也不会气急败坏，惊惶失措，上得去也能退得回，拿得起也会放得下。他们会从容和淡定，为别人留下宽宏，也就为自己留出广阔的空间。

有情怀的人，因为有着不计代价的执着，又不后悔自己所做的一切，所以他们不会轻易放弃一切，他们会忘记因失落带来的痛楚，忘记因屈辱留下的仇怨。他们也会放弃对情感的奢望，对金钱的渴求，对权力的觊觎，对虚荣的纠缠，会放弃那些不切实际的东西。他们对有些无奈总是愿意去承受，他们无暇顾及外部世界的精彩，而是能够守住自己的心。他们有时会假装开心，主要是不想让人知道寂寞；他们也会假装高兴，目的是不想让人看见伤口；他们会假装轻松，是不想让人发觉心酸和让人看到一次又一次的失败。

有情怀的人这样去做，没有更多的理由。唯一的理由，就是要改变自己对世界的感觉，自己能欣赏到春风袅袅的柔美，喜爱自己白雪皑皑的纯净。这世界并不重要，重要的是自己的世界是怎么样的。

情怀就是满足自己的心灵，就是心情、情趣、兴致和胸怀，人有了某种感情，就会有一种特殊的心境。爱国情怀、母亲情怀、事业情怀、家乡情怀、人文情怀等各种情怀，就是这种特殊心境组成的。

打开古代诗词，我们细细咀嚼诗人们深切的思维情感，去思去悟，会让自己产生特殊的心境。读王维、孟浩然，会让人理解什么是钟情山水；读杜甫、白居易，会让人懂得什么是忧民情结；读辛弃疾、陆游，会让人懂得什么是爱国情怀。多读多品，会不知不觉地跟诗人们融为一体，耳濡目染中充实了自己的品格涵养和审美情趣。

年轻的时候要多关注自己精神和人文的增长。多看一点人文的东西，多看一点哲学、历史、诗歌、文学等等书籍，把自己的人文视野打开，就有自己的精神归属。让自己内心的欲望平静下来，更加明了和清晰生命的本质和意义。

情怀这个东西也不是少数人的专利，可能是一种人人生而有之的品质，我们不能把它看成高大上的东西，可以从自己一点一滴小事做起。情怀也不是触不可及，情怀掉在了地上，就不再那么遥远和炙热。我们每个人的情怀都触手可及，问题是自己愿意不愿意付出这样的代价，而这种代价又是无怨无悔的。有了这种情怀，即使没有回报，自己也会快乐无比。

当然，情怀就在我们普通人中间，大多数人都有或多或少的“各种情怀”，只是自己看不到，不留意。

工作中与同事们攻坚克难齐心协力完成一个项目，看到客户满意的笑脸，你会充满成就感，这就是浓浓的职业情怀。生活中看到身边的感人的事情，遇到自己喜爱的风土人情，也会让你滋生人文情怀。迎着初升的朝阳高高兴兴去上班、有时多加了一会儿班，仰望月光下班回家，也会让自己欣喜感动产生情怀。

老家有位成功人士，有一次回家过年，走在路上，他看到归心似箭的人们，那眼睛里，面容上，透出的就是一种已经沉淀了千年的“乡土情怀”。这份乡土情怀，从社会精英阶层，到常年漂泊在外的普通大众，都是一样的。他说，这“乡土情怀”无关贫富、地位、地域，那是渗透骨子里的生活基因，已经是中国人生命气息的一部分。他认为，“情怀”是一份质朴的眷恋、不舍、珍重，给人以精神的寄托。

所以，人活着，不能没有一点情怀。情怀，也只是在市井间、土地里最质朴的原始的那一份感情。“情怀”，是一种滋养品，可以让人活成个有血有肉的人。人来到这个世界不容易，人人都需要付出代价，这种代价，可以让自己活得无怨无悔。

（写于2017年6月3日）

放飞思想上的风筝

我老家有个特色旅游项目，叫做“空中交响乐”，实际上就是放风筝。上世纪九十年代初开始就举办全国邀请赛。老家的风筝多为“板鹞”，系硬质风筝，有长方形、六角形、八角形等几何图形。其特点是能发出声响，故又称“响筝”，风筝大多装置“哨口”，上天后能凭借风力发出声响。“哨口”发出的声响，五音和谐，古朴幽远，声震长空，音传数里。由于板鹞在空中能发出声响，故被誉称为“空中交响乐”。

放风筝确实很有乐趣，每年吸引着大量游客去我老家海边游玩。

人的思想上也有风筝，能不能放飞，是对人的智慧的考验。

一位老和尚，他身边聚拢着一帮虔诚的弟子。这一天，他嘱咐弟子每人去南山打一担柴回来。弟子们匆匆行至离山不远的河边，人人目瞪口呆。只见洪水从山上奔泻而下，无论如何也休想渡河打柴了。无功而返，弟子们都有些垂头丧气。唯独一个小和尚与师傅坦然相对。

师傅问其故，小和尚从怀中掏出一个苹果，递给师傅说，过不了河，打不了柴，见河边有棵苹果树，我就顺手把树上唯一的一个苹果摘来了。后来，这位小和尚成了师傅的衣钵传人。

世上有走不完的路，也有过不了的河。过不了的河掉头而回，也是一种智慧。但真正的智慧还要在河边做一件事情：放飞思想的风筝，摘下一个苹果。历览古今，抱定这样一种生活信念的人，最终都实现了人生的突围和超越。

放飞思想上的风筝，也不是每个人都能做到的。思想要放开，我们首先要弄清楚自己想要什么，不想要什么；想做什么，不想做什么；想学什么，不想学什么。懂得取舍，思想也就放开了。

能够放飞思想风筝的人，一般都有知识的积累。没有知识和见识，就没有思想。一个从小把自己封闭在一个小天地里，与外界隔绝的人，产生不了思想。没有了思想，也谈不上放飞。

许多上班一族，习惯了这样的生活：每天被闹钟叫醒，匆匆梳妆打扮，夺门而出。临近办公大楼，买点早点，赶在迟到之前打卡。坐在办公室里静候上司的来临，听上司布置任务，碌碌无为地干上一天便回家了。年复一年，日复一日，平平淡淡地度过人生原本最美好的职业生涯。

当然，这样做也没有什么错，但工作和生活中好像少了一点想法，缺少了问题意识，自己思想也飞翔不起来。

这些人别人说什么他都信，悟不出自己人生的经验；还常常认为，自己的人生和命运很苦，生活中有太多的吃亏和上当，心里有倒不完的酸甜苦辣，想不到这些都是自己人生最宝贵的经验；不明白自己所做的就是接受这一切。不能开朗地接受，大度地包容，尤其是无法接受带着忍受和痛苦的事情。思想上总是很苦闷，思想的阀门打不开，更谈不上放飞思想的风筝。

打开思想的阀门，有时候也需要很好的引导。有一位知名的数学老师能把数学课变成游戏课，把数学知识的原理渗透在游戏当中，引导学生在潜移默化中提升数学素养。他让学生在游戏中提升计算能力，充分调动学生的思维，使学生积极参与到数学游戏当中。

上学时，我也不喜欢数学，总觉得那些公式太枯燥无味了，因此，成绩总是不理想。这位数学老师的做法让我受到很多启发。

这位老师能把数学知识的重难点渗透在数学游戏中，让学生在玩中去体验、经历、感悟、发现，不仅培养了学生运算能力，而且还增强了学生的空间想象能力。能更好地培养学生的性格，使学生在玩中乐于接受数学知识，能接受游戏的输赢，能悦纳自己，赢得起也输得起。人生有多少挫折，有多少输赢，要敢于拼搏，无形中让学生开动脑筋，打开了学生的思想阀门。

走向社会以后，很少有人会手把手地教我们，打开思想的阀门，放飞自己的思想，还得靠自己。

别人的故事再精彩，听着也不要太当真。每个人的机遇、环境和性格、习惯都有所不同。

我们要怀着乐观的态度看待周围的一切。有些人会嘲笑我们，也有些人就不喜欢我们，我们也可以对他们表示出友善，以一颗宽容大度的心胸去原谅那些人，思想上不能太纠结。有时候思想上的结比绳子的结更难解开。

当然我们也不需要自己成为别人生活中的一个角色，自己无聊郁闷的时候可以找好朋友多聊天多沟通。放飞了自己思想上的风筝，就会拥有一份好的心情做好自己的事情。也不要太在意别人的眼光，不要在意别人的嘲笑，做好自己就可以。

我们活着也不单单为了自己，每个人都有亲戚朋友。物质生活可以了，还要享受精神生活。生活中还有很多的乐趣，放飞了自己的思想，我们会产生兴趣和好奇心，发现新的精彩；也会自然地释放着自己的压力，人也活得没有那么累。

有人说，思想放得开，放不开，是我自己的事，放开又怎么样？各人有各人的生活方式，自己愿意放开就放开，不愿意放开也没人逼着你。放开放不开，没有对错之分。别人说什么都不重要，只要自己开心就行。

一般来说，有思想，比没有思想要好一些。因为人有了思想，才有思路，有了思路，才会有创新、有发展。

思想是人类独有的精神瑰宝。法国哲学家安托·法勃尔·多里维说："人类是一种使思想开花结果的植物，犹如玫瑰丛上绽放玫瑰，苹果树上结满苹果。"

人的思想，有时候受时代的影响，但并不局限于时代。思想，是看不见的东西，但又无所不在。思想飞扬，活力无限。打开思想阀门，放飞自己的思想，也能使我们拥有更多解决实际问题的本领；在这信息爆炸和文化激荡的时代，我们放飞了自己的思想，就有可能为自己的人生多了新的选择；放飞思想，也会让我们拥有更多的创新思路，嗅觉会更加灵敏，使自己去适应时代发展的趋势，不至于被时代所抛弃。

（写于2017年6月5日）

写下梦想的清单

几年前，我朋友的儿子大学毕业到上海工作，也在上海找了女朋友。他没有被上海的高房价吓退。有人跟他说，按你现在的工资收入，你一辈子也很难买得起上海的房子，你以后结婚生子怎么办。他想，虽然目前困难很多，但困难总是可以克服的。他写下了5年内实现8个梦想的清单，到目前他已经实现了4个小愿望。

他看了一本叫做《秘密》的书，书里提到了梦想清单的事。他想，这是一个好的办法，把自己的愿望写下来，按照清单，一步一步地去实现，这也是倒逼自己做出承诺，让自己梦想成真。

梦想，也不是什么稀罕物，人一般都会有梦想。有人说，60年代，人们的梦想是吃饱饭；70年代，人们的梦想是不被抓住小辫子；80年代，人们的梦想是看看外面的世界有多精彩；90年代，人们的梦想是发家致富闯一把；21世纪00年代，人们的梦想是只要敢想啥人啥事都能火起来；10年代，人们的梦想已经变成只要敢想，世界上没有做不成的事。

这是一个最好的时代，互联网，智能化，大数据，可以让梦想照进现实。许多曾经不敢梦、不敢想的梦想，都会神奇地来到自己的身边。因为我们很幸运，生在一个能够做好梦的时代，这些梦再简单再复杂，都有着可能实现的渠道。

当然，梦想，就是梦一样的想法，也包含着不切实际的意思。但有些人连想都不敢想。你不敢去梦想，看到别人梦想成功了，羡慕嫉妒恨有什么用。也许自己的脑子里也闪过无数的念头，但很快就把它忘记得一干二净了，更不愿意很有仪式感地把这些梦想写下来，然后默默地去做。就这样，混一天算一天，一辈子也做不成几件事。

有的人把梦想当做日常要做的事，就会头脑清醒地把梦想的清单写下来，做一件，清一件，日积月累，看起来有些事情微不足道，但每天碰到跟自己的梦想有关的人和事，就抓住不放。不放弃任何一个机会，把机会都牢牢攥进自己的手心里。几年下来，也许就会做成一件大事。

人不能没有梦想，在大城市上班的年轻人，朝九晚五，穿梭在茫茫的人群之中。他们的内心也许朝着虚妄的梦想前进。他们或许让梦想加速进度，或许让梦想融入自己的意识和潜意识，成为思考的一部分，行动的一部分，呼吸的一部分。我们每个人都在为自己的梦想奋斗着。

其实，梦想，也绝非幻想那般空浮。梦想，也绝非妄想那般虚夸。杨振宁在屡次碰壁后，梦想指引着他向旁看去——实验物理学他已山穷水尽，可理论物理学他能柳暗花明。昔日的妄想，差一点毁了那位诺奖得主，而是梦想令他渐至佳境，终得辉煌一生。

梦想，有时候就是异想天开，但梦想，也绝非空想那般遥远。拥抱梦想就是拥抱了世界，拥有梦想也就拥有成功。艾略特曾说过："没有梦想，生活便索然无味。"梦想，有许多事也许不能成功，但接受失败也要为梦想拼搏到最后的自己鼓掌。因为人生本不是一条平坦的路，有梦想才变得有意义。

有人说，梦想就是人生的目标，梦想，也就是人生规划。其实，梦想和这些是有区别的。

梦想，是理想化的产物，它的实现以做过这件梦想而定义，绝不掺杂任何物质和功利的指标。而目标和职业规划是现实的产物，是有量化标准的，也有物质和功利的目的。

现实中，有太多人把自己自私的、狭隘的、功利的目标，套上梦想的外衣，并以此来控制别人、要挟别人、打击别人、抬高自己，从而为实现自己的目标而不择手段。这些都不是我们所说的梦想。

我认识一位上了年纪的老人，他的文化基础并不雄厚，但他热爱写作，有个做作家的梦想。几十年来，他从没有放弃。别人在玩，他在写作，写了无数篇稿子，没有被采用，他也毫不气馁。他根本不是为了谋生而写作，很多人认为这不是他应该做的事，而他却乐此不疲。咬定青山不松口，相信梦想会实现。在他70岁那年，他终于成了省作家协会的会员，实现了自己伟大的梦想。

纪伯伦曾说过，我宁可做人类中有梦想和有完成梦想的愿望的、最渺小的人，而不愿做一个最伟大的、无梦想、无愿望的人。

写下了自己梦想的清单，关键在于行动。自己去想了，也去做了，自己身边的资源也会多了。自己每天都有一点小进步，身边的资源也会跟着进步，自己的圈子也会逐步扩大，也许能接触到许多新的人新的事。以前不敢想像的机会，也会来到自己的面前。有的时候，我们不是没有能力实现自己的梦想，而是缺少开放的心态，不敢有自己的梦想。因为自己害怕做不到，或者是自己懒惰了，不想再往前走了，差不多凑合得了，所以也就错过了本来可以实现更高目标的机会。

年轻的朋友，写写你们梦想的清单吧！梦想不是幻想，也不是妄想和空想。人生有了梦想，才会拥有翅膀，才会有自己成功飞翔的那一天。

（写于2017年6月6日）

有品质的生活不一定昂贵

有一次，有一位朋友带我去参观一个大户人家，他是想让我开开眼界，看看有钱人过着怎样的精致生活。

这是一幢掩映在苍翠树木之中的别墅。挑高的门厅和气派的大门，圆形的拱窗和转角的石砌，尽显雍容华贵。走进大院，是一条用鹅卵石铺成的小路，小路的两旁是一排石凳，石凳上排列着形态各异的花木盆景，一个很大的水池也是用天蓝色的瓷砖铺成的，一眼看上去池里的水是那样的碧蓝。一进屋，金碧辉煌、富丽堂皇；大理石的台阶，名贵的地毯、华丽的水晶垂钻吊灯，进口的全套名贵家具一应俱全。主人和保姆的电梯都是分设的，保姆也有独立的洗衣和衣帽间。客厅里的沙发靠垫也都是进口名牌，精美的细雕书橱，客厅、卧室等设置低窗和六角形观景凸窗，餐厅南北相通，室内室外情景交融。这里的每一个小摆件都是那样的精美。

在这里，我不敢随便走动，连呼吸都是那样地小心翼翼，生怕打扰到这里的一切。我没有羡慕嫉妒恨，但也没有体会到心神荡漾，因为我过惯了普通的生活，这里反而让我产生了另外一种感觉，在这样的环境里生活，是不是有点累啊。当然，我也不是“吃不到葡萄说葡萄酸”。

有钱人过上精致的生活，本来就无可厚非。人向往高端的生活，也没有什么错。有钱人有着他们的生活方式，我们普通人也有自己的生活方式。

人的生活品质也是自己培养的，人会有自己敏感直觉，找到生活中最好的东西。当然，我们普通人也能从简居陋巷中找到自己愉悦多元的心灵空间。

我出生在农村的一个贫困家庭，从小就被教育，节俭是中华民族的传统美德。上世纪50年代，大家的日子都过得紧巴巴的，但由于家庭的原因，我吃过没钱的苦，要比同龄人多得多。我也常常因为节俭被别人耻笑。长期以来，我也没有感觉这有什么不好，直到现在我的思想仍然很顽固，不管花谁的钱，我讨厌铺张浪费。外出我也没有多么讲究的行头，也没有超过1000块钱的手表。我始终认同节俭不代表廉价，奢华也不意味着高贵的理念。鞋穿在各人的脚上，自己感觉舒服就行。

有一位00后的小青年跟我说，他的生活只有生命和活着，谈不上什么品质，因为自己完全是一穷人啊！你看人家有钱的，可以随时买张去远方的飞机票，选各种名牌衣服，买各种款式的化妆品，吃的地方是各类豪华餐馆。而自己呢，穷得兜里比脸还干净，所以只能逛小地摊，吃的也是路边烧烤，化妆品都要货比三家，看哪个更实惠。哪有什么品味和质量啊。

其实，在淘宝上购物没有什么丢人的，我有时候也去买。在路边体验一下烧烤也会有快乐。生活的品味和丰富性不是用钱来衡量的。钱能解决的东西，不一定是自己的精神世界和内在的一些东西。

我们大多数人都身处过贫困的阶段，谁都年轻过，谁都曾经有过那么一段穷苦的日子。贪穷并不可怕，可怕的是不去打拼。自己努力了，生活也会慢慢变好的，你也不可能一直这么穷下去。

吃苦是年轻人的资本和底气。只要你肯努力和上进，未来也许不缺钱。年龄不饶人啊，不要等到青春不再了，再想起去努力，到那时也许就没有了当初那么多的时间和激情。人穷还要多读书。要不断地学习，提升自己的价值。修炼自己的气质和涵养，认清自己，学会思考，从而有所上进。当然，人的生活能否有品位和质量，不是说你有多少钱，气质和涵养也是重要的因素。只有内心充盈丰富了，又有了一定的经济基础，你才有配得上拥有更高品质生活的能力。

有一个朋友说得好，如果一个人有很多钱，但内心不丰盈，气质和涵养不高，不懂得如何更好地生活，那么他不是暴发户，就是守财奴。如果你有情趣，又懂生活，内心还丰富，即使你眼下身处穷酸的日子，你依然能生活得有滋有味，丰富多彩。

所谓的高品质生活，其实是一种体验，是一种态度，是一种即使在不那么光鲜亮丽的环境里，也依然能有和生活握手言和、相安无事、追逐自己想要的生活的勇气和魄力。

现在，在一些人的眼里，物质上的廉价，几乎是地摊货和山寨品的代名词。有好多人喜欢讲什么生活品质，他们认为花的钱多、花得起钱就是生活有品质。有愈来愈多的人，在吃饭时一掷万金，在买衣时一掷万金，拼命地挥霍金钱。他们这么做的理由很简单，就是追求生活的高品质。所以大家不顾一切要买贵的东西，这种错觉也在一些年轻人中如病毒般地蔓延，似乎敢花钱，就一定能赚到钱。似乎穿了贵的衣裳，就一定能成为贵人。

林清玄说，真正的生活品质，是回到自我，清楚衡量自己的能力与条件，在这有限的条件下追求最好的事物与生活。

我也发现，有的年轻人有着生活的智慧。他们起大早去买新鲜的蔬菜水果，也会在专卖店打折时购买一些经典单品，超市如有促销便囤下适量货物，能吃上营养与美味于一身的一荤两素也很开心。柜子里虽然衣服不多，不一定是用高价买的，但舒适合体，穿得出自己的风格和气质，也很体面。

在上海这样的国际大都市里，生活着经济条件不同的各式各样的人，大家都能找到生存的方式。就在我们小区里，有一个靠捡垃圾为生的人，他靠自己的勤奋和精打细算，照样养活着一家几口人。

我到浙江几个地方的农村采访，看到有的地方的房屋虽然已经旧得有点掉渣了，甚至有的地方也不那么卫生，但那些建筑风貌、风物特产、餐饮风味、人物风采等，照样让乡愁淡化。那里的吃住也不贵，粮食和蔬菜都是村民自己种的，自己养鸡又养鱼，平常生活用不着那么多的开销。从他们的脸上，我看到他们内心的本真。作为外乡人，对农村的采访使我也有一种回归乡村生活的感觉，从那些原住民的生活方式、待人接物的直观体验中，我更感受到乡村的魅力和味道。乡村生活，最直观的体现是“形”，再深入的是“魂”。村民们的慢生活，是一种物质和精神上的享受，不能说这不是一种有品质的生活。

各个年龄段的人，生活方式也不同。到我这个年龄段，喜欢闲来翻翻书，找朋友喝喝茶聊聊天，不是那些花天酒地，也没有花费那么多的钱，倒也品得出岁月静好现世安稳。素心向阳，人淡情浓。有一种好的心境，一次次廉价的会晤，用一叶淡淡的茶，一掬淡淡的水，一抹淡淡的心态，泡出一股淡淡的智慧和深深的友情，我感到，这是另一种境界的高品质生活。

我们虽然节俭，不代表我们廉价。当然，现在毕竟生活条件比过去好了，节俭也不要克扣着自己的吃穿用度，把日子过成惨不忍睹的寒酸样。

自己辛辛苦苦挣来的钱，怎么花都合适。但物欲过度带来的焦灼烦忧也会在平静里被慢慢洗去。好生活不是用钱堆出来的，高品质的生活未必一定很贵。真正的贵，也不需要刻意的物质衬托。决定个人价值的东西，未必是用很多的钱去买身上的行当和外在的装饰。

（写于2017年6月8日）

生命，也许就是宁静的生活

今天，是高考的最后一天。连日来，网上关于高考需要安静环境的文章很多。安静的话题，不仅让考生，也让我们所有的人留下很多的思考。

昨天，我去了一个十分安静的地方。

这是离我老家十来里地的一个海边，这里三面环河，地形是个三角洲的半岛。四五十年前，县林业站的前辈们，在这里种下了一片树木。

一年多前，国学老师刘晓军看中了这个没有人打扰的地方，他自掏腰包，修缮了两间破烂不堪看护树林的小屋，他把这里取名为“东源”，他在这里创办的“安之书馆”，常常有文人墨客在这里喝茶聊天。之前，我也看到网上老家很多文人写的赞美之文，让我学习不少。

这是我第二次来这里当不速之客，第一次没有见到主人，熟悉那里的杨医生和小马陪我溜达了一二十分钟就匆匆离开了。昨天，刚巧刘老师在，他很热情地接待了我，这是我的幸运。

这100多亩的树林郁郁苍苍，令人神往。昨天的温度不算太高，但还是有骄阳照着，而树林里却是一片凉阴。

刘老师陪我在“东源”走着很是惬意。高大的柳杉树、银杏树、榉树、柏树和香椿树等在这里交错地生长着，树叶闪着绿色的光芒，像一片绿海。树与树之间还长有一些不知名的野草，也有很小的蝴蝶在竞相飞舞。这里的树很高，大部分有两三层楼房那么高，树上小叶片是那么地鲜亮光滑，看得出来，这里的土壤和气候很适宜它们生长。森林在安睡着，没人来打扰它们的美梦。

在这绿荫如盖的地方，让人产生一股沁人的快意，红尘荡尽，疲劳无踪，在这里生活，心中一定有个安静和清凉的世界。

林子大了，应该是什么鸟都有。可在那么大的一个树林里，我没有看到很多的鸟儿穿梭着，也没有听到鸟儿更多唧唧的叫声，只是听到了一种节奏很单调的鸟叫声。这让我有些奇怪。我问刘老师这是为什么？

他告诉我，听当地人说，过去这里的鸟儿很多，最多的一棵树上有上百只鸟，要是同时飞起来，会发出哗啦啦的一片响声。但是被那些贪婪的人用土枪一次又一次地打掉了很多，许多鸟儿也只能选择离开了，鸟儿变得稀少了很多，现在这么大一片林子，最多也只有几百只鸟，品种也很少了。

他感叹了，人为什么这么残忍？人需要安静，鸟也需要安静。他说，他平时在林子里走着，也是静悄悄地，生怕打扰到它们。我看到村上挂有精美的鸟笼子，是他自制的，目的是让鸟儿有个休憩的地方。现在的鸟确实少了许多，但还是有为数不多的鸟留下了。我看到他脸上充满了沮丧的样子。

我也喜欢听鸟叫声。在我老家的小花圃里，每天早上四五点钟，鸟儿总是叽叽喳喳、叽叽喳喳，虽树木不多，但鸟儿们也会准时地开起“演唱会”。有几次鸟儿屎拉到天井里，拉到洁净的墙上，我们没有驱赶它们，总是不厌其烦地去处理。因此，鸟儿们也很乐意和我们和谐相处。

鸟叫声本来很平凡，但却很美妙；鸟叫声稀少了，是遗憾的。本来在这片森林里，听听悠扬而悦耳的鸟叫声，看看它们绿油油的大树舞台，闻闻从灌木丛里散发的花香，会有一份在大城市里很难享受到的美丽。

我和刘老师站在一片树形和树叶都很美的香椿树下，看着它们笔直地立着，直插云天，有点“争高直指”的味道。树林里一片寂静，这时候，我和刘老师不想说话，只是静静地望着，心中却升起了一股敬佩之情，感谢它们为人们制造了负离子很高的氧吧。

我老家很长的海岸线上长了很多的树，但像这样一大片森林却很难找到。高耸入云的参天大树，有的树干树枝上发出的气生根从半空扎到地里，渐渐变粗，成为支撑树冠的支柱根，是一道奇特景观。这真是一个闭目养神的好地方，难怪刘老师选择在这里读书写作。

刘老师说，树是有灵性的，它虽然不会说话，但我在这里，也每天跟它们展开心灵对话，我也会自言自语地对着树说话，我也能感觉到它们对我的友好。安静的树林让我收获很多。

说着说着，又让刘老师想起令他生气的事，他指着东边远处的树木说，那里有几十棵水桶般粗的榉树被人偷走了。

偷树是令人讨厌的，我家的树就被偷了好多次。这里，他们偷走的不仅仅是树，而是丛林的古老神秘、梦寐以求的人间仙境和美妙和谐的自然风物。那一个个被挖了的树坑，失去了往日的宁静，让体能疲乏的人们的心灵产生一种胆颤原始的震撼。人的刻薄，也多多少少使森林失去了一些大旷大美。

刘老师原来是一位语文老师，他抛去了事业编制，辞职来到这片森林里读书、书法和写作。

他孤身一人来这里，是有些空旷与寂寥。但他说，他不是在这里偷着乐，也不是闲着没事干。他还年轻，有着自己想干的一番事业。他是为了获得一份心灵上的宁静才来这里的。

听说，前几天有人来这里打探，也许有人要来这里开发了。说到这里，他又皱起了眉头。他的平静有可能会被打破。

我也希望，这里最好不要开发，保持它的原生态。比悲伤更悲伤的是卑微感，比寂寞更寂寞的是被遗忘。如果真的被开发了，也许刘老师有一天要离开这里。在这渐行渐远的路上，我和刘老师以及老家的文人们，谁都不愿意跟“东源”说再见。

虽然我没有为“东源”做过什么，但安静总是人类最好的朋友。走进一次深深的寂寞，像是面对孤独的自己，像是故地重游。也许我们还未出发，只是睡在路上。

不知不觉，已经与刘老师聊了2个多小时。他说，读书写作确实需要安静，这里安静的天然氧吧，让他读了很多的书。但书读得越多，他越觉得自己的渺小。这不是表面的谦虚，而是一个深入学习的国学老师从骨子里外溢出来的心声。对比之下，我很惭愧，我远远没有达到这样的境界。

他在这里不只是求个安静，静享难得的恬淡时光，而是静静地在做许多人生的思考。他国学课讲得很生动有趣，惹人喜爱。听说他在县城里已有1000多弟子。在我与他的闲聊中，不断有报名请求听他课的电话打进来，我们的谈话不得不被一次次中断。

外界是吵闹的，但人心是可以安静的，每个人都有不同的生活选择。刘老师选择的是在烦躁的社会状态下找寻着那渐渐远去的平静。他在那里的生活起居很简单，但他在一点一滴地吸收和消化着国学中的瑰宝。

他的生活确实是有些孤单，但他很喜欢孤独，享受孤单，有这里的一草一木陪伴着他。在他办公兼会客室里，在一个千姿百态的老树根上端，雕了一个洞，放上了微型盆景。也许他嫌这里的色彩单调，在门口种上了一些花草，也有了一些盛开的花朵，在小花圃的围栏上，还装上了太阳能电板。他说，晚上这些太阳能的灯光打在小花草上，煞是好看。在写作书法好读书的大房子里，三面都是落地窗，透过大玻璃，外面的风景尽收眼底。他说，外面的一草一木，他看什么都很有趣，都很舒服。他有了一种常人没有的眼光。

刘老师年纪并不大，他要比我小一二十岁。但我认为，他确实是一位值得我尊敬的老师。

他很博学，他懂得，生命也许就是这么宁静。他的这种另类的生活，还享受着自由，令许多文人所向往。他孤寂的心，也许能把人生的沧桑写够。在如此浮躁的当今，我们又有多少年轻人能做到像刘老师那样，力大无比地控制着自己青春里本就浮躁的内心。他的家人和亲友开始都很难理解，但他偏偏放弃有着安逸工作的老师不当，远离县城，孤身一人来到这个飘落于心底的深泉——“东源”！

离开了“东源”，回到家里，我继续看书和写作。我暗暗地下决心，要像刘老师那样，争取用更多的时间去寻找古朴的宁静，享受纯净的内心，让自己的心跳慢一点、再慢一点。

（写于2017年6月9日）

寻找自己心灵的港湾

昨天，在江苏省企业文化品牌建设现场推进会上，来自北京、江苏、上海、浙江、山东等地的思想政治工作和文化品牌专家，一致推崇中天科技集团精神家园工程师文化品牌。这是一种引领精神，凝聚人心的创新工程。有专家提出，这项创新具有历史和现实的重要价值。

经常有年轻人跟我说，现在到底怎么啦，是我自己变了，还是这个世界太现实了？也有人说，心里好烦，现在的人太复杂太现实，好想回到无忧无虑的小时候。

目前的社会现实，许多人都以金钱、权利、自我为中心，忘记了最重要的东西，人的心灵。

什么是人的心灵？黑格尔不无武断地称之为“绝对心灵”“绝对精神”，特别强调心灵有别于理性认知，它有时是不涉理性、不循逻辑的。

《现代汉语词典》对“心灵”一词的诠释，是指人的“内心、精神、思想等”。

有专家认为，心灵更属于精神范畴，是一种生命禀赋、自由意志、情感取向和内心体验，是本然、本真、本色、澄澈透明的精神状态，是人的生命场和能量的气场。

网络时代，给我们的生活带来了方便，但同时也让我们不小心掉进虚拟世界的陷阱，有时候也让自己的心灵迷失和无所适从；在这个快节奏的时代，人们容易爱上一个人，钟情一首歌曲，着迷于一首诗，不停地穿梭在万花筒般的世界里，把心悬浮在半空中。越是繁华越是寂寥，一些在外乡打工的人们更有一种漂泊之感。

有的青年甚至说："我觉得自己离自己的内心很远，我封存了内心的一些想法。我害怕自己真实的样子。"

也有一些人，把自己活成了"空心人"，总觉得于心不安，心里有一块地方始终是空落落的，爱情、金钱、别人的称赞都无法填补。

这个时代太需要精神家园工程师了，需要这些人类灵魂的工程师，引导和启发人，去弥补和充实人的精神世界。

当然，这个时代也不缺心灵鸡汤，但那些说教的办法，那些空洞无物的话语也很难让人入心。

寻找心灵的港湾，关键还得靠自己的守静入定，保持心灵的清醒，不要神痴情迷，也不要被海量般新、奇、特的信息窒息。有一种自觉，叫文化自觉，我们可以用文化自觉去借助网络平台，为我所用，让自己的心灵张开双臂去拥抱世界，拥抱生活，让真、善、美的阳光雨露照亮和润泽自己的心田。

在生活中，我也常常看到一些权大、钱多的人，生活也并不是我们想象的那样，他们也有许多的不如意。金钱、权利本应可以给人带来满足感，但往往事与愿违。30多年前，我记得有一篇全国好新闻的题目是《他们穷得只剩下钱了》。这篇文章告诉我们，如果一个人穷到只剩下钱了，那是非常可悲的，那样的人也必定找不到属于自己的心灵港湾。人的心灵如果受到伤害、被玷污甚至扭曲变态，给人带来的精神痛苦和打击是致命的，那是重大的心灵创伤。心灵的破碎，不仅让人陷于迷茫，严重的还会给人带来绝望。

心灵这个东西，是个怪物，看不见又摸不着，说它大确实很大，可以装得天下；说它小确实也很小，只是与人如影随形；说它深，确实很深，有探秘世界之深；说它明，也确实很明，可以找到人的本然、本真、本色。但是，心灵更多的具有情感性的特征，具有脆弱性。

我们要寻找自己的心灵港湾，就要远离空虚孤寂的叨扰，让自己的心灵有所寄托，性情得到陶冶，精神获得愉悦，绽放自己的生命之花，尽情地享受自己的身心和谐，坦然笑对未来。我们可以达观自适、张弛有度地去生活，信仰自己内心世界的阳光；要有自己的家国情怀；不要总是跟自己过不去，要让心灵有满足感和精神充实。我们虽然很平凡，但也不要忘掉追求自己的人生意义和价值。

我很感谢江苏省思想政治工作研究会，给了我参加一个企业的精神家园文化品牌推广会的机会，主办者请来这么多的专家学者，专门探讨人的心灵缺失的解决之道，这超出了纯粹的工作会议的意义，也让我反思自己，思考许多。

一位诗人说，人不能没有精神，人，如果没有了精神，活着等于死了；人，有了一种精神，死了依然活着。人活着，可能会失去很多，甚至失去一切，但，却留下了一种精神，这是一种什么样的精神？少说多干的精神，这是一种什么样的精神？低调务实的精神，这是一种什么样的精神？敢于担当、积极作为的精神。

人是需要有点精神的，人的精神财富远比物质财富重要。在精神家园里，人们享受着丰富多彩的学习和娱乐活动，获得各种层次的愉悦，有着各种文化的相互交流和碰撞，有着了解中国传统文化以及世界先进文化的各种审美需求，可以让人们从日新月异的变化中享受幸福和美好。

精神的力量是无穷的，精神家园的魅力是让人向往的。尤其在缺少社会人文精神的时代，现代工业提供了高度的物质文明，却使人的心灵和情感变得十分枯燥。社会分工越来越细，人们从事单一甚至单调的工作，片面地发展自己的某种能力，缺少了对群体力量的认同。人们追逐着实利和金钱，精神荒漠化，很少去思考人生的意义和价值。中天科技集团精神家园工程师针对现实，创新创造了自己的文化品牌，其意义就在于此。单位需要精神家园，我们每个人也需要自己的精神港湾。

我们平静而充实地生活在自己的心灵港湾里，就会上无愧于天，下不怍于地，外无愧于人，内无愧于心。当然，这是一个很高的人生境界，真正做到很不容易，我自己做的也并不好，我看到自己身边的感动的人或事，常常感到自愧不如。但我们可以在平时一点一滴追求真善美的过程中，找到自己的心灵港湾，感受生命旋律的和谐之美，体味和享受生活的幸福。

（写于2017年6月13日）

不要把时间荒废在虚无缥缈的事情上

昨天，我见到了一位老家在同一社区的名人。他叫陈墨石，是当代“草圣”于右任标准草书的第二代传人、第三代掌门人，是中国标准草书学社在南京重建的主要组织者，中国标准草书学社原常务副社长。

他送给我一本他的《标准草书精品集》，我爱不释手。

七十年代，墨石先生师从于右任大弟子、我国著名书法家胡公石先生。在胡老身边研习标准草书18年，成为于右任先生标准草书第二代传人、中国标准草书掌门人。他的作品曾被用于中南海、人民大会堂等大型国家庆典及香港、澳门回归等大型笔会活动。他修订出版了《标准草书字汇》；出版了专著《标准草书字典》《于右任年谱》《中国标准草书大典》等。墨石先生在海峡两岸也有颇多影响力。

他一米七几的个子，几十年来一直保持着标准的体重。他的长相，如他的字体，是那么地清秀、飘逸和灵动。

墨石先生告诉我，他的时间都属于书法，只有习字累了的时候，偶尔打打牌。一幅20米的长卷，七八千字，钢笔字那样大小的小楷草书，他也只用三、四天时间完成，而且没错一个字。

我想，这不仅因为他的书法颇具造诣，让人望尘莫及，而且他把时间看得比什么都金贵，完全把书法融入了自己的生命，脑子里从来没有那些虚无缥缈的东西。

我不懂书法，更不懂什么叫章草、今草与狂草。墨石先生说，他写的那些草书，自己总是不满意，总感到昨天写的不如今天的好，当自己不满意时，也会把它烧掉重写。他用这样的心思专注于一件事，活出了自己的人生价值。

从前，有个人叫朱泙漫，他一心想学到一种神奇的本领。听说支离益会宰龙，心想这可是世上罕见的本领，于是他就去拜支离益做老师。

他学呀学，学了整整3年，把家产都折腾光了，才把宰龙的本领学到手。可是本领学到手了又有什么用呢？天下根本就没有龙，他那绝妙的本领到哪儿去施展呢？

后来，人们用“屠龙之技”这个成语，来比喻毫无实际用途的本领。人们应当学习切实可用的知识，不要把时间荒废在虚无缥缈的事情上。

有一位当了30多年大学老师的人，他认为，古玩将来肯定能赚大钱，于是他辞去了工作，专门去做这件事。他到处借钱购买古玩，在这条路上越走越远。20多年过去了，他的古玩一件也没有卖出去，而且有的比当时收购的价格还低许多。债主追上门来，他总是东躲西藏，连年都过不好。到了退休的年龄，他还在借钱还房贷，据说70岁之前还不完。

为什么有的人总是喜欢做那些虚无缥缈的事情，大部分是因为想钱想疯了，总希望自己能够一夜暴富，让自己活得开心一些。有的人看起来有很多想法，但对事情考虑不周，对社会了解不够，做起事来粗枝大叶，这是一种不切实际的处世态度，他们难免会虚无缥缈。做事往往不会有什么确切结论。

这个世界上有两种人，一种人从小就知道这辈子要成为什么样，知道自己要去哪里，这种人特别幸福，比如墨石先生，几十年前就想成为一位书法家，他的梦想终于实现了。

另一种人就是没有人生的梦想，懵懵懂懂地往前走，哪儿有光就往哪儿去。这种人会辛苦一点，无奈一点，当然，也可能时间久了，会让自己学到一点点，生活改善一点点。

有句话是这样说的：如果你知道了自己要去哪里，全世界都会为你让路。但对这句话，年轻时可能一时理解不了。但也不要紧，我们可以一边走路一边摔跤，一边总结一边调整，做很多事，慢慢成长，慢慢找到一点方向，慢慢开始坚定。

年轻时我们无论做什么，都有足够的时间去任性，有足够的聪明和努力，让自己有更多的选择。人生一开始也不可能想得那么周全，但不管想多想少，还是要想想今后几十年自己向哪里去，你想象中的自己应该是一个什么样的人。有时候可以不说出来，把那个自我深深掩埋，直到自己慢慢有了进步。

有人说，自己担任了一定的职务，总觉得时间不够用，分不清哪些事情要先做，哪些事情待后做；哪些事情非做不可，哪些事情可以忽略不计。有时候脑子里一片乱麻，也有些虚无缥缈。

我们每个人需要有节奏地安排好自己的时间，不要让珍贵的时间被瓜分。

做管理的，每天都有开不完的会，不一定需要有那么多人陪同；每天都有接不完的电话，也可以分解到当事人去处理；每周都要去写周报，不要事无巨细地去罗列，只要简明扼要地说清楚几件事；该下班的时候就下班，主管也不要等到同事都下班，才有时间做自己的事；如果某些会议只是礼貌性地邀请，不参加也无妨，就可以不排入行程，或是指派适合的同事前往；有的人白天不抓紧，总认为还有漫漫的长夜可以拼，反而容易导致思绪发散，虚无缥缈，做起事来不专心，让进度一拖再拖。我们不需要瞎忙做白工，要学会管控自己的时间，既能做好事情，又有自己的休息时间。为什么有人能当几十家企业的董事长，工作又能做得那么地游刃有余，我想也是这个道理，在做一件事的时候特别专注，脑子里就不会出现那么多的虚无缥缈。

随着年龄的增长，脑子里想入非非虚无缥缈的事情会变得越来越少，年龄越大越会明白，自己专注去做一件事情，哪怕有人说是偏执，有人不理解甚至反对，只要方向是对的，那就不要害怕孤独，幸福是会从那一件事的深处开出花儿来的。

每当自己选择了一条正确的路，而且是自己能够承担的，只要自己坚定地朝前走，即使走的人不多，那也不是虚无缥缈的。

（写于2017年6月19日）

活着，不要违背自己的本心

有一位朋友跟我聊天，他谈到了身边的人发生了很多难以接受的事情。他很激动，他说，他怀疑这个世界上那些东西到底是否存在，自己迷茫了，彻底地迷茫了。有时候连自己追求的东西都难以认识清楚。人到底有没有本心，什么是人的本心。

我查到了这样一种说法，本心也是本我，本我与外在那个被诱惑执着有偏差的我是不一样的，本我就是每个人都有的本心。本我，是可以装下一切的空杯，而外在的我因为有执着，有立场，有各种念想，所以是一个放满了东西的杯子。

我小时候，常听大人说，“我是本心本意对你的”“我是本心本意做这件事的”，可见人的本心是一种承诺，是一种责任。做事要从实际出发，不能偏离本心。

但人往往不能按照自己的本心来做事情，有人明明很讨人厌，人们却只敢背后说，不敢当面说，还是一副恭维的模样；生活中遇到了问题，有的时候自己能够顺从自己的本心，坚持自我，不卑不亢，但有的时候又无法自我调节，受不得一点点的委屈，宁可不要自我，也会做出让人难以理解的事情；有的人宁可不按照自己本来的想法去做事情，因为他觉得按照自己的想法做事情代价太大了，所以选择一种投机的方式，因而放弃了本心；现实生活中坚持自己，有时候会输，甚至会被伤害，在精神的美好与利益的满足之间，难以做出正确的选择，所以有的人宁肯认输，也会放弃本心；在说变就变的环境中，人与人的相处磨合，有人忘记了本心，就难以从黑白分明中看到灰色的复杂层次，因而自己也难以得到充实。

与我聊天的那位朋友，一直在追问，我们还要坚持自己吗？我们还能相信一个人吗？

我对那位朋友说，我也遇到有人与我发生隔阂的事情，但这不要紧，日久见人心，我是本心本意对他的，只是有人中间传话发生了问题，我宁可相信误解总有被消除的那一天，那件事几十年过去了，我也没有必要去解释。因为坚持本心被人误解的事情在社会是常常发生的，用不着大惊小怪。

这个世界上有太多的事情让我们措手不及。遇上了，我们就要坦然面对，因为我们还要继续赶路，生命是自己的，不要因为伤心而放弃了生命中的美好。

活着，不要违背自己的本心，实际上就是做真实的自己。我们不可以把自己的愿望强加于人，要尊重他人，但也要懂得热爱自己。任何发生在自己身边的事情，都是对自己成长的邀请。我们不要苛求不同的人生，需要在正确的时间、正确的地点做好自己的事情；我们不要为了名利及一些世俗的东西而迷失自己，不去坚守自己的本心，而放弃自己的人格和尊严；环境是流动的，是一段时期的大背景，自我是惟一的，是无可替代的，如果我们不能去改变环境，那就保持自己的本心。如果能够改变环境，那就更要珍视自己的特质，不要被环境同化。

所有的痛苦和情感的折磨，都只是提醒自己：不违背自己的本心去生活。明白了这样的道理，而且去做了，这就是做真实的自己。

坚持本心，是一种文化的自觉。

不论如何，保持本色，做独一无二的自己。

村上春树在《当我谈跑步时我谈些什么》一文中说，不管全世界所有人怎么说，我都认为自己的感受才是正确的。无论别人怎么看，我绝不打乱自己的节奏。喜欢的事自然可以坚持，不喜欢怎么也长不了。

高级记者徐庆华，出身农村，小学和中学时代都在农村度过。他有特别的乡愁情结。他打算用2到3年甚至更长一点的时间做一件没有人愿意做的事情。他要写一本《消失与呈现——一个记者的村庄报告》。他利用休息时间，要对本村309户人家挨家挨户作调查。他专门买了一辆自己喜爱的“小毛驴”电动自行车，便于走家串户。他真实地了解到村庄的变化，有些东西过去有的，现在还仍然保存着；有的本来很好的风土人情却早已消逝了。因为这是他土生土长的地方，村上的人见了他一点也不生分，都愿意说真话，说心里话，聊起天来没有任何的隔阂。他从这个村庄的许多变化中，依然看到了农民的善良和淳朴，当然也看到了村上一部分人变得自私自利，偏离了本心。这是一次没有带观点的采访，是一次纯客观的报道。作者没有领导的布置，没有一分钱报酬，但乐意去做，这也是他从自己的本心出发，做一件极有价值的事情。

徐庆华已经步入中年。余秋雨在《关于年龄》一文中说，中年人的坚守，已从观点上升到人格，而人格难以言表，他们变得似乎已经没有顶在脑门上的观点。他们知道，只要坚守着自身的人格原则，很多看似对立的观点都可相容相依，一一点化成合理的存在。于是，在中年人眼前，大批的对峙消解了，早年的对手找不到了，昨天的敌人也没有太多仇恨了，更多的是把老老少少各色人等照顾在自己身边。请不要小看这“照顾”二字，中年人的魅力至少有一半与此相关。

我从余秋雨的这段话中，找到了徐庆华为什么要做这件事的最好的解释。

我们大部分人每天都是千篇一律的。心中若无大千世界，生活就天天雷同。有了本心的坚守，就不会迷失自己，就会有主见与自己的独到见解，也不会随波逐流人云亦云。即使走远了，也能把自己找回来。人的一生总是摆脱不了幼稚和天真，甚至是愚蠢，人也都有懦弱、畏惧、逃避的时候，如果能够恪守本心，也能在平静中看出热烈，就算日落，也有一万种红。

（写于2017年6月21日）

认识到了自己的无知
才能真正认识世界

“认识自己的无知，是认识世界最可靠的办法”，这是一位哲人的名言。但这句熟悉的名言，很多人认同，却又很少去践行。

最近，我在网上看到有个“标题党”说什么，“宇宙是伟大的，我也是！”我压根儿就没有兴趣看那帖子的内容，任凭你有再大的本事能自圆其说，但打死我也不相信这是一个真理。

人往往以为自己就是宇宙的中心，这是令人可笑的事情。

前一段，我听一位领导的讲话，他口若悬河，说了一大堆的外行话。讲话结束，下面照样响起一片掌声。我想，也许那位领导，觉得自己懂得很多。

其实，这种情况也不少见。有的人就是为了显示自己的才能，或许是为了掩饰自己的无知。很多时候，也有一些人不懂装懂、随声附和、装模作样。有些人甚至还时不时好为人师，以为自己是过来人，是救世主，用自己的无知去承担主人翁的责任。

有一次，苏东坡去拜访当朝宰相王安石，恰逢王安石不在。苏东坡在王安石的书房等候的时候，看到书桌上一张只写了开头两句的《咏菊》诗：

“西风昨夜过园林，吹落黄花满地金。”

苏东坡看后不以为然，以为菊花傲立瑟瑟秋风之中，纵使叶干枝枯，也不曾见花瓣散落满地，于是仗着自己才学满腹，提笔续写两句：

“秋花不比春花落，说与诗人仔细吟。”

后来苏东坡被贬黄州做了团练副使。一年后，逢重阳佳节在后院赏花，他却见到菊花树下满地花瓣，犹如黄金满地，却无花朵挂枝。此时的苏东坡才意识到自己曾经是多么鲁莽。本来要一展才华，却是落了个丢人现眼，而自己却还在暗自得意。

其实这样的错误，我自己也犯过。一次，在餐桌上议论一个问题的时候，有人说了一件事情，我抢先去说，这件事我是懂的，因为我经历了多少次，并说出了自己的观点。后来一位智者讲了他许多新的知识点，让我觉得很尴尬。

我们每个人都有自己不同的知识点，如果自己老是抱着原有的知识体系不放，自己又不能从这个体系中走出来，那只能让自己活成一个笑话。即使走不出来，我们也不能随意打扰别人的生活，那样容易暴露自己的无知，也会让别人瞧不起。

人最容易犯的错误就是认为自己很聪明，都以为自己身上有某些聪明，而自己往往又不承认有愚钝之处。这是一种最大的不聪明。其实，我们自己都很可怜，也并不睿智，没有太多的聪慧之处，我就是这样的一个人。

我们说自己很聪明的时候，实际上就是最笨的人。一个人觉得自己有部分聪明，有部分愚钝，实际上依然是愚钝的。但人往往很难承认这一点，都不认为自己是愚笨的。我们常常听到这样一些话语："怎么样，我的主意还不错吧""我就是这样做，才获得成功的，听我的，不会吃亏"。有些人习惯了沉浸在已有的经验和现有的局限中而不自知，不断去教导别人，批评别人，俯视别人，鄙薄别人，嘲笑别人，从中找到自己高高在上的优越感。

我们在忙着对别人指手画脚的时候，往往不是彰显了我们多么渊博，而是恰恰暴露我们有多么无知。

我们每个人只不过都是坐井观天的那只青蛙，只是井口的大小不同而已。待在不同井里的青蛙，每个人看到的天空虽然有所不同，自己看到的那一片天空，都不可能是整个宇宙。

越是聪明的人，会越能认识到自己的无知。“无知的聪明人”，才真的很无知。庄子说：“吾生也有涯，而学也无涯。”孔子说：“知之为知之，不知为不知，是知也。”对于每个人来说，知道多少，是相对的；而无知，则是绝对的。

在过去的500年之间，我们人类的力量有了前所未有的增长。在公元1500年的时候，全球人口大约只有5亿，但是今天已经到了70亿。我们全人类在1500年一整年的全球生产总值是2500亿美元。但是今天每年全球生产总值是60万亿美元。人口增加了14倍，生产总值增加了200余倍，能量消耗也增加了115倍。为什么500年前的人类会如此故步自封呢？正因为缺少科学革命。科学革命，其实不是知识的革命，而是无知的革命。真正让科学革命起步的伟大发现，就是发现我们对于最重要的问题其实毫无所知。

认识自己的无知，是认识世界的最可靠的方法，这不是一句空话。认识自己的无知之后，关键是学习。有智者给出了三种学习方法：向书本学习，即从书中吸取营养，学习“前人”的智慧；向他人学习，即以开放的心态，学习别人做人和做事的本领；向自我学习，即不断地自我反省，使得今天的我超过昨天的我，明天的我超过今天的我。

人的学习有两个目的，第一是自己不懂的，由别人告诉怎么做；第二就是自己也会干，但有人比自己干得更好，那就需要继续学习。光学理论没有用，还要懂得具体操办，实施落地。知识通常是为前人证实基本正确的东西，是他人理论和实践的总结。而我们需要通过学习、实践、探索、质疑、修正、改进，才能弄明白其中的道理，才会懂得自己怎么去做。只靠现在的知识，而不懂过去或将来的知识，也不可能有真正的学问。我们可以凭借别人的知识和经验做事，但光有这一点还不够，还要依靠自己的智慧。

为什么网上的有些帖子很让人感动，那些帖子是患了重症即将离开人世的人写的。他们在经历了一场大病之后，悟出了人生的道理，自己为什么要活着，又是为了什么活着。过去只是不懂装懂，到这个时候才会感觉到自己的愚蠢，但这个时候迷途知返有些晚了。所以认识自己的无知，才会让自己看到世界的本质。伟大的心灵，在这个世界更喜欢独白，自己与自己说话，和自己说话不会玩假的，所以说出来的话才会令人感动。

认识了自己的无知，就不会在顺境时得意和狂妄，也不会在逆境时气馁和绝望悲戚。荣也好，辱也罢，总能坦然面对。

认识了自己的无知，就能找到自己的角色定位，也更愿意做自己，才没有兴趣去听讲那些身外的故事，而善于在平凡、平淡乃至平庸中，找到自己生命的张力和厚重。

认识了自己的无知，才会让自己的生活简单而安宁，懂得取舍。青春很单薄，风一吹就会散掉。生命是自己无法回放的绝版电影。有些事情我们无法悔改，只有把握现在的认知和能力。

认识了自己的无知，也许更会懂得选择。我们可以选择发呆，也可以选择奋斗；我们可以选择无奈，也可以选择努力；我们可以选择做梦，也可以选择圆梦。关键要看自己作怎样的选择。我们的双脚正在走向我们自己选定的终点。既然选择了追求，就不要哭泣。坚持一下，扛过今天，幸福就会向自己靠近一步。

（写于2017年6月27日）

专业的，为何要让位于跨界的

有一家企业要提拔一名开发部经理，有三名本专业的本科生和一名硕士生都没有被选上，被选上的偏偏是一位毫不搭界的非本专业的大专生。这好像让人不太好理解。

其实，这家企业挑选这名大专生是有理由的。这名大专生来企业5年了，虽然开始没有专业基础，但他通过刻苦钻研，对企业的技术路线比较熟悉，而且他的综合实力很强，包括学习能力、动手能力、人际交往能力、应变能力、潜在能力等都在部门其他人之上。

过去，我也看到过有些学理工的跨界从事文科工作，而且他们中有人写的文章比学文科的还好，我们报社的总编辑写的文章非常精彩，是名副其实的首席记者，过去是一位知名的词作家，但很少有人知道他是学工科专业出身的。

有人说，目前最潮的职业发展就是跨界。跨界，就是从熟悉的行业进入新的陌生的领域。看来过去那种专业要完全对口，求职者只能在自己所学的专业里深耕，成为某一个行业的行家里手，这种想法有些落伍了。跨界，不等于踩“雷区”，社会很需要跨界人才。

现在，许多人才招聘广告也挺新鲜。做农业的需要招聘互联网推广人才；做传统加工业的，也要招学平面设计的；做保险业的，要招学医的；做酒店服务业的，也招学大数据、云计算的。策划和文案人员、电商推广员、电商运营主管等更是各行各业招聘的“常态化”岗位。

有些单位还专门设计了跨界岗位，跨界销售员、跨界设计师、跨界营销总监、跨界客户经理、跨界项目策划等。

其实，要捧跨界的饭碗也不那么容易。像招聘采购工程师，除了必须懂设备性能、结构、价格外，还要擅长大数据分析；招聘公司前台兼内勤，除了做好后勤服务外，还要会撰稿、会玩微信、懂新媒体。有一家房地产投资公司招聘部门经理，除了要有传统岗位的经历，还要懂微信方案策划，最好是微信控，能策划原创内容，能输出高质量的软文和段子。

有一项调查显示，51%的人认为多种类能力对多重方向的职业发展最重要，只有38%的人认为专一领域工作经验重要。

在互联网快速发展的当下，很多人要接受新环境的冲击。多种类的工作机会，留给了一批新兴雇员群体，因为他们多种跨界的能力更受到用人单位的青睐。无论是传统行业还是新兴行业，急需的是复合型人才，既要懂互联网思维，又要懂一个方面的专业知识；既要有专业的沉稳和理性，又要有互联网的高效和自由，这是一种不可逆转的趋势。

跨界的工作能力来自跨界的学习。知识就是力量，终身学习才让人更有力量。仅仅在校园或书本还不能完全体会到知识的无穷魅力。学校毕业参加工作了，才会无时无刻地感觉到知识真的非常有用，没有知识，真的非常可怕，没有新知识，更是跟不上趟。

跨界，也是这几年才流行起来的一个词。有人说我现在的工作很好，生活也很平稳，没有必要跨界。也有人说，跨界，是那些创业和准备创业的人的事，与自己没关系。其实，我们每个人都需要跨界学习。

我们除了熟练掌握常用的职业技能，利用下班后的时间，学习不同领域的知识也算是跨界，是一种跨界的学习。许多跨界学习，是自动自发的，无需要领导布置，也没有硬性的考核。但是每次跨界学习，都会给自己拓展一个新的维度。

史蒂夫·乔布斯的成功，就是这种策略的最好实例。当早期的极客们痴迷于各种技术参数的时候，史蒂夫·乔布斯凭直觉给个人电脑加上了另外一个别人没有的维度：艺术设计。

今天在性能上可以跟苹果比拼的公司不少，但是加上艺术设计这个维度之后，几乎找不到对手。

我熟悉的一家制造业集团的软件公司，为了推进智能制造产业发展，他们结合多年为制造产业服务的经验，把智能制造过程中的难点和诉求点抓取出来，把制造工厂新的需求点找到，实施个性化的服务。最近，他们还运用大数据、云计算和智能技术，创办了国内首家“今日智造”新媒体平台，将发生在世界各地的智能制造新信息、新趋势、新技术在第一时间呈现出来，而且不是只发枯燥的文字，也会配有新颖的设计，还能做网络直播，音频、视频都有。现在，各个不同的制造行业很认同这个新媒体平台。这家公司不是提供单一的软件服务，而是配合智能制造的硬件，软件硬件一起做，提供系统解决方案，让企业增添了竞争的新纬度。

他们也没有什么特别的秘诀，唯一的就是让员工不断地跨界学习，到相关的行业去调研，学习各种不同领域的知识，把散落的信息系统化，去获取更多服务的话语权。

跨界学习，能改变人的知识结构。未来，跨界学习会成为学习的一个潮流，就是一个行当的人要普遍学习其他行当的知识。这种学习不是像过去那样学习其他行当的基础课程，而是学习其他行当顶级高手的心法。过去学习的是入门课，未来学的是通识课。

我的知识总量少，而且知识结构比较单一，远不如许多年轻人，也不及有些同龄人，对那些博学的人我是望尘莫及。我认识一位技术研究所的总工，他年长我很多。他上至天文下到地理，无不通晓，对历史、哲学、音乐、美术、戏曲也有很多研究，尤其对文学也有一定的鉴赏能力。这位50年代大学毕业的理工男，从来都不服老，真正做到活到老、学到老。他对技术的解读，不像别人那么让人觉得深奥，会让你从轻松愉快中获得知识，因为他的知识结构是多元的，对新事物还那么敏感，又有那么多的跨界学习。

在上海，我曾听过“书法与互联网”的演讲，也参加过“农业与艺术”的沙龙，这些似乎互不相干的事情，都能把人带进一个跨界的思维状态。说实在的，自己那点少得可怜的知识，常常被一些新的知识冲击得东倒西歪，有时感觉到无法梳理，有时也有些慌乱和迷茫。产生那点焦虑，也只怪自己平时学习少，尤其是跨界学习少导致的。

世界是多元的，每个人看世界的角度也都不一样，往往别人能看到的一面，自己却往往看不到。即使看到了，也没有别人那样深刻，使自己的知识结构被颠覆了。

当自己面对新知识的时候，自然旧的体系会受到干扰，我们只要淡然接受、承认这一点就好，就不会有太多烦恼，相反，能通过跨界学习，把多种知识架构到一起，会引起化学反应，也会擦出新的火花。

在上海金融界工作的陶向京老师，原先是学工科的，从事金融业以后，他对自己的知识结构做了很大的改变，他从数理化到史地生再到文学艺术样样都学，然后学金融专业知识，最后是金融某一领域的知识。他的知识结构既坚固又有效，还很有兴趣地选择了哲学这门艰涩深奥的文科专业。这位金融学家在业界产生了很大的影响力。

回顾自己的学习生涯，陶老师表示，无论自己学习什么专业，每一阶段的学习，都为现在的金融工作打下了坚实的基础。工科学习奠定了很好的理性知识基础和思维习惯；文科专业则教会了自己如何从更深层面思考宏观问题；管理科学的学习，让自己在边学习边工作的过程中将知识和知识运用得到了很好的结合，不同学科的学习在不同程度上完善了自己的知识结构。

知识结构单一的人，机会必然就少，使未来的挑战更可怕。我认识一位新闻界的同行，是一位年轻人，写深度报道是他的特长。他们报社要组建大数据公司，他是领导最看好的人才之一，调过去工作一段时间后，他跟我说，看来英雄无用武之地啊！内容为王的时代就这几年的工夫，是不是真的被颠覆了，在那里，不仅技术人才很吃香，就连那些学平面设计的、画漫画的都比自己神气。

互联网+的时代，要求更多的是各行各业与互联网跨界融合。过去往往是懂这个的人不懂那个，懂那个的人又不懂这个。现在如果你两个都懂一些，就有很大的竞争优势，即使自己跌到了红海里，也不至于会被淹死。

年轻的朋友在设计自己职业规划的时候，不要好高骛远，不要只顾眼前利益，更不要浪费青春，而要多去跨界学习，多学一点没有坏处。要多读一点书，读一点杂书和“无用”的书。你有了多元化的知识结构，就能让你站在“多面金字塔”上，实现事业新的高度。

（写于2017年7月7日）

我们无法让时间倒流 但可以拥有初学者的心态

我去过两次湖南湘西的野竹坪希望小学，后来学校常常给我寄来孩子们刻苦学习的文章和照片，给了我很多安慰和欣喜。

希望小学建设之前，那破烂不堪的教室就等着要塌，他们用杂树棍支撑着；窗户玻璃坏了，用一些旧报纸糊着，光线根本射不进来；没有饭堂，师生们只好蹲在尘土飞扬的操场上吃饭。每天要跑几十里山地的孩子们，他们的眼神里折射出渴望学习的饥饿，对学习是那样地专注，丝毫没有感到辛苦，也许是书中的知识让他们暂时忘记了疲劳，也许是他们早已习惯了这样的学习方式。

每当想起时，那些场景仿佛常常出现在我的眼前，让我受到震撼。为什么我们许多单位的学习条件那么好，却看不到一点山区孩子们刻苦学习的精神。年轻人在装有空调的教室或会议室里，有的还带薪参加培训，他们手上却既没有电脑，也不带笔和纸，听着听着还打起了瞌睡。

这是缺少一种心态，叫初学者的心态。拥有初学者的心态是一件了不起的事情。

晋平公作为一位国君，政绩不凡，学问也不错。在他70岁的时候，依然还希望多读点书，多长点知识，总觉得自己所掌握的知识实在是太有限了。可是70岁的人再去学习，困难是很多的，晋平公对自己的想法总还是不自信，于是他去询问他的一位贤明的臣子师旷。

师旷是一位双目失明的老人，他博学多智，虽眼睛看不见，但心里亮堂着呢。晋平公问师旷说：“你看，我已经70岁了，的确老了，可是我还很希望再读些书，长些学问，但又总是没有信心，总觉得是否太晚了呢？”

师旷回答说：“您说太晚了，那为什么不把蜡烛点起来呢？”

晋平公不明白师旷在说什么，便说：“我在跟你说正经话，你跟我瞎扯什么？哪有做臣子的随便戏弄国君的呢？”

师旷一听，乐了，连忙说：“大王，您误会了，我这个双目失明的臣子，怎么敢随便戏弄大王呢？我也是在认真地跟您谈学习的事呢。”

晋平公说：“此话怎么讲？”

师旷回答说：“我听说，人在少年时代好学，就如同获得了早晨温暖的阳光一样，那太阳越照越亮，时间也久长。人在壮年的时候好学，就好比获得了中午明亮的阳光一样，虽然中午的太阳已走了一半了，可它的力量很强、时间也还有许多。人到老年的时候好学，虽然已日暮，没有了阳光，可他还可以借助蜡烛啊，蜡烛的光亮虽然不怎么明亮，可是只要获得了这点烛光，尽管有限，也总比在黑暗中摸索要好多了吧。”

晋平公恍然大悟，高兴地说：“你说得太好了，的确如此！我有信心了。”

一个人不爱学习，即使大白天睁着眼，也只能是两眼一抹黑。

我们每个人都应该保持一颗初心，这颗心是空净的，也是新鲜的。有些事情就是做了一万次，也要像第一次一样，兴奋而好奇，也许这样就能找到生命的真相。无论是对过去的留恋还是对未来的幻想，把不断的学习当作呼吸一样，在一呼一吸之间，不过是开阖的两片活动门而已，生命是如此地有限而渺小。

人在尘世中，尽管心上会升起涟漪，但心的本性是清净的。回到初心，清静思考和学习，就能控制杂念；像孩子一样认真地学习，就会成为初学者和初心者，初心者的理念会对自己的生活产生影响。

乔布斯始终保持一个初心者的心态。他甚至把死亡比作生命中最好的一项发明创造。因为死亡，作为生命新老交替的使者，总是在清除人生道路上的旧物，给新生让路。乔布斯成为完全自由的人，无拘无束地生活在整个存在的丰盈里。他的意识之流，是依实际的当下环境而自然生发出来的；而他的人格，更表现出各种不凡的素质，具有无比善悟与深不可测的慈悲。他的人生，见证了活在当下的高度真实。

随着年龄的增长，人为什么少了初学者的心态？因为在一个岗位上已经工作了一段时间，就开始感觉到舒适，通常就不会推动自己进步，因而就形成了惯性；有的人在局部获得了成功，也会成为一种学习的障碍，看不到自己在全局中的定位，一叶障目，没有大局观，也就没有了初学者的心态；有些人个人和职业之间的界限模糊，为了求得好的关系，生怕别人羡慕嫉妒恨，不显示出个人能耐，让以往爱好学习的习惯也随大流放弃了；有的人容忍自己的技能过时，总觉得自己还有一技之长可以混，不愿意适应和接受新生事物，跟不上最新创新的尖端，时间一长，让自己的职业生涯开始滞后；有的人过于相信自己的直觉，在一个行业工作了一段时间，开始对该行业有了一定的理解，往往让经验指导自己的直觉；有的人取得了一点成绩，更是沾沾自喜，缺乏初学者的态度和提升的意识，不谦虚、不调研、不思考、盲目自大、经验主义、教条主义、武断自负，以为进了寺庙就成了仙，久而久之，必将被市场竞争的浪潮所淹没。

那么，什么是初学者的心态？我想，初学者的心态是不是就像新生儿一样，永远充满幼稚、好奇、想学。不会有更多的要求，也没有那么多无端的猜测和武断。我们成人的路走远了，往往会忘记了为什么出发。只有放下了自己端着的心，才不会迷失自己，不被表象所迷惑，找到自己真正要走的路。

无知者无畏。初学者看问题的角度多种多样，而有了一定经验的人看问题的角度少之又少，专家更是追求问题的深度。学习初学者的心态也不是要“否定”经验，而是保持一个开放的心态，把自身的经验用在新的领域之中。所以，我们不要高估自己的行为。

其实，我们人人都是专家。工作上的专家、带孩子的专家、过马路的专家、签名字的专家。当然，现在社会上也有许多伪专家，人们笑称他们为“砖家”。不管你是什么样的专家，要让自己承认自己的无知很不容易，我们要有开放的心态，要拥抱世界，倾听别人所说的话，这时你也许会发现，一个几岁的孩子也会教给你一些东西。

我的一个熟人，原先在一家单位工作，年薪20多万元，可他偏要改行去做一项自己不熟悉的专业。招聘单位只同意给他几万元年薪，问他同意不同意？他说同意，因为自己什么也不懂，一切都得从头学起。他改变着自己以往那种体验生活的方式，对新的学习有着新鲜感，而且善于向内行求教，用年轻的心去学习新事物，5年以后，他成了这个领域的专家，行业协会经常邀请他去做报告，加上他以往的管理经验，单位重金聘他担任事业部的总经理，年薪远远超过了过去的那家单位。

这件事让我想起了天才的1万小时定律。

1万小时定律说，假如你一天工作8小时，一周工作5天，一年52个礼拜，这样你只需要4.8年就能成为一个行业里的顶级专家或者天才级的专家。当然，这要基于基本的知识总量，保持初心的学习才能成功。

我也不知道这个定律有没有道理。但至少让我懂得保持初学者态度的重要性。

如果没有初学者的态度，即使工作10年、20年，甚至更长的时间，恐怕也难成为一个行业里的专家。因为他们并不真正地拥有10年的工作经验，他们只是把1年的经验重复了10遍而已，或者2年的经验重复5遍而已，他们只是在不断地重复。这样的人也很难成为一个领域的专家。

初学者的心态，实际上是一种年轻的心态。在一些老年人身上，人们不仅看到眼角眉梢的皱纹，看到白发的逐渐增多，还让人看到那神采奕奕的面容和热爱生活的精神状态。他们像年轻人一样，积极尝试新鲜事物，总是带着好奇的眼光去学每一样新东西。

有一种说法，叫做人不是慢慢变老的，而是在一瞬间变老的。人变老，不是从第一道皱纹、第一根白发开始，而是从放弃自己那一刻开始。只有对自己不放弃的人，才能活成不怕老、不会老的人。岁月好像忘记了他们，老去的只是年龄，而他们身上的气质和神色没有变老。因为他们有一颗童心，有一股没有心事的傻气，在许多残酷的事实面前，依然相信世界是美好的，他们用学习增长知识，用旅游开阔眼界；他们学习年轻人的追求，力所能及地参加活动，学习唱歌、跳舞，练习书法、摄影，有的还陪伴孩子参加夏令营。平时有生活情调，学习种花种树种草，坚持适当的运动，让自己由内而外散发着活力。

人生就像一团火，要时时刻刻给自己添几把柴。以初学者的心态，保持对世界的好奇，是人生的美好。保持学习状态的人，也许会比同龄的人年轻；以初学者的心态对待每一天，就能看到自己的不足和需要改进的方向，也会让自己更加谦卑。有了一颗初学者的心，扫地就不会觉着委屈，因为他觉着这是他自己应该做的事情，做杂事也不觉着不甘，因为他觉着这都是在锻炼自己的心性，做事情永远都会把两只耳朵竖起来，以便倾听各种建议，让自己始终都保持进步；有了初学者的心态，就会虚怀若谷，去理解这个世界，接近本心，找到快乐和自在；有了初学者心态，就不会是大众里平庸的人，让自己活出不同的精彩。

（写于2017年7月11日）

学一点有逻辑地做事

《天才在左疯子在右》是一本讲逻辑的书。最近阅读或讨论这本书的人很多。

作者在4年里密集接触了100多号精神病人，就像有的人喜欢去K歌、泡吧一样，与精神病人聊天成为自己的乐趣。他从宗教、哲学、量子物理、非线性动力学、心理学、生物学、天体物理等学科角度，写出了生活逻辑的道理，给人以很多的启发。

哲学家讲逻辑，一般理论性强，一时半会儿也不容易看懂。但是学一点逻辑学也是有好处的。让自己学会用辩证的思维看问题，让自己的生活和工作更顺利一些。

一次，我去讨论一个单位的经验总结材料，撰稿者辛辛苦苦做了几十张PPT，单位领导看了一遍，直接递上一句：没有逻辑，重新写吧。

我也看了材料的初稿，给了一些化繁为简的建议：要弄清楚这篇介绍材料告诉人家的最关键的经验问题是什么，不要什么都讲，择其一点讲深讲透就可以；要告诉人家创新的背景是什么，有个来龙去脉的交代；材料不要像草堆一样堆在那里，要用归纳的办法把它列出来，既节约语言，又使层次清楚；举例可以，但要挑最精的，说明问题即可，不要铺开来讲故事；要有可复制可推广的做法，删除一切无用的东西，等等。写文章的过程，实际上就是逻辑思维的过程，达到提出问题、分析问题、解决问题的目的。

人生也一样，我们在生活中也需要不断地归纳和演绎。每做一件事，通过归纳，把某种具有相同属性的事情排列出来，然后寻找共通点去做，效率就会提高很多；演绎，就是把互相关联的因素找出来，按照事物因果顺序、时间先后顺序、重要的程度排列出来，再寻找最佳的解决方案，这样就比别人先胜一筹。善于学习，勤于思考，才会让自己的生活和工作有更多的逻辑性，也才能保持自己的大脑里一直有新鲜的东西，自己也才会有源源不断的灵感涌现。

逻辑思维能力强的人，就会让自己的工作中更加高效，能让自己立刻找到问题的关键，让问题迎刃而解。

我在采访成功人士的过程中，感觉到讲逻辑是他们的共同之处。

他们中性格内向的人占了多数，他们似乎不太会能言善辩，不喜欢侃侃而谈，而天生自带光芒；他们不缺别人的欣赏和赞扬，但更喜欢安静，喜欢独处，喜欢自省和思考；他们不缺少别人的陪伴，但没有时间去闲聊，对有价值的东西，倒有耐心去倾听；他们即使是去看一场电影、读一本杂书、给自己放一阵空、发一会呆，常常也是静坐冥想；他们不喜欢打乱别人，要么不说话，说出来总是有理有据；他们不喜欢被别人夸得天花乱坠，而是喜欢给自己挑毛病，力求做到精益求精；有些话即使到了他们的嘴边，也不会急于表达，而是以独特敏锐的洞察力，拨开迷雾看到本质；他们的话很少，但说话讲重点，很少讲正确的废话；他们不想取悦迎合，不喜欢交狗肉朋友，要交，就交心，需要靠谱，需要志同道合。这些都是很多成功人士的人生逻辑。

但是，有些人的逻辑，往往是按照自己原始的思维习惯得出的结论，通过不完全的归纳，或者简单类比等思维方法得出，其结论往往是不真实的。

比如，我们在生活和学习中的一些争论，往往各说各理，谁都不服气，有时虽然大家说的是同一个词语，但是各自的理解却是千差万别，每个人表达出来的也是不同的概念。你说要集中精力做一件事，他会说要允许人多元思考，争论的不是同一个问题，当然也不会有共同期待的结果。公说公有理，婆说婆有理，没完没了的争论，模糊概念的表达，当然是一种混乱的逻辑。

混乱的逻辑，有时候来源于错误的推断。

最近我参与一个项目的谈判，有一位总经理还没有让对方把话说完，就讲出了否定的意见，也拿出了一大堆的数据，并且按照他的经验谈结论，自然而然地流露出他固定的思维逻辑，但如果按照这些逻辑来推断，这个新兴产业就不应该诞生在这个时代。他的结论显然是荒谬的。这件事告诉我们，有些结论貌似有道理，但实际上并非是真理，而且有许多是过时的皇历。

在现实生活中，许多人往往认为自己的逻辑才是对的，因为这些逻辑都是自己从实践中得到的体验而总结出来的。世界就应该按照他相信的那一套逻辑运转。小时候看到有同学偷了其他人的铅笔，后来别人又少了本子，那就认为还是他偷的。这是孩子的逻辑。

有一种逻辑，也是编造出来的谎言，比如“生下来就是命中注定的”“没有人能够原谅你，只有你自己能够原谅自己”“人说谎是有原因的，我们应该给予原谅”“我生了你，你就得听我的”“别人家的爸妈有学问，孩子学习好理所当然，而你的爸妈没有好的基因传给你，所以别的孩子能玩，你不能玩”“爸妈吃了没有文化的苦，而你却上了大学，别人能做到，你也一定能做到”“你不要去学什么互联网技术，你就死了那条心，给我老老实实考公务员，说不定哪天还能当上个局长什么的，毕竟有个铁饭碗比什么都强”等等，这些话猛一听有一定的逻辑，但我想也都是一些人精心编造出来的谎言式逻辑。

现在社会不缺疯子，有些人由于道德的缺失，用所谓的逻辑来抬杠，让你陷入思维的混乱；我看到网上，对一些公共领域的争论，有的甚至从各自的立场出发，以人身攻击结束；为什么少数地方的政府部门“你和他讲道理，他和你耍流氓；你和他耍流氓，他和你讲法制；你和他讲法制，他和你讲政治”？这是在用耍赖替代逻辑。当然，现在这种情况要比过去好了很多，但时常还有出现。

我也经常听到这样一句话：成功的人说什么都是对的。这样的逻辑成立吗？我感到有点迷信的色彩。我们不能以成败论英雄。成功的人自己也不会承认他们的决策每次都是对的。老虎再厉害，也有打盹的时候。再普通的人，生活里也会有诗和远方。那一句使人热泪盈眶的在朋友圈里的宣誓——“世界那么大，我要去看看”，或许这是个缥缈的大方向，但也能成为自己一个可实现的小目标。当然，盲目地胡思乱想，也不是一个好的逻辑。我们可以改变自己的思维习惯，不去崇拜那些权威和光鲜亮丽的人。执着与偏执、牛气与妆牛的差别，只在于自己说出口的那些念头最终实现了几分。

那些成功的人，与我们不在同一条起跑线上，套用他们的逻辑，也很难和他们一样成功。

逻辑学，是一门古老的学问，早在古希腊时代，柏拉图就将“逻辑学”列为七艺之首，认为逻辑的学习，是掌握所有学科的基础。

这个社会太需要逻辑。我们读不懂繁琐的逻辑理论，也要学一点生活中简单的逻辑。我们普通人学习它，不是为了去拿辩论赛的奖励，而是为了防止自己的失误；聪明人可能有较强的逻辑思维的能力，但聪明不等于逻辑；逻辑混乱，常常在我们的身边出现，网上盛传的各种假消息，只要逻辑推理一下，就会不攻自破；有些道理听起来不错，如果知道一点逻辑原理，就不会吃那强词夺理的一套；有一些无厘头的事情出现，一时让人摸不清头脑，但应用一点逻辑学，也能找出事实的真相；自己的企业与那些强企的差距大，也是缺少有逻辑的战略和战术。

我们学习生活中简单的逻辑学，并不希望成为理论家和神探，而是从中找到对自己有用的东西。学好了，就一定会有更好的生活在那里等着。

（写于2017年7月17日）

把每一种小事都当成乐趣

一位职场的年轻人跟我说，没想到大学生活是枯燥的，走向社会了也很乏味。每天都过着一成不变的生活，工作、学习、吃饭、睡觉，自己总是机械地重复着相同的动作。生活就像一潭死水，没有什么乐趣和激情，无非是吃喝拉撒睡的堆积。

我们说，生活，是一个无法破译的谜，每个人的谜都不一样；生活也是一部无字的书，每个人都有不一样的读法。但有一种读法，叫做生活中的每一件事虽然是枯燥的，但也都是有趣的。

有一位年轻人喜欢开车，哪怕只有几百米的距离，也不怕麻烦，也要想办法把车从库里折腾出来，宁愿花成倍的功夫也要开着车去。有一天，他走着去，突然觉得走走也很有意思，后来他就慢慢地养成了走路的习惯；有一位中年人性格内向，与别人说话总是很腼腆，一次，单位里偏要他去参加演讲，没有办法，他只好硬着头皮上，没想到他的演讲竟然引来一大片的掌声，事后他说，任何事情不去试就不知道，他甚至有趣地怀疑自己哪来这方面的潜力；有一位单亲家庭的青年内心很恐惧和孤独，不想与外界打交道，偶然有一次他去看了一场电影，感受了别人的悲喜人生，回到家里，听听音乐，静静地收拾家里的小物件，再去读读书，他发现，生活不可能每时每刻都有人陪着，一个人独处也很有乐趣；有一个青年喜欢美食，她恨不得把一座城市吃个遍，但在一个偶然有空的时候，她下了一次厨，好好给自己做一顿饭，虽然不是山珍海味，但她说，心里感觉特别地美好；有一位单身女青年，觉得租来房子里的摆设总是老一套，她偶尔会从街上买一束鲜花，插在空瓶里，为自己平淡的生活加了料，增添了对自己美好生活的期待和憧憬。

我们的生活中有太多的小事都很有趣，但是因为我们的忙碌给忽视了。如果自己是个有心人，就能发现生活中处处有乐趣，而且有些事不需要花大气力就能获得。所以，生活不仅是枯燥的，也是有趣的。

我们的耳朵里，常常会听到一些抱怨社会的声音，而抱怨者自己却又不去改变自己的生活态度。改变了，就会感受到生活中的美好，会认识到生活中也有真理的存在。

生活有喜有悲，有欢声也有泪水。我们可以让自己的生活充满色彩，充满欢乐。我们生活的快乐，组成了快乐的世界。快乐让我们活得多姿多彩，我们也有责任让世界年轻。

我平时也很快乐，喜欢自己的生活，喜欢与各色人等打交道，去发现生活中有趣的故事，有空的时候把这些故事分享给别人。有时候感觉到一段幽默的故事，胜过一次大餐。我们没有必要每天给别人的都是那张苦大仇深的脸，我们可以在有限的生命里繁衍出无限的欢乐。生命是短暂的，可又是漫长的，漫长到可以让我们肆无忌惮地用快乐挥霍我们的青春。

我记得有一部电影叫做《苦恼人的笑》，说的是有些事情常常让人生活在无可奈何之中。在痛苦中浮现出来的笑容，在烦恼中体现出来的轻松，那是慰藉他人的需要，也是臆造出的一种使自己满足的假象。但即便是这样，我们遇到了狂风暴雨，也要静下心来，聆听雨点敲击玻璃的声音，那是让人激动的，也是动听的。

生活不都是真实的，一味地追求真实，会让人无法生存。我们可以感受雷雨到来前的每一丝变化，也可以感受宇宙星空的浩瀚和壮阔，我们不去皱起眉头，相反会感受到生活的无穷乐趣。

工作是我们生活的一部分，把工作当成一种乐趣，也会让自己的生活变得有滋有味。

最近，我在一次社会调查中发现，在一部分年轻人眼里，工作就是为了报酬，你给我多少钱，我就给你干多少活；为了生活，只能去工作；只要准时上班，按时工作，不迟到，不早退，就可以心安理得地领到属于自己的一份薪水；下班了，单位里再大的事情，也与自己无关，工作就这么无聊。

当然能做到这样，也不能说有什么错。但如果只是为了拿工资而去工作，也许工作中不会有出色的成绩，也找不到工作中的新奇和喜悦，难怪这些人觉得工作是那么地枯燥无味。

有一位青年跟我说，他的工作每天就是盯着机器不要停下来，机器正常运转，他啥事儿也没有。虽然工作很轻松，但也没有什么意思，他总是满腹牢骚，有着许多的抱怨，也曾经想过辞职。后来他发现，机器停下来，是有着很多原因的。他带着这些问题，去请教师傅，请教书本，他对设备维护产生了兴趣，并且自己动手参与实践，又不断地进行总结，后来成了单位设备维护的一把好手，被提升为设备部副经理。他找到了工作的乐趣，就像换了个人似地，到了家里，话也变多了，跟孩子一起玩的时间也长了。

他告诉我，如果把工作当乐趣，那每天都是快乐的。享受这种快乐，工作效率也会提高。以往把工作当作无聊的事，自己不高兴，家人和领导也不开心，这是自找的没趣。

太阳每天都是新鲜的，我们每天生活中的即使是那些不起眼的小事，也都是有趣的。我们会遇到许多的感动，内心瞬间的触动是震撼的，也是值得花时间去记录的。

把每一件小事都当做乐趣，你就会发现，工作本身就是一种乐趣，能够让自己忘掉所有的世间烦恼，全身心地投入到手头上的事情。我们享受生活，就是享受乐在其中的状态。

（写于2017年7月25日）

凡是太好的东西往往都不是真的

昨天，我跟新入职的几百名大学毕业生进行了一次富有激情的对话，让我受到了震撼。

有大学生提到，允许我们讲真话吗？我说当然可以。他说，这些天来的培训，我们听到的介绍都是单位如何如何地光鲜亮丽，却很少听到单位有哪些不足。我做了实事求是的回答，引得了一片掌声，因为我讲了真话。

我认为，这位大学生不人云亦云，有着独立的思考。

任何单位都有好的一面，也有不足的地方。过头的饭好吃，过头的话不好说。要么黑得墨墨黑，要么白得雪雪白，这不是科学的态度。世界上没有绝对的东西，如果把一件事说得好的不能再好了，那就不是真的。

前两年，我有一位熟人的孩子大学毕业了，参加几家单位应聘，没有一家是他满意的。他认为，有一家条件虽然不错，但和人相处谈不到一块去；又有一家公司说，实习3个月，表现好的可以留下，有很大的不确定性；还有一家是新创办的公司，说是马上可以留下来，但条件很艰苦。这时候他想到，还是怪家里没有什么社会背景，有关系的一位同班同学找工作是那么顺利，人不要吃什么苦，拿钱还那么多，各种社会保险齐全，还会拿到丰厚的住房补贴，一年后还能出国深造。

我听了这些话，跟那位举棋不定的大学生说，天上不会掉馅饼，凡是太好的事情不一定是真的。

当时，他对我的话将信将疑。一年后，他的那位同学感到招聘时说的话，离实际相差很远，所以只好选择离开另谋出路。这位同学想得太天真了，哪有一家单位，不需要你干多少活，还能给你很多钱。换了你做老板，你也不会这样做的。

我们人要活得现实一点，不要把世界想得太完美。

而有些人往往因为太执着，太在乎，要求太高，对身边的人和事寄予过高的期望，而事实常常又不按照他们期望的方向发展，结果往往与期望值有着大大小小的落差，最后弄得自己很受伤。自己希望越高，往往失望越大。

我们不把世界看得太完美，可以用真实的眼光看待这个残缺的世界，这样容易把一些想不通的事情想通。我们可以不对生活中的点点滴滴过于在乎，也不要苛求身边的人和事。那样只会累了别人，苦了自己。我们要学会用欣赏的眼光看待周边的人和事，因为每个人都有优点和缺点，每件事都有利有弊。换个角度，就能换种心情，换个心态，就能换一种生活。人在短暂的一辈子里，笑着过几十年，哭着过也是几十年。我们的生活压力本来就很大，没有必要再为难自己。不要因为自己的固执失去太多，也不要因为听信别人，把事情想象得过于美好而失去机会。生活是我们自己的，一切都得靠自己的努力。

网上有这样一个调查，“你喜欢听难听的真话还是好听的假话？”据说，评论里几乎清一色地回答说，喜欢听难听的真话，因为真话不管有多难听，那也是实话，而假话再好听，那也不是发自内心的话，假话被揭穿时，比难听的真话还令人感到可悲。

可是现实的情况不是这样的，人还是愿意听好话，有人说我明明知道他说的不一定是事实，但听到好话，心情不一样。所以喜欢听真话的人越来越少。

有人说，现在的人真心不喜欢听真话，只喜欢虚假的恭维话，活得离真实越来越远。

有人在网上晒出照片，明明拍得不怎么样，但是会有人出来跟帖说，拍得太有水平了；有人穿了一件普通的衣服，要是问人家效果怎么样，有人会说，你皮肤白穿什么都好看，这件衣服太漂亮啦，在哪儿买的，羡慕死我了。

现在有些人似乎都不太喜欢听真话，甚至认为说真话的人是有目的的，然而往往真话也比较难以接受。还有人把假话说成真话，认为是自己情商高的表现。

当然，听别人的好话也没有什么错，因为每个人都喜欢听好话，我也一样。可惜的是，我们身边缺的是对自己说真话的人。大多数人都忙着跟别人搞好关系，真话几乎听不到了，因为别人就算是讨厌你，也不会让你察觉到。

难听的坏话和好听的假话，因为现代人太浮躁，有时候分辨不清。总喜欢听好听的，因为好听的话可以给自己带来愉悦的心情，也可以使自己自信心暴增；反过来，如果听到什么不好的话，会有一种挫败感，担心自己会做不好事情。

但是，好话听多了，容易让人得意忘形，头脑就没有那么清醒了，一不小心会让自己掉入陷阱；好话听多了，也不容易分清哪句话是真的，哪一句是假的，没有办法分清哪些人值得信任；好话听多了，自己也会跟着学，说别人的好话，不说实话，也可能会做出莫名其妙的妥协；好话听多了，就不愿意去选择难听的真话，会让自己活在自我营造的美丽幻想中；好话听多了，就会让自己变得越来越势利，难以保持那颗不变的初心，也会忘了自己究竟是个什么样子的人。

凡是太好的东西往往不是真的。究竟是世界欺骗了我，还是我看错了世界？是谁把光阴剪成了烟花，一瞬间，让我们看到了太多的繁华；又是谁把思念翻起了浪花，一转身，却又让我们浪迹天涯。在人生的高峰时，要想到低谷会出现；走出低谷，需要我们多走几步，而且要迈出沉重的步伐；我们要让自己适应这个世界，一路上遇到了迷雾，遮住太阳的还是我们自己；当我们归于平静，我们就不会庆幸这个世界上有太好的事情，我们就会懂得放弃的深层含义，其实那才是一种厚实无价的丰硕收获。

（写于2017年7月26日）

好的信仰，可以照亮你的漫漫长夜

最近，一家中企500强的现代企业集团，邀请一位教授做了一场关于“信仰”的报告，引发了一场讨论。

有人说，我又不是共产党员，也没有参加什么宗教组织，信仰这件事与自己无关。持有这种想法的人也不在少数。

现在有些人总觉得，信仰是高大上的东西，一个普通百姓似乎跟信仰扯不上关系。但是，在自己很空虚、也很浮躁的时候，就感到很孤独，无依无靠，有时候甚至感到自己像个孤魂野鬼，在人海里漂泊不定；也有人感到很寂寞，心里总空荡荡的，有时为了找刺激，深夜了还去喝酒，喝完酒再去蹦蹦跳跳，一直到凌晨再回家睡觉，跳的时候感觉很刺激，可是睡了一觉，第二天觉得还是那个样；有的人下班了，觉得没有事干，要么手机不离手，要么拿个东西在手上拨弄，要么走在街上弄个石头踢上几脚；有人说，也不知道什么原因，让自己变得那么快，甚至怀疑自己得了什么毛病，多次上医院检查，什么毛病没有，但对许多东西看不清了，变得对什么事都无所谓了，也变得无所适从和迷茫，变的连走路时腿都没劲。

心理学家说，这确实是一种病，是信仰缺失综合征。

人有时候空虚寂寞，倒也没有那么严重，但是最恐怖的是这个寂寞空虚和失落会逐渐形成一种恶性的生活习惯。因为缺失了信仰，所以个人的道德修养也会失落，私心膨胀，缺少公德，没有人生信仰，渐渐地让自己的朋友少了，周边的人也不爱搭理自己。因为没有信仰，导致自己没有正确的人生观和价值观，没有一个好的心态，尽管有很好的物质条件，也会让周围的人瞧不起，自己的生活也慢慢变得很无趣。

有一位70后跟我说，现在他们的生活几乎形成了模式化，每天早上匆匆忙忙上班，路上开车也要很长的时间，晚上到家已经很疲惫了，还要买菜、烧饭、看孩子做作业，每天都是这样重复的生活。夜深人静的时候，偶尔翻翻书，其实也看不进去。心里也不知道要装进什么，一种茫然无措的滋味。就是这样，日复一日、年复一年地混着，根本不会有什么目标和信仰。

他还说，现在人什么都不信，什么也不怕，前两天单位里还发生年轻人打架，好的东西学不会，坏的东西不学也会。打群架的事，蔓延到学校，连小学生都称什么黑老大。如果一个人什么都不信，那就可能会变得妄自尊大、为所欲为、肆无忌惮。这种趋势如果蔓延下去，将会是社会的悲剧。

所以，在我们每个人的心里头，都要有个能够依靠的东西。人要是迷茫了，心里就会发慌，什么东西也抓不住。只有有了信仰，自己才有心灵停靠的港湾，才能找到自己前进的方向。

细细想想，是这么回事。人这一生，最大的问题，不是吃穿，而是生死。因为吃穿住行是可以通过努力去争取到的，而生死，是无论自己多么出色、多么聪明都不能解决的事情。有权有钱的人，在生死面前用金钱也无法换取。再博学的人，在生死面前会同样迷茫，一样无力。人一直盼望着永恒的美善，也希冀着圆满的快乐，没有其他办法可以做到，只有信仰能够帮助自己，正确地对待生死流转，让人懂得人性，懂得生活；信仰，是人心中的一盏明灯，让人自觉地抵制邪恶，懂得因果关系，分清是非，让人超越时空、真正幸福地活着。

香巴噶举有一个大德，叫唐东嘉波，人们称他是成就自在唐东王，他自己做苦力，创建藏戏团，带着藏戏团到处演出，想方设法筹集了资金，为藏人们修建了很多铁桥和木桥，因为藏地当时没有很好的桥，许多藏人过河时都掉进水里淹死了。他是一位非常伟大的大德。他当时作过一首道歌，专门嘲弄那些躲在山洞里修行的人，他说这些人“蹲到山洞里像老鼠，蹲在山上像野兽，不去利众”。他反对这种离世的修道，他主张信仰者一定要有行为，要用利众行为本身来实践信仰。他代表了香巴噶举的一个特点：当下关怀。香巴噶举还有一个特点：终极超越，其代表人物是首传祖师奶格玛。他们之所以伟大，有那么多的利众行为，就是因为他们有信仰、有大愿。

《老子的心事》一书中说，任何圣人都有他的使命。在信仰群体中，它称为“信愿行”。信，就是自己的信仰；愿，就是这辈子要做什么样的事；行，就是行为。圣人有信愿行，没有私欲。如果没有信仰，没有愿望，没有行为，他就不是圣人。

当然，我们也不是什么圣人，但我们可以成为一个好人。做好人，就要有真善美的信仰。为什么穷到只能喝粥了，范仲淹还能拒绝诱惑，没有将黄金据为己有，就是因为他有信仰，有自己的追求。真正的信仰，是比生命更重要的。他可以丢掉生命，但不能背叛信仰。他相信这个世界上有一种存在，比自己更伟大、比人类更伟大，他向往它。

在我们的生活中，有人没有自己的信仰，但他也反对别人没有信仰。

大家都对坑蒙拐骗、强取豪夺很讨厌，因为这些缺乏道德底线，缺少守法意识，而轮到自己，却往往缺少了这种底线。如果大家都有信仰，就不会出现这些情况。信仰是对人生价值的把握，也是自己行动的指南。一个人如果没有信仰，这个人就没有了做人的根基，没有人生的坚定目标。

当有人问俄罗斯著名哲学家列夫·托尔斯泰什么是信仰时，他说："信仰就像与人类生活相伴的东西一样，是生活的资本。所以，当一个人做出了正确的选择，迈入信仰的真境花园，他就获得了最真实的生活资本。"

所以，信仰对我们每个人来说，不是可有可无的东西。信仰是我们每个人心中的绿洲。趁着自己年轻，可以培养习惯、希望及信仰。它是我们人生的根脉，也像我们的家一样。没有了信仰，我们的生命也就没有了归依，生命没有了依靠，那是十分可怕的事情。

有人说，为什么许多简单的道理往往搞不清楚，自己从哪里来？自己活在世上做什么？自己又要到哪里去？回答总是那么地歪七扭八。不是别的，是因为有些做人的基本道理自己不信，信了，答案就有了。

信仰也不是一种幻想，更不是一种虚无缥缈的东西。比如，你信仰"真善美"，你就一定会处理好人与人之间的关系，人和物之间的关系。那些为了家庭的财产，父子反目，兄弟结仇，这样的人肯定没有信仰；邻居关系很紧张，同事之间不和谐，这样的人也没有信仰；没有国家意识，没有集体意识，没有社会责任感，缺乏职业道德，这样的人更没有信仰。其实，信仰有时候没有什么形式，它深藏于自己的心中。我们活着，生命不能白白流淌，让意义化为生命，让生命化为意义，这是我们内在的心声，也是我们的信仰。

信仰也不是挂在墙壁上的东西，而是在自己心中认定了不动摇的东西；人就是为着某种信仰而活着的，为什么有人对孩子说，妈妈再难也要活下去，要看着你长大，信仰实际上就是生命；人活着就是在用生命去解释自己的信仰，人的生命中蕴藏的力量就是自己的信仰；信仰小到一种个人的情感，大到把一个单位、一个国家凝聚起来，所以，信仰是我们人生的动力；信仰不是迷信，没有信仰的博学多才和愚昧无知，也是没有价值的。

一个人具有了正确的信仰，就会与世界和睦相处，独处时，也会获得一种安全和安宁。我们人活着，很多时候会被一些假象所迷惑，追逐名利、地位而利欲熏心，认为只要自己成为高富帅、白富美、土豪一类就达到了人生的价值。直到死亡来临，人们才发现用一生为之奋斗的这些目标，竟然显得毫无价值和意义。

人一旦拥有了好的信仰，这长夜漫漫一定会被照亮。

（写于2017年7月28日）

人可以活得凡俗
但灵魂要高贵

人可以活得凡俗，但灵魂要高贵

最近，我老家乡下有人得到亲戚的一份邀请，这位上了年纪以种田为生的老人考虑再三，还是不准备去了。因为实在是囊中羞涩，随不起这份礼。事后，这位老人说，人，要是没钱了，等于活死人，连亲朋好友都看不起。有钱能使鬼推磨，没钱是人都难过。我们这些没钱的人，说这话也没人相信。

老人的这种心情我完全能够理解。现在确实有些人只认钱不认人，只看金钱不看情。

我们老家确实有一股不好的风气。有那么一些人，总是变着法子收人情钱，什么周岁、10岁、20岁、……凡是过整生日，都要请客收钱；什么买房、孩子上学、患了一般的毛病在医院住了几天、为已故长辈做法事，也要请客收礼。谁家没有这样那样的一点事，没完没了地收受人情，不要说农村家境贫寒的人吃不消，就是有固定收入的人也感到吃紧。有一个在外地做生意的人跟我说，今年才半年时间，他几个亲戚家的那些事，自己随礼就花了十多万元。这是一笔不小的开销啊，人情钱，你收，我也收；你涨，我也涨。长此下去，怎么得了？他说，有些人是否想钱想疯了。

现在社会，谁有钱谁就是爷，他们趾高气扬，谁没有能耐谁就是孙子，谁要是没钱了，似乎矮人一截，也很少有人肯帮你，看你笑话的人倒是不少；借你钱的人不多，推三阻四的人倒是不少。

人走茶凉，世态炎凉，这是现实，但我们的日子总得朝前过。嫌贫爱富的人走远了，我们不去追他们，也不要沮丧，要笑看沧桑，要有骨气和志气，要靠自己的努力，创出自己的一片天地。

那些有钱人的世界，我们也往往看不懂。一次，我在一家饭店吃饭，一个脖子上戴着粗项链的男青年，因为对服务生工作不到位产生不满，大爆粗口，并大声嚷嚷："你也不看看我是谁，你再跟我啰嗦，我会有办法让你这个店关门。"在场的很多人投以鄙视的眼光，有些人窃窃私语：这就是"富二代"的做派。

餐桌上，那些有钱人总是谈一些哪里的别墅更体面，哪里的会所更舒服，哪些衣服最时髦，哪些包包最气派。从他们的嘴里，很难听到他们前辈艰苦创业、有钱也要低调的话。当然，钱究竟从哪里来的，他们也不知道。他们认为有钱就是他们的优越。其实，我也认为这些人太穷了，不是物质贫穷，而是精神层面的贫穷。所以才让人从心底里瞧不起。

打小起，我就知道穷人的生活是什么滋味，从骨子里就讨厌那种看不起穷人的人。

春秋时候，吴国的公子季礼一人出外漫游。这天，他来到一个地方，正走着，忽然发现不知谁遗失的一串钱躺在路中央。

季礼想把钱拾起来，但又觉得弯腰去捡钱有失身份，这种事不应该由我这样的贵公子去做。他一边想着一边朝四面张望，看有没有人走过来。刚巧，当时正有一个打柴的人担着柴禾从前边过来了。

季礼心想，叫这人把钱捡去，他一定会十分感激，他挑的那两捆柴还未见得值得这么多钱哩。等那打柴人走到跟前，季礼看清了他身上竟然还穿着冬天的皮袄，而眼下正是初夏5月，虽还不十分炎热，但穿着皮袄也是够呛的，季礼认为这人一定很贫穷，让他把钱捡去正好。于是季礼大声朝打柴人喊道："喂，你快来把地上的钱拾起来。"

打柴人一看季礼那个样子，感到很生气，他把镰刀往地上一扔，摆着手，朝季礼瞪大眼睛说：“你是谁？凭什么居高临下看不起人？我既然能在炎热的夏天穿着皮袄去打柴，难道我会是个贪图钱财的人吗？”

季礼一听打柴人的话，心里不免有几分敬意，连忙向他道歉说：“实在对不起，是我错看了人，请不要见怪！请问先生高姓大名？”

打柴人鄙夷地朝季礼淡淡一笑道：“你这人见识短浅，只会从表面上看问题，还那么盛气凌人，我有什么必要对你说出我的姓名呢？”

说着，打柴人头都没回，也不再理睬季礼，拿起镰刀，对地上的钱连看都没看一眼就走了。季礼看着打柴人渐渐远去的背影，惭愧不已。

现实生活中，这样的情况也不少见。我们有些人常常凭自己的浅薄见识去衡量别人，确实有点以小人之心度君子之腹。

这个世界太过喧闹，有人说，你穷是自己缺少智商，没有脑子；也有人说，只要你按我说的去做，你穷我就给你钱；也有人说，我很有爱心，拯救了你们一家，你们得一辈子感谢我。

贫穷的人，灵魂并不比富人矮一截，富人也并不比我们高贵到哪儿去。穷人为富人服务，富人不一定就是上帝，也并不代表富人就可以高高在上、盛气凌人。大都市里，要是没有我们乡下干苦脏累活的穷人，这个城市也不知道乱成什么样。没有穷人们在底层的不辞辛苦，富人们也许一样活不下去。

有钱不等于有内涵，有钱更不等于高贵。你住的是高档别墅，开的是豪车，用的是奢侈品，但你不一定是贵族。因为富是物质的，贵是精神的。

伊顿公学，是英国最优秀的贵族学校。在这里，学生们睡硬板床，吃粗茶淡饭，每天接受严格的训练，比平民学校的学生还要苦。这些苦行僧式的生活是在培养贵族精神。因为他们所崇尚的贵族精神不是暴发户精神，它不与平民的精神对立，更不意味着养尊处优、悠闲奢华，而是以荣誉、责任、勇气、自律等一系列价值为核心的先锋精神。

而我们人穷一点没有关系，但一定要有自己的尊严。我们住的房子虽然矮小一点，穿的衣服也不是什么名牌，或许也买不起汽车，骑个自行车也不丢人。但做人要有原则，做事要有底线。我们不偷不抢不骗人，自己过自己的日子。当然，我们再穷，也不要招摇撞骗；再累，也不要空话连篇；再难，也不要胡言乱语；再差，也不要让人看扁。

人穷志不短，我们不要让生命总是活在求救的路上。人活着，谁都希望摆脱贫困，生活得自由。我们厌倦了凡尘事多，就要学会放下牵绊。即使似残花流水，也要走出束缚，实现自己的转身；如此平淡的生活，我们也可以在思想的海洋里体悟，思考生活的根源与归向；有些事我们可以妥协，有些人我们可以追随，但我们唯一不能变的，就是不能用物质衡量一切，这是我们最宝贵的礼物；贫穷的人不等于没有朋友，有人已经陪我们走过了一段，我们不要因为一秒对朋友的遗忘，背叛了自己整个世界。那些促膝长谈的夜，安静得只剩下人间最美的音符，在拨动着生命的齿轮。那一份感动，才会让我们的生命变得绚丽多彩；如果有了改变命运的冲动，就不要抑制自己的呐喊，要珍视自己的感动，敢于去努力拼搏，没有必要揣摩生活的枝枝蔓蔓，人活一生，本来苦就多于乐。

灵魂的高贵在于风雨兼程，坚持不懈。高贵的道德情操与文化精神，最需要的就是抵御物欲主义的诱惑；有钱人不等于是社会的精英，真正的精英是扶助弱势的群体，他们有社会与国家的责任担当；敢于在权力与金钱面前说不，不去赶那些时尚和潮流，具有知性与道德的自主性，才是有珍贵灵魂的人。

（写于2017年7月21日）

人活着要有态度

现在有些人越来越圆滑，你说什么，他都不说可否，他们认为，这样活着最讨巧，别人做对了，他也没有反对过；别人做错了，他也没有支持过，结果无论对与错，反正他都占有理。

当然做人要温柔些，不要动不动争个你死我活，有时也没有必要非要争个高低对错。事实上有些事情也很难判断真正的对与错。但是，人不能总是生活在没有态度里。

林徽因有一句话是：温柔要有，但不是妥协，我们要在安静中，不慌不忙地坚强。是的，不要常常妥协，不要沉默不语，不要沉重地走一路，回头看却已不是自己想要的模样。你要生动而有灵气，随时高兴，随时难过。可以什么都没有，但一定要有态度。

其实，人活着，遇到一些人和事，或多或少会引发心里的某种情绪：有的可能是委屈，也可能是气愤，甚至是仇恨，当然还有许多是喜悦。无论出现哪些情绪，是正面的还是负面的，如果它被引发，就不要憋着心里头，该说就说，该笑就笑，假装是很难受的，压抑也是很可悲的。

我们要尊重别人，也要尊重自己，尤其要尊重自己真实的想法。即使前面的路有那么一段比较灰暗，也要找到属于自己的光。

我与人交流，最害怕的就是遇见那些闷葫芦，半天不说一句话，看不到他真实的态度。

人与人之间交流，态度中立的人，最让人害怕。当然，大部分中立态度的人是善良的。然而，因为有些人没有明确的态度，你无法在他们口中获得一个明确的答案，他们认为自己没有明确的态度，如果错了，自己也没有责任；如果对了，自己也感到正好。因为任何意见都不会让所有人满意，认为这样做人是最讨巧的。但是，每一个人都是独一无二的，老是模棱两可，连自己不喜欢的东西都不敢拒绝，连自己的想法都不敢说，久而久之，身边亲近的人也会离你而去。所以这样做人，也是不讨巧的。

没有明确态度的人，表面上不得罪人，但实际上还会得罪人。因为你不说话，也许就支持了甲方，实际也就得罪了乙方。大家说什么你都说好，无形中你就会得罪了一方。

没有明确态度的人，处于模棱两可的状态，时间一长，自己就不习惯思考问题了。你自己有了想法，也没有办法站在自己的立场上。别人也没有办法支持你。相反，自己是怎么想的，明确说出来。错了，别人还会指出来帮你改正。你敢于坦露心扉，错了就错了，说出来也不要紧，别人也会理解你，别人有事也会带你玩。明确自己的生命态度，才是正确的选择。

我们不要把美好的事物想象得那么地笔直，美好事物都可能是曲折的，弯曲的。需要时间来画个圆圈。

不敢说出自己明确的态度，就是在推测别人怎么看待自己，害怕自己耳朵里的那些对自己的议论。即使是这样，也用不着害怕。对于他们关于自己的所有议论、赞扬、谴责，我们可以充耳不闻，连想也不去想，该有的态度还要有。否则灵魂就缺少了一种宝贵的特质。

当然，别人我们管不了。我也只能做好我的本分。有人喜欢我，我当然高兴；有人不喜欢我，那也只能顺其自然；如果不喜欢我的人能不记恨我，那我就很满足了。但是，我主张人活着对生活一定有态度，这是个人的性格所决定的。

我很重视自己内心真实的想法，有时会用不适当的方式表达出来，傻傻地活着。我们都不是圣人，做人做事不可能完美无缺，全世界不可能与我共鸣，即使我的态度有人不喜欢，我也会坚持做真实的自己。

（写于2016年9月3日）

面子是自己给的

有一位朋友跟我说，现在是一个资本说话的时代，有钱人说什么似乎都是对的，没有钱的人好像呼吸都得轻轻地。他的一次亲友聚会，亿万富翁总是在那里显摆，千万富翁还能插几句嘴，他自己连声都没有吭，只是张着耳朵听，张着嘴巴吃。我跟他开玩笑说，那你不是赚了吗?

其实，我的那位朋友是自卑心在作怪，我们穷也没什么，我们每一个人的内心其实都有一个行为标准，我们只要不是好吃懒做，实实在在做人，踏踏实实过日子，生活标准不如人家有什么关系，平凡的人总是大多数，我们可以不去攀比，更不要去羡慕嫉妒恨，照着这个标准去做，就容易养成我们的自尊心。即使别人不喜欢自己，不尊重自己，我们也要自己尊重自己。因为要想别人尊重自己，必须先从自己尊重自己做起。

可是，现在人越来越讲究面子，而且这个面子也越来越被夸大。好像一个人的尊严的高低，身份地位的高低，物质条件的高低，都当着面子的标准。

有人在人多的场合，没有注意及时打招呼，这样的小事，也会认为对自己的不尊重，不把人放在眼里，不给自己的面子，严重的终身结仇；有人家里做事，如果因为特殊的原因，别人少给了一次份子钱，也会被认为关系不好。

儿时我常常听到这样的话，叫做死要面子活受罪。长大了，我才知道，人的面子有那么重要，连外国人都知道，中国人特别讲面子。

其实，穿一身名牌，开着豪车出入豪门，并不代表有面子。一个人，即使没有太好的物质条件，长相也平平，但只要不卑不亢，平等待人，有自己的修养和能力，活得有价值，同样能赢得别人的尊重。

有自卑感的人，说到底就是一个面子的问题。其实面子也没有那么重要，有时候甚至不值钱。再说，很多时候，面子不是别人给的，而是自己给的。

一个人如何对待自己，很大程度决定了自己如何看待他人和这个世界。想要赢得世界的尊重，最重要的一点是先自重。

现在，在一二线城市工作的人感到房价太贵，有人说，再苦再累几十年，也买不起房。工作很辛苦，但是收入很低，感到生活的压力，有人会埋怨上天的不公，人情的寡薄，因此认为自己生活没面子。

收获和付出不匹配的情况是有的，但我们不要偷懒取巧来找回心灵的平衡。我们不能让自己掉价，我们要努力对得起自己真心付出的那些工作。因为我是怎样的人，跟自己的地位、自己的生活条件，以及在别人眼里的面子等都关系不大，根本在于自己如何看待和要求自己。我们可以理解自己暂时的贫穷，但千万不要看不起自己。

一位智者说得好，目前社会上人与人之间缺乏相互信任，缺乏信任的根源是缺乏信仰，而缺乏信仰的根源则是缺乏自尊心。自尊心就是自己尊重自己。

既然面子是自己给的，我们的内心就一定有善恶、好坏、是非的标准，就一定会有奋发向上的动力，也会区别善恶是非，明辨正确与错误，这样的人生，即使很平凡，也是很有意义的。

（写于2016年9月5日）

让身边的人好起来

有一本书叫做《成为乔布斯》，说的是，除了是一位个性独特的企业家，乔布斯还是一位忠诚的朋友、一位循循善诱的导师、一位温柔慈爱的父亲。他深信自己的工作所创造的价值，也希望身边的好友能够和他一样，深信他们的工作所创造的价值。

如果乔布斯是一个心胸狭隘的人，那他只会将自己局限在狭小的空间里，郁郁寡欢；而他是一位心胸宽广的人，他的世界会比别人更加开阔。

我有几位朋友对他人的事总是那么热情，对他人提出的帮忙要求从来不会拒绝，总是愿意为了帮助别人而花费自己的时间。他取得的个人经验和成功总是愿意和别人分享，让更多的人获得成功，即使在无利可图或没有任何回报的情况下，也乐意关心和帮助别人。这种利他主义思想值得学习。

在商品交换的时代，利他主义的思想尤其显得珍贵，有些人相互之间不仅交换物质性的商品和金钱，甚至把人与人之间的爱，把应该提供的服务，把无需保守的信息，把自己的社会地位，也统统拿出来当作社会性的商品进行交换。这就让人很难理解了。

当然有些对外部的付出，取得合理的回报也是理所当然的。但不是做什么都要求有回报的，该打义工的还要打义工。有时候做义工自己不要回报，但做了好事之后也会有更多的好事出现。我就有这样的切身体会。有一次我帮了一位原先素不相识的人一次忙，后来他提供了我非常渴望的一个信息，对我的帮助更大。

有一位朋友跟我谈起他的一件事很后悔，有一件事他是知道的，而且自己也是做成功的，但他没有把这件事告诉做同样事情的亲戚，结果让亲戚走了弯路，吃了不少亏。他说，每当想起这件事，自己总有一种挥之不去的内疚感。

在生活中，只有当自己有过教训之后，才会想到怎样来减轻内疚感。能有内疚感的人应该是很不错的，也许今后碰到类似情况，会自觉地采取利他主义的行动，通过行动更好地清洗自己的心灵，检讨自己，向别人道歉，帮助他人，避免再犯错误，让自己和身边的人的亲密关系能够更加持久。

有些家长也开始加强了这方面的教育，总是教育自己的孩子，有好玩的和小朋友一起玩，有好吃的和小朋友一起吃，从小培养利他主义的思想。当孩子们随着年龄的增长，学会站在他人的角度看问题，互相帮助的行为也随之发展起来了。

帮助身边的人，除了舍身救人，许多时候并不需要惊天动地，有的只是举手之劳。做过之后，最大的回报就是内心的快乐。快乐的人更乐于帮助别人，有时候自己的帮助行为也能够缓解不好的心境。反过来，积极心境又会产生积极的想法和自尊，从而导向积极行为。这是一个良性循环。

对于那些曾经帮助过我们的人，应当更多地学会感恩，施以帮助，而不是伤害。有些事情别人帮助自己也许是一次偶然的机会，也许以后很难见面，但也要把这件事记在心上，用这种精神帮助自己身边需要帮助的人。别人帮自己可以不用回报，自己也可以照着做，同样不要回报，像对待那些无力回报的孩子、残疾人、贫困的人等。一花独放不是春，让身边更多的人都好起来，我们这个社会才会更加美好，自己的幸福指数也才会更高。

（写于2016年9月16日）

自己的道理在哪里

最近，一位网友约我参加一个所谓高端人士见面会，我带着好奇心去参加了，到了现场才知道是一次商业模式的洗脑，因为我不做生意，对那些模式不感兴趣，但对人为什么容易被洗脑的事产生了兴趣。

现在人们似乎有一种困惑，今天听这个人说有道理，明天听那个人说也有道理，到最后就是没有自己的道理；有些人也读了不少书，也有的每天在网上阅读，但脑子里全是别人的思想碎片；当下，什么研讨会、高层论坛、沙龙等可以参加学习的机会确实很多，在这个信息爆炸的时代，我们每天接收着各种信息、各种论调。怎样不让别人喂饱自己的世界，用自己的大脑去看世界，这就需要有一种能力，就是深度思考的能力。

如果自己没有思考，一味相信别人的话，那么自己所看到的世界，一定是表象。如果有人说得特别蛊惑人心，你就最容易被电到，恨不得下一分钟就跟他走；也有的用所谓的反向思维去演讲，让人感觉是那么新鲜，那么闪亮，列举的现象又那么逼真，让自己的脑子一下子糊涂了，甚至认为自己的过去一切都错了。然而，你的鼻子也就自觉不自觉地被别人牵着走。因为他们说，我可以，你也一定可以。

为什么有的人容易被洗脑，而有的人却拒绝被洗脑？因为在盲人摸象的情况下，人们往往看不清全貌，要么认为自己脑子不够用，听不懂跟不上；要么就是我不吃你这一套，一概拒绝外界有用的信息，这些都是没有“深度思考”的结果。这个世界有了缺乏深度思考的人，才有“洗脑”这个词。互联网时代，我们肯定不缺信息，而缺的就是甄别信息的能力。

我每次向有深度思考的智者请教，总是收获多多，他们的回答总是那么不同凡响，因为他们比别人多了几层思考，他们善于理解事物的本质，有一套自己的人生哲学和价值观，当然他们也不会排斥新的理念，反而会更有好奇心去了解，去甄别，去选择，留下真正有营养的东西，拒绝或是执行。

在我们的周围，还是话者多，智者少。我们需要用深度思考打开世界的圈层。我们也不妨多听一些不同的声音，多方位了解事物，看的听的多了，再想想这些现象背后的动机，找找自己一时看不懂的方面，多几层思考，用深度思考去解读，去指导自己的人生。

人是有自我调整能力的，通过不断的试错，慢慢总能找到方向，用深度思考发掘自己内心真正的热爱，了解自己的优势和弱点，更深刻地去了解自己，不盲从，不随从，活在自己的世界里。有时，深度思考会很累，但也很有趣，我们不要拒绝，因为爸妈给了我们身体，包括脑子，就是希望要和深度思考过一辈子。

（写于2016年9月24日）

好学生的标准是什么

昨天，参加了在上海举行的2017年度“好学生”大赛全国赛事启动仪式，我深有感触。

究竟什么是好学生的标准，一些人对此处于模糊状态。现在对好学生的考核导向出现了偏差，总以分数高低论英雄，各种成绩排名层出不穷，班级排名、年级排名、学校排名、区域排名，没完没了，而忽视了对学生的思想道德教育。

有一项中学调研结果显示，学生思想道德现状普遍存在以下问题：理想信念模糊，缺乏远大目标或目标不明确；学习目标意识较弱，方向不明确，缺乏主动性，相当部分学生存在厌学情绪；社会公德意识较为淡薄，责任意识、法制意识、感恩意识、团队意识不强；生活自主能力较差，不爱劳动，虚荣心较强，勤俭节约意识不强；受网络影响较大，存在上网、玩手机现象，影响学习和身心健康发展；人际交往能力不强，沟通能力、合作意识不强，与老师、父母沟通少，与同学交往容易走极端，自闭、早恋、小团体主义不同程度地存在；吃苦精神较差，承受挫折能力差，自私自利心理较重；集体主义较为淡薄，国家观念不强，民族自尊心和自豪感缺乏正确引导，容易走极端；青春期心理反应较强，逆反心理较强，表现欲望较强，容易冲动，有早恋现象等。

现实中，青少年儿童存在“对人不感激、对事不满意、对物不怜惜、对己不严格”等问题。

最近，我回老家乡下，听说了这样一件事，感到很欣慰：我的一个亲戚，在周末带着自己的孩子参加县城的传统教育课，一起学习感恩文化。

现在，有相当一部分的学生不懂得什么是感恩，有的忽视对父母、对老师的关心，感恩意识淡薄，在家里，不听父母的话，经常与长辈顶嘴；在学校，不尊重老师，和同学比吃穿。这样的活动重在唤醒学生的心灵，润泽他们的情感世界，感受到亲情的温暖，培养感恩意识。让学生和家长共同懂得了思考，明白感恩是一种品德，更是一种责任。

在时代不断发展的今天，单纯的学业成绩显然已经不能用来衡量当代中国好学生的基本形象了。

什么是好学生？有专家说，就是毛主席说的五个字作为判断的方面："德、智、体、美、劳"。

"好学生"大赛组委会精心设计了赛程赛制，将音乐、美术、舞蹈、体育、科技等才艺和能力融入比赛的环节中，采用能力测试加舞台展示的比赛形式，围绕学生的学习能力、思维能力、创新能力、核心素养等方面进行综合评比。这是摒弃"高分低能""书呆子"教育方式，帮助学生全方面健康的发展，快乐成长。

这些固然很重要，但"德、智、体、美、劳"中，两个字"德"和"劳"更需要我们关注。现在一些家长送孩子课外去学才艺花再多的钱都乐意，但教育孩子懂得怎样做人，热爱劳动的事却往往被忽略了，而这恰恰是做人的根本。有些学生在语文、数学、英语学科大赛中即使得到很高的名次，如果人的品德素质不高，那走向社会也未必受到欢迎。

评选好学生有积极意义，评判的标准里是否还应加入品德的评分权重。学习阶段当好学生，到了单位当好员工，在社会上当好公民，只有这样才能成为社会的有用之材。

（写于2016年10月30日）

现在人孝的多了，顺的还是少

过年的脚步越来越近了，许多在外工作的年轻人正在给在老家的父母准备礼物，献上自己的一片孝心。

可是，听听那些子女不在身边的老人是怎么说的吧：

“其实，现在我们不缺吃的和穿的，我们只图他们能回来看看我们，过年了，一家人热热闹闹在一起，说说话。”

“孝顺，孝顺，孝，他们做得还好，但顺，对他们来说就很难了……”

是的，现在的年轻人做孝的事情一般还是愿意的，真正虐待父母的事情还只是少数，但孝顺的事还只是做了一半，孝还过得去，顺着老人就另说了。

有文章说，什么叫做孝顺？就是孝了，你就顺了。文字上这样解释，似乎是对的，但现实中并非如此。

有些年轻人动不动对自己的父母说，你懂什么呀？有些父母对子女劝说明明是有道理的，他们就是不听，对他们一点办法也没有，只能留下终生的遗憾。

本来，母婴共同体的共生，是母亲要顺着婴儿的意志，因为婴儿没有能力解决他的需求，而在中国式的亲子共生中，是要孩子顺着父母的意志。

现在大多数孝顺子女只知道给父母好吃好喝的、给钱花，却很少有时间陪伴父母，和父母有心灵上的沟通。而且大多时候匆匆来看望一次，也说不了几句话。有时父母想和儿女唠叨唠叨，做子女的没听几句就不耐烦了，甚至连个好脸色也不给父母。

父母照顾子女是费尽苦心的。自然中除了人类，很多动植物都没有父母的照顾。一个果实从树上掉下去，落入泥土中，它就会慢慢长芽，逐渐长成一棵树，它的父母在哪里呢？不知道。一只鸟，它被孵出来以后，能动，能跑，进而能飞，它就可以独立生活了。动物都是生出来以后，自己就挣扎着开始生活了，而人最起码要得到父母十几年的照顾，否则是很难生存的。而父母年纪大了，有些对子女有好处的话都听不进去，或者有一点基本的要求都不能去办，这怎么会不让父母长期处于困惑状态呢，比如他们不愿离开几十年生活的僻静的乡村，宁愿物质条件差一些，但他们在老家有自己的生活圈，你又何苦硬要让他们迁去繁华的大城市呢，等等，顺着一点他们，没有什么不好。

当然，由于时代的局限性，有的时候父母的观点并不正确，有些显然过时了。即便是这样，也要和父母好好沟通，解释清楚，父母总是为自己好的。有些事情解释不通，也只能让自己变得愚笨一点，不要事事都是自己聪明。因为孝，总导致愚。必须愚，才能孝，也即顺。不愚的人，总是尊重自己的判断，就不愿意顺父母。

孝顺，孝顺，只做到孝，做不到顺，就不是完整意义上的孝顺。

（写于2017年1月15日）

低　调

最近我看到网上有些人越来越高调，不断称自己有什么荣誉和地位。有些帖子本来还是有一定的道理，但这些贴金的东西多了，也渐渐淡出了人们的视线。

其实，在这世界上，无论政治家，还是企业家以及各行业的优秀人才、成功人士都是很低调的。因为他们懂得，低调容易成功。低调遇到的嫉妒少、阻力少；低调使外界力量看不到你的短处，因而避免攻击。

相反，炫耀自己，反而会失去很多。因为你用自己的骄傲，伤害了别人心中的骄傲。别人被你伤了，就会不高兴。人有了狂妄自大，就会好高骛远。只知道自己比别人好，看不到别人，比自己优秀的地方更多。别人说你几句好话，并不代表你真的很优秀，低调才能让你学到更多。

《菜根谭》中有一句话："地低成海，人低成王"，一个"低"字，却演绎出了深厚的境界、风范和哲学。

我采访过很多的成功者，他们都有一个惊人的相似之处，他们总是莫测高深，不显山不露水，默默耕耘，苦心孤诣，直至成功；他们也能处变不惊，目光长远，不急于一时，而是等到最佳的机缘，一鸣惊人；为什么有的人位高而不自傲，因为爱出风头的人往往会遭到打击，大多数人是同情弱者，又不喜欢比自己强的人；喜欢踏踏实实的做事的人，往往会讨厌那些张扬跋扈的。保持低调做人的本色，就会与人融洽相处，拥有很好的人脉；高调做事的人，往往私心杂念太重，名利思想太浓，如果事业不成，也许会弄个身败名裂的下场；低调做人，还意味着自己必须丢掉一些东西，比如身份感、优越感、尊贵感、荣耀感等，让自己的境界有一个新的提升。

生活是一件艺术品，每个人都有自己认为最美的一笔，每个人也都有认为不尽如人意的一笔，关键在于自己怎样看待。有人喜欢高调，有人喜欢低调。往往低调的人最终会成为赢家。

人的一生中，总是在做人、做事。做人很难，因为人的情绪容易躁动，人的欲望难以满足，因此心态难以稳定；做事也很难，因为在矛盾和利益的交织中难以理出头绪，难以割舍。低调做人，高调做事，也许是个好办法。

因为低调的人，无论从事什么职业，都有一种进可攻、退可守，看似平淡，实则高深的处世谋略。

低调的人总是比较谦卑。谦卑是一种智慧，也是为人处世的黄金法则，懂得谦卑的人，必将得到人们的尊重，受到世人的敬仰。人们评价身处高位的人，第一句话往往就是这个人平易近人，很低调。

低调的人，事业容易成功。因为他们心中有远大的抱负，但一般不先说出来，总是让别人看不到他们真实的野心、才华、能力、感情。看上去他们有些愚钝、似乎是弱者，实际上他们是精于算计的隐蔽，他们不求争先、不露真相，让自己明明白白做事和生活。低调做人才是跨进成功之门的钥匙。

低调的人，对手一般也没有防范心理，反而会得到对手的相助。自己放下身段，还为对手叫好，更不能贬低对手。美德、智慧、修养，总是自己处世的资本。

低调做人，不仅是一种姿态，一种风度，一种风格，更是一种智慧，一种谋略，一种胸襟。只有低调，才能有一颗平凡的心，才不至于被外界左右，才能够冷静，才能够务实，才能成就自己。

（写于2017年3月10日）

别人有人做了，我们就做自己

别人发达了，幸福了，我们为什么去羡慕嫉妒恨呢，因为那是别人。既然别人有人做了，我就做自己。

有人说，“我本来就是自己，还要做吗？”做自己，确实是个议题，而且也不是很容易的。

在我们的身边，经常会发生迷失自己的事。有人会自卑，会敏感，走起路来也是低着头，不敢与别人对视，常常因为别人的一句话在心里纠结半天，也不知道哪里出了问题，就是一时找不到自己；有的时候就是莫名地迷茫，也不知道自己内心想要什么，身边的人也给了很多建议，想来想去都对也不对，总是摇摆不定，自己不知道究竟想怎么做，心里又一时找不到自己。

有时候冷静下来想想，退回到原来的位置，做回那个不起眼的自己，又好像惬意许多，其实那时候是自己的内心少了一些脆弱和敏感，又感觉到自己好像也没那么差。

做自己难，也有一个标准怎么定的问题。我们的标准不要有太多的世俗，那样会把自己拖得伤痕累累。我们不要刻意地去追求别人的认可，我们可以做真实的自己。我们要更多地认识自己，接纳自己。

做自己，也要珍惜自己的人格，任何以牺牲自己的人格去获得所谓的虚荣和抬头，是没有任何价值的。那样做只能让别人看不起。

做自己，需要不断看到自己的进步，哪怕是一点点的进步，要去找到自己的价值所在。找不到自己的原因，多数是持有盲目攀比的心理，“人比人，气死人。”我们为什么要去比？我们没有必要经常拿自己的缺点去和别人的优点比，那样做心理永远都无法平衡，这样就会促使虚荣心越发强烈，心理就愈发不平衡，最后导致心理失衡。

做自己，说到底就是做一个踏实真诚、有自己追求的人。不放大自己的业绩，不夸耀自己的成就，让自己多一份恬淡和安宁。当然，淡泊自己的心境，也不是要放弃理想和追求，人活着总是要有一点追求的。在自己有限的时间里，做一个踏实真诚、有自己追求的人。

做自己，是一个简单不过的道理，因为在这个世界没有人陪自己一辈子，所以只能做自己，只有自己才能看得起自己。

我们每个人的心中都有一盏灯，即使灯光再微弱，也是明亮的。只有自己，能够忠于自己的内心。有时候遇到了难处，自己擦干眼泪，使劲地朝前走，也能看到远处的彩虹。人生注定要一个人跌跌撞撞地奔跑。有智者对我说，他相信，只要肯抬头，就一定能看到太阳，问我信吗？我说，我信！

（写于2017年4月25日）

人一辈子的学问
就是如何面对生活的不确定性

老家有一个亲戚的孩子5月1日结婚，本来2个多小时的车程，他早上6点就从上海出发了，结果中午饭没有赶上，连晚饭也没有赶上准点。一路上堵车堵了10多个小时。

有些不是自己能控制的事情，就可能有不确定性发生。

有一年，我策划筹备了几个月的活动第二天要举行，突然接到一个电话，说是深夜里老家遭受了严重的龙卷风袭击，我家里的几间平房瞬间夷为平地，变成一堆废墟。我只好在上海先安排好活动，又急急忙忙赶回家。

有些事情事先是没有征兆的，而不稳定的事情说来就来了。

每个人都希望把控自己的生活，但有些事情偏偏事与愿违。万事如意，事事顺心的话，只是一种祝愿，而生活的不确定性才是常态。

承蒙组织的信任，上世纪八十年代初，曾让我担任一个单位的主管，经过一段时间的努力，各项工作走上正轨，正当我满怀信心准备实现更大计划的时候，领导却让我去干一件自己不乐意做的事情。这件事让我苦恼了很长一段时间。

不确定性是生活的常态，我们唯一能确定的，就是相信不确定性，相信一切皆有可能。生命的本质之一就是不确定。生活永远是一场不确定接着一场不确定，这也许就是它最迷人的地方。

承认生活的不确定，接受和面对生活的不确定性，可能是一辈子的学问。

既然不确定性是常态，我们就要让自己学会接纳。在不确定中，慢慢磨炼自己掌控生活的能力，包括脾气，心性，做好准备应对生活中一切的突如其来。

勇敢面对不确定，也许就会找到自己的生命力量。我们要认识自己，明白自己是谁，明白自己真正想要什么，为自己的生活做选择，并为这些承担责任。但不确定性到来时，我们也不能随波逐流，要以自己的节奏过好每一天，过内心有力量的生活。

因为人生充满了不确定性，所以可以不去计较一时的得失，也不要纠结于过去的错误。40年前，苹果的创始人韦恩把他那份10%的股份以800美元的价格卖给了乔布斯，如今这些股权价值580亿美元。尽管很多人认为韦恩应该是“世上最后悔的人”，但韦恩接受采访时却依然坚称，他当初离开苹果公司是一个“正确的决定”。韦恩认为，如果他当年继续留在苹果公司工作，巨大的工作强度可能会令他没命活到现在。韦恩开玩笑说：“如果我当年仍然和他们一起工作，那么我现在可能会成为坟墓中最富有的人。”

人生充满了不确定性，没有一往无前的路，也没有绝对正确的选择，韦恩的做法告诉我们，只有积极乐观的心态，才是人生最可宝贵的东西。

不确定性的事情发生了，也没有必要整天愁眉苦脸。因为人生充满了不确定性，所以生活才会精彩有趣，我们才会大有可为。其实，不确定性也不会把我们怎么样，人还可在不确定性中找到幽默，找到乐趣，去创造新的东西。

日本动画片导演宫崎骏说，他不写剧本，“在开始拍片前，我并没有一个已完成的故事……我们从不知道，我们的故事会走向何方……（故事）有一个内部的秩序，就是故事本身的需要，它可以把我带向结局……

不是我制作了影片，而是影片自己完成的，我没有选择，必须服从。”他所说的服从，正是一种接纳不确定性的表现，也是一种创造力。

谁都希望自己的生活稳定，现在人的稳定生活包括：有一份薪水不错的工作；有点小存款；或者自己有一家能稳定盈利的公司；有一个和谐的小家庭；有房有车有孩子；有几个谈得到一起的好朋友，工作和生活上没有什么压力。

但是，即使你拥有这一切，也只能说生活相对稳定，但生活的不确定性仍然会发生。任何人的生活都是眼看不到头，猜测不到下一步会怎么样。在不确定中，我们只能面对现实。

活在当下，享受眼前拥有的，比什么都重要。因为不知道未来会碰到什么，会失去什么，先学会拥抱自己拥有的，把握好眼前的生活。当生活不如所愿时，如果自己一时无力改变，就去一个避风港先调整自己，然后，再带着勇气重新出发。因为害怕没有什么用。我们只能保持积极的态度，因为积极的想法可以减少恐惧和非理性思维。这个时候，我们不妨找出一件令人高兴的事情，不管它多么不起眼。当一切进展顺利的时候，而自己的心情也不错，处理事情就会相对容易些。

不确定性的事情既然发生了，我们首先要弄清楚自己是谁，能做什么，不能做什么，并尝试去改变什么；不要把任何情况描绘得比现实情况更加美好或者糟糕，对本来面目进行分析，基于自己的能力继续向前迈进。

既然人一辈子的学问，就是如何面对生活的不确定性，这就是说，人更多的需要在安静中学会生活。拉奥曾说：“人们应当在安静的生活中，做出轰轰烈烈的事”，安静能让人更智慧，更能应付生活的不确定性，也更能做出对得起自己的一番事业来。

（写于2017年5月10日）

我们虽然是小人物
但可以不做小人

最近，我参加一次活动，因为去得早了些，当时会场上人也不多。我看到一个官员模样的人，他的手机铃声响了，说着说着，突然高声嚷嚷，好像是在跟他的下属说话，口气很大，气势汹汹，痛斥得很厉害，让我有点吃惊。正在这时，突然来了一个人，他立即挂断了电话，马上迎上前去，献媚说：领导，我早就在这里恭候您了，我知道您要来，还给您带了一份您很需要的东西。是什么东西因为装在袋子里，我也看不见。接着，说了一堆让人起鸡皮疙瘩的马屁话，不断地给这位领导戴高帽子。

人的脸为什么一会儿还是狂风暴雨，一会儿却变得阳光灿烂？这让我想起一部俄国作家契科夫的小说《变色龙》，这是一篇讽刺小说，作者以精湛的艺术手法，塑造了一个专横跋扈、欺下媚上、见风使舵的沙皇专制制度走狗奥楚蔑洛夫的典型形象，变色龙本是一种蜥蜴类的四脚爬行动物，能够根据四周物体的颜色改变自己的肤色，以防其他动物的侵害。作者在这里是只取其“变色”的特性，用以概括社会上的一种人。我们的生活中还真有这种“变色龙”。

可能是受我父亲的影响，我从小就讨厌溜须拍马的人。儿时，如果有哪位同学说老师的好话，我也不愿意和他做好朋友。

其实，我也知道，给人献媚，给人戴高帽子是很廉价的，因为做高帽子的确很不费力，每天可以生产一万顶。尽管也有许多人喜欢听好话，我也懒得去说。有一次，我实事求是地说了一个人的好话，有人在旁边评论说，实在难得啊，很难从他的嘴里听到这样的话，说我是不轻易说人好话的。

有人说我很傻，情商太低了，连说好话都不会。说好话不就是舌头打个滚嘛，这又不需要报税的，也不会亏本的，说好了对自己有好处。我也知道这不是什么尖端科学，学不会的，但我就不愿意做。我偶尔说一句违心的好话，自己也会脸红的。事后想想，这句话难道是我说的吗。我是从骨子里头讨厌那些低俗献媚和“马屁”。

我有一位过去的同事，他进步很快，后来做了相当级别的领导。原来我们关系还不错，但他发达了，我就很少跟他来往了。倒不是他看不起我，而是我自己感觉到没有必要再走这么近了，更没有必要去套近乎献媚，因为我也不想去找人家麻烦，或者从中得到什么好处。

当然，对人实事求是的“赞美”“赞扬”“赞许”“称颂”是好的，但那些“讨好”“阿谀奉承”“溜须拍马”“献媚邀宠”是让人瞧不起的。

中国厨师的鼻祖易牙，是齐桓公的御厨，很得齐桓公的欢心。易牙为了逢迎齐桓公，常常装作对他无比忠心的姿态。

一天，齐桓公吃过饭之后轻轻地叹了口气，这个细节被易牙迅速地捕捉到了，易牙问：大王雄霸天下，还有什么遗憾呢？齐桓公说：我九合诸侯一匡天下，威权无比，人间荣华富贵也都尝遍了，你看，天上飞的，地上跑的，水里游的，我都吃过，就是没有吃过人肉，不知人肉是个啥子味道？

第二天，易牙给齐桓公上了一道新菜，齐桓公一吃，鲜美无比，从来没有尝过，很是高兴，齐桓公：小易啊，你给我做的什么菜，我要重重赏你！易牙突然泪流满面：大王不是没有尝过人肉的滋味吗？我回家以后把自己的小儿子杀了，为大王做了这道菜，大王啊，好吃你就多吃点……

齐桓公感动得稀里哗啦，觉得这个世界上还是易牙对我最好，于是他连管仲的话都不听，信任和重用易牙。结果，齐桓公死后，易牙就把整个齐国搞得七零八落。

曹商从宋国出使秦国，对秦王百般献媚，无所不至。有一次，曹商见到秦王，察言观色，发现秦王好像有什么“难言之隐”，当时的医疗条件差，没有什么“一洗了之”的特效药，所以，秦王虽贵为君主，也无可奈何。

曹商：大王有什么不舒服吗？秦王：唉……嗯……这个也没有什么。曹商：大王但说无妨，我或许有幸能帮上您呢。在曹商再三敦促请求之下，秦王说：寡人有疾在股间。曹商一听，心知肚明，说：此病不好治，请大王脱裤子翘屁股，我给大王一试。秦王扭扭捏捏依言而行，但见曹商跪在秦王屁股后面，伸出了舌头……

事毕，秦王大感受用，赐给曹商一百辆车。曹商衣锦还乡，见到了庄子，说：你这个人真不会混事，到现在还弄得温饱没有解决，什么时候能小康呢？你看哥哥，出使一趟秦国，凭三寸不烂之舌，一下子就得到了一百辆车，翻身成了有车一族！

庄子看都没看他一眼，说：我听说秦王一身上下都长满了疖子粉刺脓疮，还有痔疮，给他吸脓的，赏车一辆，脓疮疖子的位置越靠下，赏赐的车越多，你得到一百辆车，那你应该给他舔舐痔疮了吧？你这个舐痔之徒！离我远点！

马德说过：“真正的华美气质，必须是表里如一，又一览无余的。”

一个坦坦荡荡的人，必然是表里如一的人，那种通透感让人心生仰慕。因为一个人内心不堪会影响灵魂的纯度，就像有些人在利益面前极尽媚态，转身就趾高气扬，时间久了，内心的狡邪不经意就流露出来了。

对下欺压的人，往往也是向上献媚的人。这句话，我在现实生活中得到了无数次的验证。有的人为了达到自己的目的，对上献媚毫不掩饰，拍起马屁来口若悬河，一点也不觉得难为情，还说这你们就不懂了，这就是“厚黑学”。有人通过溜须拍马得到了利益，还在别人面前炫耀自己的人脉广，因为有背景，所以办起事来路路通。这些人还总认为自己有能耐，甚至取笑别人，一副小人得志的样子。

随着《人民的名义》热播，达康书记火了，火得一塌糊涂。在很多人眼里，达康书记耿直、有点纯真、一心为了工作。然而，达康书记看起来正义凛然，其内心却依然有虚伪自私，欺下媚上的一面。

做人要有点良心，有点骨气。不要为自己的苟且而得意，也不要轻易地失去自己。虽然有一种生活没有选择的余地，要么人一样站着，要么狗一样爬着。有时候选择沉默也不是金，而且有时候比狗还要爬得更低，选择中庸，也不过是偏向作恶的一方，当自己看见强者欺压弱小，不说话，实际就是站在了强者的一方，就是支持了邪恶。一个人可以选择渺小，选择卑微，但绝不可选择助纣为虐。

我们虽然平凡，但可以成为正直的人；我们无力改变环境，但可以不被环境改变；我们虽然很卑微，但可以用我们平凡能做的事情活出最正直的力量，用卑微的执着做出让人瞧得起有尊严的事情，点亮未来的光明。我们虽然是小人物，但可以不做小人。

（写于2017年5月20日）

我 是 谁

乡下老吴的孩子要结婚了，几个月来，他愁得不知道怎么才好，他老在想，人家的孩子结婚办得那么风光，自己要是办差了，亲戚朋友或邻居们会怎么看。于是他捞钱搁债为儿子办了一场像样的婚礼，可是欠了一笔多少年也还不清的债。老吴的体会是，自己在意什么，什么就会来折磨自己。他为了儿子找媳妇，一年前举债盖起了新房，旧债没有还清，新债又来了，什么时候是个头啊！

当然，这只是生活中的个案，但是现实生活中，在乎别人看法的情况也不在少数。

人们总是习惯了人与人之间的交流，交流中善意的、虚伪的、夸张的什么都有，太多的看法，有时候会弄得人喘不过气来。过于在意别人的看法，就会有一种唾沫星子会淹死人的感觉。

又一个小长假要来了，单位里要组织员工集体外出旅游。这本来是一件让人高兴的事情，可是小张怎么也高兴不起来。她认为，平时大家工作忙，来不及议论这议论那，好了，这下大家闲下来了，难免要说一些张三长李四短的事情，有些事情听也不好，不听也不好。她说，她的耳朵需要清静一些，所以，她决定一个人走，独自外出旅游。

过去，她是一位最害怕独处的姑娘，可她现在不害怕孤独，她最需要的是安静。她想要做个沉静的人，因为别人的看法对她的生活干扰太多了。她说，一个人走，我想去哪儿，不想去哪儿，我可以随意更改我的下一站。我没有目的地，我的目的地就是我的心情。我也不用照顾任何人的心情，我想吃饭就吃饭，想在哪儿发呆就在哪儿坐一下午。我也不要担心赶不上行程，我的每一步，都是自己随意留下的。我可以随意矫情，也可以肆意疯癫。

是的，每个人都有自己的生活方式，何必太在意别人的看法。在人生的道路上，别人对自己的眼光，那只是别人的，自己满意自己就好。即便是没有人和自己说话，也可以自言自语，想说什么话就说什么话。人生的道路上，我们不要有太多的羡慕和疑惑，旅途中自己看见的、听见的也许都是自己最疯狂的记忆，但那些记忆都是美好的。

但是，人的独处毕竟只有一部分时间，大部分还要生活在群体中。有时候也很难改变自己看别人的脸色生活，总是在意自己是否说错话，办错事。在家需要照顾父母；在单位也需要看领导的脸色做事；甚至和爱人一起生活，也要迁就对方的口味、兴趣、爱好。这样做也不错，做善解人意的人。

如果过多地在意别人的看法，自己就活得太累。现在看来，只有自己傻傻地过了，才会懂得适时地坚持与放弃。

人为什么要在意别人的看法，其实这也是一种私心，目的就是希望得到别人的喜欢和认同，以便自己好办事。这是对自己的不自信，对自己不自信，不安全的感觉也会来到自己的身边。因而会产生情绪压抑，严重的可以导致焦虑抑郁等心理障碍。过多的在乎了别人的感受和想法，也许会限制了自己的行为，分不清人际边界。每个人都只能为自己负责，同时也需要相信别人可以为他自己负责。我们没有必要那么担心自己担心别人。

生活中总有人被太在意他人看法而困扰，这种困扰表现为，对别人情绪与行为的敏感；对自己行为与情绪的压抑，千方百计让外界满意。结果让自己难以自拔，不能拥有真正的快乐和自由。如果没有了快乐，一味地在意别人而忽视自己，那么自己是不开心的，有时候别人也高兴不起来，因为由于自己担心遭到抛弃，往往避去与其他人建立亲密关系。

我们不如活在自我的存在里。彪悍的人生无需过多的在意和解释，也不必去解释。

蔚蓝的天是惹人喜爱的，即使没有蓝天，我们也可以有像白云的飘逸。大海是波澜壮阔的，我们的生活里，即使没有大海，如果不太在意别人的声音，我们同样可以找到自己小溪的悠然。旁观者不是生活的主体，生活是自己的。我们每个人都有一个属于自己的位置，每个人都能找到属于自己的精彩。

要搞清楚我是谁，不要过高地估计自己。什么是属于自己的，什么是不属于自己的，自己心里要有数。我们不要老是活在别人的影子里，不要过多地期待生活能馈赠自己。珍惜自己生命的人，从不好高骛远。活着要有自己的目标，它可大可小，可以崇高也可以平凡，但不能没有。有钱没钱不重要，重要的是能不能通过努力改变自己。

（写于2017年5月24日）

中国大妈怎么了

每年在网络中都会流传各种新词，几年前“中国大妈”作为网络新词曾震撼国际新闻，她们重装掠阵，重金出手，搅得世界金界周天寒彻，有人建议将“中国大妈”收录《牛津英语词典》。因此充满着调侃意味的网络新词中国大妈出现以后，有人说，一遇到中国大妈，外国人就怂了。意思是说，许多人对他们不理解。

有报道说，近年来，一支被称为“中国大妈”的中老年女性队伍强势进入人们的视野。他们看起来天下无敌。买黄金满世界“抄底”，“广场舞”不但公园跳、广场跳、机场候机跳、高铁里跳、高速公路塞车时跳，甚至“冲出亚洲，跳向世界”。

我回老家，也听人说了，如今，中国大妈的身影也从城市走向农村。在一个小集镇上，农村的大妈们也跳起了广场舞，由于扰民，她们被迫停几天，实在憋不住，又开始跳起来。因为她们拥有不可遏止的决心，要在公众场所放着声音巨大的音响聚众跳舞，展示自己。当地政府既不能让她们扰民，又不能阻止她们活动，只好设法把她们的场地搬了好几次，都无法让这种热情消退。

大妈们自发组织队后，自己掏钱购买统一服装、音响和道具，他们唱歌跳舞虽然没有那么专业，但由于排练时间长了，也逐渐变得专业起来，那舞姿、那歌喉，也会让人有点喜欢。我认识一位大妈，她说她最近忙得不得了，白天晚上都得排练，大礼拜休息不了，家里装修的事也是一推再推，由于她们跳得好，经常被邀请去参加演出，看来还是有一定的市场。

所以对中国大妈现象，我们不能一味地给予指责。

当然，她们有享受生活的权利，只不过不要干扰别人的生活就行了。

中国大妈确实是一个了不起的群体。有人说，中国大妈“懂经济”，抄底黄金、转战比特币、瞄准国外房产市场；有人说，中国大妈会娱乐，没事跳个广场舞、呼朋引友去旅游；有人说，中国大妈精力充沛，家庭财权一把抓、日常家务没少干、一家大小安排妥；还有人说，中国大妈“够精明”，柴米油盐算得精、国家大势看得清。

这些都是让人佩服的。当然居家过日子的大妈，不仅中国有，在国外也有。

但是，每次上班高峰期等待搭乘公交时，总能遇到一群“咋呼”的“中国大妈”。在上海有这样一个大妈群体，因为老年人乘公交免费，所以她们曾经成群结队地乘公交，在家里待着也是待着，没事就乘公交玩。从市区乘到崇明去，自带干粮，反正是老年人乘车免费的，有事没事都想去。早上去，晚上回来，今天去了，明天还去，理由是崇明农村的菜新鲜便宜，去那里买菜还合算。车来了，大妈们像窝蝗虫一样，“嗡”地扎入车内，一下子，本来不长的车，瞬间车里的位置被挤得满满当当。他们嗑着瓜子吃着水果，欢闹声一片。遇到这些大妈们，仿佛一下子进入一个巨大的农贸市场，热火朝天，十分喧嚣。咋呼、大声、扎堆几乎成了她们的符号。一路上或是无所忌惮大声吐槽婆媳矛盾，拆迁赔偿，或是报出哪处的菜更便宜些，或是长吁短叹身体和容颜不如当年。

这本来也无可非议，但说话的声音能不能小一些，你家里的那点琐事，也没有必要让全世界都知道吧，何必报站名了也让人无法听到。再说，有限的公交资源被占去了，正常的年轻人出行也受到影响。后来市政府不得不做出调整，把免费乘公交的钱打到老年人的卡里，事态才逐步得以平息。

在一些大中城市里，人们总能见到在公交车上，有的总是见到大妈们占座抢座，公交站台上插队加塞的事也经常发生；人家让座了，连一句谢谢都不说；有些大妈倚老卖老，张口就骂人；有两回，我还看到，年轻人不给让座，有的大妈开始是破口大骂，后来居然动起手来；还有一次见到有位大妈为争夺座位争执不下，还不让公交走，这种耍泼的行为让人直摇头；许多大妈已经退休了，本来也不上班，没有必要再赶在上班高峰挤公交，以致让车子挤得水泄不通，上班的年轻人，这班车上不了，只能等下一班，有的等了几班也上不去。

有人认为，这一代人多多少少受到文革的影响，青少年时代就受斗争教育，当学生的时候还敢把老师揪起来斗，总是造反有理，天不怕地不怕的。我认为这种说法有一定道理。因为，凡是有人的地方都是会有左、中、右，任何群体都有不文明的现象。中国大妈的确实存在一些不文明的现象，但也不是群体的主流，大部分人还是讲道理的。

中国大妈们至少为家庭操劳，活没有少干，她们爱岗敬业、热心公益、做事细心又有耐心、待人真诚，热心助人的也不在少数。当然，最让人受不了的是那些扰民、自私、吝啬、口无遮拦、耍泼、肆无忌惮的行为。

有人对这种情况作过分析，说什么中国大妈现象，过去没有过，今后也不会再有了。她们大部分出生在五六十年代，过去她们吃过不少苦，也经历了各种磨难，参与了各种运动。“三年自然灾害时期”，正值他们幼、童年的时代，饥饿却成了共同的深刻记忆。正要上中学了，学业却被中断了。他们成了“红卫兵”“红小兵”，有的成天抄写大字报，真正上课很少。那个时候学英语，初中学26个字母，高中也学26个字母，根本学不了什么。他们经过了大串联，上山下乡。有一部人当上了工农兵大学生，恢复高考后，一小部分人考上大学，大部分人只能靠自学或进修，后来有的还经历了下岗再就业。

现在这批人已经成为爷爷奶奶了，即使过去经历过那么多磨难，他们仍然是中国最乐观、最坚强的一代。虽然已经退休了，大多身体健康，精力充足，无论生理还是心理，他们似乎还不是真正意义上的老年人。折腾了前半生，好日子开始啦，他们想唱想跳的愿望可以理解。他们过去没读多少书却无师自通，经过了生活的磨难却始终认为生活没有亏待自己，感觉遗憾极多但只希望子孙后辈超越自己。

作为奶奶辈的中国大妈，90后00后，也许在心里默默地说：我们长大了，我们学会独立思考了，你们身上有些毛病我们不会学，但不代表我们不爱你们！

（写于2017年5月25日）

在骂声中成长，不是一句骗你的鬼话

我的一位朋友跟我说，现在的孩子太难带了，他们犯了错，不要说骂他们，就是话说得重了一点，他们都恨不得寻死觅活。其实，何止是孩子，职场上的年轻人也一样，要是领导话说重了一点，也许有的年轻人就会跟你说拜拜。

当然，人都喜欢听好话，不喜欢听批评的话，挨骂的滋味也不好受。我小时候犯了错，不仅挨骂，有时候还要挨打。这样的故事很多，我也知道现在的年轻人也不爱听，甚至认为这是骗人的鬼话。

有一种人活得很乖巧，说话做事看起来好像没有什么差错，但也没有什么作为，当然很少挨骂，因为这些人，多一个不多，少一个也不少。自然也不会有多少人去关注他的好坏，因此也不会招来挨骂，这种人碌碌无为，难有大的进步。而另一种人虽然达不到公众心目中的要求，但是起码是有用的，他们或许不够完美，但终究会在挨骂中完善、成长。

有一家公司，同时来了两个年轻人，开始工作的时候两人经常挨骂，领导对其中被骂的一个人，看到他反应不大，很难有大的进步，觉得他潜力有限，因此领导也懒得骂他。而另一个被骂的人，不断地寻找自己的差距，不断地改正自己，进步很快，4年当上了车间主任，8年当上了总经理。而那位被骂反应不大的年轻人，依然是一位普通的操作工。

有的人被骂醒了，也有的人被骂懵了，还有的人被骂堕落了，关键要看自己对被骂的态度。

挨骂并不是坏事，刚工作的时候挨骂也是正常的，没有什么难为情。

只有什么都不做的人，才不会犯错，也不会挨骂。

很多人在成功的过程中没有少挨骂，因为成功不可能是一蹴而就，一定是在骂和磨的过程中提升、提炼、提高。

演员谢霆锋年轻人都很熟悉，他刚出道时顶着星二代的光环，可谢贤儿子这个称呼并没有让谢霆锋在娱乐圈走得更顺利，反而一路艰难。在刚出道时，第一次登台演出就被3万人扔荧光棒，赶谢霆锋下台，当时的谢霆锋还得一边演唱一边躲荧光棒，非常艰辛。可正是因为如此，谢霆锋对自己事事要求很高，拍戏拼命，多年后，那个昔日被观众起哄赶下台的谢霆锋已晋升成金像影帝。

年轻人不要害怕挨骂，甚至要乐于挨骂。有人骂自己，说明还有人关注着自己，就怕有人看到你做错了，连个提醒都没有，那你就会越做越错。

谩骂虽然是很刺耳的，但它像一剂良药，喝下去是苦的，但能治好自己的毛病。自己犯了错，被骂了，我们也不能你骂你的，我做我的。应该对骂声有所思，有所悟，才能让自己进步。

在骂声中成长，是一种难能可贵的坦荡胸襟，也是一种自信与睿智的人生态度。

有时候别人的批评也许不客观，但也可以作为镜子来反思自身。一个人能在骂声中成长，就能让自己在煎熬中变得坚强，自己对骂声有一种包容胸怀，有一种亲和态度，也有一种钢铁般的精神和毅力。

只有不怕挨骂的那些对鸡血文化免疫的年轻人，才会有自己更加切实的目标，也一定会作出更踏实的努力。

（写于2017年5月27日）

既懂得记忆，又擅长忘记

昨天，有一位兄弟到我乡下老家帮助整理小花圃，聊着聊着，他谈起了他几十年前生病的一次经历，他对我说，在那段日子里，您几乎天天来医院看我，早上来，晚上也来。可是，我怎么也记不起来了，他生了什么病，我又帮他做了什么，我脑子里没有留下一点点痕迹。可他却能这么清晰地记住这件事。

我们那个时代的人都很朴素，为别人做一件事，根本不会放在心上，就只知道人家有困难了，应该去帮一下。我的那位兄弟说，那个时候大家很穷，也没有送什么东西给你，但现在想起来，感觉到心里很舒服，很温暖。那是一种朴素的兄弟情谊。朴素而自然的事情，做的人就不会老挂在嘴边，被关爱的人却会常常记在心里。朴素是有价值的，即使是一些鸡毛蒜皮的平凡小事，也会让人记住。

记住一个人，要看记住别人的什么方面，如果老是记住别人的缺点和错误，记住别人曾经有过对自己的怠慢，自己也许对别人怎么也看不惯，总横挑鼻子竖挑眼的，朋友就处不起来，甚至还会放大别人的错误。

要记住一个人，就记住别人的好，对他们的缺点宽容一些。时间长了，我们会满眼都是别人的好；心里记住别人的美好，自己心里的这个世界也是美好的；记住别人的好，放大别人的好，人与人之间的关系就会更加融洽；记住别人的好，就会拥有一颗感恩的心，就能成为这个世界上最安宁最美好的人。

回忆，是自编自导自演的戏。有人擅长忘记，有人擅长铭记。不管自己的记忆力如何，我们需要对于曾经帮助过自己的人，能够清晰地记住，也需要对于记忆中的垃圾或者糟粕，能够及时清理；不管什么原因，各自失去了联系，时间再久，回忆起来，对方还会读懂你的心；不管自己路过多少风景，只要与人有过交集，回忆起来，别人的笑容依然存在。这就是善良的记忆。

因为这个世界上最深又最浅的东西，就是人的感情。人与人之间心的距离，是最大，又是最小的。人有了心灵，才能看到世界上最美或者最丑的东西。忘记一个人，也许不费吹灰之力。但要记住一个人，却不那么容易。这需要牵挂，需要做梦，需要相守，也需要行动。

人生最大的痛苦是“想得到”和“怕失去”。我们不能对什么事都觉得没有什么大不了的，什么事都认为算了吧。这样，再炙热的感情也会熄灭，擅长记忆，才能交到更多的朋友。

记住该记住的，忘记该忘记的，改变能改变的，接受不能改变的。当然，真正留在心里的，从来不需要想起，因为永远也不会忘记。

当然，人的记忆力再好，也不可能什么都能记住。我的记忆力特别不好，所以，当学生时凡是要死记硬背的功课，我的成绩从来都不好。现在年纪大了，记忆力更差了，常常被活成笑话。

有的时候爬楼梯跌倒了，嘴里说着倒霉，用最快的速度爬了起来。看看周围，还好，没有人看到。突然，发现一个问题，我刚才，到底是在上楼？还是下楼？有时候早上起床去洗手间洗漱，要刷牙了，就是想不起来哪支是我的牙刷。也有的时候刚出门，突然发现忘了东西，赶紧回家。到了家里，死活想不起来忘了带什么。有时候出了门，要想锁门，可就是找不到钥匙，急得满头是汗，过了老半天，发现钥匙就捏在自己的手里。

我的这些忘记，当然是毛病。擅长忘记，有时也是一种优点。那些忘记，说起来那么容易，做起来却又是那么地难。

特别是有些曾经伤害过自己的事情，要让自己一下子忘记也很难。总是让自己耿耿于怀，总是有那么一种感觉，时间，愈合得了外伤，却修复不了内伤；岁月，消磨得了记忆，却带不走回忆。

其实，人生总会有遗憾。有些事，发生了就只能接受；有些人，失去了就只有放手；有些路，选择了就没得回头。过去了，就让它过去，不要再拿受委屈的事情折磨自己。在有些事情上，学会忘记，擅长忘记，才是最佳的选择。

拿起该拿起的，舍弃该舍弃的。让结束的结束，开始的才会开始。一辈子不长，擅长忘记，才能过自己想要的平凡生活。

擅长忘记，就会让人懂得，我是谁，并不重要；谁是谁，也不重要。生命宝贵，别太浪费，不要把太多的人请进生命里。有些事情已经过去很长时间了，我们也不要老惦记着去解释，有些事情不需要解释，真正懂自己的人也不必要解释。

擅长忘记，会让人真诚无悔，也会让人随缘自在，还会让人活得简单，活得有滋有味。做事，只要问心无愧就好；做人，心安理得就行。

（写于2017年5月29日）

高估了自己在别人心中的位置会活得很尴尬

有一则新闻说，全世界有数千人认为地球是扁平的。这个说法的开创者说了一句很经典的话，他说，如果地球是圆的，并在自转，那只要离开地面一秒钟，人就应该离原地193公里了。这到底有没有道理，我也说不清楚。但至少让我明确了一个道理，认为离开了自己地球就不转了，那是可笑的。只有极端自恋的人，才会这么想。

有一个单位的主管，有较高的学历，工作责任心很强，很有魄力和工作能力，业务也精，工作也很有成绩，他手上有市场资源，也有很多的人脉关系。但他突然提出要辞职，经过反复做工作，他留下来了。可是过了不久，他又提出辞职。这样的事情他做了多次。有人私下打探是什么原因？他认为，只要他离开这个单位一段时间，单位就会乱成一锅粥。见奉劝的工作无效，单位也只好无奈地同意他辞职。他辞职以后，单位重新挑选了一位主管，学历虽然没有他的前任高，但吃苦精神更强，肯钻研，情商很高，更能发挥一班人的作用。单位不仅没有出现混乱，相反各项工作井井有条。几年后，这位新主管带领员工不仅创造了国内单项冠军，完成了令世界同行瞩目的几项重大工程，销售和创造的税利也增加了几倍，成为行业有影响力的企业。

谈起这件事，我和一些朋友总感到，一个人无论你处于什么地位，其实你离开一点都不重要。谁离开谁都照样活，因为比自己有能力有才华的大有人在。招摇、得瑟、高调、目中无人的人都是浅薄之人。离开了这个平台，你什么都不是。

是这个理，个人的作用是有限的，地球离开了谁，还是照样会旋转的。没有必要高估自己在每件事情中的作用。一时间你可能做出了令人羡慕的成绩，那些成绩也不过是流星划过夜空的瞬间。如果没有新的进步，也许没有人会想起你，甚至也不会在意你的存在。我们没有必要为情殇背负太多。把自己看得太重了，自己的心灵也轻盈不起来。

过去，我也曾经担任过一个单位的主管，也曾经做过一些有益的工作，但那都是过去。现在年轻人他们做的许多方面都远远超过了自己那个时期，长江后浪推前浪。一次我去到原单位，由于时过境迁，很多人也不认识自己，这很正常，这是历史的规律。我们没有必要承载太多的情非得已。聚散离合，痛苦欢笑，没有人知道最终的谜底。人生最尴尬的事情就是高估了自己在别人心目中的地位。

一位智者说得好，无论时光如何流逝，无论季节怎样变化，安然于自己的生活，忙碌于自己的工作，默默扮演自己的角色，在没有舞台、没有灯光的世界里，默默地唱着属于自己的那首歌，人生就是一种承受，顺其自然，适合自己就好。

我们只是沧海一粟，只是无足轻重的小人物，在大千世界里，我们也只是尘埃里一朵独一无二的烟花。我们不要跑错了地方，安静、简单、重复、寂寞才是我们的家常便饭。

不要高估自己，就要学会认识自己，我是谁，我能干什么，千万不要把自己看得太重。一个人可以自信，但不要自大；可以狂放，但决不能狂妄。在人类历史长河中，我们甚至还比不上一粒砂石的份量。我很感谢我的父亲，在我的名字中用了个“石”字，他的用意也许在教育我，你就是一个铺路的小石子，要时常提醒自己低调做人。儿时我也常为自己的一点小成绩骄傲，没有少挨父亲的批评。

低调做人，对己对人都有好处，也才能受到别人的欢迎。俄国大作家托尔斯泰曾被一个贵妇人当作搬运工搬箱子，托尔斯泰十分愉快地完成了这项工作，并且得到了一卢布的报酬，当贵妇人得知这个搬运工是托尔斯泰时，羞得满脸通红，想要索回那一卢布，托尔斯泰却高兴地说，不，这是我劳动所得，和稿费同样重要。

高估自己的人往往来自头脑膨胀。一旦拥有了一点成绩，经不起别人几句善意的夸奖和赞美，就自以为是地飘起来，自高自大，故步自封，结果只能让自己活成尴尬和笑话。美国著名的指挥家、作曲家沃尔特·达姆罗施20几岁就当上了乐队指挥。刚开始时，他有些头脑发热，忘乎所以起来，自以为才华横溢，没人能取代自己指挥的位子。直到有一天排练，他把指挥棒忘在家里，正准备派人去取，秘书说的一句“没关系，向乐队其他人借一根就行”，把他搞糊涂了。自己暗想：“除了我，谁还可能带指挥棒？”但当他问“谁能借我一根指挥棒”时，大提琴手、首席小提琴手和钢琴手分别从上衣内袋里掏出3根指挥棒递到他面前。他一下子清醒过来，意识到自己并不是什么必不可少的人物！很多人一直都在暗暗努力，时刻准备取代自己。从此以后每当他想偷懒或飘飘然的时候，就会看到3根指挥棒在眼前晃动。

一个人如果不把自己太当回事，就会心灵超脱，就能看到云卷云舒，也能看到花开花落，自己就能淡然，也会信心满满地去争取新的进步。

（写于2017年5月31日）

不论耍怎样的聪明 最终吃亏的还是自己

小张和小王在同一个组里工作。小张很聪明，对技术掌握得也很快，又是能说会道，很让领导赏识。可是每次加班，他都会找各种理由逃脱。而小王很老实，平时也少言寡语，只知道干活。连续两个月的大礼拜没有休息了，他坚持一个人默默地加班。他妈妈急了问小王：你没完没了地加班，为什么吃亏的总是你？小王说，这项技术只有我们两个人干，没有其他人能顶上，他不干，我只能顶着干。再说，我多干也能学到更多，这也不能算吃亏呀。每到领导那儿汇报工作，小张巧舌如簧，还好像都是他的功劳。

有些人确实很聪明，但有些聪明过了头，因为他自以为是聪明，往往就让别人吃了亏。但别人也不傻，老实人也不一定吃亏。时间长了，领导知道了实情，加上小王的技术也慢慢地超过了小张，结果小王被提升为技术主管，而几年过去了，小张还只能在原地踏步。

人是应该学会聪明，学会生存之道。但不是学小聪明，小聪明的人能聪明一时，而不能聪明一世。大智若愚，表面上糊涂之人，不计一时的得失，却最终不吃亏。自以为是，自作聪明，吃亏的往往是自己。

有个寓言，说有头驴每天驮着货物陪着主人到各地去贩卖。有一天，他们过一座独木桥时，驴一不小心失足掉进了河里。等主人把它救上来之后，它发现自己背上的东西轻了许多。原来它驮的是食盐，掉进水里后，一部分盐就溶解了，所以就变得轻了。因祸得福让驴很高兴。

过了一阵子，等他们再次从这里过桥的时候，驴因为尝到了上次的甜头，所以心存侥幸，自作聪明地认为上次掉进河里后东西轻了，这次也应该是同样的结果。于是它故意掉进河里。

可是意外的是，等主人把他救上来的时候，它发现背上驮的东西不仅没有变轻反而增重了。倍感疑惑的驴问它的主人原因，它的主人拍了拍它的头笑着说："宝贝呀，你怎么总是自作聪明呢？上次你驮的是盐，盐碰到水就会溶解；可是这次你驮的是棉花，棉花碰到水不但不会溶解，还会吸水，所以才会变重呀。"

有些聪明，不是真正的聪明，而是一种自作聪明。自作聪明，有时候反而会搬石头砸自己的脚，自己给自己找罪受。自作聪明，过分相信自己，抓住了对方的缺点或错误而得理不饶人，抓住一个能显示自己聪明的地方，用最大的能量去表演。这时候根本不知道自己究竟做错了什么，还是一个劲地驾驭自己的情绪。其实，这个世界上的傻瓜不多，对方早就看出来了。这时候，自作聪明的人还感觉双方关系很好，其实对方只是不说出来而已。这是人性中最可怕的阴暗面和劣根性。总把别人的愚笨看作是自己的骄傲，不懂得自己的聪明是别人的耻辱。你这样和别人相处，关系再好也好不到哪儿去。

有的人自以为聪明，总喜欢高谈阔论，但未必有高见，而踏踏实实做事的人，虽然话不多，他们的心里像明镜似的，他们也不会随波逐流，而是尽可能把眼前的事情做到完满；他们不计较自己得到了多少，而是本本分分做人；他们有自己的一技之长，并一直心无旁骛；他们也不会刻意地装扮自己，但总会有一天，可以到达自己的那片天地。这才是真正聪明者的选择。

现在，似乎人人都谈赚钱之道。许多人很聪明，会去研究怎么赚钱，怎么钱生钱，或者放高利贷，或者其他的。老家有一位原本在城里打工的年轻人，觉得打工出息不大，还是放高利贷来钱快，于是他放弃了在城里打工的机会，跑到乡下的亲友家，说什么你们傻不傻呀，现在把钱存到银行，能有几个利息？我有办法，能保证给你们有年化利息15-20%的收益。你们在家辛辛苦苦，一年到头能赚几个钱，现在好了，你们不用干什么，就在家里等着数钱吧。许多老人信以为真，把自己的养命钱交给了他，结果，这位年轻人挥金如土，把钱花了，东躲西藏了好一段时间，结果还是被抓了，害苦了一批可怜的老年人。

我想，现在的人是不是《厚黑学》的书看多了，这么多人都喜欢用自己的小聪明玩心术，用心机。有人甚至把高利贷的广告贴进偌大工厂的厂区里，让更多的人上当受骗。当然有的人喜欢贪图小便宜，生怕自己吃亏，明明知道这可能有假，还是让钱冲昏了头脑，自愿自发地去上当，结果丧失了人生的机遇或是自己的幸福。

《吕氏春秋·义赏》中说："竭泽而渔，岂不获得，而明年无鱼。"讲的也是目光短浅，只顾眼前利益，不顾长远打算的道理。水是鱼赖以生存的环境，如果把水放干了，能把所有的鱼捞到，在当时取得最大的收益，但是那些鱼苗没了，环境被破坏了，第二年便没有收获。

现在网上流传一句话，叫做吃亏是福。可又有多少人相信这句话呢，轮到切身利益，谁都宁可相信眼前利益，也不会相信这句有道理的话。过于聪明的人对待人生，处理人事，往往处处做得太满，过于斤斤计较，那样的拥有其实是失去，失去发展的空间，也会因为耽于小事而忘了大事。

人不需要那么多的聪明，糊涂一点，善于吃亏，不占小便宜，是一种豁达与宽容，是一种对他人利益的尊重、意志的尊重、人格的尊重，这样的人，无论是谁都愿意和他们相处。吃小亏，人缘好，朋友多，机会多，最终拥有的也就越多。

我有一个朋友人很实在，但也有人常常批评他说，你怎么这样笨啊，脑子转的总比别人慢半拍。而他却这样回答，学那么聪明干什么，人家会算计，那是他的选择。我不去算计，就算是吃亏，一直傻到底，又能怎么样。这些年来我是吃了不少的亏，但亏吃了就吃了，现在想想，自己的日子过得也不比那些人差，这就行啦。有的人认为自己很聪明，反而吃了大亏。我的日子虽然很平常，但自己过得很充实，晚上睡觉也没有那么多的担惊受怕，我过得也很快乐。

我的这位朋友，摆脱了自以为是的小聪明，认真地对待生活、对待工作，有大智若愚的生活态度，也成就了快乐的自己。

为人处世，是要聪明不能愚笨，但认为自己是最聪明的人，其实活得比较累。有的人为了搏一浮名，往往身不由己地要做许多事来证明自己的“聪明”，结果许多事非但做不成，反而招惹很多的是非，这样的教训在我们的身边比比皆是。

事实上，世界上没有最聪明的人，只有更聪明的人。真正聪明的人，都明白自己不可能是最聪明的，因为比自己聪明的人，到处都是。哪怕身边各方面都不如自己的人，他的身上，也有许多特质，也是自己无法比拟的。

我常常去采访一些社会底层的人，他们说的话，有些虽然没有多少逻辑，但往往能让我看到许多生命的本质。他们的聪明是另一种形式的表现。静下心来，认真地去听他们怎么说，不懂，就不要去装懂。平心而论，我也常常从他们的谈话中找到自己的无知，交谈越深，往往越感到自己幼稚可笑。一个对什么事情都表现出自己完美无缺的人，他的内心往往是脆弱的，因为人不可能事事精通，也不可能永不被超越。

如果把自己当成最聪明的，那只会把自己变成愚蠢的人。真正聪明的人相信总有别人比自己更聪明，而自作聪明的人往往都愿意哗众取宠，标榜自己在社会上的重要性，好像离开了他，地球就不转了；自作聪明的人总是不能清醒地认识自己，不知道自己到底有多少能耐，也不能像真正聪明的人那样冷静判断，量力而行。因此，不论你有多么聪明，到头来吃亏的还是自己。

（写于2017年6月11日）

每个人的生命里，都有唯美的回忆

人生中能闲下心来静静品味的，不是自己的票子，而是一缕缕青烟似的飘渺回忆。有些回忆，是快乐的。

最近，我与一位老师见面。他与我说起我们共同的熟人，这就是他们的老校长。十多年前，他刚调进这个小学的时候，校长对他说，学校刚起步，什么都要从头做起，你为什么要来这样的地方吃苦受累呢？他说，当时他也不明白校长说的这番话有什么深意。没有想那么多，当时的一帮年轻人，只知道跟着老校长没日没夜地干，许多工作走在了同类学校的前面，虽然当时各方面条件比不上县城的实验小学，但有些指标却超过了那些重点扶持的学校。几年过去了，学校的名声越来越大了，开始只有一两百个学生，后来学生超过了3000人。每到新生报名时，家长们隔天就来排队。有一年，校长让全体老师通宵不眠，做好维持秩序的工作，大家都毫无怨言，没有一分钱加班费，但大家心里都是乐呵呵的，因为想到的是社会的信任和重托。他说，现在回想起来，那是我们激情燃烧的岁月。后来老校长退休了，再也没有看到那种火爆的场面。但自己每每回忆想起那个阶段，我们感谢老校长的领导有方，也感谢自己，都觉得这是一段值得珍藏的记忆，因为在老校长的带领下，我们真心地付出了。这是一种唯美的珍藏。

在每个人的生命里，都有各种不同的值得珍藏的东西。

如今，校长早已退休了，我的这位朋友也已经离开了学校。但交流中，一段不经意的回眸，链起他和老校长之间的情牵。从他的谈话中，我感到了那些盈满心间的思绪。也许同事之间在一起工作的时间不算太长，但有些人，有些事，遇到了就是一辈子的暖。那种情感，不是表面上的好话。而是自己拥有了，就会一直留在记忆里了。那种存在，不是仰望，也和欣赏无关，是一种心与心的碰撞，真切与深切的融合。

在我的生活中，也常常有这样的唯美之时。多少年前，我也曾经做过一些帮助人的事情，但是时过境迁，我早就忘得一干二净了。但在偶尔的遇见中，有人会清晰地告诉自己，哪年哪月你曾经帮过我的忙。听到这些，当然我也不会放在心上。但说明这些遇见，往往是唯美的。人的遇见，大都是萍水相逢，再平凡的遇见，也会有一袭柔情，无语缱绻。

每个人都或多或少做过一些好事。平凡的付出，总是不言不语；有些心灵的默契，也会有超越距离的相依；做了好事，不要求回报，这是精神上的拥有。这种拥有，才是唯美的回忆。

人有了一定的社会经历，总爱回忆过去。有些精彩的片段，总让人心胸跌宕起伏；有些记忆，也许是像一首简短小诗一样的生活片断，读起来也会让人轻快优美；有时的记忆，是那么地厚重和辛辣，甚至还带那么几分苦涩，但想起来会令人回味无穷。时间久了，有的记忆虽然残缺了，只要还能想起一些片段，也能把自己带回到美好的记忆里。

要是我爷爷还活在世上，应该是120多岁了。他的那个年代靠集体劳动记工分过日子。我爷爷他人老实，吃苦受累的事，生产队里总让他去干，但工分有时候比别人还少。开始我也想不通，他们为什么欺负老实人，但我爷爷从不计较，谁让他帮忙，他都很乐意。后来我慢慢长大了，也就习以为常了。真正懂得吃亏是福的道理，也是近几年的事情。我常常想，也许是我爷爷做了那么多的好事，老天爷才眷顾他，让他活到近百岁。也许是他的善良，才让我们晚辈得到许多福报。

打小，父辈们就教育我们做人要善良，但那个时候不知道善良是什么，只知道不要做坏事，要做好人。长大了才逐步地懂得，善良是良知，善良是正义。小时候要是对别的小朋友做了不好的事，自己心里挺害怕的，这大概也是善良的表现。

是的，善良感的本质是心理氛围美感；人们总是倾向于让自己更快乐，于是倾向于喜欢善良。

如果一个人做了很多好事，但也不是故意而是无意中做了一件不好的事，也会觉得自己变坏了，也会很自责，除非自己做一些补偿的事情，否则心里的坎也过不去。一个人的善良，是在日常生活中潜移默化养成的，不是经过几次上大课就能解决的。

雨果说，善良的心就是太阳。是的，我们要带着太阳与人交往。但这种太阳是看不见的。善良的人总是很低调，善良不是在人家面前表演，善良总是不知不觉地让人感到美好。记得一位名人说过，对众人而言，唯一的权力是法律；对个人而言，唯一的权力是善良。

善良的人心底总是柔软的，做什么事情，都有善良的边界，在与人交往中，他们总是多一些善良，多一些谦让，多一些宽容，多一些理解。在我们的身边，善良的人还是多数，他们不论人生观有什么差异，都会竭尽自己所能，让日子和美。即使谈家训家教说不到一块儿，他们也会主动让出自己的部分权利。人有了善良的回忆，就会有唯美的生活。

生命中，总有那么一些人，是自己的想念，是自己的温暖。深埋于心底，也许不需要说出他们的秘密，但自己却会小心翼翼地珍藏，是永远不会消逝的迷离。我们找不到理由忘记，因为情不自禁；我们也找不到借口放弃，因为刻骨铭心。我们每个人做过的一些好事，也许是微不足道的，但是回想起来都很唯美。我的生活圈里就有不少这样的人和事。自己回想起来，无处不在地感受到美好和幸福。

人的记忆是不是唯美的，关键还要取决于自己的生活态度。

有人说，回忆是一帧照片，一帧发黄褪色的老照片。寂然凝望，青春不再，红颜不再，往事已苍老。为何有些回忆让人陷入痛苦，因为那些人总爱说些自己看不顺眼的事，自己吃亏上当的事，心情肯定好不起来。人无完人，每个人都有缺点，如果自己总是盯着别人的缺点不放，肯定没有了唯美的心情。

在别人困难的时候，伸出自己的援助之手，哪怕是微不足道的帮助，只要力所能及就好。人家会记你一辈子的好。别人回忆起来，也会有一种唯美的感觉。因为最美好的不是下雨天，是曾与自己躲过雨的屋檐。被帮助过的人这些过往，他会清楚地知道曾经拥有过。

往事像落日映照的河面，要去拣那些闪光的珍藏在心中，才会有美好画面的珍藏，才能看到最美丽的地方。有些感受，只有凭着记忆，慢慢寻找最初的味道，回忆虽然很拥挤，但要永远记得别人的好，让自己每天拥有阳光，拥有朋友的相伴，有幸福相随。

我的生活中，确有许多唯美的回忆。有生命就会有回忆。你无法抗拒，也无处逃避。有些回忆总是刻骨铭心的难忘，因为是曾经的感动。有许多人在我困难的时候曾经帮助过我，在我年少的时候曾经提醒和教育过我，在我犯错的时候曾经批评过我。他们是我生活中的贵人，他们让我的生活从苦涩走向快乐。

回忆是一种幸福，也是一种力量。无论是苦涩，还是甘醇；无论是欣愉，还是哀伤，都是自己生活的积累，都是人生的财富。拥有回忆，人生才得以丰润，岁月才满溢诗情。点燃了自己心中的火炬，才会感觉到生活处处有唯美。

（写于2017年6月14日）

是世界变得无情了 还是自己变得冷漠了

一次，我去找一个陌生的地址，因为那条马路的编号是混乱的，一路上遇到了无数个上班的人，人们都懒得搭理自己，我找得满头大汗也没找到，这时正好迎面来了一个送快递的，我想他天天跑这里，肯定会知道。我问他，他也摇摇头不说话。后来才知道，正是那个送快递的刚从我要找的那户人家出来，让我百思不得其解。

还有一次，我的家人在上海一家三甲医院找化验单，因为医院大，一栋大楼里就有四五个取化验单的地方，问了无数个穿白大褂的人也都说不知道，重新去找做化验的那位医生，他也说不知道。楼上楼下跑了一个多小时，最后就在做化验的医生办公室的隔壁，因为取化验单的门上没有标注。亲爱的化验医生，你多说一句话又能怎么样啊?

不光是城里一些人冷漠，农村也不像过去了，也被传染到冷漠。老家有一位老人喝了酒，醉倒在一个沟坎里，旁边有一位青年从他身边走过，老人喊出了他的名字，谢谢你拉我一把吧，可是这位小伙子连瞧也不瞧他一眼，还是径直朝前走。

马路上见到行动不便或者晕倒的老人，大多数人都想去帮他们一把，但真正采取行动的人却很少，有人说别人都不动手，我一个人去拉，挺不好意思的，所以自己也不想去扶；在一些车祸现场，有人袖手旁观，也有人说，这个血腥场面让自己感到害怕；还有的受困者得不到及时救助，是因为一些旁观者侥幸地认为对方并无大碍。

当然，我说的也许是一些个案，也不是所有人都是这样的。

有些年轻人，即使是室友之间，也很冷漠自私，各过各的，反正谁也不求谁。

有些人看起来和善，却难以接近。也许是每个人都有自己的审美趣味和交友喜好，也许是为了保护自己，少让自己受些伤害。经历了一些伤害的人，会有意地隐藏自己的情感，让人感觉很冷漠。不管是什么原因，这些冷漠的人，忽略了自己的感受，也忽略了他人的感受，有的并非是隐藏，而是毫无感情。

面对他人的悲惨故事，冷漠的人总是会无动于衷，面对自己的悲惨经历，同样无动于衷。这是一种情感隔离。有人想用这种隔离，解脱自己的烦恼，获得自己的心理平衡，免除自己的精神压力，其实，这只是一种幼稚的想法，这是一种心理的不健康。时间一长，人会慢慢变得傻，变得麻木，变得无情无义，变得冷漠。人活着，总会要与社会打交道，除非离开了这个世界，才能和人完全隔离。

冷漠的人，往往会让自己的私心膨胀。自己不抽烟的时候会骂抽烟的，自己抽烟的时候又觉得特别享受；没有当教授的时候很想当教授，当了教授也会骂教授，这是人的情感隔离。冷漠的人，会让这种情感隔离的眼泪流到心里，表面上看他们很平静，也不会表达什么，其实在他们的心里是很痛苦的。他们也许告诫自己："人一定要有理智""不论代价，一定保持冷静、沉着，决不慌乱。"这类人表面上很优越，举动合理化，而实际上，他们内心很敏感，有一种空虚和疏离感。看起来他们"超理智"，因为他们的冷漠，既忽略了自己，也忽略了他人。他们只在意情境，非常固执，强迫性，根本谈不上什么感情。不谈感情，他们也就很少有知己的朋友，亲人也会与他们疏远，让自己活在孤独的痛苦中。

每当人们谈起社会冷漠的时候，大家都表现得很气愤，但自己真正遇到某件事的时候，有的人又显得那么地冷淡，似乎这件事跟自己无关，又没有伤害到自己，没有必要那么热心，还是各扫自己门前雪吧。

有人怕伤害到自己，才找到冷漠的理由。其实这个世界上，并没有什么是一定可以伤害到你的事情，只要你足够的漠然，对一切事情都变得不再在乎，你的心也慢慢地变得冷酷了。真正轮到自己有事的时候，别人也会用冷漠的心对你。到那时候也许你连一点眼泪都流不出来，因为时间会让你变得越来越像自己当初讨厌的样子，自己染上了虚伪、冷漠、现实的病。即使有人想给你一个紧紧的拥抱，也会害怕你的冷漠对待。

在浮躁的年代里，我们需要冷眼旁观世界浮华与喧闹，但是我们不能用一颗冰冷的心去看世界。自己冷漠无情，就看不到人心本善。人也许是孤独的“鬼”，久住着一颗冷漠的心，你有再多的甜言蜜语，有张多么伪善的面孔，照样会被这个世界识破。

有人说，我没有变得冷漠，我只是长大了，懂得了。真正的懂得，那就好。因为在这个世界上，最大的侮辱不是谩骂和欺负，而是视如不见的冷漠。别人的虚伪可以改变我们的思维。屏蔽甜言蜜语的蛊惑，我们不需要说多少，只要自己踏实去做。当你经历过无助时，千万不要选择冷漠。

世界还是这个世界，单位还是这个单位，家庭还是这个家庭，他们没有变，我们也不要变。我们放弃了冷漠，就会找到快乐，就会知道自己面无表情之后怎么微笑，沉默之后怎么说话，忧伤之后怎么快乐。对一切我们都不要太在意。遇到一时的困难，也不会惊慌失措，不会把自己变成一个孤独的城。放弃了冷漠，我们会消失在已经陷入现实的黑暗，就会找到属于自己的快乐。

（写于2017年6月16日）

不要活在别人的一句话里

我老家乡下有一个孩子人长得聪明，上初中的时候成绩在班上是数一数二的，他的亲戚里总有一些人说，现在读书有什么用啊，上了大学，还不是照样找不到工作。这个孩子读高中时有些退步，但是考大学还是有希望的。他有一个亲戚是个建筑包工头，直接对那个孩子说，你就别参加那个高考了，我没有读大学，不也照样做老板吗？干脆跟我干算了。那孩子也觉得有道理，结果拿到了大学本科录取通知书也没有去读，就跟着自己的亲戚直接上了建筑工地。

很多人为这个孩子惋惜，几年过去了，建筑生意也没以前那么好了，收入也并不多。这时，那个孩子又换了几次工作，都感到力不从心。他感觉到有些后悔了，当时不该听那样的话。他说，我也不怪别人，就怪自己的耳朵根软。

别人劝告的话，也许是出于好心，但是，对别人的话，听了以后自己要认真地分析。自己的事情还要自己拿主张，要为自己的行为负责，要为自己的情绪负责，要为自己的思想负责，更要为自己的选择负责。

有些事情本来没有那么糟糕，只是一句不经意的话自己改变了，有的可能被改变了一生。听了一些没用的话，也许会作出了一连串错误的选择。过去的选择已成为过去，生活还要继续，当然我们可以从现在开始重新选择。但是这毕竟要付出代价和机会成本。

我们每个人的心灵是世界上最为宽广的地方，它可以包容一切；而有时，我们的心灵也是世界上最狭小的地方，它可能比针鼻还小，什么也不能包容。如果我们活在别人的一句话里，那就有可能钻到这个狭小的空间里去束缚自我，跳不出来，也不能为自己负责，去选择态度，选择生活。

有两位青年同时进了我朋友的单位，有一位青年下班后找来很多书籍学习，准备报考电气工程师。另一个青年却说，报考那玩意儿没有什么用，证书不就是一张纸吗？只要领导相信你，没有那张纸照样混得很好，你何必那么当真呢！

这又是一句劝告别人的话，这句负能量的话，不但毁了别人的生活，也同样毁了自己的生活。相信了，就让自己不求上进，陷于平庸。选择不听，坚持自我，才可能是另一番景象。

有时候，听了别人漫不经心的一句话，有人会认真地去做，别人开玩笑的话也会当真。有时甚至觉得自己还挺聪明，其实真是很傻很天真。

一个对什么都无所谓的人，总喜欢说，“这件事没有什么大不了的，做与不做都没有关系”。偷懒的人就最爱听这句话，今天做明天做都一样，做与不做也都一个样。这就为偷懒的人找到了充分的理由。

别人的一句话，也许可以毁了有些人的一生。无论自己生活在大城市里，还是在家乡的小城镇里，无论你在干什么，无论是白天，还是黑夜，我们每个人都希望活在自己的世界里，能做自己喜欢做的事情。别人的说法，我们不要太在意，因为我们有着自己的人生。

不活在别人的一句没用的话里，也许就不会把自己的脑袋长在别人的肩膀上。有了自己的脑子，就有可能拼了命地去努力，也许能走过前进路上那段孤独的时光。当然，也不是每个人都能克制自己，不刷微博不去追韩剧，不每天去那些灯红酒绿的地方狂欢，而是冷静下来，想想今后还有几十年自己怎么度过。自己怎么过，真的不能随意听别人摆布。

听别人负能量的话多了，自己的精气神儿就上不来。张皓宸说，别人在熬夜的时候，你在睡觉；别人已经起床，你还在挣扎再多睡几分钟；你有很多想法，但脑袋热了就过了，别人却一件事坚持到底。你连一本书都要看很久，该工作的时候就刷起手机，肯定也不能早晨起来背单词，或者晚上加班到深夜。很多时候不是你平凡，碌碌无为，而是你没有别人付出得多。

有些人话说得比蜜甜，很容易让人上当。我们有些年轻人涉世不深，常常被一些甜言蜜语伤害，经过了很多的教训，才知道只怪自己当初太傻太天真，那些单纯胜过自己所有的愚蠢，对许多假话都信以为真。

这些天，我老家小花圃里的月季花开得风风火火，开满枝椏间，红得那样地决绝，因为没有了叶子的陪伴。这不是它的骄傲和轻狂，这是一种美的极致，这当然惹人喜爱。

漂亮的话语，也会像鲜花那样诱惑人、吸引人。但好看的花，有些是有毒的，有些好听的话也是一样，也可能伤害到自己。

人的有些思维也是有毒的。只是我们一些人，看不清事情的实质，猛一听似乎有道理，在对一些事情看不清楚的时候，也会有犹豫，有时候分不清是不是有毒，只好照着办，有时也没法子去抵挡。慢慢地自己的思维受到这些影响，甚至被同化，从而让自己枯萎，没有了向上生长的动力。

所以，永远都不要低估一个人对另一个人的影响。有些扯你后腿，让你摇摆不定的话语，虽然不是成心害你，但真的听进去了，对自己一点好处也没有，应该离这一类人远一点为好。

有些话虽然好听，但对人是有伤害的，一些人之所以能听得进去，是因为心里有着某种认同的想法。当然，美丽的鲜花也不全是有毒的，它们的意义不尽相同，比如玫瑰花、百合花、康乃馨等等。说好听的话的人也有很多不同的人，好心人、文化人、聪明人、父母亲等长辈说的话，许多都是好话，他们说的话有安慰、有鼓励、有告诫、有真诚。不要什么都逆反，对自己有帮助的话，我们还是听一点为好。

现在有一种怪现象，说实话没人信，说假话却被奉若真理，真的让人很惆怅。让人搞糊涂了，不知未来，我们的年轻人究竟需要什么。

有一位年轻人跟我交流时说，他本来也是一个很有定力的人，自己内心很坚定，也有自己未来的职业规划，可是在他的身边，总有一些人不停地影响他，比如经常说，“这有什么好做的呀”“现在人完全没有必要像老一辈那样吃苦受累了”“我才不想那么多呢，能上完八小时的班就不错了”，等等。仔细想想，一个人老在这样的环境中、这样的氛围中生活，要完全摆脱这种不好的影响，是要耗费精力的。如果自己的精力花在了这个地方，势必在别的地方就要减弱。

我们也注意到，现在就有这么一些人，不但让自己停止进步，也会阻碍别人进步。特别是一些年轻人，当价值观还不成熟的时候，很容易被别人的那些负能量的语言所污染。

莎士比亚说：有些人对你恭维不离口，可全都不是患难朋友。人要多听，少说，接受每一个人的责难，但是保留你的最后裁决。

我们可以对众人一视同仁，对少数人推心置腹；对自己增强免疫力，少被那些负能量的话语所污染；对别人也不要亏负，少说那些不负责任的话。

（写于2017年6月18日）

有些事知道了就好，不必说出来

一早醒来，我看到了网上这样一段话：不管昨天发生了什么，不管昨天的自己有多难堪，有多无奈，有多苦涩，都过去了，不会再来，也无法更改。就让昨天把所有的苦、所有的累、所有的痛远远地带走吧，而今天，我要收拾心情，重新上路！

这段话，对我有启发。

昨天，自己也许遇到一些不顺心的事和人。这个世界是由各色人等组成的。有人喜欢溜须拍马；有人喜欢贪天功为己有；有人不做事反而受到表扬，事做多了，反而受的批评也多；有的事明明两人一起做的，出现了失误，别人就把责任推到你的身上；还有人当面表扬你，背后却说你坏话等等。这些事情出现了，自己难过一阵是可以理解的，但不能老是放在心上，更不要挂在嘴上。

自己能看到这些问题本身也是一件好事。有时候不是自己不懂，只是不想懂。那么复杂的世界，都装在心里，自己的心脏也受不了；有时候不是不知道，只是不想说出来。说出来了，人多嘴杂，传递有误，还会伤害他人；有时候不是不明白，而是明白了也无能为力，于是就选择了沉默。

别看我这个人有时候快言快语，有时我也选择沉默，不是自己不快乐，只是想把自己的心清空一些。有些话，适合藏在心里。谁都有被冤枉的时候，但客观条件使冤枉一时也解决不了，忍一忍也就过去了。有些话已经烂在我肚子里几十年了，我这辈子都不想说。想想也是，有些痛苦只有自己清楚，无声无息地忘记也很好，忘记了，自己会轻松许多。好多时候，是我们自己想得太多，才会让自己如此难受。有些回忆，只适合偶尔拿出来回味。一些事情，当经历过，自己知道就好；有些人认识了就好，不必深交。很多事情，只要自己心里有数就好。

一位朋友，有一天跟我说，本来他与同事俩人处得好好的，有一天突然发现，与那位同事相处实在太难了，自己也做了多次尝试，没有什么效果。但又不敢说出来，怕面子上大家过不去。

其实这种情况也不少见。这个世界，看你“二”的人很多，陪你“二”的人很少。自己不忘初心就好，问心无愧就行。

有人跟我说，我这个人是很好相处的。你不犯我，我不犯人；你若犯我，我先让你；你必犯我，我必犯你。猛一听，这样的话好像有些道理。但是人与人相处，好像也没有必要那么较真。人生，就是一个修炼的过程，何必用这一颗不平的心看待人和事，作践了自己，辜负了岁月。世界上唯一的你，就算没有人懂得欣赏，也要好好爱自己。能让自己快乐的人，就同他们在一起。实在快乐不起来，走不到一起，人各有志，自己也不要责怪他们，可以悄悄地离开，选择另外的圈子。

在不违背原则的情况下，我们对别人要宽容，即使别人做过有损于自己的事，我们还是要能帮就帮，特别是他们最需要帮助的时候，千万不要把人逼绝了，给人留条后路。

我有一位很好的朋友，他的性格特别的温柔，我好像没有看到过他发什么脾气。一次，他爱人告诉我，他不是没有脾气，只是不轻易对人发脾气。他对任何的真话，都能接受。只要有对他是真心的，他会双倍回报。他在喜欢的人面前，能不哭就不哭。他可以为喜欢的人做任何改变，但别人也不要试图改变他。他不喜欢给别人添麻烦。很多事情，他自己心里有数，一般不会轻易说出来。高兴的时候就笑一笑，难受的时候，就假装什么也没发生。他就是用这样单纯的心对待朋友和家人。

我的那位朋友是一位智者，从他身上我学到了很多。哲人说，“智慧和聪明的区别，就在于智慧的人懂得如何选择”，摆脱纠结，能让我们心胸更豁达，生活更洒脱。纠结时，去告诉自己“有得必有失”，选择西瓜，就勇敢地丢掉芝麻吧。

为什么有些事情憋在心里，不说出来就很难受，是因为有许多事、许多人自己往往看不惯。活着，总有你看不惯的人。有的人爱好在领导那里唯唯诺诺，表现出一副顺从的样子，过后，再对领导说三道四；有的人在你面前装作和你关系很铁，背后又不断给你垫砖、到领导那里打你的小报告；有的人嘴上一套，实际上又是一套等等，你看不惯又能怎么样，很多道理大家都懂，只是不说而已。如果自己天天和这些人斤斤计较，处处和他们过不去，弄得自己一天到晚心情都糟糕。看不惯的事实摆在那里，你去计较它存在，你不去计较也存在，不会自动消失。选择视而不见是最好的办法。

我们每个人生活在社会上，不可能是单独生存的，要和各种形形色色的人打交道，每个人来自不同的家庭、不同的环境、不同的背景，每个人都有自己的性格脾气和处事方法，不可能什么事情都随顺自己的意见。

看不惯别人，是因为我们站在自己的角度，按着自己的标准去看待评价别人。而自己的尺子，有时也未必正确。

其实，自己看不惯别人，别人也未必看得惯自己。我也常常对有些事有些人看不惯。看不惯，最好的办法就是不看。面对一些让自己不爽的事，与其抵抗，不如理解，然后努力让自己成为一个可以爽的人。不要为自己看不惯的人浪费时间和精力。何况很多时候，我自己看不惯别人的，也许恰恰是自己身上存在的。长期不检点自己，慢慢就会变成自己讨厌自己，别人讨厌自己的一个人。自己让别人讨厌了，自己却一点感觉也没有，那就是别人心里清楚，只是不说出来而已。

现在人很喜欢唱歌、听歌，总有那么一些歌，让我们悲伤，让我们哭泣。但其实让我们哭泣的并不是那些歌本身，而是藏在回忆里的那些人。特别是那些懂情商、有智慧的人。有的人虽然不在自己的身边，也不常见面，他们不是把承诺挂在口头的人，他们把有些事、有些人、有些话藏到了自己的心底，但他们的每一个表情都是真的，他们不轻易说话，说出话来真的很有分量。

人走过一些路，品过一些人，才懂得什么是真，什么是假。自己心里什么都清楚。在自己最需要帮助的时候，谁会出现，谁会关心，这才是自己真正的朋友。不要听花言巧语，要看真正的行动，说得好，永远不如做得好。

有时候，明明知道有人在骗自己，自己仍然相信他，这是一种智慧。我有几位长辈和老师，他们很少表扬我，反而会经常得到他们的批评，他们不怕得罪我，但他们真心这样做了，有心帮助自己。他们一点也不傻。每当他们看到我有一点小小的进步，他们心里有说不出的高兴，但从来不当面表扬我。他们才是我生命中的贵人。

当然，在这个社会上，有的人实在了，骗你的人也许就多了；你有用了发达了，有可能找你的人就多了；你失落了没用了，远离你的人也就多了。这就是现实。面对现实，我们不要去试探人心，试探了就会让自己失望。走过的路，才知道有短有长；经过的事，才知道有喜有伤。有句话说得好：聪明人会把嘴藏在心里，愚蠢人却把心摆在嘴里。是这样的，有些事看穿，不说穿。

（写于2017年6月22日）

能说出来的委屈，不算什么委屈

前些年，我们村子里有两户人家凑了100多万元，共同定制了一条木质船，出海捕鱼。

开始时，谁都不计较，我多干一点，他少干一点，谁都不放在心上。今天的渔货谁去做买卖，都无所谓，谁也不去查什么账。可是时间长了，相互间的累积就多起来了。有些事只是放在心上，谁都不想说出来。但那些事像魔鬼般地纠缠着自己，离开不过一个转身的距离，遗忘了创业开头的那些拼搏的时光。各自都不能释怀，更不愿意带着伤痛面对阳光，他们不相信时间能替自己疗伤，等不到春暖花开的那天。加上海洋的资源也越来越少，一年到头，也赚不了几个钱，于是双方决定散了伙。

事后，双方回忆起来，都有说不完的话，这些话让那些平淡的岁月充满无奈，让那些细碎的日子消磨着当年的豪迈。整个事件中，双方都觉得委屈。开始只懂得要好好合作，争取好的回报，却在工作中受了夹板气。听了他们的诉说，好像都没有什么大的错。他们都按照各自的想法在诉说对方。

人，有时候讲道理，有时候又不讲道理。看问题得有多个角度，如果只站在自己的角度上看问题，自己永远认为是正确的。而我们往往只能站在自己的立场上去看别人，却不会跳出事件的本身去看自己。所以，我们总觉得委屈。

其实上帝是公平的，有付出才会有收获；多站在对方的角度看问题，才能收获真心，有真正的合作成果。可能收获的东西不是我们当初所设想的，也可能收获的时间不是我们当初所希望的，但是一定会有收获。

带着满肚子的委屈去做事，付出再多的汗水，也见不到彩虹；付出再多的代价，也见不到彩虹。不管雨下了多久，雨后都将会有彩虹，不管你有多悲伤，你都要坚信，幸福在等你。

如果那两家合伙去海上捕鱼的乡亲，不把当年许多事累积在心上，索性把有些事情摊到桌面上说开了，相互间也许就少了隔阂。

在人生的道路上，人是有所追求的，还要有所满足。越有故事的人越有软肋。生活，就是一滴灵动的水。它滴到哪里，就融入哪里，且了无声息，了无痕迹。说出来的委屈，就不是委屈，闷在肚子里的委屈才是真委屈。

有时最大的委屈是说不出来的。被人误会时，想要说一串解释语句。但话到嘴边，却变成了苦笑。因为你知道，即使你再怎么解释，也没有任何的意义，觉得说一个字也是多余。有时候你受了委屈，很想要一个人独处一会儿，可是连这样的地方也很难找到。有认识的人在，不管熟不熟悉，都要刻意地做自己。只有在没人的地方，或者没有一个人认识自己的地方，你才敢哭，敢委屈，敢流泪，有的甚至连在爸爸妈妈面前都不敢任性。也许那时候你只会傻笑，因为沉默是害怕的借口，傻笑才是委屈的理由。

每个人的世界说大也大，说小也小。你的世界很大，大到也许可以装下一百种委屈；你的世界很小，小到三个人也许就会挤得你喘不过气来。

人这一辈子，谁能没有个委屈，人生注定要受许多委屈，只是委屈的大小不同而已。经历过了，品尝过了，不同的人，品出的味道不一样。有人把委屈当成苦口的良药，用辨证与理智接纳、消化它，让自己在委屈中坚挺过来；也有人把委屈当成了前进的动力，换取了一种新的成功。

这个世界也有几种人没有什么委屈：有的人你想让他受委屈都很难，他不让你受委屈就不错了，这种人性格强势霸道，走到哪里就横到哪里，看谁不顺眼就要打击谁，所以他从来不知道什么叫委屈；还有一种人冷漠神秘，不喜欢跟别人接触，一般情况下，人家没事也不会去找他们麻烦。这种冷漠的人，人家躲他还来不及，哪来什么委屈；还有的人给人一种柔弱感，表面上看很好欺负，但内心刚毅无比，一旦有什么坏事都栽到他头上，他会跟你没完，事情闹得再大也不怕，非要讨回公道不可，这种人也就不会受委屈；还有的人若是遇到了什么事情和矛盾，他会用自己的脑袋瓜去解决问题，还会为别人排忧解难，这种人受委屈的情况也会少些。

不受委屈当然是最好不过的。但是有了委屈每个人都会表现出不同的生活态度。有人说，委屈就是咬碎了牙还要往肚子里吞。有了委屈，我要学会把苦水往肚子里咽，因为成长不是把嘴上的委屈分享给不懂的人听的，我就喜欢一个人傻傻地坚持；而又有人说，我不想这么做，一个将军死了，他没有死在战场之中，而是死在了流言之下。一个人表面上的逞强是没有用的，我们毕竟不能把委屈当饭吃，而憋在心里也不过是无能为力。

仁者见仁，智者见智。这两种说法很难说谁对谁错。

其实，我们每个人都有一个死角，有时候，自己走不出来，别人也闯不进去。人有时候会把自己最深沉的秘密放在那里。你不懂，没有关系，人家也没有怪你。人家只是把最委屈的心酸汇聚在那里。这是人性善良的表现。但是，当你的善良受到委屈的时候，还要记得，你的善良要留给那些懂得感恩的人，而不是将你的善良给那些接受都认为是理所应当的人。该说的事情还是要说出来，明辨事理，对人对己都好。

在职场上，我们受到了委屈，真的要头脑冷静，不要冲动。

我曾劝说过的两位小青年，都获得了成功，让我也有点小小的窃喜。一位是因受到委屈想要辞职，另一位因为没有升职加薪想调离原单位。我都分别帮他们做了实事求是的分析，也告诉他们冲动是魔鬼的道理，在头脑发热心乱如麻的时候，最好不要轻易做出决定，一定要三思而后行。

后来，他们两位冷静下来后，也分析到问题究竟出在哪儿，自己受委屈的根源到底是什么，是因为自己平时太软弱受人欺负，还是因为自己也有失误。把原因找到了，自己也豁然开朗，弥补了心灵的创伤。他们感悟到，人有委屈也不一定都是坏事，委屈的事给他们上了一堂课，既然委屈已经成为事实，只有接受这个事实，去改变自己。经受委屈是自己走向成功的必由之路，这样思想才会变得成熟，处事才能更加老练。

既然能说出委屈，就知道委屈是怎么回事。嘴巴长在别人身上，他要造谣，你就让他造谣；他要瞎说，你就让他瞎说。我们可以不理他，一笑了之，身正不怕影子斜；不要拿别人所犯的错误和所做的蠢事来惩罚无辜的自己。不去点燃那虚妄之火，时间会让谣言不攻自破；委屈也可能会成全自己，会让自己将外界的委屈转化为内心的力量；懂得了自己的委屈，也不需要借酒消愁，可以放松自己，让轻拂的风冲淡烦恼。更不要到处哭着喊着博取同情，别人的同情是有作用的，但能够成全释然的只有你自己。

时光教会了我们不要轻易去相信那些神话。委屈会让人受伤，一只野兽受了伤，它可以自己跑到一个山洞躲起来，然后自己舔舐伤口，自己坚持，可是一旦被嘘寒问暖，它就受不了。人受伤了也一样，伤口不容易愈合，但只要坚强，也总有愈合的那一天，因为内心是温暖潮湿的地方，适合任何东西生长。委屈带来的伤口真的不算什么！

（写于2017年6月24日）

老天让你成为好人，就是最好的回报

小时候看电影，我们只知道这个世界上只有两种人，一种是好人，一种是坏人。看着看着，开始觉得他是好人，怎么到后来就变成坏人了呢，也让自己有些好奇，也有些朦朦胧胧的思考。

我也和许多小朋友一样，打小就知道，长大了，要做好人。要是做坏人，最后会被打死的。这是一个孩子最朴素的想法。

长大了，父辈们总是在不断地教育，自己在慢慢懂得，好人一生平安；好人也会有好报；好人心态好，也不容易生病；做好人最幸福。

做坏人会痛苦，会受到惩罚的。人的心坏了，是最痛苦的事情。坏人整天生活在阴郁和丑恶里，其实也是最可怜的。

大家都喜欢好人。因为能够给大家带来温暖，好人身上都是正能量，好人不会伤害别人，所以大家都喜欢好人。从小都立志做个好人，这是我们每个人都有过的经历。

其实做好人，不光是不伤害别人，还要做最好的自己。做最好的自己也不是那么容易。

每个人都有自己的难处，别人无法看透，也无法感同身受。

有的人平时很坚强，当自己遇到了难处，也许会流泪；有的人受到了莫名的伤害，也许会少了以往的乐观，变得沉默了；有的坎儿实在难以过得去，也许有人会不再坚持。这些并不奇怪，这是人性的真实流露。

但有一种人就是天生不怕困难，再大的困难也要做出最大的努力，让自己活出不一样的精彩。

1796年的一天，德国哥廷根大学，一个19岁的很有数学天赋的青年吃完晚饭，开始做导师单独布置给他的每天例行的三道数学题。

像往常一样，前两道题目在两个小时内顺利地完成了。第三道题写在一张小纸条上，是要求只用圆规和一把没有刻度的直尺做出正17边形。青年做着做着，感到越来越吃力。

困难激起了青年的斗志：我一定要把它做出来！他拿起圆规和直尺，在纸上画着，尝试着用一些超常规的思路去解这道题。终于，当窗口露出一丝曙光时，青年长舒了一口气，他终于做出了这道难题！

作业交给导师后，导师当即惊呆了。他用颤抖的声音对青年说：“这真是你自己做出来的？你知不知道，你解开了一道有2000多年历史的数学悬案？阿基米德没有解出来，牛顿也没有解出来，你竟然一个晚上就解出来了！你真是天才！我最近正在研究这道难题，昨天给你布置题目时，不小心把写有这个题目的小纸条夹在了给你的题目里。”

多年以后，这个青年回忆起这一幕时，总是说：“如果有人告诉我，这是一道有2000多年历史的数学难题，我不可能在一个晚上解决它。”

这个青年就是数学王子高斯。

我们每个人都会遇到困难，能不能撑过去，就看自己是不是愿意服输。有的人把自己的失落藏起来，不想让别人看到自己懦弱的样子，伪装得啥事儿没有，看不到他哭丧的脸。没有人能看到他坚持不懈的背后有多么地艰辛，也没有人知道他笑容应对的心里，藏着多少的委屈。别人也触摸不到它的酸楚，眼角的泪咸与不咸，心中的苦说与不说，只有自己最懂得。只有获得了最后的成功，才会有幸福的泪水。

这样的人，也是值得我们尊敬的好人。

每个人都有自己的梦想，每个人都希望爬上自己梦想的巅峰。可是，真正能圆梦的也没有多少，有些美好的梦想，有时也会被残酷的现实轧成粉末，随风飘远。没有梦想，我们的心灵是残缺的；梦想断了，无异于幻想，也许只能编织一段伤心的记忆。

我有位乡亲，高中毕业，一心想考上大学，就差了几分，大学梦与他失之交臂；接着，他又想去当兵，体检不合格；后来，他想进厂做工，又没有去成。他的梦想一次又一次地破灭。

那一阶段，他几乎陷入了绝望。他的父母、亲友和同学不断地劝慰他，把他从绝望中拉回来。

任何人的一生都不是完美的，自己回头看的时候，都会觉得多多少少有些遗憾。这就是我们真实的人生。人生只有一次，我们应该过好现在的每一分每一秒。

他慢慢地悟到了，绝望没有任何用处，绝望不是世界要结束了，而是自己的心冷了，变得麻木了。所以，要激活自己的内心，给自己许诺一个未来，要学会自己的选择。

后来，他去学做木匠，他的手艺很出色，几年后他做了包工头，手下聚起了100多人跟着他干。凭着自己做建筑积累的经验，他又进入了房地产行业，手下不仅有一大帮的工人，还聘请了几十名大学生和硕士生。现在，他又凭房地产业积累的资产，投资了高科技产业项目。他的事业越做越大，成为小有名气的企业家。

他跟我聊起以往最艰难的那一段人生，说得最多的一句话，就是天无绝人之路。人要在困境中寻找到一条属于自己的路。当生活为你关了一扇门，也会有人替你打开另外一扇窗。失去的东西也会为自己带来新的机会，关键是自己要能看到机会和方向。即使是失败了也不要紧，也要做最好的自己。

现在有些人活得太现实了，好像人活着就是为了钱而挣钱，为了结婚而结婚，为了发财而出名，为了自由而离婚。

现实有时会束缚自己，自己被束缚，也许自己会忘了自己的存在；心里也会埋怨梦想离现实太远了，因而找不到属于自己的位置；不知道自己与现实的分寸，失去了梦想的光泽。

什么苦都能忍受，什么环境都能适应，绝望的时候就能找到自己的目标和方向。即使有再多的曲折，也能开发自己的潜能。总有一天，自己能够看到乌云背后的阳光，能够找到重新燃起生命的希望。

我们每个人，一生中不知道要遇上多少跌宕坎坷，没有哪个人敢说他的一生都是一帆风顺的。不经历风雨，见不到彩虹，没有人能随随便便成功。当自己经历一段不好的时光，甚至陷入人生泥潭的时候，人们往往容易变得悲观，也许会开始往坏处想，陷入盲目和迷茫。但这一段让自己苦恼的时间不能长，要让它很快过去，不要让时间缠绕着自己在失败的经历里。

要敢于跳出来，面对现实，然后尽最大的努力，去让一切变好，让自己变成一个让人瞧得起的好人。

活着，人就是没有大的挫折，小的困惑也会不少。不是某人使自己烦恼，就是自己拿别人的言行来烦恼自己；你已经原谅了别人，但别人还是不能原谅你；你本来不想去干涉别人，但别人还是要缠着你不放；你明明说的是一句好话，他却偏偏要从反面去理解；这件事本来与你毫不相干，却有人偏偏要栽到你的头上。

有时候我也经常问自己，人是不是就为烦恼而活着的?

做人难，做好人更难。我想，一个心底善良的好人，也许就要抛弃一切的执念，你想不通，我就慢慢感化你；你还是不能，那我只好认命。

我们村里，有一家女儿嫁出去不久，就哭着闹着回娘家了。父亲对女儿说，不管你有再多的理由，也不能随意地离家出走；不管对方有多大的错，你也要多一些宽容和忍耐，一定要忍耐包容对方的缺点；世界上没有绝对幸福圆满的婚姻，幸福只是来自于无限的容忍与尊重。

说着，父母便把自己的女儿赶回了夫家。从那以后，小夫妻很少吵架，两个人过得很恩爱，婆媳关系也很和谐。

人什么时候能够放下，人就会少掉很多烦恼；不要为那么一点小事烦恼，烦恼会对自己的身体不利；人之所以痛苦，在于追求错误的东西；与其说是别人让自己烦恼，不如说是自己的修养不够；一切随它去，自在在人间。命运负责洗牌，但是玩牌的是我们自己。

抛弃烦恼，放弃诱惑，就会有另一种人生的精彩。

东汉末年，神医华佗的美名在民间传开了，这引起了东汉朝廷的注意。朝廷于是举华佗为“孝廉”。通常被举为孝廉的人，都出身名门贵族，被举为孝廉，就有希望做官。像华佗这样的平民百姓能够被举为孝廉，实在是难得。

乡亲们得知华佗被举为孝廉时，不禁喜忧参半。喜的是华佗可以做官了，可以了却父母的心愿，光宗耀祖了；忧的是如果华佗做了官，谁来为乡亲们看病呢?

可是很多天过去了，却不见华佗有丝毫离开的意思。“难道消息是假的吗？”有乡亲问华佗。

“不，是真的。”华佗说，“但我拒绝了。举孝廉，对那些不学无术的纨绔子弟来说，也许是做官发财的阶梯，但对我来说，只不过是一个虚名罢了，哪里有我为乡亲们治病更有意义呢！”

几年后，同样的事情又发生了。而这次不再是徒有虚名的“孝廉”，而是来自都城洛阳太尉府的征辟信，只要被应征到都城的太尉府，马上就可以成为朝廷的正式官员。这次乡亲们仍然舍不得华佗走，但他们还是打心眼里为华佗高兴。

“这回你可不能再拒绝了。”有乡亲说，“这可是真正的官，你会有府邸、奴仆、家丁，有权有势……总而言之，好处多着呢！吃了这么多年苦，你也该享受一下了。”

“是啊，别再拒绝了，你父亲临终时最大的心愿就是希望你能做官，为华家光宗耀祖，你可别再让他失望了。”

华佗笑着摇了摇头，说道：“谢谢乡亲们的好意，但我还是决定不做这个官。做官不适合我。况且，我最擅长的是医术，如果周旋于官场，那便是民间少了位良医，官场多了个庸才，于国于民都不是件好事。至于光宗耀祖，我多救几条性命不是更有意义，更对得起华家的列祖列宗吗？”

于是，华佗再次拒绝入朝做官，坚持做一个平民百姓，钻研医术，救死扶伤。

生活中有很多诱惑，也有很多我们想做、想要、想体验、想完成的东西。但生命有限，没有任何人能够同时做很多事，每件都能做好。其实，人的一生，能够把一件事做好就不容易了。

抛弃烦恼，精心做好一件事，这也是在做好人，社会需要这样的好人。这样的好人，也会得到回报，也会对自己的人生有个好的交代。

（写于2017年7月2日）

平等待人，是正直的品质

我几次听到这样一件事情，有人路过某机关大院门口，低着头一边走路一边在想问题，不小心微微地碰到了干部模样的人，连声说了几个对不起。走着走着，又不小心踢翻了路边保洁员的垃圾桶，连招呼也不打径直朝前走。和他一前一后走路的人，给了他一个鄙视的眼神，心里直犯嘀咕：什么人哪，对人如此不平等。

我们每个人都有自己独立的人格，无论职务高低、资历深浅、知识多寡、生活贫富、身体强弱、年龄长幼，人格上都是平等的，相互之间的关系也是平等的。

世界著名的文学家萧伯纳一次到苏联访问，在街头遇见一位聪明伶俐的小姑娘，就和她一起玩耍。离别时他对小姑娘说："回去告诉你妈妈，今天和你玩的是世界著名的萧伯纳。"不料那位小姑娘竟学着萧伯纳的语气说："你回去告诉你妈妈，今天和你玩的是卡嘉。"这件事给萧伯纳很大的震动，他感慨地说："一个人无论他有多大的成就，他在人格上和任何人都是平等的。"

儿时，我家里虽然也很穷，但每当看到有人讨饭上门时，父亲就教育说，不能看不起他们。所以，我从小就养成了一个习惯，对那些嫌贫爱富、势利、歧视他人的人，虽然他们有权有势，我会自然而然地从心底里就瞧不起他们。

现在的社会里，有势利眼毛病的人也不难见到。有些人有了一些钱，就瞧不起其他的人，甚至包括自己家的穷亲戚；有的人自己住上了别墅，路过老家邻居的平房，主人招呼：进来坐一会儿吧！他连手都懒得挥一下，开着车一溜烟儿地朝前去了；有人对山珍海味趋之若鹜，但对路边的麻辣烫嗤之以鼻；那几个蹲在马路边吃盒饭的工人和在天桥摆摊的人，原来都是在一个村里住着的，而现在有的人却投去鄙夷的目光；有人背负着巨大的痛苦和债务，艰难地度日，原来的熟人变成陌人，连一句关切的话都没有，而是避而远之。

而有些人见了有权有势有钱的人，溜须拍马倒是有一套功夫。他们似乎还有理由，没有这一套功夫，怎么让自己平步青云。

不过，有些奉承太过明显的时候，也会弄巧成拙。有一次，我听到一位领导批评下属，你经常说这些恭维的话，让我觉得很难受。以后你再说，看我怎么收拾你。那位下属半天也说不出一句话来。但那些喜欢溜须拍马的人，领导一转身就变成另外一副样子，说话口气完全不同了，似乎想让别人也学他的样子，对他也处处恭维。

学会平视权威，也是一种涵养。

英国首相布莱尔偕夫人来到法国西南部的一个小镇度假。

虽然是首相夫妇大驾光临，但小镇依然我行我素，该晒太阳的晒太阳，该谈恋爱的谈恋爱，每个人都生活得自在而有序。

明知布莱尔是个“大人物”，但大家仿佛不当一回事，因为众生平等。

布莱尔喜欢泡吧，小镇唯一的一家酒吧老板丝毫不给面子，按预定计划关门休假去了。不过，老板仍然很礼貌地在酒吧门口留下这样一张字条：“欢迎布莱尔先生和太太，很抱歉，现在我们在放假，假期结束后我们会回来的。抱歉！”

人学会了平视权威，自己也会有了底气，平凡的人也会变得高贵起来。对有优越才能的人来说，懂得平等待人，是最伟大、最可贵的品质。

平等待人，更多的需要有权有势有钱的人，带头不分贵贱，不因别人的身份、职位而区别对待，平等地对待每一个人，自己才能赢得更多的朋友。

丘吉尔任装备部部长的时候，有一家军工厂的工人大罢工。他们派出了一位工人代表与丘吉尔谈判。要面对的谈判对手是声望很高的高官，那个工人代表心里很紧张。可丘吉尔到来后，却笑呵呵地主动跟他握手，并说道："我的朋友，为什么不一起喝杯茶，吃块饼，边吃边聊呢？"就这样，工人代表被丘吉尔拉到了餐桌上，两人的交谈十分愉快，很快便达成了共识，一场风波就此平息。那位工人代表提到丘吉尔，说："我感到坐在我对面的不是高官，而是我们的兄弟，是的，他真的把我们工人当兄弟！"丘吉尔没有用自己高官的身份去压迫工人代表，反而是像兄弟般平等地对待对方，赢得了对方的好感，化解了风波。

丘吉尔的母亲也是受到万人尊敬的。

有人问她，是否为自己当首相的儿子感到骄傲?

她说："是的，我还有一个儿子正在田里挖土豆，我为他们俩感到骄傲！"

平等待人，就应该抛弃自己在身份职位上的优越感，不要盛气凌人，不要自觉高人一等，而是亲和地对待对方。你的亲和，体现的是你的善意和风度，能帮你赢得好感，化解矛盾。

以平等待人的办法换位思考，善于从对方的角度和处境认知对方的观念、体会对方的情感、发现对方处理问题的个性方式，实现共情传达，才能做到真正的平等，达到感情上的共鸣。

做到平等待人，重要的是戒骄戒躁。孔子提出"君子泰而不骄，小人骄而不泰”的观点，老子倡导“慎终如始，则无败事”的思想。在安徽桐城有一条六尺巷，是指清代文华殿大学士兼礼部尚书张英的老家人与邻居争宅基时，张英不偏不袒，互判三尺，同等对待。古人先贤早就倡导做人要有平等待人的品质。

现实生活中，能保持平等待人品质的人也不少。有的人心地正直、善良，有很强的包容力。他们不喜欢占他人便宜，也讨厌阿谀奉承、拍马屁的人，对没能力的人不会欺负，对那些能量大的，却不屑一顾，他能他的，我过我的，也不去巴结他们；有的人不会见利忘义，落井下石，对朋友真诚相待，从来不玩心眼儿；有的人对人对事从来都是公平公正，他们不懂得讨好别人，也不想去溜须拍马。为人刚正，大方得体，有同情心，还特别重情重义，为了朋友可以两肋插刀；有的人心地善良，乐善好施，有一颗慈悲之心。他们绝对不会趋炎附势，故意去讨好别人，更不会虚情假意待人，而是真心真意对待身边的家人朋友。我们身边就有不少这样很正直的人，遇上了就要好好珍惜。

康有为说：“人人相亲，人人平等，天下为公，是谓大同。”平等，是每个人都渴望得到的。每一个正直的人都会维护自己的尊严。你能尊重别人，别人就会尊重你。对别人缺少尊敬，也就是不尊重自己。人是有感情的动物，所有的一切都是从相互尊重开始的，需要平等的理解和信任。超出了平等的要求，很多事情是荒谬的。没有利益关系的交往，才是真正的友情。有句话说得好，“勿以身贵而贱人，不以富贵而骄之，寒贱而忽之。”

平等待人，不仅是一种生活态度，而且是人的高贵品质。懂得这个简单的道理，会让人终身受用。

（写于2017年7月8日）

或许，自己没有想象的那么好

有一家公司要招聘一位成熟人才，有人去应聘了，因为应聘者在一家知名大公司曾经有过十多年的工作经历，自然被招聘单位看好。应聘也自然会谈到薪水，可是他开出了一个很高的数字，尽管用人单位并不情愿，但还是录用了他。

一段时间以后，他工作并不顺手，有些技术过去也没碰到过，甚至有点力不从心。这时候他反思，有些自己知道的东西已经过时了，更糟糕的是，现在单位里的同事也看不上自己的工作习惯，也许自己的工作方法也有些老旧了。在老板没有看到自己实际价值的时候，就去讨价还价要薪水，这是不明智的做法。

他在单位里，并没显现出有什么特殊的能力，工作中许多事情反而常常让自己很尴尬。又过了一段时间，他就主动离职了。

一个人在那个位置待久了，往往会产生孤芳自赏的想法，总觉得自己很了不起。随着“价格”的升高，人又往往会高估自己的价值，炫耀自己的能耐，甚至于不断地吹嘘自己。这样，泡沫就产生了。也许在一个小单位里，自己确实有些小能耐，但到了大一点的单位里，特别是在那些人才济济的地方，那就相形见绌了。

有时候，成人也会常常活在童谣里。自己长大了，才发现生活没有想象的那么好。

小时候，我们每个人都会有想象未来世界的时候。夏天的夜晚，在外面乘凉的时候，每当自己看到天上有无数的星星，也会想象到那些星星似乎在微笑；自己也会相信，飞船在宇宙的另一头发生了什么故障，需要英雄去完成使命；自己也许会莫名其妙地想到，白雪公主和花仙子到底谁更漂亮；也可能会问小伙伴，黑猫警长会不会抓米老鼠？一休哥的脑袋一直用手指磨会不会很痛？因为自己还是个孩子，所以那时候的想象，世界都是美好的。

当你度过了青春期，去工作了，发现世界并不是自己想象的那么美好。

当自己累了的时候，在生活的间隙，你也许会想到，人为什么要长大，要是能回到小时候该多好。不管自己的梦多么的幼稚，也总会得到父母温柔的呵护。可现在完全不同了，一切要靠自己的奋斗。没完没了的奋斗，成了千篇一律的生活。没有了小时候用幻想编织的森林与城堡，只有越来越气派的写字楼和大卖场，现在自己的脑子里再也飘不出那些缤纷的气泡，全部被填成了车子房子那些怎么也解不开的方程式。

自己工作了，离开了父母，就会渐渐地失去了被人呵护的权利。那些天真，只能让自己在阴森森的世界里被撞得鼻青脸肿，但却很少有人会帮你擦干失望的泪水。

我也很欣赏一位青年帖子里的一段话：当你在盯着电脑看报表的时候，小王子在思念着他的玫瑰花；当你挤进塞满了人和气味的公交车，舒克和贝塔正开着直升机在蓝蓝的天空闯荡；当你顶着房贷的压力辛苦奔波的时候，大草原上的小老鼠早已拥有最温馨的农场；当你踩着高跟鞋走进会议室的时候，大头儿子、小头爸爸和围裙妈妈正在围炉夜话。

我们可以把世界想象得美好，尽管有些事情不太现实，但一个人有想象比没有想象好，说些无边无际的傻话，没有人会怪你，也没人有什么权力能阻止你拥有颗澎湃的童心。

但我们毕竟生活在现实中，现实生活没有你想象的那么可爱和有趣。生活往往会磨平了你的棱角，但也并不可怕，人活着，就注定要走一条不平坦的路。

人在前进的道路上，有很多的选择。昨天晚上，我听了一位领导的报告，题目叫《清醒》，是的，人更多的时候需要选择清醒。

人的脑子清醒了，就会发现，我们真的没有自己想象的那么重要。就算自己取得了一些成绩，也要想到别人比自己更努力；就算别人对自己有误解或是攻击，自己也要勇敢地成长，承认自己的幼稚；就算自己比过去努力了，也要防止自己的放纵和退化；就算别人知道自己曾经做过一些傻事，也要诚实以对，不要让人感觉自己的虚伪；不管自己过得怎么样，在别人心目中，自己真的没有那么重要。

有一位青年跟我说，我真的已经很努力了，但许多好事往往跟我失之交臂。难道我真的想象出了问题?

这位青年在一段时间里确实做出过许多努力，他也给自己列过很多奋斗的清单。在上大学的时候，也找过兼职，做过家教，还买过一大堆书，给自己规定时间写日记，去找与自己专业无关的考证资料，去听那些绘声绘色的演讲，还跟同学合伙做生意。

那个阶段，他一会儿看书，一会儿写东西，一会儿在网上发布兼职信息，一会儿在做英语试卷，一天到晚忙得筋疲力尽，在自己的想象中，比自己再努力的大学生真的很少了，自己一定会有一个灿烂的未来。可是，后来他研究生也没考上，找工作也处处不顺利。

在反思这件事情的时候，他说，现在回过头来看看，当时自己的头脑确实不清醒，那一段的努力，也是自己内心的不安和空虚感造成的。只是为了随大流而去做的。其实，自己的那些努力，也没有想象的那么好，有些也只是给自己，或是给外界造成一个安慰和假象，也可以说，是制造出来的忙碌。只有自己受挫折了，失败了，才会后知后觉，列再多的奋斗清单也没用，只有坚持不懈，不浮夸，做真实的自己，才有真正的价值。

我想也是，如果不把自己想象得那么好，就会投入更多的精力去学习，而我们学习的最大障碍不是未知的东西，是已知的东西；居高常虑缺，持满每忧盈。妄自尊大，只不过是一个假面具；有时候自己想做的那些事，是别人替自己种好了庄稼，自己只是伸过手去收割而已；收获了成功，然后就去无限地放大自己，说什么我给你做了这么大的贡献，你就给我这么少的薪水。弄不清是自己在那个平台上获得了成功，还是自己让平台获得成功；放大自己的人，就是最大的谄媚者，和它相比，其他的谄媚者都显得很有理智；最大的骄傲与最大的自卑都表现出心灵的软弱无力，都是不可取的。而骄傲的人，往往通过骄傲来掩饰自己的卑怯，自己的骄傲多半是基于自己的无知。

我们不要把自己想象得太伟大，不要让骄傲支配了自己，因为骄傲，往往会让自己变得固执起来，也会拒绝有益的劝告和友好的帮助，还会失掉客观的标准。把自己想象得很伟大的人，就会滥用自己的优点，自己只会看到超过别人的地方，而看不到自己的不足。昨天晚上《清醒》这堂课上得好，真正入脑入心了，就不会把自己想象得那么好，就会有属于自己的最强大、最慷慨、最自豪的真正的勇敢。

（写于2017年7月9日）

面对人山人海 做个实实在在的普通人

我出生在一个普通乡村的家庭，从小就习惯了普通人的生活。几十年过去了，我没有多大出息，仍然是一个普通人。虽然过去也多次转换岗位，但自己连一点短暂辉煌的感觉都没有，倒是在记者这个干活的岗位上，有一些个体劳动者的体会。

也不是因为胸无大志的原因，只认定做个普通人，我从小也崇拜英雄，也希望自己活得光鲜亮丽。在老家的同龄人中，干大事业的人有的是。我也努力和拼搏过，由于自己的能力和水平不够，所以多少年过去了，自己还只是旷野里的一株野草。以退为进，也许是一个不错的选择，于是，长期以来，我选择了做普通人。

做普通人，也不是让自己的精神颓废。我跟所有的普通人一样，也有着人性的弱点，有自私、有虚荣心，也有惰性。现实的生活在教训自己，道德也让自己看清了这些弱点，然后去不断地改进，完善和提高自己。

不管遇到什么挫折或暂时的困难，我都注意努力去克服。当然，我也不自命不凡，自己不是真命天子，能改变人类，改变历史，改变世界的许多事情，但我们可以做好普通人，做好自己的工作，做好家庭的事情，尽可能地帮助身边需要帮助的人，在普通的岗位上，也同样可以实现自己的价值。

当然，我也不是吃不到葡萄说葡萄酸的，我看那些手握权力的人活得也不那么容易，他们也要付出很多，有时候他们还不如我们普通人那么自由。他们虽然有着我们普通人所不具备的权力和资源，但是权力不是私有财产，只是为国家服务的。从本质意义上说，他们也是普通人。所以，我们所有的人，都需要做回普通人，担负起普通人所能担负的责任！

在当今社会，有时候其他人很可能因为你的社会地位等原因，不把你当普通人。例如，在酒桌上入座或敬酒的时候，纯粹因为你的身份，别人就给你更多的尊敬和照顾，敬酒的时候，别人也会把自己的酒杯放得更低一点。别人要如此对你，有时候也没什么办法。但是，你不能忘了自己是个普通人。如果认为自己成功以后，就可以高高在上，那就只能让我们这些普通人瞧不起你，或许你在前进的道路上也会遇上阻力。

现在很多人不想做普通人。他们总是希望自己成为人上之人，名片上的头衔不怕印得多，出镜的次数只嫌少。

现在的家长们，更是教育自己的孩子要出人头地。我对老家那些什么中国教育看某地夸大其词的用语不感兴趣，但是，我们老家崇尚教育的风气确实十分浓烈，他们那种一切为了高考的做法有点令人吃惊。但不管怎么样，目前还只有高考能让普通人家看到孩子成长的希望。所以，我们老家每年考上清华、北大等名校的学生不在少数，考上大学的比例越来越高。他们也许只有一个目的，不让孩子像自己一样普通。

最近，网上讨论鼓励孩子做普通人的帖子不少。不要认为孩子上了名校就能决定一切；优先把孩子放在第一位的家庭，也出现了许多悲剧。

许多人家普遍注意到了胎教，孩子一生下来，家长对他们就寄予太多的希望，希望孩子将来成为科学家、外交家、首富、歌星、球星、明星、高考状元，而很少去想让自己的孩子健康、快乐、豁达、彬彬有礼、风趣幽默、举止文雅等等，无法接受自己的孩子将来成为普通人。

我想，这些普通人的想法太不普通了，总是把自己的梦想附加给孩子的未来，追求虚幻缥缈的目标。难怪有小孩跟我说，他们的时间不属于自己，是属于妈妈的，自己做什么不做什么，都得听妈妈的安排。

幼嫩的孩子怎么能承受起这么沉重的担子。快班要朝里挤；幼儿园里的奥数班也要抢；为了挤进大城市的好学校，10多万元一平米的学区房也得买。没有哪一个国家的家长，像今天中国学生的家长如此地热衷于“抢跑”。

可是，我们的教育很悲哀，当年的尖子生、竞赛的获奖者、金牌的得主，却很少成为科学领域的一代大师。

冷静地想想，现在这种培养孩子的方法值得探讨。有人说，按照现在这种办法培养孩子，家长花上了毕生全部的心血，就怕哪一天自己生病了，孩子即使来到了自己的身边，他们恐怕连一杯水都懒得给你倒。所以要鼓励自己的孩子，学会做一个普通人。

网上有这样一个故事，讲的是芬兰的一个小孩子在10岁那年为家里做了一点事情，他可能觉得需要有一些回报，于是就写道，“取回生活用品20芬尼，把信件送到邮局10芬尼，在花园里帮大人干活20芬尼……”如果你的孩子突然有一天给你一张这样的纸条，你会作何反应，也可能会暴跳如雷。而这个妈妈看到这个账单没有说什么，把钱放在那儿了。小孩拿到钱的时候，看到妈妈给他写的另一个账单：“彼得欠妈妈如下款项：为他在家里过的10年幸福生活0芬尼、为10年的吃喝0芬尼，为他生病时的护理0芬尼，为他一直有个慈爱的母亲0芬尼……”这是一种艺术。可是，我们现在家长缺少的就是这样一种教育艺术，缺少教育孩子做普通人的心理准备。

我是普通人，我深知做普通人的难处。

我老家农村有一个老实巴交的农民，老伴儿去世早，他又当爹又当妈，好不容易把儿子拉扯大，还花了全部家当让儿子上了大学。他儿子大学毕业后留在了城市工作，到了结婚成家的年龄，可是哪里买得起那么贵的房。一次，他跑到镇上的医院，等到没有别人的时候，偷偷地问医生，听说人有两个肾，我能不能卖掉一个？医生问他为什么，他说儿子现在急着要用钱买房子，可我哪来的钱啊！经过医生的再三劝导，他才放弃了这个念头。

有一个家住上海父母下岗的中年人回顾说，当年上学时体会不深，现在想想我们这些普通人家当父母的有多难啊，特别是能让我们上个大学很不容易。她说，普通人是什么？普通人最不能预判时代大潮，当潮流改变后，只能死死抓住身边的碎木头，用尽全力才不让自己淹死。

90年代中期，当在厂里做了几十年工的父辈们关闭最后一个隆隆作响的机器，夜班结束的职工们在弄堂里席地而坐，车间主任为同事们开完最后一个会，工人们把更衣箱的衣服、茶碗等生活用品整理好，许多人是倒退着一步步走出厂门的，一个车间大约1000多人，一下子全部下岗。面对下岗，职工们不理解。有职工即使是机器停下来，还是每天“上班”去，坐在机器旁边，机器拆走了，就坐在空荡荡的厂房里，一直等到厂房拆除，仍有一些职工给家里人说自己每天上班，实际上，他们却整日地坐在苏州河边。

普通人的无力，并不只是存在于历史里，而真正当一个普通人，也不是我们想象的那么容易。

很多从普通家庭走出来的孩子，也许失去了很多宝贵的记忆。回忆的长廊总是因为年久失修而人为地丧失很多领土，而有些人甚至没有感到惶恐。即使留下来父母的艰辛的记忆，也只是那些支离破碎的片断，原本就不曾经拥有过多的冲动，忘记了自己从普通家庭走出来当初的模样，隔着书本，也闻不到那种充满黄土味的世界，总觉得自己的生活是那么的枯燥和无聊。因为迟来的对这个世界的敏感，没有想到自己错过了很多让生活本不该如此乏味的记忆，因为迟迟不甘承认出生在普通家庭，自己又是那么的普通。

自己慢慢长大了，也许才知道有意义的人生其实不存在，意义是人赋予的。拯救地球的超人和清理下水道的工人其实都是一样的。粗茶淡饭、秋收春种、流水作业的生活也是我们普通人的朝圣。如果自己不够敏感，也不够强大，就要说服自己做个知足常乐的普通人。

我们普通人有普通人的幸福。我们有似水年华、清粥小菜的陪伴。在岁月中慢慢沉淀，并且接受自己，热爱生活；我们有一种从外到内的转变，可以把目光从别人的身上收回来，审视自己的内心，关注自己正在过的生活；有些事情并不是那些风光无限的人所需要的，但这是我们普通人的工作，只要是值得的，我们就要热爱，我们不需要别人的掌声，只要自己懂自己的内心就行；我们虽然普通，但能接纳更多事情，那些看似平淡无奇、呆板木讷，也可以与众不同；我们普通人虽然活得不易，但我们不去传递伤感，做自己的小太阳；我们的生活虽然没有太多的轰轰烈烈，但我们也不去选择落魄，而是活自己的有趣；未来我们虽然无法预测，但我们可以把握当下；我们不可能一步登天，但我们可以迫使自己慢慢游向未来。

我们做普通人，就要从内心真正地认识并接受自己的平凡普通，当然，这需要有一个过程。我们需要真正地放下浮沉纷扰，回归内心的平和，专注于生活的细枝末节，从容淡定地生活在每一天里。我们普通人的事业舞台虽然没有那么开阔，但我们可以容纳很多事物，我们的世界大了，在普通的生活里，欣赏身边的一切，我们也会很美丽。

（写于2017年7月24日）

那些暗中努力的人
永远会让你大吃一惊

那些暗中努力的人永远会让你大吃一惊

青年小何进步很快，一年后当了车间副主任，两年后当了生产部经理，以后的两三年里，每年都有进步，就这短短的四五年功夫，就升任到公司副总经理。与他一起进公司的同学都说，他是烧高香了，天生的幸运。

可是，很少有人知道他的暗中努力。他在上大学时，当别人拿着父母的血汗钱吃喝玩乐的时候，他却很辛苦地做兼职，很少问家里要钱；参加工作了，别人下班了在玩手机剧的时候，他去乘40分钟的公交车，已经在图书馆拿着书看了几个小时了；别人下班了觉得很累，抓紧洗漱躺到床上休息的时候，他在默默地写下工作日记，在做明天的工作计划。

小何跟我说，一个礼拜的时间，一眨眼的功夫就没了，总觉得时间不够用。自己不按部就班，每天8小时工作，8小时处理生活上的事和休息，还剩下8小时，自己就把它利用起来，做一些自己要做的事情，一年下来，也可以比别人多做几件事情。多少年来，他一直都是这样安排的。

有些上班族说，8小时是单位的，其余时间都是自己的，这话当然也没有什么错。

据说，8小时工作制是空想社会主义者罗伯特·欧文在近200年前提出的。工作的8小时，你将其赋予工作；此后的8小时，你为内心的自己工作。

为自己的内心工作，这里就大有讲究。有人说，下班回到家里，会很少打开工作邮箱，因为自己过了做家庭作业的那个年代。要么就是和家人一起吃饭的时候，聊聊单位里的八卦，要么就看看电视，很多的时间在玩手机，很少做与本专业有关的事。夜深人静的时候，偶尔也想写点东西，但在大学里参加演讲比赛的那股热乎劲早就飞到了九霄云外，写个几行字，就像做一篇大论文那样难，总觉得还是打打麻将和泡泡脚比较轻松和享受。有时候也喜欢与人聊天，交流见过的事，遇到的人，自己很少动脑筋，也是心悦诚服地“任人评说”。

其实，人这样一天又一天地混着，自己的思维是混沌的，更没有什么逻辑，有时候想回忆一件事，也觉得很模糊，记不得有哪些美好和糟糕。有时候别人说一件很简单的事，自己却觉得很深奥，弄不清其中的道理，分不清哪些是有趣的，哪些是无聊的。

一次，我参加一项活动，活动的主办方请来了央视一位著名的节目主持人，因为有一件事需要跟主持人去交流，活动前，我去后台找他。我看到他在那里非常投入地背诵主持词，我不忍心打扰他，后来等到整个活动结束后，才去与他交流。

但这件事让我思考了许多。平时自己只看到主持人在台上口若悬河、滔滔不绝、口吐莲花、娓娓而谈，却从没有想过他们背后的艰辛。没有那台下的功夫，没有那暗自的努力，哪来的出口成章、妙语连珠。他们做了暗自的努力，才能在人前显得轻松如意。

要想得到这个世界上最好的东西，就要把最好的自己交给这个世界；所有的梦想都要靠自己全力以赴地去努力实现；即使是披荆斩棘，也要咬着牙坚定地走下去；生活不是等待风暴过去，而是学会在暗中努力，在雨中起舞；所有的纠结和磨难，都只是嘴角的微微一笑。

时间对人是一视同仁的，给人以同等的量，但人对时间的利用不同，所得的知识也大不一样。

牛顿16岁时数学知识还很肤浅，对高深的数学知识甚至可以说是不懂。“知识在于积累，聪明来自学习”。牛顿下决心靠自己的努力攀上数学的高峰。在基础差的不利条件下，牛顿能正确认识自己，知难而进。他从基础知识、基本公式重新学起，扎扎实实、步步推进。他研究完了欧几里德几何学后，又研究笛卡儿几何学，对比之下觉得欧几里德几何学肤浅，便悉心钻研笛氏几何学，直到掌握要领、融会贯通。遂之发明了代数二项式定理。传说中牛顿“大暴风中算风力”的佳话，可为牛顿身体力学的佐证。有一天，天刮着大风暴。风撒野地呼号着，尘土飞扬，迷迷漫漫，使人难以睁眼。牛顿认为这是个准确地研究和计算风力的好机会。于是，便拿着用具，独自在暴风中来回奔走。他踉踉跄跄、吃力地测量着。几次沙尘迷了眼睛，几次风吹走了算纸，几次风使他不得不暂停工作，但都没有动摇他求知的欲望。他一遍又一遍，终于求得了正确的数据。他快乐极了，急忙跑回家去，继续进行研究。有志者事竟成。经过勤奋学习，牛顿为自己的科学高塔打下了深厚的基础。不久，牛顿的数学高塔就建成了，22岁时发明了微分学，23岁时发明了积分学，为人类科学事业做出了巨大贡献。

而我们有些人不是在暗中努力，却在别人面前装作很努力，显得很有正事，私下却过着懒惰和懈怠的生活。

有人喜欢说，我很忙，我要做的事很多。其实，他们的作息比较反常，昼伏夜出，好像也没有什么正事儿，却给人造成一种假象，他们似乎与人说一句话的工夫也没有，让你感觉这个人很努力。别人在工作的时候他在玩耍，别人在休息的时候，他好像又在那里工作，让人丈二和尚摸不着头脑。

有的人家里脏乱，外表却收拾得人模人样，目的是为了引起别人的注意。私下懒惰懈怠，表面勤劳努力，可能是为了换取别人好的评价。这种虚弱的假装，其实没有任何的意义。一个人想暗中努力，不需要外在的表现。

我有这样的体会，写文章别人也看不出来。有时候也很轻松地走来走去，四处闲逛，甚至和人聊天。其实，也许这个时候我的脑子都快炸了，在苦思一个主题，在冥想一段话。真正写起文章来，时间一般都在别人休息的时候。在和别人一起开会工作的时候，别人很少看到我在写文章。因为这是我自己想做的事情，没有任何人逼我这样做。

互联网时代，每个人都可以有自己不同的暗中努力。在这瞬息万变的时刻，有很多的机会摆在我们的面前，要么迎难而上，要么随波逐流。8小时以外，有人暗中努力积极打通信息孤岛，互联世间友人，整合更多资源，创造非凡人生。也有年轻人打麻将，甚至赌博，戏谑人生。做出什么选择，权力都在自己手中。8小时以外做什么，预示着一个人这辈子做什么。

人的一生，就没有什么轻而易举就能得到的东西，你所看到的光鲜亮丽，不过是人家的暗自努力。

我采访过许多暗中努力的人，在他们看来，人的一生，以小时算，有数十万小时，而这点时间对每个人来说，又是多么宝贵。浪费一分钟，就失去了60秒。一个人对时间的利用，实际上就是对生命的把控。这些暗中努力的人总是有多个计划，随时准备应对突发情况并能从容应对。他们从不打无把握之仗，即使是临场发挥，也是在充分准备的基础上。那些暗中的努力者，永远会让自己大吃一惊。

（写于2017年7月29日）

努力为了什么

人的努力第一需要当然是为了生存。除了生存的需要，我们所做的努力，不是为了要感动谁，也不是要做给哪个人看。

如果自己的努力既能帮助他人，也能成全自己，那当然是最理想的选择。

但有许多事情是不以自己的意志为转移的。每个人都希望做自己喜欢做的事，希望既轻松自由又能获得财富。但这样的机会太少。

有时候为了生存，去做一份工作，明明不开心，却又无可奈何。因为我们是成年人，不能不顾社会与家人的责任，而去狂热追求自己喜欢做的事情，生存和责任的确很重要。

但是答案不只是一个。我有一位朋友，他原本有一份稳定的工作，看起来也有很好的薪水。但是他并不快乐，也不甘心，于是他辞职了。当时他也困惑过、迷茫和焦虑过，他也不知道自己的未来会在哪儿，想做什么和能做什么都不知道。他的理由很简单，做真实的自己，做自己想做的事，实现自己的兴趣，创造自己的人生价值。

他突破原有的思想束缚，敢冒风险，不怕吃苦，善于学习，积极创新，他经历了几次失败，付出了昂贵的学费，经过多年的努力，他终于成功了，实现了他对自己的生活的向往：自由、做自己所爱、不焦虑而又能踏实生活。他用激情替换了安全的压力。

这位朋友辞职后开始什么也没做，停下来花半年时间到国外去旅游，没有任何目的。他有时间了，放松了，自己就有了足够的时间和精力，也不再被工作与生活拖着走，他真正地做回自己的主人，也不去刻意做什么，有精力的时候，他自动找些事情做。一个人的成功至少要经得起三次失败，急于求成，结果将一事无成。

当然这个经验也未必适合每个人，更不可直接复制，但我们可以从中得到启发，我们的努力究竟为了什么，每个人都有不同的活法，但每种活法都需要体现自己的人生价值。

（写于2016年10月6日）

压　力

现在与人见面聊天，说到最多的一个词就是压力。

压力，这件事到底是怎么回事？我看过许多名人访谈，在这些成功人士面前，几乎很少谈到压力这个词。

我也缺少心理学知识。人往往会出现呼吸短促、肌肉紧张、颈部和下背疼痛、睡眠问题、胃口改变、对惯常的爱好失去兴趣、悲伤流泪等。这是人遇到外来胁迫等情况时产生的生理症状。这更多的是一种恐惧和担忧，但并不完全代表压力。遇到这种情况，小孩子更多的说是害怕。成人就少了许多恐惧，但当自己想要做的事已超出身体的忍耐极限时，我们的焦虑和压力障碍也会出现。

我们的情绪是否可控，说是不要被情绪牵着鼻子走，但自己真要成为情绪的主人也不是一件容易的事。我也试过很多的方法，效果不明显，有时情绪一上来，就控制不住。看来这不光是方法问题。更多的是心理承受能力的问题。要能够对逆境引起的心理压力和负性情绪，有适应力、容忍力、耐力和战胜力。在我们的生活中，压力无处不在，纠结和不安往往如影随行。尤其是当事情发展不顺利的时候，自己往往焦躁不安，这个时候喝再多的心灵鸡汤也没有用。

这就需要静下心来，慢慢找回自己。用平常心去想一想，自己刚来这个世界时有什么呀，我这一次失败了又能怎么样，为什么老是要把自己想得这么完美，一次失败说明不了什么，跟成功没有关系，承认自己的不足，坦然面对现实，一切都会过去的。

德国天文学家开普勒，从童年开始一直多灾多难，在母腹中只待了7个月就早早来到了人世。后来，天花又让他变成满脸麻子的模样，猩红热又弄坏了他的眼睛。但他凭着顽强、坚毅的品质，顶住了常人难以忍受的压力，发愤读书，学习成绩遥遥领先于其他同学。接着压力又来了，因父亲欠债使他失去了读书的机会，他就一边自学一边研究天文学，在以后的生活中，他又经历了多病、妻子去世、良师去世等一连串的打击，但每次压力都没有难倒他，他仍然坚强地挺立着，从未停下对天文学的研究，终于在59岁时发现了天体运行的三大定律。他把一切不幸都化作了推动自己前进的动力，以惊人的毅力摘取了科学的桂冠。

压力，对弱者来说，是无底的深渊，但对强者，是洗礼之水，是无价之宝。

顶住了压力，打开自己心上的结，别人的帮助是有限的，还得靠自己的调节，只有自己努力了，压力才会慢慢消退。我们可以主动去发现自己生活中的美好事物，自行寻找快乐，从而让自己有更多的知足、自豪、快乐、感激的积极情绪。

我发现，抗压能力也与人的格局有关。格局大的人，一般都有乐观的人格。因为乐观的人格可以释放压力，调节自我，当遇到再大的挫折，也不会产生天要塌下来了，甚至活不下去了的念头。他们的认知能力也强大。同样一件事摆在面前，格局大的人总喜欢从更多正面、光明的角度去思考问题。当问题到来的时候，他们总会有解决的方法，他们进行自我控制、自我宣泄来释放压力，当然也会寻求帮助，通过自己深度思考解决问题，等下次再发生类似问题时，自己就会变得淡定从容，事情就能顺利地扛过去。

（写于2016年10月26日）

熬过去，成功在向你招手

有人在某专业的岗位上工作了十多个年头，工作踏实肯干，专业水平不断提升，单位同事和领导也看好他，可他提出要辞职，理由是看不到自己的发展前景。有朋友劝告说，单位里能人多，也许一时半会儿轮不到你。但事业正在发展，熬过这一段，后面有的是机会。可他认为，我就最怕这个熬字。熬的日子不好过啊！

是的，熬日子是不好受。但成功是需要等待的。有时候自己没有成功，并不完全是因为不用心；不完全是因为不专业；不完全是因为不真诚。也许是因为缺乏耐心，缺少时间的等待，时间不够，离成功有些远。成功是时间的函数，耐心与成功的概率成正比。

我一位朋友的儿子，是一位80后的大学生，与他一起进单位的同学跳槽两三回了，他相信自己能够成功，有耐心地等待，不轻言放弃。他好学上进，立足本职，肯吃苦，钻研业务，从一线操作工干起，有班组长、车间主任、部门主管的经历，被提拔为副总经理、总经理。公司上市他也分到了原始股。他说，放弃是最容易的，也许多年的坚持，只用一两分钟就可以做出放弃的决定。那些早期跳槽的同学当时工资比自己高出许多，但自己不眼红，只想老老实实用实际行动证明自己的价值。真正有价值的，是不会被埋没的。

当然等待是需要付出代价的。因为项目的不成功而放弃；因为被关注的不够而放弃；因为加薪的不及时而放弃。这样的事例并不少见。

但是，现在不成功，不代表你不会成功；现在的失败，也不代表你永远的失败。成功许多时候需要时间。随着时间的推移，有些事情的条件也会发生变化，成功的条件会也在变化。一切都是源于坚持，从某种意义上说成功是熬出来的。

一位成功人士说："比我有才华的人，没有我努力；比我努力的人，没有我有才华；既比我有才华，又比我努力的人，没有我能熬!"

马斯金和迈尔森获得诺贝尔经济学奖的年龄均为56岁，而最早提出"机制设计理论"的赫维奇已是90岁高龄的老人。瑞典皇家科学院称，赫维奇是有史以来年龄最大的诺贝尔奖获得者。赫维奇为成功等候了近半个世纪。

有价值的事情就不能轻言放弃，放弃是一种不负责任的草率与放纵，只有坚忍才是对自己信仰的守候，是对社会信托责任的实践。生活总会遇到困难，面对困难，不东张西望继续朝前走，一次不行，就再来几次，我们总能翻越过去，成功就在前面等着自己。

（写于2017年2月17日）

创新也是做自我

昨天，我陪同朋友参与一个项目的交流，甲方谈模式创新，乙方也谈了思维创新。创新，已经成为一种新常态。听大家交流是最好的学习，活在创新的场景里真好！

斯坦福大学开学演讲中一个核心的观点叫做——比想象力更难的，是按自己的价值观行动的勇气。

对创新的态度各不相同，有的是希望人家创新自己跟谁，而自己不想做出头椽子；有的是人家创新了，我来挑你的毛病，找出了一大堆不能做的理由，谈的尽是些矛盾。创新并不意味着一定能成功，但不创新就找不到可能性。

创造可能性，也有可能找到新的目标。但有的人思维方式是先把不可能放在前面。越想越不可能，越不可能，越不去行动。当然新的可能性也并非无中生有，而是通过创造性的构思对现有资源和条件进行非常规组合和利用，自己给自己创造商机，给自己创造平台。真正的创新，是创造新的可能性，是创造自己的生活。

也有些人一开始对创新很有热情，也有冲动，但遇到一点困难或挫折，就轻易放弃，错误地认为创新就是玩新鲜，不去想执行创新是一个痛苦的过程；有些人自己不喜欢创新，但对创新总是持怀疑态度，怀疑合作方是不是在忽悠自己什么，内心很排斥它。加上没有用适当的方式去沟通和交流，让一些创新的合作大打折扣，或者无果而终。

我的一位充满创新思维的朋友，他对创新有着自己的想法，他认为，创新要有做自我的理念，自己认定的创新，不管别人说什么，自己要坚定不移地朝前走。对持怀疑态度的合作方，要有足够的耐心把事情说清楚，让对方慢慢理解，并和自己站在一起朝前走。

创新，就是自我革命，革自己的命，用刀捅自己，总是很痛苦的，没有一点勇气是做不到的。一个人否定他人很容易，否定自己就没有那么容易了。而创新就是要不断地否定自己，颠覆自己，做最好的自我。

这是一个最好的时代，这是一个充满颠覆性的时代。在这个时代里，没有创新的压力和动力，就会失去自己的活力。

我与一些朋友交流，字里行间看得出他们往往不是接受新理念，而是说了许多创新失败的事例和教训。创新失败的概率是很大的。有些创新也不是事先计划出来的，也是不可预测的，高失败率的情况确实存在，但是高回报勇于创新者的案例也不在少数。有些人喜欢做马后炮，说什么当时我也想过的，要是那个时候做就好了。光有想法，没有行动，一切都是零。

创新是要讲逻辑的，但过于逻辑的思维也很难创新，因为创新还要借助于想象力。所以，创新有时是理性的，有的时候也是非理性的，我们要在两者之间找到平衡，这就需要有自己的判断能力。从这个意义上说，搞创新，也是做自我。

（写于2017年3月23日）

成功不成功，你不试一下怎么知道

最近，老家有两个年轻人在讨论创业问题，争得面红耳赤，问题的焦点在于有没有风险。一个说，我没有资本，只能做包赢不输的生意；另一个说，做生意哪能包赚不输呢，我们还年轻，大不了亏了再来。

有一句话说得对：年轻是资本，试错就趁早。

为什么有些人有说干就干的任性，不去考虑那么多的成功不成功，先试一把再说，因为他们年轻；为什么有的人可以一见钟情能见到长期交往的朋友，在最短的时间内接触到最高等的知识，接触到印象最深刻的事情，积累起自己终生的财富，因为他们年轻；为什么有的人在奋斗的过程中没有时间去说奋斗，失败了，心累了，换种心情，重新再来，因为他们年轻；为什么有的人对未来没有那么多的奢望，不会恐慌，缺少对未知的不安，不在焦虑中逃避，而是不断地在与现实的碰撞和试错中，探索着自己的意义，从而慢慢地走向心智的成熟，因为他们年轻。

年轻是值得骄傲的，年轻是年代的福利，也是每个人成长过程中最辉煌、最值得回忆的一个阶段。

当然，也不是所有的年轻人都具备试错就趁早的想法。特别是一些年轻人看到同龄人成功了，自己更加迷茫，不知所措，但又怕去尝试，脑子里老在转一个问题，如果失败了怎么办。他们不愿意去尝试做不同的事情，更不愿意试错，搞不清楚自己究竟想要怎样的生活。

行动力是迷茫的天敌，最佳的行动力就是去试错。如果什么都不去试，就一直在想自己到底适合什么工作，哪怕把头想破，你也找不到答案。人生就是在不断犯错、不断改错的道路上走过来的。年轻人没有资本很正常也不可怕，可怕的是连试错的低成本也不肯出。年轻时不肯试，等年纪大了留下的只能是后悔。这个世界上什么药都可以买到，就是后悔药买不到。最棒的人不是从没犯过错的人，而是独自咽下失败的苦果继续前行的勇者。所以说，试错是一种勇气，归零是一种智慧。

试错，就要有失败的心理准备。

有了这种准备，就能遇上更好的自己。试错就会有失败，失败当然是可怕的、痛苦的，每个人做事的目的当然也不希望失败。我们也不容易在试错中轻易找到原因。有些事情虽然失败了，但也说明我们曾经努力过，并没有什么难为情的。失败了也不要难过，不要逃避自己的责任，而是要找到失败的原因，找到改正的方向，趁着年轻积累人生的经验。

有些人，在做事之前总要想一大堆的不可能，当然做事情评估风险是对的，想了一大堆的不可能，还要想想怎样去克服和挑战这些不可能，才是我们正确的思维方式。

现在一些年轻人喜欢用香奈儿香水，这个香水的故事也对我们有启发。

1920年，在法国康邦街31号有一个时装设计沙龙，一个叫可可的女孩已是时尚界里赫赫有名的人物。

可可一直希望自己能够拥有一款独特的香水。可纵观市面上几种品牌香水，千篇一律地都是靠鲜花里的花香来调制。为此，可可有了一个想法：何不自己研发一种独特的香水来扩展自己在时尚界的版图呢？

确定目标以后，可可找了巴黎香水界著名的“鼻子”恩尼斯，告诉他想要做自己的品牌香水。她给恩尼斯提出了要求：“我的香水里不要一丝玫瑰的味道，我要一种完全人工合成和设计的香水！”听到这样的要求，恩尼斯吓了一跳：“人们都追求自然的香味，为什么你偏要人工合成的呢?你的想法简直太奇特了！”

刚好，恩尼斯正在研究乙醚，它是一种极易挥发的合成物质，可以用来麻醉。如果少量用乙醚，可以让植物香气轻灵地散发。可可大胆地建议，何不用乙醚来调制香水?恩尼斯把头摇得像拨浪鼓：“还从来没有人敢用乙醚来制作香水呢！”

“为什么我们就不能打破这个常规呢?”看着这个倔强又认真的女孩，恩尼斯终于答应可可尝试一下。

没过多久，恩尼斯就创造出了一种没有单一主导型的香水。乙醚，也首次按特殊的比例与多种高级香精一起混合，这令不下80种成分在嗅觉中获得提升，从而使香水拥有一种十分魔幻的诱人香味!

1921年的一天，恩尼斯把研制出的几种香水样本交给可可，让她挑选一款比较满意的。细细闻过之后，可可挑出了其中的第5款，兴奋地说：“就是它了，它就是我想要的香水!我要把它命名为香奈尔5号！”

有了挑战不可能的想法，就会有试错和创新的思路，有了试错和创新的思路，就愿意亲自试一下。因为不试一下，也不知道什么叫可能和不可能。

（写于2017年5月3日）

懂得感恩的人，生活也会顺畅很多

每当孩子要去参加工作，当父母的总是千叮咛万嘱咐：到了单位要好好听领导的话，与同事好好相处。这实际上说的就是人要懂得感恩，感恩这份工作，感恩单位领导和同事，感恩工作平台给自己的学习机会，满怀感恩之心去工作。这是父母给踏上社会之门的年轻人上的第一课：感恩！

家长们是这样想的，企业也是这样做的。在企业里，懂得感恩的人会更受欢迎。人力资源专家表示，许多知名企业在招聘员工时，看重的不仅仅是他们的专业知识，而是他们处理问题的方式和融入企业的态度，换句话说，就是能否怀着一颗感恩之心去踏实做人、做事。

感恩就是一种换位思考。到了单位之后，懂得感恩的人，会更多地考虑别人，考虑别人的感受，感恩别人对自己的付出，自己多为别人着想，这样，自己的关系才会更加融洽，团队也更加和谐。这样的人，朋友就会多，自己有困难，别人就会主动来帮助。

我们的每一份工作都有宝贵的经验和资源，自己遇到失败而沮丧时有人会开导你，获得成功的喜悦时有人会为你窃喜，当你对工作松垮时有人会提醒你，当你遇到残酷的竞争时有人会鼓励你。懂得感恩的人，得到经历的锻造也多，会让自己逐步走向成熟，走向成功。

感恩不仅是人的修养，也是一种生活态度。人生路上用每一份感恩的情怀对待生命的际遇，生活便会如暖阳一样明媚，就会是我们生命中的每程绚丽风景。

法国一个偏僻的小镇，据传有一个特别灵验的水泉，常会出现神迹，可以医治各种疾病。有一天，一个拄着拐杖、少了一条腿的退伍军人，一跛一跛地走过镇上的马路，旁边的镇民带着同情的口吻说："可怜的家伙，难道他要向上帝祈求再有一条腿吗？"这一句话被退伍的军人听到了，他转过身对他们说："我不是要向上帝祈求有一条新的腿，而是要祈求他帮助我，叫我没有一条腿后，也知道如何过日子。"一个失去了腿的人，接纳失去的事实，不再为过去掉泪，为活出自己的生命价值而感恩。

有一位年轻人跟我说，我很懂感恩，有人帮过我的忙，我已经送过东西了，感恩过了。当然这也是一种感恩，但对感恩的理解有些浅薄。感恩是人们共同的感情，可能更多地是表达内心的声音，感恩更多的是表现在平时。感恩是一种美德，不是一时的行动。感恩是我们生存、成长的动力。当我们感恩我们的社会、祖国、自然的时候，我们会更加热爱生活，关心身边的人，感恩自己的生存环境。懂得感恩的人，就会发现身边善良的人多。感恩是内心的感恩，不是口头支票。我们要想把自己的生活过得顺畅一些，就要学会感恩。

感恩是需要长期培养的，从小时候的家庭教育开始，父母就要跟孩子说，像乌鸦反哺、羔羊跪乳，动物都有感恩的心，人更要有。现在网上有很多文章在说，不懂感恩的孩子，长大后比狼还可怕；不懂感恩的王子，当不了学霸等等，说的都是这个道理。

不懂得感恩的人，不仅自己日子过不好，社会也不欢迎。

曾经一位富有的老华侨，归国后想资助一些贫困地区的学生，于是，在有关部门的帮助下，他找到了一些有受捐需求的孩子的联系方式与地址，每人寄去一本书一些笔，并随书标注了自己的电话号码、联系地址以及邮箱等信息。

老华侨的家人和朋友十分不理解老人的做法：为什么送一本书还要留

下联系方式？在不解与质疑声中，老人像是焦急地等待着什么，或是守在电话旁、或是每天几次去看门口的信报箱、或是上网打开自己的邮箱。

直到一天，终于有一位收到书的孩子给老人寄来祝贺节日的卡片(也是唯一与老人联系的孩子)，老人高兴极了，当天就给这个孩子汇出了第一笔可观的助学资金，同时毅然放弃了对那些没有反馈消息的学生的资助。

这时家人才明白，老人是在用他特有的方式诠释“不懂得感恩的人不值得资助”的道理。

我们做人无论怎么样，别人帮过自己，要懂得感恩，即使你不感恩，也不要恩将仇报；有人帮忙是好事，但帮忙是情分，帮忙不是本分，一定要珍惜对自己好的人，千万不要把别人的情分，当成自己的福分。更不要把别人对自己的好，当成理所当然；对于那些帮助过我们的人，我们一定要牢记在心，学会感恩。

不懂得感恩的人，你钱再多也是不幸福的；不懂得感恩的人，你的脑子再聪明，也难以获得成功；不懂得感恩的人，你认识的人再多，关系也好不到哪儿去；不懂得感恩的人，你的欺骗手段再高明，最终的结果还是竹篮打水一场空。

有人说，我的成功不是感恩出来的，而是自己努力的结果。当然，每个人的成功都离不开自己的努力，但一个人的成功也不是一个人的努力就可以做到的，离不开多方面的因素。自己的每一次行动都离不开同事的理解和帮助，平时也会从别人身上学到知识和经验，无论自己的行为多么完美和明智，都不能不对别人心存感激。

有一位朋友从普通职员晋升到了公司总经理，他说，我刚进单位的时候，自己什么也不懂，更谈不上什么经验，是大家帮助我一点点成长的。那几年，我总是怀着感恩的心态去工作，没想到，生活却给予我更大的回报。现在我仍然需要用这种心态来管理企业，我要尽最大的努力来回报这一切。

感恩能带来更多值得感恩的事情。受人恩惠不是美德，报恩才是。一个品德高尚的人，一个有亲和力和影响力的人，一个有着独特的个人魅力的人，总是懂得感恩的人。

人生总有太多的感恩，我们要感恩相识，感恩相惜，感恩相随。

（写于2017年5月5日）

不是你不够勤奋，而是缺少了方向感

有一位青年昨天跟我说，自己去参加了几次同学聚会，总是看到这样的情景：分别不过几年，有些人已经在事业上小有成就，而自己还在守着毕业后的那个职位原地踏步，这个问题总是困扰着自己，让自己百思不得其解。

后来这位慢慢地悟到了，其实原因也很简单，不是他们有多大差别，也不是他不够勤奋，而是自己输给了方向感。

有方向感的人，必然是擅长学习善于思考的人。这样的人不会只局限在眼前的工作，一定会在方向上找原因，别人为什么做那么好？而自己的问题出在哪儿？如果自己是老板，我会怎么做？自己给自己出题目，自己又在不断地找答案。勤于思考是这些人基本的生活态度。他们不仅看到问题的表面，而且会看到事物的背后；不仅看到眼前，还会研究未来；不仅自我学习，还会向他人学习。

谁都想改变自己的生活，可是改变生活的态度各不相同。

有的人说，知道自己该怎么做，可有时就懒得去做；也有的人说，我知道那些建议很好，但我现在的日子过得还可以，为什么要去想那么多；还有的人说，我已经找到了自己的问题，可是没有人给我答案；有的人说，我没有兴趣没有时间没有办法去尝试新的东西，只能按照现在低起点的日子过下去。

起点低不是问题，每个人都是从低起点开始的，因为开始时大家都差不多。但是因为方向感不同，生活态度和工作能力不同会把距离拉开。这个差距也不是一天两天形成的，而是常年累月带来的结果。

人生就是一场马拉松，刚开始起跑快一点慢一点不重要，能坚持到最后才是赢家。实际上，马拉松的后半程，拥挤程度远比你想的低。

有方向感的人，不会低估自己的惰性。有惰性的人，往往习惯于满足现状。拥有了现状后，自己也渐渐习惯了，因此，渐渐失去了追求和努力。直到某一天幡然醒悟，原来自己早已落后他人。

当年，福特汽车的创始人亨利·福特在制造著名的V8汽车时，明确地指出，需要制造一个引擎，里面8个汽缸。随即，他指示手下的设计师，马上着手去设计。

可是，并不是所有的设计师都买他的账。其中一个设计师觉得，想要在一个引擎中装设8个汽缸，简直就是不可能的事情。他对福特说："开玩笑，这根本就是天方夜谭，按照我多年的经验，这个设计根本不可能完成，我愿意和你打赌，要是有谁能够设计出来，我就放弃一年的薪水！"

福特笑着接受了他的赌约，因为他坚信自己的设想。虽然现在还没有人设计出来这种引擎，可是如果自己能够多一些努力，多搜集一些资料，在现有的引擎的长处中加以分析和改进，一定能够设计和生产出来。

后来，其他工程师全力配合福特，在全世界范围内搜集各种引擎资料，并且加工整理。在大家的精心设计下，奇迹出现了，不但8个气缸的引擎被设计出来，还正式生产了出来。

那个设计师对福特说："我愿意履行当初的赌约，自动放弃一年的薪水。"

这时候，福特回答说："不用了，薪水我会照常付给你，可是我觉得你也许并不适合在福特公司工作。"

这个故事告诉我们，一个人想做一件事，就有1000个理由要去做，不想做这件事，也会说出1000个理由不能做。想安于现状的人，总能找到借口。借口越多越没有方向感。生活是自己的，自己想装睡，别人也没办法叫醒你。

有方向感的人，会经常反省自己，会问自己的现状有哪些是好的，哪些还不够好，哪些是自己想要的，哪些是自己不想要的；今天积累的东西，明天哪里用得着，然后计划怎样改变现状，一步一个脚印地去实施，真正改变现状，过上自己想要的生活，去找自己的远方和诗。

只有方向明确了，才知道自己的路该怎么走。有目标并敢于坚定地往前走的人，机会来了，就不会错过。

有目标的人睡不着，没目标的人睡不醒。马云说：年轻人，你不去创业，不去旅游，不去接受新鲜事物，不去给身边的人带去正能量，整天挂着QQ，看看微信，逛逛淘宝，拿着包月的工资，干着不计流量的工作，千篇一律地重复着昨天的生活，干着80岁老人都能做的事，等着天上掉馅饼的美事，你要青春有什么用？

我们不是圣人，不是伟人，都是平凡的人。平凡的人，也可以有不一样的人生。就算没有人为我们鼓掌，我们努力了，也可以自我欣赏。方向感找到了，我们就不可能沉沦下去，也不可能当满足现状的俘虏。

那位参加同学会的青年朋友，你虽然很勤奋，还是不能输在自己的方向感上，你还年轻，趁着年轻，趁着还有人生追求的时候，去打败这绊脚石，你的明天就会成为另一个模样！

我们每个人的努力，并不等于机械地重复动作，在人生的道路上，我们更需要明智的思考，眼光不只局限在眼前。

（写于2017年5月6日）

掩藏在内心深处的伤口是可以治愈的

现在人都赞成这样一句话：每个人心中都有一道暗伤。这个伤口不轻易告诉别人，而自己也不敢轻易去碰触，总希望掩藏在最深的角落，随着岁月的推移，有一天伤口会自己消失。其实，这只是一种天真的想法。

我认识几位成功人士，他们整天忙得神神叨叨，有时候想与他们见上一面也不忍心打扰。有时连他们的家人要见上一面也要预约。这些成功人士其实也没有什么幸福可言，他们的时间早就被跟与成功有关的事情拿走啦，被一群相关的人裹得严严实实。在外人看来，他们财富的巨大累积带来了无比的光环。而他们也有自己的伤痕，这就是把生命浪费在最美好的事情上。

有一位朋友前些年也出国了，住在非常漂亮的别墅里，在网上还时常晒出孩子在国外如何读书如何成功的帖子，很多人都投以羡慕的眼光。可是很少有人知道，他的家庭发生过多次的变故。

外人眼里看到的完美，是对生活永远满足的微笑，也是怡然自得的姿态。生活里的幸福和成功很难定义，人也很难有完美的人生。只有经历过真实的生活磨砺，才会懂得怎样对己怎样对人。要让自己满足，心思不可太重。伤痛才是一种生活的领悟，生活的礼物。伤痛里开出的花朵，是真实的生活里的诗，如泣如诉。

我们为什么对别人开什么样的车，住什么样的房，穿什么样的名牌那么在意，说明我们心里有内伤，有一道跟自己过不去的坎。

发现自己的内伤，学习生活里的伤痛，忍住疼痛，开出自己真实的花朵，那种幸福，那种财富，才是自己真正的生活馈赠。

我们每个人都是演员，都是自己人生戏中的主角，演出也没有一个落幕的时间表。舞台上的我们，别人看到的是光彩的一面，努力背后的泪水与汗水只有自己知道。

每个人有自己的梦想，自己的生活，每天都有自己忙碌的繁琐事情，有些事情一不留神就变得陌生了。我们学会了坚强，也看淡了一些，渐渐地，生活中的小伤口会愈合，到最后，过得好不好也只有自己知道。

时间不饶人，年龄在增长，有些事情懂得多了，看透得多了，也许快乐会变得越来越少了。小时候遇到痛苦就会哭，长大了遇到痛苦可能会笑，那种笑是为了不让别人看到自己的不如意。

我们不得不承认时间改变了很多。这个世界上，谁也不是谁的永远。这件事要不要做，我自己决定，好不好自己知道，我变没变自己明白，懂不懂自己清楚就好。

努力过后看世界，世界会变得不一样。看得清世间繁杂，却不要在心中留下伤痕。要及时整理自己的心情，忘记那些不愉快的往事，听听音乐，看看风景，说能说的话，走该走的路，见想见的人。

有的年轻人物质生活很好，有房有车有孩子，在单位与同事之间关系也不错，但他们也有内心的伤痕。他们与父母的关系处理不好，这些事情也不好对外人说。就是因为观念上的差异，话总是说不到一起去，有的甚至躲上整年不回家。有些父母爱子心切，总喜欢管头管脚，什么都要管，说什么你穿这件衣服不得体，那种打扮也不合适。孩子的言行本来没有问题，只是不符合父母的心意和标准，就被贴上“长这么大了都不懂事”之类的评语。在那些家长的眼里，孩子总是没有长大。尽管这些家长是为孩子好，但是还是给孩子心里留下了伤痕。

在面临重大选择时，要求孩子必须听自己的，比如是否读研，找什么工作，是否与某个人结婚，要不要生孩子等，如果双方想法一致，那皆大欢喜。如果孩子不同意父母的观点，那就会陷入一场长久的拉锯战。孩子就会陷入自我怀疑、自我否定中，最终还是服从父母。

看来，有些内心的伤痕来自外部。孩子长大了，他们会独立思考。现在他们各方面的压力很大，当父母的，没有必要再给他们增加压力。压力过大会伤人的，有些孩子为什么会得抑郁症，为什么他们的正当理由得不到父母的理解，让他们感到自己是全世界最委屈的那一个。这样的事情做多了，父母亲自己的内心也会留下一道伤痕。我看还是见好就收吧。

当然，治愈自己心灵上不为人知的伤痕，归根结底还是靠自己。有些路，只能一个人走。那些邀约好同行的人，一起相伴雨季，一起走过年华，但有一天终究会在某个渡口离散。我们每个人都是带着使命来到人间的，无论自己多么地平凡渺小，多么地微不足道，总有一个角落会将自己搁置，总有自己存在的地方。我们即使在属于自己的狭小世界里，不管内心有多少道伤痕，也能守着简单的安稳与幸福，不惊不扰地度过一生。有过伤痕的人才会知道自己当初想要追求的是什么，如今得到的又是什么。每个人都有过微笑，有过眼泪，是记住也好，忘记也罢，生命本来就是一场轮回，来来去去，从来没有停歇过。我们可以把该忘记的都忘记，让自己漫不经心地从一个故事走进另一个故事里。人生有太多的东西不能割舍，无论是悲伤还是喜乐，翻阅过的光阴都不可能重来。每一条路都是荒径，每一个人都是过客，每一片记忆都是曾经。既然我们都是过客，就应该以一颗从容淡泊的心，走过山重水复的流年，笑看风尘起落的人间。这样，自己那道不为人知的伤口也会随着时光淡去。

（写于2017年5月12日）

人的敏感到底好不好

有的人天生就很敏感，据说有15-20%的人，属于高敏感人群。

社会上对敏感的人很警惕。人过于敏感了，别人与他交往就很吃力。

单位里有领导点名批评了一些不良现象，有人就会敏感地自己对号，认为批评的就是自己，结果吃不好饭，睡不着觉，成天闷闷不乐的。这种在心理学上被称为神经质的毛病，一旦惹上了，也很麻烦。

过于敏感的人，总是在乎别人对自己的评价，往往对一些鸡毛蒜皮的小事存在心里，患得患失，斤斤计较。

人的性格是不一样的，有些人爱开玩笑，说起话来很随便，有的人听了笑一笑就过去了，而有的却很当真，别人随随便便的一句话，他却要东想西想，琢磨来琢磨去，想出一大堆的问题。别人早就忘记了，他却越想越难受，甚至记上了仇，认为别人跟他过不去，让自己活得很累。有的稍有不如意，就浮想联翩，开始钻牛角尖，沉浸于烦恼中，吃的就是过于敏感的亏。

一位网友说，生活中要远离过于敏感的人，否则会给自己带来麻烦。有位先生过于自卑，单位里有位善良的女孩因同情而安慰他，他却以为那是一种示爱；还有一位先生，当邻居家的女孩子想搭他的顺风车时，他也以为那是对他有好感；有一个女孩子，因完不成上司完成的工作而得到一位好心男士的主动帮助，她也以为他爱上了她。

这位网友说，不要与过于敏感的人离得太近。人活得何必那么敏感，其实做人有一点钝感也不错，这也是一种才能。有的人受到批评甚至责骂，也不气馁，无忧无虑地活着，这就是钝感强的人。

跟过于敏感的人聊天，一点也不觉得他们可爱。一说到钱的多少，他就怀疑你说他穷；一说到年纪，他就认为你说他老；一说到房子，他就知道你说他怂；一说到看书，他就觉得你说他文化低；一说到外表，他就觉得你嫌他长得丑。无论你说什么，根本与他不搭界的事，他也会往自己身上拉，这样，必然有很多人远离他。因为他们总觉得时时处处都有人在注意他，甚至认为别人在和他做对，把小事看得过大，或把自己幻想出来的感觉当成真事，自己给自己增加不必要的心理压力。

看来，过于敏感，不仅伤害自己，也会伤害别人。人活着，多一点钝感倒也没有什么不好。

这样说来，似乎敏感这个词成了贬义的。

其实并不然。敏感是一种特质，敏感不是一种缺陷，更不是一种错误，我们要对敏感辩证地去看。如果敏感发挥得好，它同样是一种优势。在职场上，我们就需要有职业的敏感。

比如乔布斯，他的观察能力特别敏锐，他曾花一个月的时间在上千种黄色里去挑选一个他最满意的颜色，尽管这千种颜色在很多人看来，毫无差别。但这种丰富的感知背后，他看到了别人没看到的，察觉了别人没察觉的，这就是敏感产生了价值。

敏感的人更容易捕捉到细节，这些细节可能并不是环境当中突出的特征，会被很多人忽略，但敏感的人却不需要特别的留意，就能感知并记忆。

单位里有一个同事，原本整天乐呵呵的，突然有一天，他变得消沉起来。一位同宿舍的同事敏锐地发现，他可能遇上了麻烦，于是就找他谈心，了解到他本来家里经济就不宽裕，妈妈长期生病，头一天父亲又查出了重病，这下爷爷奶奶也没有人照顾了，况且自己的女朋友也吹了，这一系列的事情压得他喘不过气来。他承受不了这样的压力，自己也不想过了。这位同事立即把情况向领导作了汇报，大家一起想办法，帮他渡过难关，改变了他轻生的念头。从某种意义上说，是那位同事的敏感挽救了他的生命。

敏感的人不单单是对事物有更强的觉察力，他们也很擅长体察他人的情绪状态，他们可能会从一个微笑一个眼神中就洞悉了别人的心情，同时他们自己也会比常人感受到更强烈的情绪起伏。情绪本身也是对个体的强烈刺激，这意味着敏感的人可能比一般人有更多的信息要处理加工。

正是这位同事，因为对他人的情绪状态敏感，他才更容易做到感同身受，善解人意。

其实，敏感也不是什么稀罕之物，每个人身上都有或多或少的敏感，只是在不同的场合和情境中有不同的表现而已。

敏感是一种礼物，可以让我们脱离粗鄙和麻木。它给予敏感的人更丰富的感知，让我们能在有限的时间内去体验无限，看到生命和世界的更多细节。

我们也不要去对抗敏感，而是应该减少隐患，学会怀有敏感的触觉，找到适合自己的生存方式。遇到了高敏感的人，只要我不是诚心对他有什么不好，就把话说开了，我不是针对你的，请你不要多心。我们可以把事情和人物关系考虑得更为全面，在行动之前，反复思量，细致处事，避免一些误会。用自己的正能量去抵消一些负能量，也是一个办法。

做任何一项工作的人，都要有自己的职业敏感。职业敏感度和个人兴趣、职业天赋、职业阅历等因素有着密切关系。

不同的人对不同的职业有不同的敏感度，有些人对某些行业或事情来说简直是天才，悟性极高，做事效率和质量都是一流的；而对另一些行业或事情却是愚钝不堪，怎么都不开窍；有些人工作时间长了，职业敏感度和工作能力相应增加，而有的人怎么培训，也教不出他的敏感性；有的人对自己喜欢的事情会有敏感性，对自己不喜欢的事情或行业，职业敏感度相对差一些。有没有敏感性，还在于自己不在这件事上花心思。

夏洛克·福尔摩斯是我们打小就熟悉的小说人物，在他的案件推理背后无不透露着他的职业敏感。

他看一个人能从衣着鞋帽和饰品看出它们的品牌、价格、产地和质地，从新旧磨损看出主人的相关经历，从沾着的泥巴知道这个人从哪儿来、那里最近的天气。

根据这个人的气色、体型或是肢体异常知道这个人是不是生病、他的病因是什么、是遗传还是外伤、是否和工作习惯有关。

对方如果掏出手表，他能知道手表的型号、产地、出产时间和价格；对方打电话他能从口音知道其成长地点，根据其措词和语气听出这个人的受教育程度，从神态和语调听出与通话者的关系。

如果通话者说要去一个地方，他能知道距离和怎么去，当地的餐厅、住宿和娱乐场所等信息，所去的地方代表着怎样的消费观和社交环境；如果对方掏出香烟或是打火机，他也能看出品牌、价格和产地，从吸烟的方式、手型以及点烟的方式上也能看出一个人的性格和与此有关的经历。

从一小段文字他也能读出一个人的工作领域，有哪些工作习惯和特征，写字时的背景和遇到的事情……

这种职业敏感帮助夏洛克成为了一个家喻户晓的大侦探。

当然，我们不可能每个人都成为大侦探，我们的逻辑思维和推理能力可以不必那么强，但是人有了一定的职业敏感确实对自己有好处。有了职业敏感，就会全身心地投入工作，越是热爱一个事业，越是能激发自己的职业敏感。仔细观察、认真倾听、全面考量、大胆质疑，不放过每一个细节，找到自己所要的发现，提高自己的洞察力和反应力。

从这个意义上说，人有点敏感，尤其是职业敏感，应该是件好事。

（写于2017年5月14日）

真正的赢家还是那些看得远的人

“站得高才能看得远”，这个道理大家似乎都懂，但真正做到就不容易了。

如果自己从小生活在一个资源匮乏的环境里，眼界往往不够开阔，加上平时不注意学习，也只能为基本的生活而操劳，自然也看不远；而有的人虽然所处的环境也不错，也见过大世面，见识也不少，但一遇到具体事情就会斤斤计较，这种人实际上也看不远。

只有看得远的人才能成大事。

刘邦当年被项羽的军队团团围困在荥泽——就是今天的河南荥阳——千里传书让韩信等人派兵来救他。

可那时的韩信正在齐国享受他的代理王待遇。悠哉游哉，好不快乐，大有与刘邦平起平坐的优越感。

刘邦送去的请求援助信，韩信也装聋作哑，跟刘邦打哑谜。

刘邦脸暴青筋：混蛋，他韩信今天翅膀硬了，竟敢不听使唤！

一边的张良赶紧劝刘邦：这些人都是为了自己的利益在打仗，心中就想着他们的那一亩三分地，像这些鼠目寸光的人，他们的最高理想也就是想做个诸侯王，想多得到一些土地，想多得到一些封赏……马无夜草不肥，人无横财不富，对待他们，你只需给他们吃点胡萝卜，这些马就会屁颠屁颠地往前走，听你差遣。你现在的办法是给他们许愿，说打败项羽平定天下以后，就分什么什么地方给他们。

刘邦脑袋一亮，马上开窍。立即就给这些人封官许愿了，说，只要我们灭了项羽，这块地方给韩信，这块地方给你张耳，还有那一块地方给谁谁谁，这块地方又给谁谁谁……我们都这样约定了，请你们赶快派兵来。

就这样刘邦凭着自己画的美好蓝图，成功地笼络了各方势力。使原处于弱势的自己，以群山压倒式的聚力，最终打败了强劲但势单力薄、孤军奋战的项羽。

刘邦面对韩信他们这些老部下们的挑衅与不忠，没有意气用事，斤斤计较，而是不计前嫌地努力营造共赢的局面，让他们自愿出兵。

这个故事告诉我们，格局远大的人，才能站得高，看得远。站得越高，看得越远。懂得舍小利获大利，他们深知人性的弱点，无利不往。他们用其敏锐的嗅觉捕捉一切可以双赢的机会。

看得远的人总是能看到别人看不到的东西，能够透过表象看到事物发展的本质；他们对于事物的评判有自己的标准，并能根据现在对未来进行预测；知道这些道理之后，自己又会积极去做。

现实生活中，有这样一个故事也很经典。

有一位农民，初中只读了2年，家里就没钱继续供他上学了。他辍学回家，帮父亲耕种3亩薄田。在他19岁时，父亲去世了，家庭的重担全部压在了他的肩上。他要照顾身体不好的母亲，还有一位瘫痪在床的祖母。

80年代，农田承包到户。他把一块水洼挖成池塘，想养鱼。但乡里的干部告诉他，水田不能养鱼，只能种庄稼，他只好把水塘填平。这件事成了一个笑话，在别人的眼里，他是一个想发财但又非常愚蠢的人。

听说养鸡能赚钱，他向亲戚借了500元钱，养起了鸡。但是一场洪水后，鸡得了鸡瘟，几天内全部死光。500元对别人来说可能不算什么，对一个只靠3亩薄田生活的家庭而言，不啻于天文数字。他的母亲受不了这个刺激，竟然忧郁而死。

他后来酿过酒，捕过鱼，甚至还在石矿的悬崖上帮人打过炮眼……可都没有赚到钱。

35岁的时候，他还没有娶到媳妇。即使是离异的有孩子的女人也看不上他。因为他只有一间土屋，随时有可能在一场大雨后倒塌。娶不上老婆的男人，在农村是没有人看得起的。

但他还想搏一搏，就四处借钱买一辆手扶拖拉机。不料，上路不到半个月，这辆拖拉机就载着他冲入一条河里。他断了一条腿，成了瘸子。而那拖拉机，被人捞起来，已经支离破碎，他只能拆开它，当作废铁卖。

几乎所有的人都说他这辈子完了。

但是后来他却成了我所在的这个城市里的一家公司的老总，手中有两亿元的资产。现在，许多人都知道他苦难的过去和富有传奇色彩的创业经历。许多媒体采访过他，许多报告文学描述过他。

记者问他："在苦难的日子里，你凭什么一次又一次毫不退缩？"

他坐在宽大豪华的老板台后面，喝完了手里的一杯水。然后，他把玻璃杯子握在手里，反问记者："如果我松手，这只杯子会怎样？"

记者说："摔在地上，碎了。"

"那我们试试看。"他说。

他手一松，杯子掉到地上发出清脆的声音，但并没有破碎，而是完好无损。他说："即使有10个人在场，他们都会认为这只杯子必碎无疑。但是，这只杯子不是普通的玻璃杯，而是用玻璃钢制作的。"

记者记住了这段经典绝妙的对话。这样的人，即使只有一口气，他也会努力去拉住成功的手，除非上苍剥夺了他的生命……

人生就像下棋，不到最后一刻，难分胜负。格局即布局，布局即结局。所以，抛开环境因素，看得远与不远，还在于自己的眼光、胸襟、胆识、心理要素。人生的赢家还是那些有格局看得远的人。

（写于2017年5月17日）

败在优势里比没有优势更可怕

一次我在上海要和几位朋友约会，有人提议去一家明星餐厅，也有朋友说，那个餐厅不像开始一阵了，现在越来越没有人气，菜也不好吃。

明星开餐厅，他们不愁投资，又不缺少知名度，他们有上千万的粉丝，这些优势也不是一般人所具备的。为什么还缺少人气呢?

我的那位朋友分析说，明星们总是怀着皇帝的女儿不愁嫁的心理，平时拍片忙，拍广告忙，也顾及不到店里的经营，服务员又没有经过正规的训练，菜也并不好吃，有了问题，顾客也见不到明星老板说理。开始去吃也就是追星心理，但时间长了觉得没有多大意思，到饭店光看明星照片，也喂不饱肚子。因此他们的生意越来越淡。

在实际生活中，人们更多地把目光投注在自己的优势上。的确，有优势总是好的，容易让人们从中找到更多的自信。明星们觉得自己开个饭店还不是小菜一碟，因此自己有冲动有动力摆开阵势，这是一般人羡慕不到的。优势也可以决定一个人的生活状态，但是优势也不是万能的。如果自己喜欢跑步，这可能是个优点，但是能跑多远，不是由自己的积极心态和激情来决定的，而自己的体能也是重要因素。有优势的人往往很难看到自己的劣势，看不到自己的劣势，也许就败在自己的优势上了。

据说，日本东京大学心理学教授远藤有木对近百名经常喝醉酒的人进行了调查。

他根据醉酒程度把这些人分成三种：第一种烂醉如泥，第二种神志不清，第三种头昏脑涨。

结果显示，烂醉如泥的人酒量比神志不清的人大许多，而神志不清的人酒量又比头昏脑涨的人大许多。

接着，远藤有木又调查了一些基本不喝醉的人，发现这些人酒量都特别小。

为什么酒量越大，反而醉得越厉害，而酒量越小，越不容易醉？

远藤有木形象地解释说：“生活中，水性较差的人往往淹不死，而淹死的多半是一些水性极好的人。这些都足以说明，劣势能给我们警醒，而优势却常使一个人忘乎所以。”

我们遭遇失败，往往不是因为劣势，而是因为优势。

我有哪些优势？我有哪些劣势？自己必须清清楚楚。有时候有劣势，也不是什么坏事，因为优势和劣势是可以相互转化的。

心理学上有一种效应叫“优势效应”，讲的是人们常对自己的优势或有优势的方面，有较多的自信。如果一味地看到自己的优势，麻痹大意，有时候就会在优势上栽跟头。相反，对于处于劣势的人，他们觉得自己哪些方面不行，就在哪些方面去努力，去弥补自己的短板，短板也许会成为长板。

德国著名音乐家贝多芬，28岁时得耳病，到57岁逝世的20多年的时光中，他身处在逆境中，每天都要与可怕的聋疾苦战。面对着命运的挑战，他高喊着：“我要扼住命运的咽喉！”的确，贝多芬没有向命运屈服，在有限的时间里，不放弃任何作曲的机会，大部分举世作品就是在这段时间诞生的。甚至直到全盲，他还不愿意放下手中的笔，继续作曲。最后他以顽强的精神终于在逝世前几年写完一生中最著名、最富有战斗力的作品《第九交响曲》，让人们看到他不屈服于逆势，为自己创造优势的力量。

有许多人身处在逆境，这是劣势。身处逆境并不可怕，可怕的是自己磨练不出坚强的个性，让劣势继续下去。能够将劣势转化为优势的人，他们的身上有一种改变现状的动机和艰苦奋斗的欲望，这就是顽强的生命力，让人看到劣势优势较量的生命力，显得尤为珍贵。不要害怕自己的劣势会影响到自己，反而是要抓住自己的劣势，把它变为优势加以利用。

当然，有了优势，也要善于发挥自己的优势才行。英国女科学家弗兰克林在1951年时发现了DNA，这本是一件足以获得诺贝尔医学奖的大发现，但她生性自卑，便怀疑这可能是错的。直到两年后，另外两位科学家沃森与克里克也发现了DNA，两人获得1962年诺贝尔奖。

我们可以利用自己的优势，弥补自己的劣势，在劣势中奋斗、拼搏和崛起，化劣势为优势，创造出一片属于自己的新天地。拼搏的过程是痛苦的，拼搏多了，有进步了，痛苦也就少了。人没有了痛苦，也许会有卑微的幸福。

人的优势，除了客观条件，往往是通过个人奋斗来的。人具备了优势，又善于做自己最擅长的事，最容易获得成功，怕就怕人有了优势放松自己。优势往往会麻痹人的心灵，劣势反而会引起人的用心。有优势的时候也会因不小心而铸成大错，没有优势也许会因为倍加信心而创造奇迹。

许多时候，我们不至于跌倒在自己的缺陷上，而是跌倒在自己的优势上。因为人往往看到了自己的优势，头脑容易膨胀，对周边的事物不再那么留心，也可能自作聪明，也许认为不用担心，因而放弃了努力，所以往往就会跌倒在自己的优势上。

人不可能有很多优势，但有了优势却失败了，让人遗憾。

（写于2017年5月26日）

我们不懂他们那套东西
但可以读懂他们

每到节假日，上海科技馆里总是叽叽喳喳，人声鼎沸，家长们带着孩子来参观学习。家长们总有一个朴素的想法，孩子可以不懂那么多的公式，但不能不懂科学。

有孩子说，科技馆挺好玩的，可以从早上进去玩到闭馆出来，还可以自己带些吃的当午餐，面包、牛奶、水果都可以。我们亲戚的孩子告诉我，进馆后直奔三楼的太空体验区，去乘车，否则不抢在前面的话，排队等的时间太长，一天就来不及的，地震体验也挺有趣，那里真是太好玩了！

孩子们从小一定要了解科学，虽然不一定要搞清每个公式的来龙去脉，但至少应该明白一些道理。科学来自热情的疯狂，科学家有着那么足够的耐心和丰富的想象力。这些道理印在脑子里，对今后的成长很有好处。

我的朋友圈里没有什么大科学家，但接触到的科研人员也不在少数。

我曾参加过几次企业科技成果的评选活动，他们说的科学依据、技术参数、工艺指标，因为我没有工科背景，大部分无法听懂，但成果的社会意义和经济价值还是能听懂的。许多时候，我边听边想，感触到了他们强大的解释能力和预测世界的能力，他们总是有一种新的世界观，引发自己以新角度、新方法去看待世界。这也是科技的伟大之处。我想，如果自己具备了这些世界观，也许会对这个世界的认知发生改变。

我们不可能成为科学家，也不需要每个人都成为科学家，但具备一点科学常识，眼中的世界就大不一样了。

我有幸曾经采访过几位院士。

在很多人的眼里，科学家的形象已经成为一种概念化的模式，比较固定。科学家们是木讷的“书呆子”，社会交往笨拙，钻研晦涩难懂的问题，其实也不是。他们谈到了具体学科，真的很少夸夸其谈，他们几乎共同地谈到了冒险、执着和想象力，也谈到了机会成本、家庭成本、经济成本，他们的个性、气质、情绪，让我一次又一次地体会到了科学家的伟大。

他们不仅有一个高智商的脑袋，常常让人感叹，太牛了，太聪明了。他们都是非常专注、专心、尽责的人，很多科学家不愿意上媒体，不愿意乱讲，是因为他们有责任在心里，生怕说错；科学的进展要打破前面的理论，树立自己的理论。他们像保护自己的眼睛一样，保护着自己研究的领域；他们中的一些人，是比较内向的。特别是对报道他们的成果格外谨慎，生怕有一点过头的话。因为，做科学意味着永远要探索新的东西。永远都有未知的东西，永远都有没有解决的问题。他们喜欢在实验室待着，仰望星空，探索未知，选择做人类的奇葩，选择忍受自己苦涩的生活，一切都是为了获得新的知识。他们还有一个能不断碾压自己的大脑，恨不得挤出最好的东西，奉献给人类。

贝尼斯·埃杜逊研究发现，科学家有着一些共同的模式：他们是具有智力天赋的孩子，他们最大的天才是自己的心灵；孩提时代他们与家庭成员的关系较冷淡，对父亲更是冷淡；在知识的海洋中汲取营养，喜欢读书、猜谜、幻想，借此自娱自乐和逃避现实；因学习成绩突出而受到嘉奖；营造自己的“学习天地”，躲在里面，避开家庭的烦扰；追求新颖性、创新性和差异性，并宽容由此而导致的模糊性和不确定性；培养起学术反叛精神，在学术领域中奋斗；重视逻辑、理性，能控制感情；倾向于传统的婚姻；全力以赴地工作，只为工作本身，而不是为了炫耀自己。

我们向科学家学习，更多的不是学习某一门知识，更多的是需要学习他们的那种精神。大自然无法规避他们的慧眼，支撑他们的不仅仅是知识，更多的是一种做人的智慧。

（写于2017年5月30日）

是你选择了这个世界

有一次，女儿在上学的时候问了我一个有趣的问题：我们为什么出生在江北，而不是江南?

我回答说，世界上有些事情是没有办法选择的，比如出身不由己。

我知道，女儿喜欢上了江南的生活，她学校毕业后落户到上海。原本我也在江北的一个县城工作，后来我早早地离开了公务员队伍，重操旧业，在上海干起了自己喜爱的媒体工作。

我看到网上一些人在讨论这样一个问题，究竟是世界选择了我？还是我选择了世界？正反双方都说出了一大堆的理由。我不想去分辨，觉得讨论这样的问题没有多大的意义。

人的出身不由自己，确实没有办法去选择。但工作以后，就有了选择的机会。计划经济的那个年代，工作也似乎没有办法选择，学校出来以后只能由组织分配，分配到哪儿自己还不能随意改变。市场经济以后，双向选择成了主流，人就有了选择自己工作的自由。从这个意义上说，不是世界选择了你，而更多的是你选择了世界。

丰子恺在《豁然开朗》一文中说了这样一段话令人深思：

你若爱，生活哪里都可爱。

你若恨，生活哪里都可恨。

你若感恩，处处可感恩。

你若成长，事事可成长。

不是世界选择了你，

是你选择了这个世界。

既然无处可躲，不如傻乐。

既然无处可逃，不如喜悦。

既然没有净土，不如静心。

既然没有如愿，不如释然。

在后来的许多日子里，我与女儿多次地交流到一些人生的道理。你现在在外地工作，不是这个世界选择了你，而是你选择了这个世界。你的选择是否正确，要靠自己去掂量。自己的路要靠自己去走。自己的生活，不是活给别人看。有些人总是活给别人看，到了哪里，融入到哪里的生活，这是对的。但乡下的孩子也不要老是盯着城里人怎么活。没有必要揣摩着别人的想法，不要把太多人请进自己的生活里，去照顾着别人的情绪。生活是自己的。我们不要虚伪地去活着，不要给自己戴上面具，让别人看到面具下劳累憔悴的自己也没有关系，更希望看到一个真实的你。

我女儿觉得我的话有道理，她虽然生活在繁华的大上海，但她身上仍然保留着农家子弟的本色，这一点也让我感到很欣慰。因为她懂得了是自己选择了这个世界，所以这辈子，要活给自己看，活在自己选择的世界里。

她在做生意的过程中，也遇到了一些磕磕碰碰，但她心里是有准备的。虽然她选择了远方，不得不风雨兼程，但她懂得，前进是没有选择的，但是前进的方式是可以选择的。我看这些年来，她也学会了在选择中不断调整自己。

你选择了这个世界，也许没有你想象的那么美好，也不会有那么多的幸运。有时候别人在努力，只是你假装没看见罢了。每个人都不甘心自己的平庸，当然不去和别人相比，也不知道自己的平庸。我们也不要有太多的攀比，自己有安适的心灵就好，但我们每个人最终还是要对自己负责。

有的人选择了自己的世界，热闹并引人夺目。我们也不要太多地去羡慕，没有必要步步紧逼自己，还是做一个人群中真实自然的人为好，不张扬，不虚饰，还可以保持退后的位置。心有所定，只要专注做好自己的事就行。

既然这个世界是你自己选择的，如果生活不取悦于自己，我们还可以创造自己的生活。与其在意别人的背弃和不善，不如经营自己的尊严和美好。

这个时代真好，让我们有了选择世界的权利。那么世界是什么样子，也取决于我们自己的眼光。过去的自己和以前的世界又是谁创造的，是你从选择这个世界的那刻起，也是你之后用自己的信念创造着自己的实相世界。

人生就是选择，或彼或此，我们无时不在选择。正是因为有不同的选择，所以才会有千差万别的结局，才会有千姿百态的人生。人也总是在选择中前进的。

有人说，选择也是人生的一大难题，新的机会来了，有很多的可能性摆在自己的面前，但很难做出自己最后的决断，总是举棋不定，左右为难。有的人具有量力而行的睿智和远见，做出了很好的选择。有的人甚至觉得没有新的机会反而好，自己也已习惯了过去的工作。是的，人虽是自由的，却也只有选择的自由，有时也不拥有自由的选择。学会选择，就是学会审时度势、扬长避短和把握时机。我们需要做人生的选择，而不是做人生的赌博。

自己选择这个世界，一定有着自己许多的需求。而这世界上有很多需求，是创造者自己创造出来的。关于需求研究，福特曾经说：“如果你去问人们需要什么，他们会说需要一匹更快的马。”譬如电灯发明以前，关于照明，人们会说自己需要更长更大的蜡烛。那些简单浅显的需求，确实是可以一次性就理解的。就如同在乔布斯之前，永远没有人会告诉你，我需要一部iPhone，而今天，我们已经无法离开iPhone。

选择不仅是一种智慧，也是一种能力。我们有能力去选择自己的世界，更要有能力去创造自己的世界。

人的认识往往充满矛盾、充满不确定性，有时候上午这么想了，下午又改变看法了。我们不要试图追求万灵丹，事实上人生的道路上也找不到什么灵丹妙药。既然是自己选择的这个世界，就要努力坚持做最好的自己。

我们也不要追求精神上的狗皮膏药，许多道理不是我们不懂，而是轮到自己做起来脑子就浑了。我们要保持自己对自己真实环境的客观认知，学会自己观察、判断，也学会自己去思考。

我们要能够忍受这个世界的矛盾和复杂性，相信自己，能够选择自己的世界，也能创造自己的世界。

（写于2017年6月7日）

毕业这么多年了 哪能只做个为别人鼓掌的人

有一位青年跟我聊天说，他已经大学毕业9年了，还只是一个普通的职员。有的同班同学已经当上了副教授，有的混上了副处级干部，还有的自己创业当老板也干得风生水起。我真羡慕他们的能力，在上学的时候，我的成绩也不比他们差，有些同学好像还不如自己，而说来说去还是自己的命运不好。

我跟他开玩笑说，他们的爸爸是“李刚”吗？他说，那倒不是。

他也没有说别人进步有多少客观的理由，看来他也不是一个小肚鸡肠的人。

我说，你能看到别人的进步，为别人鼓掌，这是很好的事情。我愿意为你鼓掌！

现在，有些人不愿意把掌声送给别人，别人有了成绩，总是羡慕嫉妒恨，不能容忍别人的成功，这是一种不健康的心理。我们聊着聊着，他不断地点头，似乎同意我的一些说法。

当然，我们为别人鼓掌，也不是刻意抬高别人、贬低自己，更不是吹牛拍马、阿谀奉承，而是恰到好处地对别人进行肯定。为别人鼓掌，也是在给自己的生命加油。在自己成长的过程中，别人成功了的经历，也可以成为自己前进的动力。我们不能甘于平庸，一辈子只学会为别人鼓掌。

那位跟我交流的青年说，他这一辈子并不想成为一个很牛的人，只想安安稳稳地过完这一生。当然，这也是一个好的想法。但每个人总是会对自己的生活有一点要求，我们可以在每天重复的工作和日常生活中找到一点点别样的乐趣，这就要自己持续付出更多精力，忍受一段漫长痛苦的时间。

人有时候是不讲理的。谈付出的时候，自己很吝啬，总觉得自己已经付出得太多了；而谈得到的时候，自己又是那么地贪心，觉得上天最对不起的就是自己。这种双重标准让人失去了生活的方向。只有时间是最公平的，日复一日地坚持，是最有质感和魅力的事情。自己投入得越多，得到的回馈也就越多。别人也会为自己的付出鼓掌。

有一位海归，谈到了他在海外的生活经历后说，哪怕有很长一段时间，你都像往一口深井里投入石头，悄无声音、毫无回馈，看不到希望。可只要你投入的够多了，时间就会突然有一天还你打包的惊喜。

我们常常在朋友圈里看到别人成功的展示，我和大家一样，常常去点赞，为他们鼓掌。在这些成功的背后，我们可以想象出他们付出了多少的努力，他们熬过了多少个瓶颈期，他们在看不到进步的瞬间，又是多么地相信自己，他们坚持努力拼搏，直至成功。

此刻，如果你艳羡别人的精彩，那就应该想到，只是当初自己不愿意付出的精力。

聊着聊着，那位与我交流的青年想到了，他说，别人为爱好付出精力的时候，而自己只会躺在床上刷微博、刷朋友圈，羡慕着别人的生活，为他人点赞。而毕业这么多年了，自己还是只能做个为别人鼓掌的人。

也许有人说，自己的工作没有别人伟大，只是做一些卑微的小事，哪会赢来别人的掌声。这个世界没有卑微的工作，只有卑微的心态。

有卑微心态的人，总是在不断地抱怨。在我们的周围，随时随地可以听到：那个客户太小气了，我没有办法搞定；我们的单位就不比人家那样，上班无趣，没有好的氛围；我们付出那么多，而工资又那么少，福利也差；工作压力那么大，经常要加班，还没有加班费和奖金；要哪里做得不好了，还要被扣这扣那；市场本来就萎缩了，让我到哪里去找那么多的订单，等等。不满的抱怨情绪总是发个没完。不是抱怨企业，就是抱怨老板；不是抱怨同事，就是抱怨客户。

每个人都可能在工作中遇到挫折，每个人都有可能陷入职业发展的低谷，偶尔发发牢骚、排解一下生活的压力，也是可以理解的。但如果成天发牢骚，让别人不高兴，自己也快活不起来，也会失去工作的责任感和使命感。

与其抱怨别人，不如改变自己。我们有些人在平时的工作中常常推责于别人，却很少从自己身上找原因。如果能改变一下自己，也许一切就会改观。有些事情也不是不可逾越的墙壁；我们到单位工作，也不是为了追求职位，即使有了职位，不具备素质和能力，时间长了还是照样会被刷下来；人总对自己抱有很高的期望值，认为自己应该得到重用，应该得到丰厚的报酬。我们说，收入的多少也不是衡量是否成功的标准。如果失去更高的目标和更强劲的工作动力，那也只能在抱怨中浑浑噩噩地度过一生；自己没有进步，而去抱怨同事，那就更没有道理。

不是每个人的进步，都有社会背景。我们虽然出身贫寒，但我们同样可以做出自己的精彩。只要自己真心付出了，照样有人会给我们掌声，你的身后也会有一片花海等着，只是上帝还没看到你的付出，这个上帝，不是别人，而是你自己。

有这么一段话很有哲理：大学是个舞台，让你展示自己；大学是面镜子，让你认识自己；大学是个超市，让人各取所需；大学是个富矿，等待你去开采。

我想跟那位愿意与我交流的青年及他的同龄人说，大学时代是个绝版青春，如今你已经毕业，已经走向社会。你要记住，在为别人成功鼓掌的同时，也要为自己的努力喝彩。你有大把的时间和很多的机会去开采社会的富矿，富矿就在你的脚下。只是看你有没有感动上帝的精神，感动了，一定会有鲜花和掌声。这时，也没有人能取代记忆中的你！

（写于2017年6月10日）

掌 声

最近，我给一批青年去讲课，多多少少也收获了一些掌声。但我心里知道，我的水平一般，讲得也没有那么精彩，这些掌声，是听讲者出于礼貌，给了我一些面子。事后，我对掌声这件事有了一些思考。

有些掌声是出自内心的，但现在更多掌声是徒于表面的。有些干部讲话念秘书事先写好的稿子，没有自己真实的思想，也没有什么新意，讲话也不接地气，总是讲一些官话套话，讲一些正确的废话，讲完之后也会有掌声。这种掌声是廉价的。我参加一个市的会议，看到会后的报道竟然被渲染为“会场上响起了暴风雨般的掌声”“掌声雷动”“掌声经久不息”等。其实根本不是那回事，即使有一些掌声，那也只是一种附和的掌声。当然这些报道有文风问题，有拍马之嫌。但是时间长了，人们也就无所谓了。这是一种集体无意识。

一次，有一个乡里的干部作报告，除了讲一些套话空话，还讲了一些傻话。台下的人也不敢笑。但台上有一位领导忍不住笑了，台下的人也跟着笑起来，便响起了欢声和掌声。也许，那位领导干部还认为自己讲的风趣有水平。其实，这是一种讽刺的掌声。

有些掌声是制造出来的。我曾参加一个有一定规格的新闻发布会。那天出席会议的人好像比平时多了许多。一般的发布会，很少听到有很多的掌声，可那天的掌声特别地多，又特别地响。事后我了解到，这是会议组织者专门请来了一批学生，让他们坐在后面做鼓掌的道具，目的是制造会议气氛。

制造会议气氛的掌声，也不鲜见。我参加一次电视现场直播，主持人会在事先打招呼：因为今天是现场直播，大家除了关闭手机，还要保持精神饱满，掌声一定要热烈。这种做法我也理解。直播中，我也当道具去拍手。但有一次文艺广场直播，组织者竟然请来500人的方阵，雇托他们制造欢呼声，制造掌声，增强现场的气氛，不仅让我长了见识，也让我大跌眼镜。

有些演出并不精彩，观众报与嘘声，而不是掌声。有的演员竟然大言不惭地说，我唱得好吗？如果你们喜欢，就给我来点掌声鼓励一下吧！会场上也会有一片虚伪的掌声和欢闹声。

我们有时候的掌声也是盲目的，并非自动自发。有一次，我参加一个活动，会议组织者发给我一张3000元的国际音乐会门票，因为我不懂西洋音乐，到了剧场，我也不知道哪里该拍手，哪里不该拍手。只知道看着大家都拍手的时候，自己也跟着拍，伪装着自己也懂高雅艺术。但是在演出中间，有几次只有少数人拍手。我想，是不是他们真正听出了旋律的奥妙，也许不是，是他们在不懂装懂。这样的掌声，也很让人无语。

现在人在婚礼现场，掌声是不吝惜的。掌声是人类最有震撼的肢体语言，也是人与人之间爱的传递，是一种鼓励。婚礼主持人会不断地说，“让我们用热烈的掌声有请二位新人入场”“大家要不要听新人的告白呢？那就先来点掌声吧！”“让我们用掌声祝福二位新人”“给伟大的父亲、慈祥的母亲祝福的掌声吧”“我们把掌声不只是送给新人，同时也送给我们每一个人，感谢大家来给新人捧场，来给新人祝福”等等。随着主持人的节奏，大家会不厌其烦地鼓掌。这种鼓掌，让爱心得到一次又一次的传递，只要是真诚的，自己也会享受着人间的美好。

世界上的每一个人都需要掌声。掌声是温暖的阳光，能照亮人们的心房。真正的掌声，对人的激励作用是无穷的。也许是一次不经意的掌声，可以改变一个人的一生。当你在奋斗的路上，还没有到达成功的终点之前，有人给你掌声，就等于给你注入“鸡血”，会唤醒你的成功；当你遇到了困难，感到支撑不下去，想后退的时候，有人给你一点掌声，也许会让你走出阴暗，继续前进；当你意志薄弱时，对生活失去信心时，有人悄悄地来到你的身旁，送给你一些掌声，也会增添相信自己的动力。

我们可以给别人一点掌声，也要给自己一些掌声。让自己在掌声中变得勇敢、快乐、坚强起来。

有些掌声是虚伪的，别人给了，我们也不要太当一回事。但有些掌声是柔和的，是辽阔的，是松软的，它可以让我们心灵的种子成长，让我们乘风破浪远航，让我们自由地飞翔。我们既要珍惜别人的掌声，也不要忘记把自己的掌声献给别人。

有这样一个故事：一个街头卖艺者，其琴声悠扬，令人感动，吸引了不少行人。拉完一曲，周围的人纷纷向钱罐里丢钱，转眼工夫，钱已装满了罐子，但卖艺人脸上并没有一些欣喜的笑容。后来，一个旅游者抬起手来为之鼓掌，卖艺人眼里溢出了感激的泪水。可见，卖艺者是哲人，他寻求的是知音，期待的是掌声。

人生需要掌声，掌声比恩赐比金钱更为重要。发自内心的掌声，是一种来自灵魂的声音，是纯洁而美好的。它时时刻刻地提醒人们，只有努力，才会赢得别人的喝彩和掌声。用那些卑劣手段获得的荣誉，那些鲜花和掌声，是没有任何价值的。

掌声无所不在，关键要弄清楚我们究竟需要什么样的掌声。这就需要我们从生活中慢慢去体会。

真正的掌声，是对人的生命的尊重。我们用什么来赢得别人的掌声，我们已经不再年轻，不能再用抱怨去打发时间，打发目前的生活。我们要有自己的人生目标，找到自己的发光点，用自己努力的执着，去换一场美丽的烟火。哪怕别人没有掌声，自己也无怨无悔。

（写于2017年6月15日）

你虽不是神仙
但你有一种实现自我的潜能

一次，我亲戚的一个孩子参加演讲比赛，她是小学一年级新生，但和初中学生划在一个组参赛。她胜出了，获得这个组的第二名。

这跟家庭教育很有关系，她爷爷奶奶都是从事教育几十年的老师，她妈妈也是中学老师，家里总是给孩子更多发展潜能的空间。6岁前是孩子早期潜能开发的关键期，他们抓住了这个时期，开发孩子的智力、非智力及特长等方面的潜在能力，充分调动孩子个人主观能动性，使孩子健康快乐地发展；在日常生活中仔细观察宝宝，评估或根据孩子自身的兴趣，培养孩子某方面的天赋；在孩子的小房间里，放上乐器、画板、彩笔、纸张等，让孩子自己去尝试，慢慢地孩子的兴趣模式和特长就会显示出来；每年暑期，孩子的爸妈都要带她到上海，欣赏与她特长有关的展出，参观博物馆、科技馆等，让孩子通过对科技的感受、想象理解和视觉思维活动，开阔视野、扩大认知领域、提高审美能力；平时经常给孩子讲故事，让孩子复述故事，给她看一些小人书，让她自编故事，慢慢培养出了她不怕人敢于说话的能力。

孩子的潜能是可以开发的，成人的潜能更可以开发。儿童在做游戏时，青年学生在考试时，都可以是自我实现的时刻。但这种自我实现，有别于人格状况的自我实现，稳定的长期的自我实现，只有成熟的成年人才能够做到，而这方面又往往被人们所忽视。

柏拉图曾指出：“人类具有天生的智慧，人类可以掌握的知识是无限的。”人类大约有90%-95%的潜能都没有得到很好地开发和利用，我们每个人都有巨大的潜能等待发掘。

什么是人的潜能？我曾听过一位心理学老师的演讲。他认为，所谓“潜能”，就是指一个人的身体或心理素质等方面存在的发展可能性。

有人说，我不相信人的潜能是无比巨大的。我又不是天才，就是一个普通人，即使有潜能，也很有限。

加拿大病态心理学家汉斯·塞耶尔在《梦中的发现》一书里做出了一个十分惊人也极其迷人的估计：人的大脑所包容智力的能量，犹如原子核的物理能量一样巨大。从理论上说，人的创造潜力是无限的，不可穷尽的。

被尊为“控制论之父”的维纳认为，每一个人，即使是做出了辉煌成就的人，在他一生中所利用大脑的潜能也还不到百亿分之一。他还认为，人脑原则上能储存大量信息，每个人的大脑，能记忆世界上最大的图书馆储存的全部信息。

我也没有办法甄别这论断的真伪，既然这样，为什么现在又有人提出，要把芯片植入人脑，让人的记忆功能无限强大。

我想，每个人的年龄段不同，潜能的作用会有不同；每个人的遗传基因也是不同的，也许潜能也有所不同。

我们普通人往往习惯于表现自己所熟悉、所擅长的领域。但有些人却不一样，他们在不熟悉的领域，经过不长时间的学习和应用，就能创造出新的优势。

由于长期从事记者工作的原因，我采访过很多成功人士。我也看到了他们很多的共同之处：他们有超乎常人的判断力，依据现在发生的事情，就能预测未来的发展；他们不安分守己，敢于接受不完美的现实，挑战自我极限；他们不以自我为中心，不依靠别人满足自己的安全感；他们不会滥交朋友，所建立的关系比常人深入，会从平凡中领略生活之美；他们会用两分法看问题，不会非黑即白；他们也会犯天真的错误，但大事不糊涂，小事不计较；他们会释放自己的潜能，激发自己的潜能，始终让自己进入能量激活状态。他们所率领的团队成员的能量也都处于激活状态，会带来核聚变效应。所以，他们注定成为成功者。

成功与不成功，优秀与不优秀，每个时代都有一套标准体系。然而，外在的评价体系其实并不重要，重要的是能否追寻真正的自我，弄清楚自己愿意为什么奋斗，奋斗要实现怎样的价值，这是内生的力量。否则就无法在别人的地图里找到自己的路。

自我实现人人有份。自我实现也不是一种遥不可及、高不可攀的境界，更不是少数天才才具有的特权。

我们每个人都有自己的愿望，有生活的需要，安全的需要，归属的需要，自尊的需要，自我实现的需要。

自我实现的需要，实际上就是成为自己。这在今天和在两千年前是没有区别的，那就是自己的渴望。

但是，人往往会有一种错觉，好像有时候不在做自己，有些吃苦的事情自己虽然去做了，会觉得这不是自己想要做的，而是没有办法被动的事情；有时候自己选择的是快乐，而出现的往往是苦恼和悲伤；有时候自己觉得很伟大很美好，而结果却出现一些莫名其妙的事情；有时候也不是自己成心想伤害别人，只不过想用这些事情来唤醒自己的意志，而往往事与愿违。人总会感到，做自己是一件很难的事情。

有一位青年跟我说，做自己很难，主要是对自己的梦想有恐惧。当自己有梦想的时候，总有人出来说什么，“别胡思乱想了，就现在这样过也很好，何必乱折腾呢”，自己意志不坚定，就慢慢放弃自我实施；有时候自己开始梦想，提出新的目标时，又会有人出来说，“别开玩笑了，你不是这块料”，想到对失败的恐惧，也就算了。自己又想改变，又害怕改变，已经工作八年了，现在还是一个小职员，看不到自己的潜能，也无法实现自我。

许多人在大学生活时期，想得很单纯，想得很憧憬。真正走向社会了，才意识到，人生最重要的事情就是如何清楚地认识自己；也才会去想：我是谁，我的性格如何，我适合做什么，我喜欢或不喜欢什么样的生活方式，我有怎样做自己的潜能。

这些问题的答案，找谁都不可能立即答复你，而需要你以自己和世界的样子互为对照，去不断地追问，又不断地在追问后塑造。这样，才会不断地重新认识自己，每次重新认识，都要付出相应的代价。

大多数人难以自我实现，是因为惧怕，生怕自己实现不了愿望，怕这怕那，自己的潜能也就发挥不出来了，这时又往往做出了错误的选择。

如果选择正确，特别是选择自己喜欢做的事情，自我实现的潜能也就容易发挥出来。

美国曾流行一部名叫《星球大战》的科幻电影，马克·扎克伯格看得入了迷。不过，马克不是单纯地看，他看了《星球大战》后，竟然想拍一部电影。姐姐们都觉得马克是异想天开，但是，父亲艾德对儿子马克很支持。他买来了拍摄需要的一切设备，交给马克说：“不要拘束，只要你喜欢，你可以做一切可以做的！”马克很高兴，便开始了自己的创作。一个多月后，马克竟然真的创作拍摄了一部电影。当然，这是一部恶搞片，影片的滑稽恶搞，让三个姐姐笑得吃不下饭。

按常规发展，马克也许会成为好莱坞的剧作家或者导演。可是，马克的兴趣很快就转移了，他喜欢上了电脑，喜欢上了网络游戏。不要认为马克是一位贪玩的孩子，他与其他孩子不一样的是：他沉迷于游戏的奥秘，而不沉迷于游戏本身。当马克把所有的电脑游戏玩转之后，就觉得没有意思了，他打算自己编写一个游戏。

编写游戏需要写编码，而编码对于孩子来说，是一个非常深奥的课题，况且还需要美术、音乐等方面的技术支撑。不过，困难就像是一块磁铁，深深地吸引着马克，他从书店买来一本写编码的书籍，偷偷地看了起来。几天后，他便开始了自己的游戏编写，做的第一款游戏是一部名叫《摇滚乐团》的视频游戏，道具是一个塑料拨浪鼓，场景就在自己家的客厅里。游戏编好后，三个姐姐都很喜欢，可是很快，她们就发现了游戏的漏洞，玩起来很糟糕，缺少一个可以交流的程序。马克一放学，就把自己关在房间里，不停地敲打着自己的键盘，常常因此忘记了吃饭和睡觉。这次，马克成功了，他创立的交流平台，可以把爸爸、妈妈和三个姐姐的电脑联系起来，家里的人可以坐在自己的房间里，通过这个平台交流。终于，马克在哈佛上大学的时候，创建了脸谱社交网站（facebook）。

潜能开发的本质是把你天生的智慧潜能诱导出来，激活你已拥有的知识和掌握新知识的能力。

我们每个人都不是神仙，都有自我实现的需要，也有自我实现的可能。你想成为一个什么样的人，你就会有实现全部潜力的欲望，通过努力就会成为什么样的人。音乐家必须会作曲，画家必须会绘画，诗人必须会写诗，否则他就无法安静。我们每个人都按照自己的欲望，在尽其所能。有人需要完美，有人需要完善；有人需要独特，有人需要愉快；有人需要自我满足，有人需要活得有价值。要完成这些需要，我们也不靠神仙皇帝，就靠自我实现的潜能。

人又不是一块白板，也不是一堆泥或黏土，人的终极目的是成为自己，追求幸福。自我实现，是一种充分的、活跃的、无我的生活体验。它是一种不带有青春期自我意识的体验。我们不需要对自己说慌，当有怀疑时，要诚实地说出来而不要隐瞒，成为有责任担当的人。自我实现也不只是一种最终状态，而是实现个人潜能的过程。在这个过程中，通过学习变得更聪明，实际就是运用你的聪明才智。在这心醉神迷的时刻，也会有做自己的那份喜出望外的收获。

（写于2017年7月13日）

你是否厌倦了都市里的车水马龙

这些天上海持续高温，让人有些烦躁。想想也是，生活在水泥森林都市里的人，难免会有些情绪。

年轻的上班族每天早早起来，赶公交，挤地铁，吃快餐，赶报告，加班、下班，似乎让人感到喘气都有点困难；都市里的高楼大厦，车水马龙，喧嚣和热闹，也让生活在这里的人身感疲倦。

一位年轻的朋友跟我说，为了能在上海大都市里生存，我还是蛮拼的，自己不敢有一丝的懈怠。

他说，一次，有较长时间不联系的老同学在网上问他在哪里工作？回答在上海，对方很羡慕，上海这样的魔都太令人向往了。可是自己觉得它的繁华、时尚和国际化的魅力，和自己好像也没有太大的关系。城市越大，人情越冷漠，在这个城市里生活了一段，感觉没有自己想象的那么美好。在这里自己虽然学到很多东西，但也忘记了很多，忘记了老家泥土的味道，忘记了星星有着怎样的光芒，忘记了上一次无忧无虑的大笑是在什么时候。生活在这里的人太匆忙了，连走路都比别的地方的人快。在这里上班，每天要顶着多大的压力。坦率地说，自己心底里也不喜欢这样的大都市，但为了生存，为了这份工作，只能选择留下。几年过去了，人群换了一拨又一拨，而那些高楼大厦依然矗立，它们构成了这个城市，也构筑了漂亮的围墙。

年轻人都有自己丰富的想象力。有些人厌倦了都市里的车水马龙，总想找一个没有人知道的地方，走出自己逼仄的房间，修复前一段的疲惫。

最好有这样一段日子，像在高速路上飙车，眼前飞驰而过的都是无暇回顾的幻影，抛下的都是带不走的沉重。就这样，一个人静静躺在蓝天白云下，任浮华从头顶飘过，任喧闹在耳边回响。有时甚至想到自己消失才好，跟自己捉一次迷藏，别人看不清自己，自己看懂自己就好。规避了那些无处不在的潜流和漩涡，轻松而惬意地活在自己生命里。

人有丰富的想象力不是坏事，但是，人是否生活在虚拟现实当中，长时间以来，科学家和哲学家们也一直就这个问题争论不休。但我不怀疑那样的科学技术，它毕竟为未来人的生活带来新的改变。

但我想，网络并不简单地是一种虚拟现实。想象毕竟是想象，有些想象也不能当饭吃，我们还是要从网络上走出来，回到现实生活中。

我看到上海一些生活在都市里的亲友和老乡、同学，包括他们的家长，平时没有时间见面，组建一个网群进行交流，谈谈自己的生活，我想这也是消除疲惫的一个办法。我从网上看到了那些人的大度和大气，看到了对人的坦诚和热心。有时看到别人的生活感悟也常常引起自己的共鸣，尽管对方看不到，但自己的眼泪和欢笑依旧存在。

如果你真的早已厌倦了都市里的高楼大厦和车水马龙，那你一定是渴望将自己的心灵放逐到一个广阔的天地里。其实，对都市生活的厌倦，是一种心理上的软弱，有时这种软弱也会让你把自己的内心世界深深地隐藏起来，宁肯一个人去品味孤独，也不愿意轻易地表达出真实的心灵语言，我想那样也活得很累。

对大都市的生活，你喜欢也行，厌倦也罢，日子总得过。我们虽然并不富裕，作为生活在都市底层的人，也没有什么背景和靠山，生活是比别人艰辛一些。有时也被命运无情地捉弄，但可以庆幸的是，自己从没放弃生活的希望。

离乡背井到都市闯荡的人，都会有恋家的情结。老家，对于我们每个人来说，都是一个自己无论什么时候都不想离开的地方，是一个自己无时无刻不惦记的地方。就算妈妈烧的菜并不拿手，就算爸爸也不善言辞，那也是自己最幸福的地方。来到陌生的城市，自己有太多的不习惯，为了自己的事业，为了孩子的成长，选择既来之则安之也没有什么错。

8年前，有一位家住农村的青年来上海工作了一段，他对都市生活有着自己的体会。他说，人为什么会出尔反尔，现在自己厌倦的城市生活，不就是自己过去向往的生活吗？小时候的梦想就是想通过刻苦读书，能考上大学，做个城里人。真的来到城里又想到做城里人太难，房价那么贵，不知哪一天才能在这里安上自己的家。然而又想，自己要有个几百万块钱就好了，花上几十万，回乡下建个小楼，再买辆小车，把多下来的钱朝银行里一存，平时在家看看书、上上网，养养花、种种菜，小日子不要过得太舒心啊。他转念又说，自己年纪轻轻的，为什么会冒出这样的念头，是多么地没出息。当年一起从老家来这里读书的同学有的已经回老家了，有的还坚持留在这里。他想要留在这里，要在这里成家，结婚生子，还要让孩子受最好的教育。当时，我也以自己以往在这里生活有时甚至是尴尬的经历，给了他一些正面的鼓励。现在的他，家也成了，孩子也生了，房子也贷款买了，成了名副其实的新上海人，让我有点窃喜。

美国作家凯鲁亚克在他的代表作《在路上》中写到：你的道路是什么，老兄？乖孩子的路、疯子的路、五彩的路、浪荡子的路、任何的路？

我想，不管你选择了什么路，有些选择也许是无奈的，既然选择了大都市，我们就要在这里好好地生活下去，不要辜负了父母和亲友的期待。

也许在很多时候，作为一个外乡人来到这样的都市，会遭遇周围人莫名的白眼和冷嘲热讽，那是因为那些人习惯了用自己有限的生活经验和生活圈子来丈量你。我刚到上海时，也遇到过这样的情况，但从小倔强的我，就把那些老上海人的吝啬和小市民习气抛在了一边，忘记了自己是乡下人，让自己主动融入这个社会。时间长了，他们也给了自己更多的热情和帮助。几十年前，我刚来上海的时候，那些老一代上海人的骨子里，是渗透着一股傲气，在他们眼里，连北京人都是乡下人。在我过去的报道中，也曾多次批评过这种现象。现在不同了，因为旧城改造，很多老上海人搬出了城区，新上海人就完全不是那个样子了，因为他们中很多就是我们原来憨厚淳朴的乡下孩子。是我的上海方言说得还不错，有些人可能误认我就是上海人，所以在过去的生活中也许比别人少了一些麻烦。

有的时候，你的言行在这些城里人看起来似乎是幼稚可笑的，甚至是荒诞不经的，那也没有什么可怕，很多标配的人生，其实就是荒诞的。当然，我们来到这个陌生的地方，就要尊重人家的风俗习惯和生活规则，改变自己身上的那些陋习，自觉做一个受城里欢迎的人。但我们也不要做概念的俘虏，做一个勇敢的自我就好。

最近，我回老家乡下，餐桌上听人说了一大堆在大都市生活的麻烦。我认为，任何一个地方，都有利有弊。

我觉得上海这个地方，也没有你想象的那么可怕。在这里生活其实很方便，尤其是上海世博会以后，“城市，让生活更美好”的理念，在不知不觉中有了更多的体现；小车的车牌费是很贵，但交通拥堵，要比别的超大城市好得多，地铁四通八达，无论到城市的哪个角落都很方便；年轻人学习的机会很多，眼睛一睁，到处是各类论坛、培训学习的广告；这是一座文化厚重的城市，休闲的时候，有很多的去处让你开阔眼界，在这里领略世界最前卫的东西也是最多的；这里做什么都需要你排队，这种排队文化虽然让你觉得有点烦，但它让你养成了城市文明的习惯；这座2400万人居住的都市，有些拥挤，房价也确实很贵，但就业的机会也多；根据各自能力的不同，在这里也能找到宜居、宜学、宜游、宜业的一席之地。只要想在这里生活，尽管有时没有更多的体面，但总能让你活下来。

10多年前，我在上海采访过一家大树移植公司，他们对大树的移植管理确实很有一套。现在想想，大树的理论，也值得那些生活在都市里一些浮躁的年轻人学习。

大树以岁月刻划着年轮，是一圈一圈往外长的，没有一棵刚种下去的树苗，马上会成为大树。来都市工作的年轻人，也不可能在短期内住上三居室；没有一棵大树，第一年种在这里，第二年种在那里，然后会成为一棵大树。我看到中山公园里的那棵千年大树，也不知道经历了多少风霜和雨雪，但它却屹立不动。你既然来到了都市，就要像大树一样，坚定自己的信念，专注内功，总有一天，这个都市里会有一间房是属于你的；树有千百万条根，粗根、细根、微根，深入地底，忙碌而不停地吸收营养，成长自己。你要让自己在都市里扎下根，就要不断学习，不断充实自己，让自己像大公园里那些大树一样基业长青；没有一棵大树只向旁边长，长胖不长高的。生活在都市里，值得自己学习的人和事很多，只要自己肯努力，并且有目标，就一定会找到自己向上的成长空间。

厌倦，不能改变人生。相信自己，坚持不懈的努力，你的人生也许会有不可思议的翻转，一切的糟糕可能会消失。当自己背上行囊走出家门，来到这个陌生都市的初始，心里多多少少有些恐慌，但既然来了，我们就要放下戒备，改变柔软的心理，按照自己的既定目标去攀登，即使一步登不上那摩天大楼，也纵然买不起自己想买的东西，但终究也会找到属于自己微小成功的权贵。

（写于2017年7月15日）

何必傻傻地站在路边
看着成功的人昂首而过

昨天，约几位朋友一起去一个朋友家串门。在上海西区一幢富丽堂皇的别墅里聊天。我一点也没有羡慕嫉妒恨的感觉，别人的成功一定有他的道理。

有人说，如果当时我也做这个生意就好了。他推了推身边的妻子又说，现在自己与他们家比，一个天上，一个地下。

主人的脸上似乎有点委屈，他说，当年我也是没有办法，从农村来到城里，两手空空，也是被逼去创业的，哪像你们有固定的工作，吃穿都不愁。当时我倒有点羡慕嫉妒恨，但后来想想，这种情绪也帮不了自己什么，唯一的办法，只有靠自己努力。

主人介绍说，当年，和他一起从农村出来闯荡的几位老乡，有的凭着关系，没有几年的工夫就站住了脚。而自己却经历了很多次的失败，记得有一年回家过年，还问别人借了一身行头，总是装着笑脸，生怕亲友和邻居们笑话。可外人怎么知道自己的心酸。

他说，那时候看到别人的成功，自己也有过自卑，有时候悲观到整夜整夜睡不着。也不知道在这样一个偌大的都市里，哪一天才有一间属于自己的房子。可以想象出，他也羡慕过成功的老乡，也反观过自己的不成功。他如果没有当年的坚持和努力，也许早就被淹没在都市茫茫的人群之中。

每一个人的成长，都是一段漫长的岁月，在这期间，敏感容易把人挤进昏仄的角落，而只是看到别人的成功，不去找自己的方向。昏昏然地活在人云亦云中，再吃苦受累，也无济于事。人的一生就像是在雾中行走，远远望去，只是迷蒙一片，辨不出方向。只有当自己放下了忧惧和怀疑，一步一步向前走去的时候，才会发现，每走一步，才能看清下一步的路，才能逐步找到前进的方向。

在闲聊中，大家都谈到这么多年来的人生得失成败。

有一位朋友，谈到了他做销售的经历。刚进入到这个行当的时候，没有人瞧得起他。别人升职了，拿着与他不一样的薪水，而他依然业绩平平；后来自己也以同样的方法去做，而别人又组建了自己的团队，而他自己却还在四处碰壁；有的人跟自己的学历和工龄差不多，但他们已经快速成长和提升，而他却仍在原地徘徊。

他是一个善于总结的人，后来他慢慢地悟到了，其实每个人的智商都差不了多少，最大的差别就在于坚持。尤其是在自己失败的时候，更要守望自己心中的理想，即使自己一无所有，也要坚持努力到成功；在自己遇到挫败时，有时真想哭，但哭没有用，笑比哭好，所以自己整天都是乐呵呵的，也许自己走得比别人更艰难，但是他也会笑对生活；我们的人生不能重来，所以更要好好地生活，他善于欣赏风景、认识各式各样的人，然后努力去做能真正改变自己的事情；有时他得到别人的帮助，心里总是感恩不尽。他虽然并不富裕，也没有太大的能力，但每想到别人帮自己时的心情，他也会去做帮助他人的事，他的热情赢得了很多的人脉。经过十多年的打拼，现在他也有自己的经营团队，业绩每年也有明显的增长。

人生跌跌撞撞，有快乐，有悲伤，有荆棘，也有阳光。在找不到方向经受无数次失败的时候，人都会受伤和彷徨，也会自卑和担忧，甚至会哭泣，也许会犹豫着想放弃。这位主人选择不放弃，而是不断地摸索和探究，将创业路上纷乱的石子扫开，逐步看清了自己究竟走一条什么样的路，获得了成功。

羡慕别人的美好，也只是看到他们在人前的光鲜亮丽，而看不到他们幕后的真实情况。成功的人在自己的眼前走过，我们需要为他们鼓掌，但是光去羡慕别人也没有用。每个人的成功都有不一样的经历，也没有办法简单地模仿就可以成为他。努力地做自己就行，自己比以前过得好一点，那也是进步。

在漫长的岁月中，没有人能一下子从平地跃上山顶，即使你做了齐全的准备，也要经过漫长的攀爬。

现在许多人都希望一夜暴富，那只能是一种幻想。年轻时懵懂不为怪，那只是自己的不懂，但当你懂了的时候，就会明白，要走的路，一步都不能省，一步都不会少。如果有人走到了自己的前面，说明他比自己更努力，也比自己上路早。

羡慕嫉妒恨，是一种杞人忧天的情绪，如果连自己都不相信，那也没有什么人能拯救你。我想这幢别墅的外表和装饰显然有些迷人，但生活在这里的主人没有走睥睨众生的捷径，而是有着艰辛行走的积累。当年，他几次三番地失败，有时穷到连买盒饭的钱都没有了，但他们夫妻俩毫不气馁，坚定地认清自己，走出迷雾，终于沿着自己的路前行，也遇见了更好的自己。

别人的成功，和自己一点关系也没有。

别人家同龄的孩子钢琴考级都通过了十级，有人花更多的钱买来更高档的钢琴，可是几年过去了，他家的钢琴仍然用绸缎布盖着，上面还积起了灰尘，有时孩子往那儿一坐，就要喝水吃东西上厕所，因为他对学钢琴没有兴趣，兴趣才是最好的老师；有人看到别人应用互联网创业成功了，自己也急着模仿去做，但自己没有这方面的优势，有些项目还没有做出来，别人的同类产品就上了市场，他一方面是自己的态度、诚信、合作能力不够，另一方面也缺少几项技术的综合能力，只能让自己的创业成了死穴；有人在同学聚会看到了别人的成功，也许会想到，当年你的成绩还不如我，凭什么你现在混得比我好，而不去问自己，为什么不能改变自己小富即安的思想，只求舒舒服服地度日。

看到别人的成功，不要去简单地模仿，而是要弄清楚自己想要成为什么样的人，想要怎样的生活，想清楚了，才开始行动。内心深处的使命感，自己认同的价值观，才是自己真正想要的，它会帮助自己在人生途中获得真正的快乐。世界再精彩，别人再成功，那都是别人的。明白了自己，才能明白世界。当别人的翻版和替代品，也做不出自己的精彩。

拿着别人的地图，去找自己的路，自己也许会迷茫，因为那是别人的方向；别人成功的岗位也是他们找来的，拿别人的成就对比自己的，也许会让自己陷于失望中；自己在迷茫或痛苦时，听到别人太多的言语，也要有自己的思考，不能让别人左右了自己的情绪；别人的人生是那么美丽，我们可以不去羡慕他人的生活，在不同的季节里，做出自己微小的进步，也是一种美丽。

每天早晨起来，我们对着镜子照着自己的脸，给自己一个微笑，然后大声地说，“好！很好！非常好！”，这不是阿Q精神，是为自己的人生而喝彩。我们即使没有别人那么地惊天动地，但也可以见证自己的失败和成长。每一个生命，都是伟大的，自己也是伟大的。与其傻傻地站在路边，看着别人的成功，不如学习别人努力的过程。我们对自己每做的一件事，每说的一句话，都有足够的理由让自己的心灵感到快乐和幸福。

（写于2017年7月16日）

出身卑微不要紧 有娴静超然的心态就好

我出生在一个贫困的家庭，2岁时母亲就离世了。儿时，我的脑子里经常冒出这样一个问题，别人家的孩子都有妈妈，而我却为什么没有。晚上，常常点着煤油灯写作业，茅草屋里用芦苞网做的隔墙，一阵风过来，灯就熄灭了，熄了再点，点了又熄，也不知道我做作业的时间比其他小朋友要多花多少。别的小朋友都把书和铅笔装进了书包，而我只能用一块布把这些包起来，削好的铅笔常常被折断；家里没钱给我买本子，我就用铲羊草的斜刀在泥路上练字。这些都成了我小时候生活的习惯。因为我在卑微的家庭里长大，所以比别的孩子更懂得，我没有什么依靠，一切都得靠自己。用现在的话说，出身寒门的人，也只能这样。

穷人的孩子没有家庭的保护，孩子从小独立成长，这也锻炼了独立思考的能力；穷人的孩子没有父母的帮助，也锻炼了独立解决问题的能力。我上小学的时候，还没有那套《十万个为什么》的书，但我会经常问老师，这个为什么、那个为什么，养成了思考的习惯。现在看起来，我也很感谢出生在一个寒门的家里。

我从小就听说这样一句话，叫做龙生龙凤生凤，老鼠生的儿子能打洞。

当时，我对这句话没有太深的理解，只想到富人的孩子长大了，还是富人，我们穷人家的孩子长大了，还只能是穷人。后来听老师说，这里讲龙凤出身高贵，后代也是高贵的；老鼠的一生都在钻来钻去，其后代生下来就能够打洞。长大了，我慢慢地想到，前半句，说的是一种血统的传承，后半句，是不是对我们穷人也有一种肯定，一生下来就能打洞，就是不怕吃苦，说的是穷人的孩子早当家。

小时候我们都穷怕了，贫穷是不好的，但也没有办法。贫穷也是很好的，我从小就是这么过来的，我感同身受。

我们穷人家孩子身上的骨头也比别人硬，流的汗比有钱人的孩子多。汗水流到嘴里虽然是咸的，一旦有了成果流到心里，却是甜的。我也发现，穷人家的孩子好像早熟一些，在别的孩子还嘻嘻哈哈的时候，他们已经进入社会，找工作，受气，上班，结婚生孩子。他们完成了父母的心愿，也完成了自己的心愿。

但是不管怎么样，出身寒门的人，要想出人头地，总会遇上许多意想不到的障碍。“寒门再难出贵子”的说法，似乎在现实生活中往往得到体现。

电视剧《人民的名义》最大的看点，莫过于祁同伟持枪自杀的画面。时至今日，越来越多的网友表示很同情祁同伟。他出身贫寒，却渴望出人头地；学业出众，却遭遇不公待遇；攀附豪门，却无奈仰人鼻息；爬上高位，却无法遏制贪欲；最后玩火自焚，落得悲惨结局。祁同伟的前半生是一段草根逆袭的传奇奋斗史。祁同伟不是侯亮平、钟小艾、陈海、陈阳，他们的区别是家庭出身不同所带来的选择底气，他本身的资源太少太少，后者输得起，前者输不起。大家为什么同情他，因为很多出身寒门的人可以从他身上看到自己的影子。现实中有很多像祁同伟这样的人，出身贫寒，学业优秀，无情的现实会一次次将他的梦想击得粉碎，面对现实，只能感到自己的渺小和无助。

我们必须要承认，这个世界是不平等的，我们这些出身寒门的人，确实没有什么优越的条件，也没有什么捷径可走。但我们既然来到了这个世界，也不能让自己白走一回。人与人没有可比性，有些人一出生连爸妈都没有，但他们也有勇气活下去。我们没有必要追求那么高的社会地位，但我们同样可以活出自己的人生价值。

80后的孩子是幸福的，他们很少受到那些艰难困苦。但是他们中的一些人，经常喊着自己苦啊，累呀，没有什么幸福感。他们的父母也不愿意说出自己的经历，而是一味地对他们宠着惯着。

他们中一部分人患上了无情、无知、无理、无礼的毛病，走向社会后往往不招人待见。自私自利，不愿意帮助别人，也得不到别人的帮助，甚至把自己的愚昧和无知当作本事，随心所欲，自己想干什么就干什么，也有个别的走向了犯罪。孩子有出息的家长即使是受苦也是高高兴兴的，而孩子不成材的家长成天都是愁眉苦脸的。

愁眉苦脸一点用也没有，要把道理告诉自己的孩子，一旦你放弃努力，你就只能和父辈一样，过平淡甚至贫穷的生活。你喜欢的东西没钱买，想去的地方没钱去，想交往的人人家不愿意理你。人的一生就是拼搏的，人生享受的不是结果，而是过程。

有人说，那些富二代站在前人的肩膀上，当然容易成功，他们的祖先奋斗了，他们自然得到更多的好处。为什么高考状元，中产家庭的孩子也比贫困家庭的多，这些都是对奋斗者的不公平。

在这些议论面前，有人躺枪了，觉得自己特别地扎心，似乎自己一辈子也没有希望了。

我们要承认现实，家庭出身好的孩子，从小就能够接受更精英的教育，父母见识多，有眼界，站在他们的肩膀上，确实能够看得更高看得更远，他们也能够得到更多的资源。他们也许是别人奋斗几十年都不一定得到的。

但是，每个人的出身不可能由自己来选择。任何的羡慕嫉妒恨都没有用，再多的骂天咒地，都无法改变自己的出身。我们出生在贫困人家的孩子，自己的父母就是普通人，他们没有办法给我们很多钱，很多资源，也不可能给我们很好的教育。既然改变不了现实，自己就只能接受。我们不要因为“寒门难出贵子”那句话，就让自己心灰意冷。要想获得成功，就必须靠自己奋斗。正因为我们比别人的起点低，才需要我们付出更加艰辛的努力。

海南姑娘符江秀，出生在海南穷山沟，父母都是文盲，高考落榜，最后却闯入美国政界，在国会议员初选中获胜。这个家境贫寒的女子，实现了人生的完美逆袭。

1972年，符江秀出生在海南琼中县一个偏僻的山沟里，小时候村里甚至还依然靠刀耕火种的原始方法操持农业。每天早晨5点就要出门，蹚过两条河，爬过两座陡峭的山，才能到达镇上的小学。但是符江秀很小就爱好阅读，尤其是古典诗词，几乎手不释卷。小学毕业后，文盲父母却坚决要送她上县城的重点中学。

符江秀高考落榜后，只能去上中专，但恰好碰上父亲病重，为了让她能顺利入学，母亲只得低声下气地挨家挨户给她借钱攒学费。

她在打工时，利用业余时间学习，拿到了香港大学的本科学历。后来又萌生了去美国深造的想法。她发疯似地学习英语，从最基础的计算机编程开始做起，终于成为一名码农，并拿到了美国公民的身份。她在美国创办过房地产公司，加入了当地的华人商会，成为了共和党基层选举组织的主席。她又参加了美国国会议员竞选。

从小山沟到国际舞台，符江秀信奉的是愈挫愈勇的人生哲学。不是没有遇见过刀山火海，而是相信山会倒，海会枯。信命，不认命。

穷人家的孩子在奋斗的路上，确实会遇上很多残酷的事，我们要去认清真相，承认客观的存在。我们虽然心里不愿意接受这个客观现实，但自己不承认，它却照样存在。认清真相，不是去责怪父母的无能，也不是为了去抱怨社会的不公，更不是让自己从此自怨自艾。

罗曼·罗兰说：真正的英雄主义是认清生活的真相之后，依旧热爱生活。

我们可以不做自己人生战场上的逃兵。与其跟很多人一起挤破一条跑道，不如跑入另外一条人少的赛道，一样可以跑到自己想到的地方；我们虽然没有家庭的助力，没有人脉可以帮助，也可以做一些关系和背景要求低的领域或者行业，做优秀的自己；人最后悔就是年轻时不努力；也不是所有穷人家庭的孩子最后都是穷人，也有人逆袭成功；学习，可以让一个人见到更多的可能性，学习也可以成为自己人生剧本的改写者，也可能让一个人拥有更多选择的权利；不是每个人都能获得成功，成功从来都属于少数人，属于那些敢于挑战命运并为之战斗的人。

保持了一份娴静超然的心态，就会去选择自己的生活道路和生活方式，起码可以通过自己努力加以改善。我们贫穷和低微，并不可耻，可耻的是我们接受了这种卑微，而不去改变。出身的劣势只能由自己改变，改变了，就一定会有属于自己的美好未来。

（写于2017年7月22日）

别忘了答应过自己的事儿

最近连续的高温，确实让人有点难耐。昨天，一位年轻朋友在电话里告诉我，他这几天在外地陪孩子旅游，他冒着酷暑去攀岩了，虽然大汗淋漓，但好像有一种站在山顶放松歌唱的畅快。他说，这是他答应自己的一件事，但没有去做，在真正去做的时候，才发现原来做这事并不难，难的是答应自己的事没有决心去做。

人总是有点怪，自己想做一点事，体验人生的美好，可就是拖得没完没了不去做；人总是希望有新鲜的血液注入生命，可就是缺少勇气去探索尝试新的生活；人有时候明明很在乎，却装作无所谓；人想做一件事并不难，但往往没有做而后悔自己，笑话自己。

几年前的一天，我去老家看一位老领导，那时候看上去，她的身体还算可以，她干了一辈子新闻，退休后她学了画国画，在她的家里，我看了她很多的画作，让我有些窃喜。当时我想，她毕竟年纪大了，今后要抽时间多来看看她。这么简单答应自己的一件事，我也没有做到。一年以后我碰到她儿子，说她已经走了，这件事成了我的终生遗憾。

明明答应自己的事，有时候做起来也很难。

有些年轻人答应自己，每天都要挤20分钟时间看书，但是很难坚持做到；在外地工作的人，有的答应自己一年里要多几次回老家看看父母和爷爷奶奶，但是几年过去了，也没有回去一次；有人答应自己，每天要写一篇人生感悟，第一天写了1500字，第二天写了1000字，第三天写了500字，第四天开始的多少年里，一个字也没有写过；有人答应过自己，等自己有了钱，一定要好好孝敬父母，可是现在已拿到年薪几十万了，为自己的孩子用钱慷慨大方，为父母花钱是那么吝啬；有的人答应自己，趁着还年轻，到了职场，一定要从基层做起，从小事做起，是那么地自信满满，可是真正做起来，只有三分钟的热度。

每个人答应过自己很多的事情，那些被良心发现的情感动力，那些突然觉醒的雄心壮志，那些被刺激到的感性细胞，也总会被自己的种种理由，拖到最后不了了之。

答应自己的决心越大，有时失望也多，叫嚣自己要干一番事业的声音也变得越来越小。明明感觉前方有路，却一直被一层浓雾掩盖，怎么也拨不开，怎样也走不出。幻想中无数次上演的一步登天的奇迹也同样一次没有临幸。迷茫，不知让自己去哪里；浮躁，让自己失去了专业的兴趣。

明明答应过自己的事，为什么就难以办到，越难办到就越急切，越不满，越不甘，越来越难过灰心。逐渐，连向前迈一步的勇气都消失殆尽，当年自信的事，也让自己举棋不定的心变得止步不前。

有一位年轻人，信誓旦旦地答应自己，一定要做个网红。所以，他辞去了单位的工作，去做自媒体。

他答应自己，每天至少写一篇原创，至少写一篇公众号里的评论，开始时，他在电脑前啪啪啪地写个不停，一坐就是几个小时。他也学会了审稿，看文字结构，排版风格，图片挑选，什么都干。

这位理工男真不简单。慢慢地他对驾驭文字也有了些自己的感觉。可是，后来他遇到了融资上的困难，就像经过第一次小跑步以后，拖着疲惫的身躯只想停下来再说。他虽然也给自己打气说，不能轻言放弃。但他没有做好思想上的准备，没有办法接受形形色色的不顺利，后来，他只好半途而废，又重新找了一家公司去打工。

答应自己的事，就不要欺骗自己，再难，也要撑过那口气；再累，也要冲刺到最后。因为是自己想做的事，没有别的办法，只能坚定不移地走下去。很多事之所以难，终归是坚持得不够。哪怕是一丁点的进步，也是万里长征的第一步，要学会给自己奖励。

有的年轻人答应自己的事，确能做到一诺千金。

一位80后跟我谈起他的经历。他说，他和许多年轻人一样，大学毕业以后走向社会，总是对世界上的许多事情充满着好奇，什么都想学。他答应自己，决不做懒虫，决不半途而废。

刚进单位那阵，他总是抱着“请多多指教”的心态，向同事和领导学习，但是时间一长，自己也犯起了拖延病，有些事情明明可以今天完成的，他就偏偏要拖到明天；遇到了感兴趣的问题，有时也会去查资料，做研究，刨根问底，但过了一段，又缺少了耐心，更没有把学到的知识直接应用到工作中去，收获不是很明显。

后来，他千百遍地问自己，明明答应自己的事，为什么就做不到？他暗暗下决心，一定要改进自己的学习方法。他把自己工作中的难点和困惑，尤其是一些细节的部分，一一写到本子上，带着问题向师傅请教，现学现做，让自己有了一点进步，有些工作也慢慢地变得驾轻就熟。

有一次，领导让他一个人到人生地不熟的地方推荐产品，他把任务作为对自己的考验，通过不断地摸索，成功地完成了任务。他说，答应自己的事，不可能有很多人帮到自己，“给自己一个难到没朋友的任务”，也是一种学习和成长的好方法。

他找自己业务领域的优质书单，发现业界顶尖的人，他会挤出点滴时间，系统读某个作者的所有文章或书；他还在朋友圈里提问，找答案，充实自己的知识结构；他还经常约比自己厉害的朋友聊天，向懂行的朋友学习，把自己多年学习的东西咀嚼消化后，用通俗易懂的语言吐出来，整理成经验和心得，与周围人分享。

10年下来，他答应自己的目标实现了，不仅成了业务上的一把好手，还担任了公司的副总经理，收入比一起进公司的其他同学高出了许多。

人每当过了一个阶段，最好回过头来问问自己，答应自己的事做得怎么样了。

现在人都在说，想不到时间过得太快了。记得春节时家人欢聚的时刻就在眼前，可是今年又过去了一半多了，答应自己的事儿，有许多还没有开始做。

夏日的蝉鸣，7月的树荫，不仅让人享受，也是在催着自己兑现承诺；有些东西，在商店里买不到，比如亲情、友情、小庆幸、最初的梦想等等，溜走了就再也追不回，有些事拖不起，就在今天；生活从来不会越来越轻松，不过没关系，我们会变得越来越强大，等到蚂蚁变成大象，山丘就能变成沙；夏日里，有无数道彩虹会出现，只要有耐心，就一定会呈现在你的眼前；不管有多么地糟糕，雨过总会天晴。

答应了自己那么多，挂在嘴上不去做，就像是坐在摇椅里，看起来忙忙碌碌晃晃悠悠，其实却一步都没有向前走。我们确实很忙碌，但不能每天被动地过着，或凭借喜好跟着感觉走，或漫无目的遇什么做什么，然后却每天发生同样的错误，而忘了答应过自己的事。答应过自己的，计划要做的事情，要去的地方，今天推明天，明天等后天，在计划到行动的路上，拖延就是最大的路障。“猴年马月”已经来到了我们的身边，答应过自己的事情再不去做，也许瞬间就会让我们变老。每一分每一秒都在变老，快到没有时间去浪费；每一分每一秒都在流失，快到还没成熟就已经变老。还没把千山万水走遍，就已经没有力气；还没有把故事配酒喝够，就已经没有心情。所以不要辜负自己，不听熙熙攘攘的声音。

我们已经长大，并且早已答应过自己，跌倒了不会哭。我们要给自己温馨的回答，要学会飞翔。要记得经常回家，摸摸你小时候玩的毛茸茸的猫咪，听一首自己最爱的歌，给自己买一个最贵的甜品，边品尝、边追忆，答应过自己什么，自己做到了哪些，哪些需要赶紧补上。给自己一个深呼吸，接下来的你会摆脱焦虑，拥有全世界的好运气。

如果自己还不曾开始，那就永远不会抵达。别忘了答应自己的事，别忘记想去的地方。

（写于2017年7月23日）

后　记

上世纪80年代中期，我曾创意举办过一个广播节目，叫做《生活中的哲理》，受到广大农村听众的欢迎，后来，这档节目被当年的《中国广播电视年鉴》收录。这件事让我体会到，哲学，也不都是高深莫测的东西，生活中处处有哲学。为什么人遇到有些问题就感到迷茫、失落、甚至烦躁，从而失去自我？这里也有哲学问题。

后来的几十年里，我一直在琢磨一个问题，我们人活着，自己究竟想要什么，这个问题搞不清楚，我自己也一样，总是缺少了清晰的定位和自觉的行动。

其实，人的本质，就是一段时间而已。每个人的生命都是有限的，我们体验自己的生命，就是让自己的生命有价值。每个人一辈子不可能做很多有价值的事，做一件也很了不起，但要慢慢等待时间的回报。如果在这个过程中，自己发现了什么，有哪些刻骨铭心的体会，或许也有一定的价值。

现在人生活节奏越来越快，似乎停不下来思考一些问题，有时还不能区分好与坏、是与非，也缺少了观察自己的“显微镜”。如果能静下心来，用哲学的思想，慢慢地独立思考，提高智慧，学会体验生命，并去寻找自己的答案，把所思所想、所感所悟写下来，与自己对话，与别人分享，也是一种人生的享受。所以，我把本书的书名定为《慢享生活》。

用什么形式去说生活中的哲理，让我考虑了许多，我决定尝试着用散文的形式讲哲理，写启迪人生的文章，这样是不是可以让人在自然轻松中有所收获；我的文章也没有什么鲜明的开头，中间穿插了我们一些身边的人和事，夹叙夹议，尽量避免逻辑化推理的说教，而是用一些生活化、形象化的语言，讲一些人之常情的做人道理；我写文章也敢于把自己摆进去，因为我不能光长着嘴说别人，文章中有我一些真实情感的流露，也许会让人感同身受；文章中有些想撕碎过往的回忆，也会让自己有一种潺潺至今的寂静和欢喜；文章点题时，也有一些通俗的有韵味的议论小结，可以留着慢慢地回味；写作时，我尽可能多地站在读者的角度，让读者更容易接受一些，用一些对话的方式，去触碰他们的心灵，搅动某一根神经；有些事，也许与我们擦肩而过，但记取它，会让我们经受一场酣畅而清澈的雨，让理智与情感熔铸；我先后采访过几百位年轻人，走进他们的心里，去搜寻他们熟悉的一些新鲜而又充满活力的材料去写，说他们想说的话，说他们听得懂的话，尽量让文章涌动生命的理性，想想应该怎样处事做人，怎样获得属于自己的真正的幸福和自由。

集结在本书里的每一篇文章，我都在“长微博”首发，然后在微信群里二次传播。令我欣喜的是，这些博文受到了不同年龄段人们的厚爱。我的微博后台数据告诉我：到本书截稿时，我已发表了微博4800多篇，均有较好的影响力、活跃度、传播力和覆盖度。博文在全国各省市（自治区）全覆盖，一线城市的读者占比大，海外读者也有较大比例。读者中，65%为男性，35%为女性。其中，18至29岁的女性占比大，30至49岁的男性占比大，50至60岁也占了一部分比例。每篇文章一经上线，都有较大的阅读量，最多的单篇文章阅读量超过5万。正是在读者如此高涨的热情鼓励下，我在一段时间里，每天早上4、5点钟起床，好比给微友们准备“早餐”那样，去写微博头条。

我很感谢我亲爱的广大微友每天的热情关注和点评，感谢五洲传播出版社的帮助，感谢我的领导、老师、同仁和亲友的理解与支持，感谢为本书出版做书稿整理的浦东老新闻工作者钱明先生。

作　者

二〇一七年初秋

图书在版编目（CIP）数据

慢享生活 / 李志石著 . -- 北京 : 五洲传播出版社，2024.01

ISBN 978-7-5085-5076-3

Ⅰ . ①慢… Ⅱ . ①李… Ⅲ . ①散文集—中国—当代Ⅳ . ① I267

中国国家版本馆 CIP 数据核字 (2023) 第 158744 号

慢享生活

出 版 人：关　宏
作　　者：李志石
责任编辑：王　峰
出版发行：五洲传播出版社
地　　址：北京市海淀区北三环中路 31 号生产力大楼 B 座 6 层
邮　　编：100088
发行电话：010-82005927　010-82007837
网　　址：http://www.cicc.org.cn　http://www.thatsbooks.com
印　　刷：北京市房山腾龙印刷厂
经　　销：新华书店
版　　次：2024 年 1 月第 1 版第 1 次印刷
开　　本：710 mm × 1000 mm　1/16
字　　数：350 千字
印　　张：27.88
定　　价：98.00 元